# 个体诗学与话语实践

孙晓娅 著

山西出版传媒集团 北岳文艺出版社

·大原·

图书在版编目（CIP）数据

个体诗学与话语实践 / 孙晓娅著 . -- 太原：北岳文艺出版社，2025. 1. -- ISBN 978-7-5378-6965-2

Ⅰ . I207.22-53

中国国家版本馆CIP数据核字第2024ZY8225号

## 个体诗学与话语实践

孙晓娅 / 著

//

**出品人**
郭文礼

**选题策划**
王朝军

**责任编辑**
王朝军

**书籍设计**
张永文

**印装监制**
郭　勇

出版发行：山西出版传媒集团·北岳文艺出版社

地址：山西省太原市并州南路57号　邮编：030012

电话：0351-5628696（发行部）　0351-5628688（总编室）

传真：0351-5628680

经销商：新华书店

印刷装订：山西基因包装印刷科技股份有限公司

开本：787mm×1092mm　1/16

字数：360千　印张：23.5

版次：2025年1月第1版

印次：2025年1月山西第1次印刷

书号：ISBN 978-7-5378-6965-2

定价：48.00元

本书版权为本社独家所有，未经本社同意不得转载、摘编或复制

教育部人文社会科学重点研究基地首都师范大学中国诗歌研究中心规划项目

# "在场诗学"：多维视域的诗学评价体系
## ——孙晓娅《个体诗学与话语实践》序

吴思敬

  时间过得真快，我与晓娅相识已有二十多年了。她先是在北师大从王富仁教授读博，2002年获得博士学位后来到首都师范大学。从此我们成了同事，一同在首都师范大学中国诗歌研究中心工作。她刚来的时候是那么年轻，满怀着对诗歌的爱，喜欢在诗的旷野里徜徉，不停地寻觅，不断地采撷诗的花朵，把它们编织成美丽的花环。日复一日、年复一年的努力，终于结出累累硕果。最近，她在北京大学出版社出版了三卷本《中国女性诗歌史》之后，又推出了她的第一部诗歌评论集《个体诗学与话语实践》，我由衷地为她感到高兴。

  我一向认为，要评价一部诗歌评论集，不仅要看作者所选的评论对象是否重要、是否有代表性、是否有挖掘的内涵，也不仅要看他的评论是否到位、是否公允、是否有说服力，更要从他的系列评论中，看出他是否有自己的诗学主张，是否构建了一个考察诗人诗作的独立的诗学体系。晓娅便是通过她的《个体诗学与话语实践》一书，对上述问题做出了肯定的回答。该书内容相当丰富，分为"文化构境与诗学营建"等四辑，论述的诗人与诗歌评论家达二十余人。透过这些评论文章，晓娅构建了一个属于自己的诗学评价体系，那就是"在场诗学"。

  在我看来，晓娅的"在场诗学"起码有这样几层含义。

  其一，是身体的在场。诗人的身体写作强调亲身经历、感官体验；作为评论家，也不应是诗坛的旁观者，而应是诗歌现场的参与者、互动者。晓娅在这个评论集中所写的诗人,都是她的同时代人。如北岛、舒婷、林莽、翟永明、吉狄马加、侯马、周庆荣、傅天虹、安琪、灵焚、亚楠、梅尔、雁西、远帆、白红雪等,这些都是她认识的,有过交往的;至于徐俊国、杨方、慕白、张二棍、冯娜等首都师范大学驻校诗人,更是如同朋友一般与晓娅有过密切的接触。正是由于她与所评论的诗人处于同一时代,与他们一同活跃在诗歌现场,因此更容易理解这些诗人的处境,更容易了解他们的创作主张,写出的评论才能直面当下,切中肯綮。

其二,是心灵的在场。这主要指的是评论家与同代诗人之间的精神交流。只有身体的在场,才会有真正的感官在场、心灵在场。身体的到达,与所评论的诗人处于同一时空中,为评论家与诗人的心灵对话提供了机会与可能。在这种近距离的交流中,评论家才能深切体会到诗人们的喜怒哀乐和他们款曲的情思,才能对他们所写的东西感同身受,发生共鸣。晓娅对此有过生动的描绘:"这是充盈着喜悦、神秘和惊叹,没有终点的精神漫游和灵魂对话,使人不断地从研究对象那里汲取充沛的灵感、饱满的人格、新鲜的经验、蓬勃向上的生命力、闪烁光芒的智慧以及'独一无二的创造性'(奥登语)。"(《诗的女神》后记)正是在这种精神的漫游与灵魂的碰撞中,评论家才能在对诗人诗作的品读中有新的发现,并在品读与评判中照见自己的影子。

其三,是文本的在场。文本是由语言文字组成的文学实体,相对于作者和世界构成一个独立、自足的系统。文本的在场,指的是评论家在批评诗人的作品时,始终细读文本,扣紧文本,以文本为依据。晓娅认为,优秀的诗歌批评要从现象和文本中彰显思想和艺术的多元融合。这就是说,要以文本为中心,又要兼顾作者与读者,针对不同的作品灵活地加以探寻与解析。从文集中对诗人的评论来看,晓娅受"新批评"的细读法和法国符号学家茱莉亚·克利斯蒂娃提出的"互文性"理论影响较深。她的批评建筑在对文本的细读以及对不同文本相互关系的探寻上,强调在文本中的发现——发现诗人想说而又未明确说出的意思,发现隐藏在文本后面而不能为普通读者所把握的深层意义。这样她所做的每一次批评,都是与诗作的融合,都是与诗人心灵的沟通。

其四，是历史的在场。闻一多曾说过："历史与诗应该携手，历史身上要注射些感情的血液进去"，诗"也应该有点儿骨格，这骨格便是人类生活的经验。"(《邓以蛰〈诗与历史〉题记》)由此而言，诗人写诗要有历史感，评论家评论诗人诗作，亦应该有历史感。所谓历史感，就是人对历史的深层情感反应。当生命融入历史的长河，历史就成为人的记忆参考和在记忆参照中建立起来的价值体系。晓娅认为："'在场诗学'的核心不停留于'此在'，在具体批评中我们可以从过去的作品中重新评估其当下的意义，从当下的作品中洞见到其历史和时代的文学价值，也可以通过批评弥补作品的在场性。"(《"在场诗学"的历史维度及当代性》)。晓娅的《北岛："流散写作"中的"漂移"诗学》，重点是谈北岛20世纪80年代后漂流海外的诗作。但她不是把笔墨滞留于当下，而是回溯北岛早年的"游历"生涯，进而指出北岛早年的游历与后来的"漂移"的根本差异："前者为生活的状态，后者更为侧重精神层面；前者是自主的选择，后者多为被动；前者没有母语的漂移境况，后者具有精神与语言的多重构境。"在这种历史眼光的烛照下，晓娅尽管评论的是漂移的当下的北岛，还原的却是完整的北岛和一段完整的当代史。

其五，理论的在场。对于一个修养有素的评论家而言，批评与理论实际上是一体两面，完整地体现在他身上的：其批评是在理论指导下的实践，其理论则是在批评实践基础上的升华。这与晓娅所主张的"诗歌批评是知识分子诗学理想的实践方式，是学术机理的诗意存在形态，是个性化的精神实践行为"(《"在场诗学"的历史维度及当代性》)是完全一致的。晓娅的批评文章带有浓厚的理论色彩，对所评论的诗人，她避免浮泛的介绍，而是在扎实的文本分析基础上予以理论的提升。《"生态女性主义"：文本间性和自然的神谕》一文，是建筑在对女诗人爱斐尔长篇散文诗《非处方用药》和女诗人徐红诗集《水的唇语》的细读基础上所写的评论。爱斐尔和徐红均是活跃于新世纪诗坛的女诗人，晓娅把她们作为当下女性诗歌写作的代表，对她们诗歌中女性主义写作特点做了精辟的分析，并进而引进法国女性主义学者弗朗索瓦·德·埃奥博尼提出的"生态女性主义"理论，在此基础上论述了《非处方用药》中药性与诗性的"文本间性"与《水的唇语》中显示的"自然的神谕"，从而提出21世纪以来许多女诗人已从性别意识和身份书写的彰显中跨越出来，借助自然意象，以诗性的想象来建构自身的主体性，这是对当下中国女性诗歌写作呈现的新特点的敏锐捕捉与及时的概括。

总的说来，晓娅的"在场诗学"勾画了她关于诗歌批评的学术理想，显示了她在诗学研究方面的远大抱负。晓娅目前正处于做学问的黄金时代，她对诗歌是那样热爱，她对学术是那样尽心、那样投入，相信她在诗学研究方面会有一个璀璨夺目的未来。

2024年11月20日

# 目录

## 辑一　文化构境与诗学营建

化蛹为蝶：对"现代汉语诗歌新纪元"的反思 …………003
"生态女性主义"：文本间性和自然的神谕 …………011
在场的诗学：以《新时代诗歌百人读本》为例 …………034
诗歌作为天职：吴思敬的诗学关怀及新诗理论研究 …………039
中西文化构境中审美现代性的游弋及《虚无与开花》 …………049

## 辑二　个体诗学的话语策略及表达范畴

北岛："流散写作"中的"漂移"诗学 …………059
舒婷：女性诗歌的报春燕 …………077
林莽：嵌入与疏离 …………095
吉狄马加：寻找灵魂方向的神鹰 …………125
翟永明：走出"无往而非灰阑"的女性困境 …………135
傅天虹：梦想的维度与诗意的空间 …………148
安琪："野地里一棵异香的草" …………158
杨方：故乡书写与生命回溯 …………170
冯娜：穿透生活的地景视角 …………187

张二棍：悲悯的焦虑与底层书写 ……………………………… 205
　　远帆："让隐藏在灵魂中的东西表象出来" …………………… 214

## 辑三　个体诗学的当代语境及衍生

　　侯马《大地的脚踝》：身份诗学与本质归属 ………………… 229
　　梅尔《十二背后》：相遇诗学与自我充盈 …………………… 246
　　雁西《致大海》：情人诗学与景观叠合 ……………………… 260
　　慕白《行者》：行走诗学中的彼岸与还乡 …………………… 276
　　徐俊国《燕子歇脚的地方》：童话世界的隐喻诗学 ………… 288

## 辑四　散文诗的体势、风格与个体诗学向度

　　21世纪，散文诗的新纪元：《新世纪十年散文诗选》序 …… 301
　　话语转换与风格融聚：周庆荣的《有理想的人》与《我们》 … 310
　　跨越时光碎片的现代性"返源"：灵焚的《剧场》 …………… 322
　　守望心灵的风景：亚楠散文诗中的精神姿态 ………………… 340
　　生命的断裂与重塑：白红雪散文诗中感性、理性与神性的交融 … 347

后记一：构建当代汉语诗歌精神 …………………………………… 354
后记二："在场诗学"的历史维度及当代性
　　　——批评家孙晓娅访谈 ……………………………………… 358

# 辑一 文化构境与诗学营建

# 化蛹为蝶：
## 对"现代汉语诗歌新纪元"的反思

  自晚清梁启超明确提出"诗界革命"的口号，并得到旗帜性人物黄遵宪和参与"诗界革命"的积极支持者——夏曾佑、谭嗣同等人的响应以来，区别于中国传统古典格调、韵式、语言特征的"新诗"，在"五四"新文学运动的浪潮中应运而生。这一命名为"新"的诗歌事物，一出场便引起了学术界广泛的争辩和讨论。伴随着中国社会现代化的发端，"新诗"迥异于以往被放置于"旧"学范畴中的古典诗歌艺术形态，在适应和迎合"五四"时期的社会心理和文化心态，以及中国经济、社会发展和人们生活追求的实际方面占据了更大的优势，在不同代际诗人们的努力建设下，取得了迄今为止近百年的实践经验和发展成绩。但是，发展路途的坎坷和跋涉的艰辛同样清晰明了。一路走来，"新诗"的发展备受责难，并屡次承受社会大变革转型期背景中的接受性痛苦；新时期三十年以来，受商品经济大潮的冲击，新诗几度被边缘化，似乎遭受诟病成了"新诗"在现实生活中被观照的一种常态，甚至被人们视为没有存在意义和价值的无用之物。当危机与繁荣并置同存，"新诗"发展的路向何在？

  诚然，当怀疑主义的媚态占据了信任积存的合法性地位，动摇并排挤着"新诗"在中国当代社会文学、文化和现实生活中的重要位置的时候，诗歌界的探索者们再也无法静静地坐视"新诗"在市场与大众文化中随波逐流的境遇，回应与反思成为每一位诗歌从业者的实践活动。这让人们不得不重新将目光定格在中国现当代诗歌存在的意义和价值层面，进而反思中国现当代诗歌在一代又一代人的创作实践和诗学建设发展前行过程中出现的诸多困惑、疑问、焦虑和不可回避的窘境等问题。值得一提的是，人们对诗歌内外统一体的关注一直都没有消减，并在"文学向内转"的深刻影响下，现实性地立足于诗歌的内部，对中国现当代诗歌在建设与发展过程中所出现的问题进行了深入的探讨。新世纪以降，以诗人罗炜（笔名野岛）为发起者的"新纪元诗人"群体，对诗歌艺术保有极大的热忱和虔诚的信仰，致力于纯净当下诗歌的纷繁乱象，弘扬诗歌的纯粹精神和存在尊严，并给予人们诗歌的审美旨趣，承担教化的功能性使命，为人类精神、心灵健康运转的和谐状态等方面补给更充分的信仰自信、愿景自信、存在自信以及价值和影响自信。他们的目标是实现去平庸化的革新性变化，推动当代诗歌在健康、光明、纯净、高尚、积极的绿色生态建设中跃然出新的变化和发展。然而，对理想追求的渴望和对诗歌现实困境的解围，既需要拥有敢于突破和勇于担当的气魄，还需要对诗歌自身的问题有着较为明确而清晰的认识。

问题的不可调和，预示着一种被誉为"汉语新诗绿色革命"的诗学景观到来。这对于"汉语新诗"在当下的出路和发展前景来讲，当然是一种较为可喜的助推力量。值得注意的是，"汉语新诗绿色革命"的实现可能究竟在哪里？这种倡导和突破是否是在张扬一种无实质内容的宣传口号，或是在有意制造一种意识中的审美愉悦，抑或是哗众取宠式的心理躁动？似乎，解决这些疑问的钥匙并非那么容易就能找到，还应在"汉语新诗"概念的合法性流变中得到使之合理的匹配性认同。因此，首先需要回顾的是"汉语新诗"这一概念的合法性流变。

从"汉语—新诗"的历史可以看到：晚清时期，自黄遵宪、梁启超在文学革命中极力倡导"诗界革命"以来，积极致力于国语改革和诗歌革命的温和改良者——胡适先生，不仅在《白话文学史》中梳理并推崇"白话文"在文学发展变革中的重要性，同时也开始以一种"尝试"的姿态面对五四时期诗歌创作的新样貌，对"诗的语言"和"诗体"进行了解放性实践。据《胡适留学日记》记载：在1916年7月22日，胡适写下了属于他的第一首"白话诗"《答梅觐庄——白话诗》，次年（1917年）2月在《新青年》杂志上发表了具有代表性的《白话诗八首》，这引发了胡适对"文学革命"中"诗歌革命"的持续注目和倾力。"汉语"与"新诗"的结合,在胡适这里,还仅仅停留在"白话"和"诗"的层面上。然而,"白话诗"的语词概念虽然在胡适的诗论中被使用,但是更多的则是出于对"新文学"倡导的"白话"能否入诗和能否创作文学作品的思维实践上的思考。在1919年《星期评论》刊物的10月号上,胡适还发表了对中国新诗具有理论批评建设价值的重要文章《谈新诗——八年来一件大事》,在此文中,他论证并认同了"白话诗"命名的合理性和存在的事实性。1920年3月,胡适又出版了五四时期影响最大的中国第一部白话诗集《尝试集》,它的出现,对后来"新诗"作为"白话诗"的一种流变和"白话诗"是"新诗"的前身这一论断,产生了很大影响。然而,五四时期,人们对"新诗"的推崇与倡导,并不能在实践的过程中逃避"现代性"的影响和规约,"新诗"区别于"旧诗"的文类特征也就变得相对模糊。对于五四时期以胡适为先驱的文学改良主义者们和他们所倡导的"诗界革命"下的诗歌创作而言,现代性的一个重要表现便是对西方诗歌及其外来语汇的接纳,因此,不能忽视的一点是:新诗无论具有怎样的异质性,其汉语的本质始终根植于现代性话语体系之中。恰如有学者指出:"'现代汉语诗歌'(简称'现代汉诗')也认同'新诗'指陈的与中国古典诗歌的不同,……但它无疑昭示人们:包括'新诗'在内的新文学运动,实际上是一场寻求思想和言说方式的现代性运动,——这就是'现代汉诗'一词的由来,它同时面向美学和语言的现代重构,以现代美学、语言探索的代际特点,体现与中国诗歌传统的差异和延续的关系。"[①]尽管,"新诗"的概念至今还在使用,但是"现代汉语诗歌"的合法性显然更具有存在的优势和可延续的根基。面对中国《新诗》发展至今将近百年的喜忧境遇,诗人罗炜在认识诗歌发展存在的问题时,试图将"汉语诗歌"的深刻内涵融会至他所倡导的"现代汉语诗歌新纪元"的建构中来,注重"新诗""现代性""现代经验和文化心理""汉语语言""诗体建设"以及"现代汉语诗歌"等重要内容之间的融合。他不仅注重"汉语诗歌"和"汉语新诗"存在的价值和重要性,

---

[①] 王光明:《现代汉诗的百年演变》,河北人民出版社2003年版,第7—8页。

还要凸显中国当代诗歌在后现代语境影响下的现代性内涵和价值效用，表现出以人文精神的伦理价值崇尚为核心的"批判与创造的统一"，服务于诗歌，服务于诗人，服务于广大诗歌爱好者，这也是他们提出"为诗歌立心"的初心所在。这让我直接联想到当年穆木天对徐志摩诗文所做的精准而深远的评价：徐志摩具有"五四"一代知识分子的心理意识，徐志摩的诗文所要求的"是反抗现代的堕落与物质主义的革命运动，是心灵解放的革命"，他是用心中的唯美主义理想信念与社会做抗衡的，并不是颓废，而是积极的，徐志摩通过感情的抒发成功地把诗文引向"灵魂的冒险"。[1]诚然，但凡有作为的诗人，都秉具"为诗歌立心"，以诗歌抗衡和反抗的气魄。

事实上，将诗歌精神同诗人、民族、道德、人文、人性与人的存在相统一，围绕"诗歌与人"这一核心命题展开探讨，又在以"本体性否定"为实践要义的"否定主义美学"指认中，实现"批判与创造的统一"，其根本旨归是努力拓宽现代汉语诗歌的存在内涵和外在影响。这种否定性的实践超越近似于吴炫的"否定主义美学"："'本体性否定'就是'批判与创造的统一'。"[2]这种"批判与创造的统一"，区别于黑格尔的辩证否定、阿多诺的启蒙主体性否定。颜翔林在谈及他对"否定本体论"的理解时，进一步在《作为否定美学的诞生——对吴炫〈否定本体论〉的两点印象》一文中阐释："《否定本体论》一个重要的理论建树即在于赋予'否定'一种本体论的哲学含义，从而将传统的只作为思维工具的'否定'转换成为与人之本质、历史的过程与结果、人文精神的终极价值等等概念密切关联的哲学、美学的一个中心范畴，以寻求对'否定'做出新颖深刻的阐释。"[3]可见，"本体性否定"的"否定主义美学"，它的对象源指是"人的主体性"。"人的主体性"存在，并不能充当人文精神与文学文化在美学范畴内的持续性合理要素，而

---

[1] 穆木天：《徐志摩论：他的思想与艺术》，《文学》，1934年第1号。

[2] 吴炫：《论否定主义美学的三个原理——兼谈对实践美学和后实践美学的超越》，《学术月刊》，2001年第7期。

[3] 颜翔林：《作为否定美学的诞生——对吴炫〈否定本体论〉的两点印象》，《中国文学研究》，1995年第3期。

是需要不断地在思想和行为领域，以"批判与创造的统一"为基底的"否定"美学参与，诗歌在当今对社会生活的介入和反映，也在此道路上取得了相当程度的共识。罗炜的《中国诗人宣言》也毫不避讳地分析并直指20世纪90年代全国范围内掀起的"人文精神大讨论"的社会表现。显而易见的是，自20世纪90年代以来，中国社会在经济浪潮的迅猛推动下，商业化高度运行，物质文明得到极大发展，人们的物质生活得到了很大程度的满足。然而，物欲膨胀、道德滑坡、人文精神滑落、信仰缺失、民族认同危机加深等精神生态失衡与紊乱的现象，开始成为困扰人们精神和谐健康生存的症结与障碍。在《中国当代思想批判》一书里，吴炫先生曾从人文精神的哲学层面，对"人的主体性"进行了思想批判，他认为："'物欲'之所以能走到台前，只能表明我们过去一套人文话语的脆弱性和局限性。'拜物'背后确实有个精神危机的问题，但要建立什么精神，精神和物质之间应是怎样的关系，这至少是现实提出的新的理论课题。"①在这种人文责任和反思意识的促动下，他创造了"本体性否定"的当代思想理论建树：批判与创造的统一。这一"否定美学"的思想内涵和价值，影响了中国当代诗人知识分子群体对"现代汉语诗歌"内质和人文精神净化与重构的反思性努力。

罗炜从一个诗人的身份和视角出发，倡议确立正确的主体性精神，否定诗歌的媚俗倾向，高展诗歌精神的风帆。在《中国诗人宣言》中，他对这份宣言做了说明，并明确提到了两个重要的、针对中国当下现代汉语诗歌症候的主张，即："我们要抛弃物质的诱惑，寻找本真的自我；我们要拒绝平庸，走向大师。"②这不仅仅是一种建设性的诗学目标，还是当下现代汉语诗歌在发展前行中需要拓展的一个方向。显然，罗炜站在了"诗本真"的逻辑点上，从对人的精神本体的否定开始，借助于"人与诗""诗人与诗""诗与社会""诗人与社会"和"诗与人类、与世界"之间的关系，由本体到客体，

---

① 吴炫：《中国当代思想批判》，学林出版社2001年版，第2页。
② 罗炜：《中国诗人宣言》，2015年3月5日，http://chizijiang.com/home/article/detail/tid/10/id/234.html。

由内部到外部,激活汉语诗歌的活力。谈及后现代社会的诗歌语境时,他表明了他的希望,即:"诗人们,拒绝平庸,走向大师!诗人们,拒绝物质的诱惑,让诗歌的精神不朽!只有诗歌可以拯救人类堕落的灵魂!这将会是尊重诗人,尊重诗歌的伟大时代!这将会是一人新时代全球诗歌的新记元!"①实际上,罗炜的精神批判并非全部是一种随心所欲的呐喊,还流露出了对诗歌道德情怀的坚守和对民族未来虔诚的真诚捍卫。他认为,在人文精神遭到破坏和践踏的时代,现代汉语诗歌对人灵魂的唤起,已经在脆弱中无法回避地趋于孤芳自赏,加之人们道德意识的淡薄和消费主义解构下的渐趋沦丧,引发了社会伦理和法律审判的祛魅,失去了应有的存在价值和社会效应,不仅科学和技术的发展无法拯救人类,而且还带给人们无限的心灵负效应。因此,他提倡以接近神性的诗歌来净化人的灵魂,摆脱污浊带来的困境,守护康健的精神家园,让民族的脊梁能够变得更加坚实,让诗人的尊严和诗歌操守的精神在时代的尘嚣中高扬飘展。语言承担了提示神秘的主要功能,而语言不能单一地完成这一任务,语言背后的信仰、艺术、习俗等共同参与其中。精神也好,文化也好,它们都是汉语诗歌建设无法回避的大问题。罗炜在践行诗歌信仰的同时,扩展中国当代汉语新诗的发展空间成为他良善的初衷,激发出诗人更多的担当责任成为他澎湃的愿望。就此而言,他确实有些许新举措:

　　首先是"中国诗歌新纪元"历法的确定和实施。在2015年伊始,罗炜选取了带有中国传统文化韵味的节日——正月十五元宵节,来宣布中国诗歌新纪元历法的订立,向世人宣告中国当代诗歌史上的一个重大事件:诗歌历法的形成。虽然其中个别想法还值得进一步商讨,不过,诗人摩罗创新的精神尤可称赞。犹记古老的纳瓦霍谚语:"创世之初,神灵赐给每人一个杯子,杯子里盛满了泥土。我们都将从杯中汲取盛满的养分。"确然,诗歌就是神灵赐给原初的我们的取之不尽的盛满养分的杯子,既日常又神秘,既有形又

---

① 罗炜:《中国诗人宣言》,2015年3月5日,http://chizijiang.com/home/article/detail/tid/10/id/234.html。

无限，完全看人类如何使用、如何发挥它的能量。在希腊语里，"诗人"和表示上帝的"创造者"是同一个词，诗人尊贵的身份体现在其承担、开创的使命。而如今，人们是否还能领会当年荷尔德林在《面包和酒》（Brod und Wein）中的发问："在贫困时代里诗人何为？"在物质富裕、精神贫乏的年代，诗人需要诗歌的神性、灵气，文学创作需要诗歌精神磁力的吸附，国人需要召唤民族和文化的气节。"世界时代之转变的发生，并非由于什么时候有某种新上帝杀将出来，或者，有一个老上帝重新自埋伏处冲出来。如若人没有事先为它准备好一个居留之所，上帝重降之际又该何所往呢？如若神性之光辉没有事先在万物中开始闪耀，上帝又如何能有一种合乎神之方式的居留呢？"①每一个人心中都有一个神圣的上帝，每一个生命都是这地球的上帝，所谓的"新纪元"，追根究底，其实是精神创世的理念，是郭沫若当年焚毁陈腐、僵死过往的涅槃再生的创造精神，是无所不往的魄力——"艺术家不应该做自然的孙子，也不应该做自然的儿子，是应该做自然的老子！"②这是胸怀远方的正气！不只是诗歌，当代的任何艺术创作都少不得这种创世的革新精神、自我颠覆的精神。

其次，为配合"中国诗歌新纪元"的诞生，罗炜积极创办微信诗刊《新纪元诗人》，多方推动新媒体诗歌运动。从某种层面看，这也是罗炜等一众有相同理想的诗人以诗会友的方式。回溯中国现代诗歌史，我们可以看到，不同时代，诗人"以诗会友"的方式和想法不同——有文化沙龙、读书会等等。徐志摩在《诗刊》创刊号《序语》中谈及《晨报副刊·诗刊》与《诗刊》的关系时说："现在我们这少数朋友，隔了这五六年，重复感到'以诗会友'的兴趣，想再来一次集合的研求。因为我们有共同的信点。"就诗人个体在诗坛中的作用，他又说，"因此我们这少数天生爱好，与希望认识诗

---

① [德]海德格尔：《诗人何为》，孙周兴译，http://www.sohu.com/a/240641668_558455.
② 郭沫若：《自然与艺术——对于表现派的共感》，《郭沫若全集·文学编》第15卷，郭沫若著作出版委员会编，人民文学出版社1990年版，第215页。（最初发表于1923年8月上海《创造周报》第十六号）

的朋友，想斗胆在功利气息最浓重的地处和时日，结起一个小小的诗坛，谦卑的邀请国内的志同者的参加，希冀早晚可以放露一点小小的光。小，但一直的向上；小，但不是狂暴的风所能吹熄。"①在历史上，恰恰是那些"微小"激起了时代大的波澜。当年贴着"诗人"标签的编辑徐志摩从一个综合性大众化的文艺报纸副刊转向了专业性精英化的专业文艺期刊的编辑，不仅促进了中国现代开端时期文艺传播从报纸副刊向专业期刊的转变，同时也展现了作为诗人和编辑的徐志摩不断寻觅的对于自由追求的价值取向和内心恒定的精神理念。如今，回过头重新审视罗炜的诸多观念和实践努力，虽未引起更多关注，或有持续发展，但其渴望寻回汉语诗歌自身正气与尊严的初衷，以及延伸汉语诗歌人文精神和当代关怀的探索精神，确然值得鼓励，这也是诗人凭一己之力试图推进汉语诗歌建设的努力，对其诗歌实践进行反思的意义远远大于其实践过程和结果的意义。

---

① 徐志摩：《诗刊·序语》，《徐志摩全集卷四·散文集》（下），赵遐秋等编，广西民族出版社1991年版，第695页。（最初发表于1931年1月《诗刊》创刊号）

# "生态女性主义"：
# 文本间性和自然的神谕

最早将女性和生态联结起来的词语是"生态女性主义"，这是女性主义与生态学思想结合的产物，由法国女性主义学者弗朗索瓦·德·埃奥博尼在《女性主义或死亡》中首次提出。她呼吁妇女进行一场生态运动，重新认识人与自然的关系，指出"对妇女的压迫与对自然的压迫有着直接的联系"[①]。其初衷是批判西方现代世界观中的等级二元论及统治逻辑，把自然和女性受压迫和蔑视的遭遇相提并论，指出解放女性和解放自然须同时被认知。"创造一个生态社会需要的除了基本的环保向度，还应该包括拒绝种族歧视、性别歧视、帝国主义和资本主义的毒害。"如今，生态女性主义虽然已渗透到哲学、文学、经济等领域，但女性和自然始终是不变的核心。如果说弗朗索瓦·德·埃奥博尼从生存处境的角度将女性与自然连结为一体，进而提出"生态女性主义"的概念，那么，舍勒则从生命属性的角度找到二者的关联基础。舍勒曾说，在历史不断变更的动荡不安面前，女性始终保留了这样一些质素："女人是更契合大地，更为植物性的生物，一切体验都更为统一，……是阻止文明和文化大车朝单纯理性的和单纯'进步'的目标奔驰的永恒制动力，……女人总在考虑如何固持我们的人类生存必须据为己有的那些伟大而平凡的基础。"这种"伟大而平凡的基础"，便是他所看重的"爱和自然"，并且他认为诗人是"最深切地根植于地球和自然的幽深处的人，产生所

---

① [美]罗斯玛丽·帕特南·童：《女性主义思潮导论》，华中师范大学出版社2002年版，第370页。

有自然现象的'原生的自然'中的人"。①如此看来，诗人天生具备了女性的一些本能，或者说女人天生具备了诗人的重要质素。这种"本能"或"质素"便是"自然之维"。从古至今，女诗人寄情怀于自然的诗歌佳作频出，但是，以稳定的自然对应物为意象，形成生态群落规模的智性书写，却是21世纪以来女性诗歌创作的一大亮点和特色。

21世纪以降，很多女诗人从性别意识和身份书写的彰显中跨越出来，她们不再聚焦于文本与性的纽带——对女性身体的亲密关注；不再凸显性别意识的觉醒和两性对立的强烈情绪……在写作过程中，她们借助自然意象，以诗性的想象来建构自身的主体性。这些意象朴素、丰盈、深邃、灵性、厚重、平实，在不同女诗人作品中形成集中显明的意象生态群落：它们频繁出现，密集凝聚；它们内涵关联，形象突出；它们紧密恰切地隐喻、象征、指涉作家主体的生命体验，现实反思和灵魂的沉潜。这些意象以生态群落的集中方式，将女诗人潜意识的巨大资源、多元化的视角、丰沛的情感张力、独一的个性、烙印岁月的生命经验和自觉的现实人文关怀圆融一体，充分体现了一个时代、一批作家此一阶段创作的思考和主体关怀。下面以女诗人爱斐儿和徐红的创作为研究对象，探索女诗人笔下意象的生态诗学内涵。

## 药性与诗性的文本间互文

"互文性"也称文本间性，通常被用来指涉两个或两个以上文本间发生的互文关系。"互文性"最早由法国文艺理论家克里斯蒂娃在《符号学：解析符号学》一书中提出，在随后的《小说文本：转换式言语结构的符号学方法》中，她以一章的篇幅详细论述了"互文性"概念。

她首先从词语之间的反射与交织看到了文学文本之间的反射与交织："文字词语之概念，不是一个固定的点，不具有一成不变的意义，而是文本

---

① [德]马克斯·舍勒：《资本主义的未来》，罗悌伦等译，生活·读书·新知三联书店1997年版，第89—90页，第226页。

空间的交汇,是若干文字的对话,即作家的、受述者的或(相关)人物的,现在或先前的文化语境中诸多文本的对话……话语的地位可以从两个方向去确定:横向——文本中的话语同时属于写作主体和接受者;竖向——文本中的语词和以前的或共时的文学材料相关……语词(或文本)是众多语词(或文本)的交汇,人们至少可以从中读出另一个语词(文本)来……任何文本都是引语的拼凑,任何文本都是对另一文本的吸收和改编。"[1]在她看来,一个文本的价值在于它对其他文本的摧毁和整合,这一过程是通过浓缩、移位或是深化等方式进行的,任一文本都处在众多文本的交汇处。而文本之间的"吸收"和"改编",一方面可以在文本中通过一些互文的写作手法确立,如戏拟、引用、拼贴等;另一方面还可以通过发挥读者在阅读过程中的主观能动性或通过研究者的实证分析来实现。

之后,研究者对文学文本间的"互文性"有了多样的阐释。在德里达看来,"文本实际上就是由互文构成的,文本性就是互文性。一方面,此处的文本与彼处的文本有着空间上的共时态联系;另一方面,此时的文本与彼时的文本有着历时态的联系"[2]。文学文本"处于一种不断的模仿中……它的模仿对象却不像传统的模仿论者所说的是某种外在的物质或精神实体,而是另一种文本,是符号本身……文学就是一符号文本对另一符号文本的模仿……一文本借另一文本而存在,新文本永远被某一旧文本的幽灵所困扰,或被嫁接在某旧文本上。文学的本质即是它的文本性,也即互文性。"[3]此种说法将文学文本看成是一种抽象的符号式的存在,更强调了模仿的无意识性和隐晦性,进一步说明了文本间"互文"的普遍性存在。

总的来看,"互文性"是文本的本质属性,某种意义上说,所有文本都处于一种交互的网络中。这一概念强调的是作家之间写作的关联性,以及这种关联性的某种隐讳的存在方式;同时它还突出了写作时间这一因素,认为不管是历时还是共时层面的文本都表现为某种"互文"的存在。当下,任何

---

[1][2][3]王瑾:《互文性》,广西师范大学出版社2005年版,第28页,第97页,第101—102页。

文学文本都置身于一个巨大的互文网络中，里面包含纷繁复杂的文本间性和语境间性，多种因素局限了诗人们的创新和再生。不过，当代女诗人爱斐儿①以她的组诗《非处方用药》，以穿越时空、穿越学科的文本间的互文现象，在当代诗坛脱颖而出。

2010年，诗人爱斐儿开始创作一组名为《非处方用药》的系列散文诗。她将中华传统文化中的一个特殊元素——中药，作为书写题材，选取《本草纲目》中的中草药意象，完成了互文吸收和变形。她以医生、女性、母亲等多重身份和当代文化视角挖掘《本草纲目》中药物的植物性、药理性背后的文化意蕴，并赋予其浓厚的诗性和人性光辉。在诗人笔下，停留于几千年历史记载中的中草药内涵得到了一次全新的现代性诠释。灵动的女性视角，丰富而敏锐的情感体验，独特的书写题材和方式，深远而洞彻心扉的大爱思想，诗人自觉不自觉间创造了一组组关联、同构的意象群落，构建起独特的生态书写体系。

在从传统文学批评到后结构主义批评的演变过程中，互文性概念扮演了一个重要角色。作者身份不再是文本意义的来源和保证。作者再也无力创作绝对原创的文本，而只能重新组合和循环使用先前的文本资源。这种观念其实是将文学视为"生产"而非"表征"。很显然，在爱斐儿的创作中，作者从未"抛弃自我"，恰恰相反，诗人冲破俯拾皆是的普泛的当代诗歌意象，从《本草纲目》里择取互文的资源，完成现代性的意象生态群落的搭建，其目的是利用互文性带来的创造性元素和开阔的互文性语域，以期更丰满地塑造自我。诚然，抽象的原创性并不存在，在拥挤繁华的文学市场，呈现鲜活

---

① 爱斐儿的诗歌创作始于20世纪80年代初期。在一度中断之后，她于1999年重拾诗笔，并在2004年出版诗集《燃烧的冰》。随后，通过不断探索，她寻找到能够容纳复杂、丰富、细腻的自我情感的载体——散文诗。2009年转向这一领域后，她的散文诗佳作在《散文诗世界》《诗刊》《诗潮》《诗选刊》《散文诗作家》等刊物上连连刊载。可以说，她在探索中逐步走向成熟，完成了从诗到散文诗的"华丽的转身"。对于诗人自身来说，这种"转身"意义非同凡响，她以富有情感而饱含智慧的书写，在当代女性散文诗坛中为自己找到一种价值定位。

而又烙印着传统和历史,承载着文化与诗性大爱的人文关怀的作品,尤其值得我们关注。

**1. 穿梭时空场域的意象:文化生态的构成**

在爱斐儿的作品中,我们感受不到传染病似的时代焦虑——主体性焦虑和影响的焦虑。入心最深的是其文本中凝固的传统意象与浸润诗人主体情思的流动的当代意象的呼应、同构、再生和相融。通读《非处方用药》,我们会惊心于穿梭于古今、医学与诗学的意象所滋生的文化生态的丰富和自足的诗性美。

题为《非处方用药》的一系列散文诗中,诗人择取《本草纲目》中记录的多味中草药为具体书写对象,并对这些富有传统文化意蕴的意象做了现代性的、诗意化的呈现。作为一名医生,基于独特的生活经验,爱斐儿从自己熟悉的事物入手,将自身丰富而细腻的情感投射到一味味中草药上,别具匠心的表达赋予这些苦涩无华的中草药以生命的色彩和光华。诗人将"甘草""桃花散""可待因""五味子""款冬花""忍冬藤""木蝴蝶""灯芯草""金银花""黄芩"等这些我们熟知或不熟知的中草药,化作一首首涤荡人心的诗篇,传达出对人性、世界、自然的真挚之情,可谓是"托药言志"。如《穿心莲》一诗:

> 花开得沉默,心飞得恍惚。/太轻的誓言和太重的命运之间,/一种爱怎样摆放才能平衡一个人的一生?

别具韵味的表达,不禁引人思考:沉默的"穿心莲"以一种什么样的爱去平衡誓言与命运?

再如写"灵芝"的诗句:

> "没有一个生命可以与时间抗衡,即使一颗草本的心里安放着救赎的使命。"/所以坚持,所以顽韧,所以把百年孤独、千年寂寞化为云淡

风轻的一瞬。/只为了有一天，你必经我的命运，接受我献祭。/引你从悲苦走进欢欣，从伤痛走进痊愈，从绝望走向新生……

(《灵芝》)

"灵芝"在诗人的笔下也被赋予了"挚爱""献祭"的生命神性。可以说，诗人在题材择取上的确表现出了极为鲜明的个性。

相较于当代散文诗坛不无轻飘、细小、琐碎的题材，诗人选择烙印着中华民族符号记忆的中草药作为书写对象，显示出异于其他题材的历史文化厚重感。在对这一民族符号的书写中，诗人又结合自身浪漫的情怀以及文化修养，化用一系列历史典故，使诗篇弥漫着一股浓郁、厚重的古典气息，韵味悠长，诗情隽永。在题材厚重的基础上，诗歌文本的厚重感得到纵向深入。在《虞美人》中，诗人直接选用"霸王别姬"典故，将历史、植物、人物交糅在一起，丰富、拓展了"虞美人"的内在意蕴。《藿香》中，诗人开篇写道："以蟋蟀之音充耳，拒听八方佞声；以菊花明目，惯看云淡风轻；以清风喂养芳香，驱邪扶正；以沧桑濯足，在人间正道留下君子的足音。"巧妙地借用屈原"离骚体"，而又摆脱逐字逐句的束缚，使诗歌通畅流丽，蕴藏着浓郁的书卷韵味。《豆蔻》一诗，更是将不同时代的人物、事件揽括其中，读来目不暇接，颇有时空交错之感。豆蔻于心，久久不能释怀。诗人这一系列书写，使中草药的历史意义在时空流动中显得异常厚重，同时扩大了它们的内涵和外延，使之突破物象束缚，获得一种超越性的存在。

诗人爱斐儿凭借自己深厚的文化积淀以及丰富的想象力，营造出颇富历史风韵和古典情怀的诗歌意境。她以近镜头将一幅幅历史场景拉到读者眼前，将许多意象与历史文化典故结合，并赋予它们全新的现代意义，在历史时空的穿梭之中，深切地感受到雄浑苍茫的历史感。如"放弃蝴蝶的故事，不化身梁祝，只把命运悬在一棵树上"(《木蝴蝶》)；"我们必在一张处方上相遇，像涸辙之鱼，相濡以沫，或者如兄弟般义结金兰。/被李时珍选中的方药，就是被燕太子丹选中的荆轲，将以命染色青史"(《茵陈》)；"扁舟漂远了，你始终不信；易水结冰了，你却把荆轲的热血看成了桃花"(《木笔花》);"顺手翻开旧舞台,一个胃烟眉的女子刚刚焚罢诗"(《豆蔻》);"你离去的背影,有时像羽扇纶巾的书生。留下的空,叫书箧,装得下半部《论语》,一部《春秋》"(《定心散》);"罗敷采桑回来之时,秦汉已被世风吹远。但见蜉蝣震羽,飞蛾赴烛,'更多病何堪,闲愁万绪,恼乱诗肠'"(《桑叶》)。这些诗句明显化用梁祝化蝶、桃园结义、荆轲刺秦、黛玉焚诗、赤壁之战等典故,不仅呈现出画面场景,更重要的是,诗人还把特定的事件放在另一时代境遇中思考,从而扩大和加深了特定事件的深意,为我们找到那些被抽空的个体生命感和生命经验。通过众多的实例,可以看到诗人在消逝的历史沧海中择取一粟,以历史厚重感和大气磅礴的胸襟,为我们创造历史在场感,并成功地完成了对历史的诗意回顾。

在爱斐儿笔下,很多普通的药物都充满强烈的现实感,从而具有更为深沉的文化意境与精神内涵。如《苦参》中写道:"注定在没有回路的曲径,与毒风恶瘴和豺狼狭路相逢,唤醒豢养在你左心房的精神虎豹(你磨砺的一把苦寒的宝剑)。你会选择拔剑相向,取敌人首级如探囊。然后,潇洒转身。在《本草纲目》之上,留下最后一个侠客式的背影。"《姜》也呈现出一种"侠义"精神:"世相,有点像飘逸的竹子,忠义节烈才是内里乾坤。你不允许自己遁入安全地带,刀光剑影,就是表里内外。""你在硝烟内驰骋纵横,把敌人大纛置于地上。/若说粉身碎骨,再赴汤蹈火。/你说:'舍我其谁?'"为挽救病创中的人们,粉碎自己,将灵魂置于煎熬中的瓦罐,这种侠客情怀、英雄节烈,都得到极为艺术化的表现。"侠客"这一群体在中国传统文化中有着明确的意义指向,"侠客精神"则是他们行为背后所象征着的一种内在精神。诗人将这种精神内核糅合于字里行间,为一味味中草药的现实功用找到了历史的佐证。每一味具体的中草药在诗人独具匠心的点化下,穿上诗意的外衣,巧妙的用典又扩大它们所承载的精神容量,丰富了诗歌的内在底蕴,为诗歌本身树立起文化的高度。

与爱斐儿其他散文诗作品比较,《非处方用药》将《本草纲目》中众多中草药都演绎出诗性和人性的光辉,传达出一种抵达人心深处的感染力和穿透力。其意象也更加繁复,语言更为饱满,意境的营造更加精致。在诗歌内蕴的构建方面，诗人大量化用典故，以诗意的理解与现代性的阐释来运用这些典故，从而营造出时间上的纵深感和空间上的广阔感。

### 2.植物性、药理与人性的共融：包容的生态诗学

从爱斐儿的散文诗创作中我们可以看到，与其说作家是在释放生命的潜能，不如说诗人是凝聚生命潜能热力的创造者。

爱斐儿通过"甘草""桃花散""可待因""五味子""穿心莲""款冬花""忍冬藤"等具体意象，细致地表达出对爱情、亲情、友情、母爱以及大自然细敏和深微的感触，并将这一系列日常生活中的小感触、小情绪熔铸于系列细节性意象，直至最后升华到富有大爱思想、悲悯精神的高度。对于能够清热燥湿、泻火解毒的"黄连"，诗人则以较为凝重的语气、铿锵有力的节奏，来充分凸显意象性细节，展开一段精彩的灵魂对话。"黄连"在"蹉跎""峥嵘"的岁月中，感受到"苦味"的痛苦彷徨，甚而显示出"衰老"的影子。但是，结尾的一句"谢谢。谢谢你们吱吱生长的声音，让我听到过甜蜜的味道"，写出了牺牲者的苦尽甘来，可谓是宕开一笔，诗意峰回路转。众所周知，"天麻"能祛风止痛，有镇静、镇痛、祛淤血、抗惊厥的功效，在诗人的笔下有如此叙述："为你驱散每一场阴雨留下的风湿，创伤留下的剧痛，生离死别留下的气滞与血瘀"，其病根则是深埋身体内的"爱情"。或许只有"天麻"才能解除病痛，安抚苍茫夜色中孤独的心灵，诗歌结尾如此富有情意。在此，诗人将"天麻"的物理性、药理性打乱重组，把"爱"这一永恒主题融入，一枚小小的"天麻"背后隐藏着巨大的意指能力，这种"爱"也由普通的爱情上升到人类之爱。《见血封喉》整章，深刻的思想也交融在细致的描写之中："只等尘埃落定，天谴的眼神自会扫过世道人心，一眼可敌万箭，见血即可封喉。""一颗心的'毒'已无人能解——那种超越百毒的感觉，如同一个人超越了恨。一边过滤红尘，一边深深地爱上——这尘土之上此消彼长的事物。""即使在劫后余生，我的语言依然可以风平浪静：'忘记吧！那一座鸩酒与鹤顶红明争暗斗的宫闱。我在，就不容别人为你制造新的伤口！'"诗人入木三分的刻画，足以使我们在酣畅淋漓的阅读中接

受高尚道德良知的洗礼。在《忘忧草》一章中，诗人用"温暖的眼神""亲切的呼唤""敞开"的"怀抱"及"抱紧"的"双臂"，为我们驱赶"瞳仁"中的"乌云"，稀释"泪腺"中浓得化不开的"盐分"，搬开"胸膈"中"那块块垒"，"母爱"这一伟大主题通过具体的意象性细节的描写，以平淡化、常态化的姿态出现，而又不失力量感。

在选择这些习见药物时，诗人显然规避了常态的书写，没有局限于这些中草药表层的固态定义，而是将中草药自身承载的植物性、药理性赋予诗性和人性，使三者融合，互有兼容，使这一题材的文化意蕴得到丰富，突破了当下散文诗创作题材雷同、圈子狭窄的所谓缺陷，为散文诗的题材创新注入新鲜血液，具有高度的启发意义。诗歌写作的一项重要内容，就是对于生命体验的想象和叙述，散文诗也不例外。深刻、优秀的散文诗作品，更是需要诗人对社会、人生、生活有真切感触，能在因循和琐碎的日常生活中洞其底蕴，并深刻地理解"小感触"与大世界之间的隐秘联系。而要做到这一点，对题材的选择和叙述显然具有尤为突出的重要性，这其实也能反映出诗人的创作品质。我们可以说，爱斐儿是具有这种品质的优秀诗人。在《非处方用药》中，她通过饱含智慧和情感的叙述方式，将自身的职业、性情、精神、信仰、襟怀，以及内在生命的丰富与充实，融入这些具体药物之中，于当下散文诗坛以独特的视角择取题材，显示出一种深沉的"大思考"。

《忍冬藤》有如此书写："黑暗如此锋利，星星的伤口冷光闪烁，风声背对冬天走远，拎走了我仅剩的翡翠盛夏和珊瑚苹果。""捂紧你拥挤在天地间的影子，就像捂住一场突起的大风。"《茵陈》也有这般叙述："让我香香地闻一闻二月天高地厚的味道。"《旋复花》亦有"河流在原野按下五月的指纹，赞美春天的声音开始大面积流行"等优美的句子。有伤口的星星，背对冬天走远的风声，二月天高地厚的味道，河流的指纹，流行的赞美，这些被陌生化的意象，突破了平实、线条式散文语言的局限，读来有一种溢出规范的距离感、新鲜感。"灯光脱去喧嚣的灰尘，泥泞现出干净的积水"（《忍冬藤》）；"用唯一的念想烘烤雨中的湿布衫"（《灯芯草》）；"可以淡，像雾水；可以凉，像星风；可以苦，像一生不能回避的离别，可以臃肿，像你孤单的身影;可以消瘦,像你牵挂的目光"(《看麦娘》);"一株藿香执著于为蒙昧不明升清降浊,在曲折中开辟坦途,从黑暗中萃取明亮"(《藿香》);"路在路上,你,又要启程了"(《车前草》)。细细读来,诗句中的"泥泞""干净""苍老""年轻""臃肿""孤单""曲折""坦途""黑暗""光明"等,一对对相悖相反的意象和语义杂糅在一起,给诗歌语言带来富有弹性的张力,独特的修饰限定词也使诗歌语言具有高度的抽象性。

在《非处方用药》中,有这些特点的诗句俯拾皆是,细细读来,"穿心而过的空洞,疼得比莲花要美。/比雪莲更耐高寒,在深夜白得尤甚"(《穿心莲》),晓畅明白,朗朗上口,一目了然;"迎风就想流泪,转身就哮喘咳嗽"(《甘草》),明朗、清晰,以对偶的形式直陈生理病症;"或许有幸被结成绳索,跟随骏马驰骋,跟随耕牛遍播五谷,跟随帆船进入远景"(《苘麻》),让我们"跟随"诗人一起去感受苘麻"曲曲直直""是是非非"的世界,语言简练而有力度;"等到羊群找到了牧人,琴弦找到了知音;/等到金秋穿越了绿色的森林,时间不改变一贯的速度;/等漫山遍野的野罂粟找到了病因般的美,等到真理般的诗歌成为一种瘾。/我等在文字的那端。/等不来被爱就去爱你"(《可待因》),六个"等"字连续使用,一气呵成,构成系列排比,为诗歌构建起一种内在起伏、自如的旋律感。同时,诗人在诗歌中将"爱""追求""等待"等这些人生中的重大命题以强烈的气势呈现出来,足以引发读者深思。《连翘》中有"直到真实如同虚无,短暂如同永恒",《柏子养心丹》亦有"心力到达不了的地方就是尽头","没有一种疼,能逃过一颗心的感动和悲伤",《夺郁汤》写到"甜即是苦,苦就是甜",等等,使用这类富有哲理意味、抽象空灵的语言,在增加诗歌内涵的同时,也升华了诗歌所承载的主题意义。再如《金银花》一章,诗人以一系列的草木花名做排比组合,配合上明朗色调的意象,用"春水""盛夏""露水""清风"等词语,加上拟人化的口气,使诗歌语言细腻传神,具有明快的节奏美。郭沫若在《论诗三札》中认为散文诗"专挹诗的神髓以便于其自然流露"[1]，在语言上朴素、自然、流畅，充实而空灵，富有内在的音乐性。可以说，《非处方用药》的语言正是突出了这样的特征。诗人并没有苦心孤诣地雕琢，而是将丰满的情绪置于诗句之中，又创造性地运用对称、复沓、排比、对偶等抒情手法，让内心的情感去融化语言，驱遣语言，使诗歌获得内在的情绪节奏及外在的形象美感，将思想情感婉转、曲折、深致地表达出来，诗篇优美、和谐的音乐美感应运而生。

散文诗的创作应该有深度和广度的现实意义，很多散文诗作家都十分重视作品的社会责任感和使命感，爱斐儿也正是这样一位诗人。她没有忘记对现实的关注，而是通过对历史的书写来影射当下的现实，在历史与现实的穿梭之中完成对现实的反观，并以历史的思考深深刺痛现实世界的种种生活。

> 只要别把腐败香烟摆在桌面上，只要衙内别动不动就搬出靠山四处唬人。
>
> （《苍耳》）

> 如果梦幻的感觉被频繁的孤独感偶尔激活，那就邀请你的影子为自己斟酒，吟诗，唱《桃花扇》，在花腔的高音下找到危险的美景，坐在金融风暴的老虎凳上，把白日梦境营造得像3D动漫。/酒醉之后，你想倒提头颅去面见秦王，秦王已死两千两百二十年了；你想手持弯刀叩开君王的城门，都城的宫墙已躲在了废墟下面。
>
> （《独活》）

在这些诗句中，我们不难感受到这种以历史映射现代的方式，使诗歌更

---

[1] 郭沫若：原刊于上海《时事新报·学灯》，1920年2月24日。收入《沫若文集》第十卷，题为《郭沫若致宗白华》，人民文学出版社1959年版，第47页。

具有时代感和责任感，或者说更多了一种现实"药"性。

组诗中交错的现实感与历史感，形成了广阔的时空跨度，诗人的创作在历史文化与现代情怀的双向融合中，获取了一种寻根性、归复性，以及女性意义上的超越。海德格尔说过："一切冥想的思都是诗，一切创作的诗都是思，思和诗是邻居。"①诗人在诗中投射真实的生命体验，在诗中寻找真实的自我，以实现精神上的皈依和灵魂上的救赎。爱斐儿至情至性的文字，可谓构建出了理性的楼阁。诗人的敏感、悟性穿透具体的药物所指，进入深刻、冷静、客观的沉思，呈现出一种或明或暗的哲思光芒。如"直到真实如同虚无，短暂如同永恒"（《连翘》），"适量的等是药，过量的等是毒"（《可待因》），"你点我的心，我燃你的情"（《灯芯草》），"世间有沧桑。/万物在轮回"（《菖蒲》），"梦境永远比现实更加透彻。/就像路上一道崭新的辙印，仿佛一个人刚走远。/这是你看见的。/你看不见的是一个人在梦境里从未离开。"（《五味子》）等诗句，其中的哲理耐人寻味，引人深思。这种哲学式的思考于《非处方用药》中随处可见，形成了融感性于理性、化思于诗、契而合一的独特诗风。

诗人在创作中要关注人类整体大思想、大感情、大文化，在作品中阐释生命之大感悟、时代之大情怀。一个真正的诗人，不能仅仅停留在个人生命体验的感性层面，而应该升华到一个理性的感悟、哲思的层面。在这组诗中，我们能够体验到一种大思想、大情感，即诗人始终坚持的一个主题——爱。诗人以中草药的物性、药理为基点，将主体的生命情感融入客体的特性之中，以"大爱"的情怀与胸襟，赋予每一味中草药以生命，通过诗化它们医治病痛折磨的属性，表达出一种抚慰苦难、召唤灵魂的深沉精神。《木蝴蝶》有这样的诗句："放弃蝴蝶的故事，不化身梁祝，只把命运悬在一棵树上，与阳光为伍，耐人间寒凉，坚持自己不飞翔的爱。/'不在你的心上就在你的脚下。'"《款冬花》表现得更为突出："该增加多少克爱的重量，才能解去你胸中的热毒，肺中的痰湿，松开你被捆绑过甚的心。"《石竹花》也极

---

① [德]海德格尔：《诗·语言·思》，彭富春译，文化艺术出版社1991年版，第6页。

力强调:"你把一个'爱'字交给我,一颗不能简化的心,放在胸口偏左。/我背着一条你给我的小命,日夜担心着自己没替你活好。"在这些诗句中,诗人将悲天悯人的情感予以独特的表达,深深触动喧嚣中的芸芸众生。可以说,"药"这一具体的物象在爱斐儿笔下,不仅能够治疗生理上的疾病,更能够化解心灵上的郁疾。"药"已经超越了本身的具体的物理功能,而承载着巨大的情感重量和思想力度。

具体说来,诗中的每一味草药,都是以一种侠义式的牺牲精神,去完成人类肉体上的救赎。诗人则将心中的大爱,化作一首首安抚孤独灵魂的诗歌,来化解现代人的忧愁,表现出一种无私宽广的大慈大悲,以及智慧的思悟。在《天麻》一诗中,诗人用"天麻"为我们拂去的不仅仅是身体上的创伤,更为我们擦拭了内心的麻木与浮尘:"总是面临别无选择的选择,站在唯一的路口,直通苍茫夜色中你那颗孤独的心灵,倾尽一生挚爱。/'她已耗尽一生蓄积的内功。'"在《曼陀罗》中,"曼陀罗"所具有的佛教灵洁与诗人的主观情感融为一体。有人说,你将福德与智慧聚集于一处,成为佛国香风中修持能量的中心。/……/还说,你听佛语,应声而落如同天花。以空心一颗,清凉观世界,寡欲走红尘。/好像宇宙终归是你眼中的道场,广阔无垠的皆为彼岸。"在《可待因》中,诗人巧妙地化用禅诗,将哲理和禅宗融为一体:"菩提等如来。拈花等微笑。因果等轮回。"可以说,爱斐儿将自身内化的大爱之心,化作一首首具有独特禅思的诗篇,抵达人类内心深处的高地。真正的诗人是时代的灵魂,不仅需要理解众生的苦难与遭遇,还需要以悲悯的情怀安抚诸多丧失理想和精神的心灵。爱斐儿便是这样一位诗人,在《非处方用药》中,她以一种脱离喧嚣与浮躁的冷静笔调,将一味味中草药化为洞彻人心的诗篇。揭示生存困惑和精神疾患的主题,以及对灵魂内核的深入剖析,使整组诗歌拥有深刻的现实意义、极强的艺术说服力。并且,在写作过程中,诗人显示出生命感受的厚重意味,以及透析生活哲学的文化品质。爱斐儿的《非处方用药》组诗,以精神内敛的方式来表达个性,以开阔的胸襟和深刻的视野,以及厚重的内容和思想,把诗的意义安放在审视时代的天平上。

毋庸置疑，在当前活跃于散文诗坛的众多女性诗人中，爱斐儿的写作是独特而成功的。她并没有囿于自己的一片小天地、小情绪，或是在狭小的个人经验里寻找突破口，而是采取一种超越性的书写姿态，对人类所共有的经验进行着思考，为陷入时代精神困境中的人们寻找出路，以达到一种灵魂悸动的交响。最为重要的是，诗人并没有以女性写作姿态而自居，而是以一个诗人的标准来衡量自己并进行创作。在她的组诗中，我们能够读到历史的沧桑感和大气磅礴的襟怀，这是一种完全超越于一般意义的女性力度。如果说诗人都有一个姿态的话，那么，爱斐儿则是以一个医生的姿态，矗立在诗歌的字里行间。她毫不避讳自己医生的身份，因为她希望通过自己开出的药方，来治愈人们肉体的痛苦与疾病，同时用诗歌中表达出来的爱来治愈人们灵魂深处的顽疾，诗人用自己的诗歌开出了心灵的处方，用爱做药引，最终的疗效是大爱无疆。"

## 水的神谕：在隐喻、审思、温婉中刻绘灵魂

### 1. 水的神谕：从自然、人性到宗教情怀

文学是一种表达，它通过语言文字将我们生活的世界表露得澄明透彻。同时，其自身也被附加了深奥丰富的隐喻，而我们的日常生活就被诸多隐喻包围着，我们也在不断地创造着或深或浅的隐喻。解读世界、解读自然、解读人、解读诗歌作品，凡总解读，都是在破解对象的密码，破解前提就是进入对象的元点或内核。水是女诗人徐红[①]锲入世界的元点，以此意象彰显诗人的主体意识是其诗集《水的唇语》最突出的特色。

自然界万物的生存都离不开水，水是生命之源、生命之本，是有生之属安身立命的重要基础。对于水和生命的关系，古人早就有过深入的思索，并且提到哲学的高度加以认识，形成对水的崇拜。《管子·水地》篇把水作为

---

[①] 徐红：全球华人女性最具实力诗奖"第三届叶红女性诗奖"首奖得主，笔名白雪，自20世纪80年代开始诗歌创作，著有新诗专集《水的唇语》。

生命的本源看待，系统地论述了水与生命的密切关系。文中写道："地者，万物之本原，诸生之根菀也。……水者，地之血气，如筋脉之通流者也。"①大地是万物之母，但是，大地如果没有水，就会枯槁僵化，失去生机。对于大地来说，水是血液筋脉，是大地活力之所在。古今中外，"水样的女子"是文人墨客对女性最习常的比喻。水与女性，有一种天然紧密的联结，女性从诞生起就面对着一个完全不同的世界，她们对这世界最初的一瞥必然带着自己的情绪和知觉，女性与水的关联是天然的、天作的搭配。徐红并不避讳这俗常的关联，她以贤能之笔，以水为核心意象，谱绘了一个丰盈的充满个性色彩的水的生态世界。

在诗集《水的唇语》中，仅以水命名的诗作就占据了三分之一：《水之鱼》《水一样流过的夜》《在水之湄》《水的低语》《闻到了水的味道》《银子样的水还在闪》《我听见了水的天籁之音》《水中的水》《仿佛水淹没糖》《是水，是疼惜》……以水的意象为元点，徐红还创造了不少与水相关的转化后的生态意象群，仅从诗篇题目可见一斑：《酿泉》《那片海》《雪想念着》《雪》《莲花》《我遥远的国土，深深的蓝》《雪夜》《雨的唯美情调》《渊》《雪落高原》《清凉浸透了肌肤》《只有流淌是我渴望的方式》《温润》……由上可见，"水"是徐红在诗集中呈现最多最集中的意象，她以水为连接点，构成了丰富多彩的水的生态群落。在徐红笔下，"水"是"清晨一滴水"（《水鸟》），是沼泽，是湖泊，是蒸腾成空气的蓝；水是笛音，是游动的鱼，是微小的光粒，是轻细的呼吸，是迷津沧桑的石头；诗人以"水"观照万物，以"水"俯视内心，"水"是诗人自己，蕴含着诗人的生命体验、对自然和人生的理解与感悟，而这一切都藏在"水"的色彩、形体和变化之中，或显露，或隐藏，不着痕迹，若有若无。诗人以水为其诗作中生态意象群落的元点，为我们展现了有爱、有情，或纯净澄明，或温润丰盈，或轻灵律动，或流淌变幻的丰富饱满的精神世界。诗人从容自如地穿越于自然与灵魂、生活与精神的多维空间之中。

---

①《管子》，李山、轩新丽译注，中华书局2019年版，第656页。

徐红将自己近年来创作的诗作结集后,命名为极富女性色彩的题目《水的唇语》,感性、动态而丰盈细腻,充盈着诉说的语态和倾听的诱惑:"树叶和星子上的水,是神的语言/夜是光滑柔软的瓷器,石上覆着青苔,水里开出莲花。"(《水一样流过的夜》)水与"神的语言"对接,如此富有穿透力的灵感,开启了诗人徐红以水为元素承载灵魂神谕的书写。水与生命的幻象,水的有形与无形,水的形态与情态……在经验与超验,在具象与灵感中,她宛若游鱼,深谙水韵,深得其爱。诚然,在有神论者看来,万事万物都是神的造化之果,人的思维、梦境完全可以被归属于神的暗示。由此推演,万物与人的观感和思维构成一种符合关系,水在此种符合关系之中特别代表神谕。在中华文明的发祥地黄河流域,神话中的水神是"河伯"。在先民思维里,正是"河伯"主宰了与他们的生死存亡息息相关的黄河的灌溉或洪灾。灌溉给予生命滋养,而洪涝则剥夺生命。水是神之造物,人在水神面前生不自主,死不自主,正如老子所言:"出生入死"不自主。一方面承认水的权威,另一方面,老子在《道德经》中又希望在"自然"的王国内,神能与人和谐相处而"不伤人"。《道德经》始终认为道在"帝之先",道的法则是"自然",让万物作为个体,各得其是地自由生存,各有各的存在理由。可见,水作为神之造物的意义,在道法自然的宏大生命力的陶染中,更贴近人性的自然需求。

恰恰源于此,对于水的本体价值,徐红并无负赘描述,她所看重的是水的优质与人性之美的关联,她关注和沉迷的是水所具有的巨大的隐喻张力:"从一滴水里看世界。从一个你中看到无数本真的你。"(《九歌:莲花》之四《成全》)在创作中,她钟情于水的生态特点与品质的人性表达以及主客对应的主体意识的巧妙凸显。无论是幽泉的清澈、海水的旷远、雪的洁净、水莲的高雅、池沼的容纳,它们在凸显自然实相特点的同时,都被寄予了诗人的哲思体悟,饱蘸着诗人的情感。徐红以女性的视角去审美,去感悟生活,用超乎性别的大爱情怀以及源于现实的忧患意识去探究自然的灵动、生命的真谛与世界的本相。

老子说:"上善若水,水善利万物而不争,处众人之所恶。故几于道。"①在老子看来，水是道和仁的象征。水的品德已经接近于道了。作为一切生态的起源，水具有母性的所有优质。徐红用"人类的源头之水"形容水的母性身份："灵与肉的痴缠，公义和名声的苦涩。……以醉为马，沿着母性的大地，溯游而上，翻越沟壑山峦，方知人类的源头之水如此清澈。"（《九歌：莲花》之十二《饥饿的石头》）"清澈"是万物本貌，是故水为母，为郭店楚简所言之"大"："大一生水，水反辅大一，是以成天。天反辅大一是以成地。天地复相辅，是以成神明。"成就天地万物的大一之水之所以堪称"大"，正是因为它既不臣属于神，也不凝固于理，更不萎落于任何偏私利害，而成就超越普适之爱。正如水之"上善"不臣服于神，不规矩于名，不记利害，而成就一种自是其是的"大"气。"上善"之水就是一种"大象"，积压在它身上的物形、神性和名理之苦已经荡然隐退，生死富贵、祸福荣辱已被洗尽铅华，臻于"无形""不言"的天地大美。因其无形而博大，因其为生态的根本，故兼具母性的色彩。水是万物之灵，人的生命也源于水："人，水也，男女精气合而水流形。……凝蹇而为人，而九窍五虑出焉。"②上述贤者对水的界定，在徐红的《成全》一诗中，几乎是一气呵成地表达出她所理解的"水的至美"："水滴连成线，我赞美水的洗濯。/这些水的线条，波动的液体，自由，思想。充满况味与真意。/水流淌，不止不息。顺应天命，又不甘于天命。/我的热爱是水。/在生命的幻象里，人类充当自己的泅渡者。/水是无形的，水的无形就是水的形状，就是水的至美。水是无穷，水开阔，这就是水。/水在爱里流动，爱也无形，每一滴都是奇迹。有爱的人就是善美。水的水，爱的爱，爱可以奢望，也可以成全。/水甚至就是空。有谁能抓住爱的内核？有谁能了悟道之深奥？它又像空气一样必须。//在人的内心滋养的，水就是一种蕴涵。水举重若轻。水明白通达。……"（《九歌：莲花》之四《成全》）

水在平静中接纳百川，包容万物，具有无限宽广的胸怀。水在宁静的包

---

① 《老子》，汤漳平、王朝华译注，中华书局2014年版，第30页。
② 《管子》，李山、轩新丽译注，中华书局2019年版，第659、660页。

容中凝聚力量,在运动中再次凝聚力量和显现威力。水的百变、善变是其包容品质的前提:"夜有着水的弹性/有时圆,有时又方//滋润的感觉源于水/水会巧妙地绕过暗礁/绕过一切险阻/水渴望开阔/水更为贴近/水在低处聚积着无尽的留恋//'要好好的。'/我也总在低处喃喃/亲爱的,也许/我需要低些,再低些/才可以静,可以容纳/像那片海"(《那片海》)徐红以温婉的描绘和比喻,平缓地将一个深邃的哲理含蓄蕴藉、流畅自然地表达出来,亦如老子所说:"天下柔弱莫过于水,而攻坚强者莫之能胜。"

回归自然和生活中,水又是诗人命中相依的另一半,即水我融合。一方面,水富有人的灵性和品格:"孤独的水,合起来将是多么庞大的孤独。"(《今夜,请为我下一场雨》)"水的丰足源于水的痛苦和感恩/诸子修身正心。/诸子终将明心见性。"(《九歌:莲花》之二《掌纹的秘密》)另一方面,诗人对水和雪的高洁、清澈及大爱情怀的赞美与向往,同时也是对自己品格提升的要求,是生命追求的一种对镜:"今天我只想亲近水/这体贴/真的是我喜欢的/那么犹豫/那么多微小的波痕慢慢地收拢/落在膝上/停下来,不说话/温暖就涌到了肩头/还有什么能够明晰/想你的时候/水拂拭着脸/水有着非常羞涩的红晕//就像一汪湖泊/我沉醉而不喧哗/而你在我干净的心里/给了我充盈/欣然领受着神的恩泽/想你的时候/我轻微地倾斜/又努力保持着平静"(《想你的时候》)"一场雨下得干干净净。/和你在一起,/必须身心如一。//丢掉七情,丢掉六欲,剥落陈旧的疼痛。/我把自己溶解掉。/天黑了。除了你,它们都找不到我。"(《唤醒》)以自然之雪,以大澄澈之水,"照见五蕴皆空",洗濯大地上的"我",洗涤尘世的灵魂,是融合,是发现,更是唤醒。

英国著名作家格雷夫斯曾说:"诗歌曾经是对人类的警告,警告人类必须遵照地球母亲的意愿,和地球大家庭中的其他生物和谐相处。现在它是一种提示,提醒人类由于漠视警告,在哲学、科学和工业领域的恣意妄为给他自己和他的家庭带来了巨大的灾难。"[1]格雷夫斯的这段话让我想起徐红参赛

---

[1] [英]罗伯特·格雷夫斯:《白色女神》,潘华琴译,转引自鲁枢元《自然与人文——生态批判学术资源库》,学林出版社2006年版,第579页。

台湾第32届联合报文学奖新诗决赛时提交的一首诗《彼时》中的一句："彼时下雪了，'这欲望的罪'。大地一片洁白。"(《彼时》)。决审委员白灵评价徐红的《彼时》一诗时说：这诗是"一首人间炼狱的时代切片"，即使过去三四十年，仍深深影响着下一代甚至未来数代人，像电影《为爱朗读》，让人有无助之感。诗中描述人间最大的悲剧，却能透过诗的语言提升到抽离深思的层次，读来惊心动魄，可引起不同族群的同理心。用字简单但深刻，每句话都有力道。而徐红在获奖感言中也说道：从审美到审丑，从华丽到幽暗的转身背后，是忧患意识和对人性的拷问。那种惊艳动心的美只有在孤独中才能感受到。关于生命、生活，关于时代，关于现实与幻觉的冲突和隐秘的渴望，徐红的诗歌都为我们带来更多可能性。徐红的诗，给我们带来的不仅仅是丰盈细腻的美感，更重要的是那包孕着佛家大智大慧大爱的感悟。对现实的忧患，对人性的感悟，对自然的亲和，敞开了她诗歌多向维度的空间："我不幽闭自己，我的神就是存在。/我的最高宗教是无上的爱。"(《九歌：莲花》之一《莲花》)"世间诸般皆幻象，/迷是凡夫，悟是佛。"(《彼时》) 她在诗中不断重复引用佛家的经典、譬喻，以隐喻人生的境界和生命的感悟："水有血肉，有大慈悲，大智慧，有大爱，有泥里的莲藕，有怀里抱紧的籽实。"(《九歌：莲花》之二《掌纹的秘密》)。她的很多诗——《迷津》、《肉体与灵魂的洁净和美》、《我听见了水的天籁之音》、《空，满。无所不在的》、《九歌：莲花》之三《我的非我》、《九歌：莲花》之五《真相》、《酿泉》、《无端》之三《无端》、《无端》之七《辜负》、《无端》之十四《原色》……如同神谕的文案，解读时，经常需要我们跳脱俗世的语境，进行形而上的精神旅行和跋涉。

**2.在水中：尽享灵魂浸透的舒展**

克罗齐认为，美感是一种直觉，这种直觉是知识前的阶段。他又认为这种直觉就是表现，就是创造，就是艺术。[①]也就是说，直觉自然流露时，艺

---

① 叶朗:《美学原理》,北京大学出版社2009年版,第139页。

术就诞生了。徐红的诗都不长，随意却不掩精致，平实却无损含蓄，精巧的语言渗透着深秘的心语，时不时还会流露出羚羊挂角、无迹可求的以心会心的禅意。

　　从《雪想念着》一诗奇诡的题目可以看出，诗人显然是将雪拟人化。那么诗人究竟是写抒情主人公在雪中的想念，还是对雪花人性化的追求，抑或描写物我相容的灵魂舒展的状态？"落下来的不是花瓣，/是夜，那么深，/心那么深。/心那么深/雪天的空旷那么深。/闪烁那么深。//脸颊是雪，/看雪的人是雪，/远方是雪。/整整一生，/多么辽阔。雪在想念的眼睛里，/雪倾泻/灵魂也是雪。"雪的想念是无声的，它与心的想念融为一处。诗人热衷于探讨灵魂与生命的"况味与真意"："我的灵魂有很多个/我在很多个我的里面/我在深刻和矛盾里面/只有流淌是我渴望的方式/我在期盼里/我在有限里面获取这无限"。（《只有流淌是我渴望的方式》）流淌是诗人崇尚的一种自在自为自然的生命状态，在《只有流淌是我渴望的方式》一诗中，诗人表达了新世纪女性淳朴的向往："我的夜晚，我的白天/我皮肤下的血脉/我的含蓄，我的感动/我生命的眷恋/都像鲜活的水一样流淌"。诗人以水的流淌姿态展露了自身始终崇尚的生命境界和灵魂追求的状态——无限无碍拓展延伸。此外，《午后》《柔软》《耐心》《清凉浸透了肌肤》等几首诗主要描写日常的生活状态，与水毫无关联，但结尾处却略显突兀地以水的姿态来表达生命的处境，将情感与水融为一体，可谓巧妙而意蕴丰厚，水到渠成的创作不失为艺术的"流淌"之势，诗人生命所感已经与艺术的技巧处理圆融一体："水在倾听。更深了！下在灵魂里的水。"（《今夜，请为我下一场雨》）

　　现代新儒家学派代表人物杜维明曾说："作为社会和文化的存在，我们永远不要排开自己，以第三者的身份去研究自然。回到大自然不仅意味着记忆、忘却，还意味着无师自通。要加入到大自然生命力的内部感应中去，前提是我们自身内部的转变。如果我们不能首先将自己的情感和思想协调统一，我们就无从适应自然，更不用说'与天地同流'了。"[①]以水为对镜，在创作

---

[①] 杜维明：《存有的连续性：中国人的自然观》，《世界哲学》第1期，2004年3月。

中，徐红很自如地完成"自身内部的转变"，这转变不露痕迹，因为她沉醉于灵魂在水中醇厚浸透的舒展。以几首诗为例：

《野渡无人舟自横》，诗名取自唐代著名诗人韦应物《滁州西涧》中的诗句："独怜幽草涧边生，上有黄鹂深树鸣。春潮带雨晚来急，野渡无人舟自横。"这是写景诗的名篇，描写春游滁州西涧时诗人赏景之所见所感。前两句在写春景之际，表达了其独爱幽草，以喻乐守节而嫉高媚；后两句写晚潮带雨的野渡之所见景象，蕴含一种不在其位、不得其用的无可奈何的忧伤。全诗表露了恬淡的胸襟和忧伤之情怀。徐红的《野渡无人舟自横》，篇名和开篇几句取用韦诗最精粹之句，同时巧妙地移借了原诗的意境："寺庙的香火还在远处，/恬静从果树下穿过。//静寂，一只蝴蝶飞起。微澜的时间，/边缘有凝碧的暖。"由远及近，由静及动，直至进入富有生态感的水的描绘，"凝碧的暖"将抒情主人公内心的感怀和心绪简练而鲜活地勾画出来。最后一节，诗人完全从自然意象的捕捉和描写中走出，回到了诗人主体的生命感怀："浮生水泽。那些美好的事情，/我无法一一对你说出。"无法说出的因由全渗透于"浮生水泽"所表达的深挚内涵。诗人的心绪浸润在这寥寥数字中，借"水泽"点出人生苍茫、无奈飘零的状态，情感何来何去，如同那池沼的吸纳，无所保留地被包容在浮生岁月的熔炉里。

"我已醉了。梅子黄时雨，/你可以把其中一滴，有梅子香的，/数成我。水渗进我的皮肤。/我的脸上都是雨水，/这不像是雨，更像是一场安慰。//我知道我只能倾听，/青草疯长，绿水无言。我无言。"（《在忧郁里》）诗人以水为介，尽情地去感触世界，并将所获得的交感和印象融入诗中。类似的表达，与早期象征派诗人穆木天的《雨后》有异曲同工之妙。在《雨后》一诗中，穆木天用富于律动感的语言写道："我们要听翠绿的野草上水珠儿低语/我们要听鹅黄的稻波上微风的足迹/我们要听白茸茸的薄云纱轻轻飞起/我们要听纤纤的水沟弯曲曲的歌曲"。诗人用听觉串联了自然万物的声音、色彩与运动，把内心的感应与富于色彩和动感的景物自然地融为了一体，组合成了共鸣的律动。徐红在《雨的唯美情调》一诗中有类似的书写："苏格兰风笛吹出的雨，/尽可能的弯曲。/在忧郁的小孔里，顺着风势，/有一些雨点/轻轻打在我的身上。//这潮湿的颤音/夹裹着蛙鼓,虫鸣。/在弯曲里/蓬勃和淹没放慢了速度。沉湎于水的轻吟,/慵倦的黑暗鲜美,绵长。//我多么爱,这温柔的弯曲。/关掉某一个夜晚,洗净浮华,/带着银子的水和灰雀的湖泊,/去不可见的某地,/远游。"在整个"神思"活动过程中,诗人的思维活动始终都是和客观物象、感情之波澜起伏紧密地结合在一起的。这正是艺术构思活动的最基本美学原则,视阈和姿态呈现出一种更为宽广自如的美学趋向——形、声、色、态的通感转化,最终落脚到远方和灵魂的放逐,唯美浪漫而又干净本色。这就是在水中沉浸的诗人的本色,与天地一体,没有隔阂,生命回到自然里养育。灵魂当然要交付给水——温润、饱满、自由、变幻……所有在水中的浸透都是善的、美的、纯的、净的。一个沉重的命题——审视灵魂,在徐红笔下变得那么轻而灵,透且准,抒情在平实面前显得那么多余,睿智在理性面前显得那么超脱,博爱、大气在女性书写中显得格外珍重。

博尔赫斯说:"当一页上的形容词和比喻全部翻新的话,通常表明了作者的虚荣和吓唬读者的欲望。永远不可以让读者觉得作者在显示技巧。作者应该有技巧,但不能引人注目。事情做得极其出色的时候,看上去是轻松愉快、水到渠成的,如果你发现刻意雕琢的痕迹,那就说明作者的失败。我也不想说作品必须浑然天成,因为那意味着作者信手拈来就是恰当的此句,那是不太可能的事。一件作品完成时,应该是浑然天成的,尽管实际上它可能充满了隐秘的技巧和朴实的(不是自负的)机灵。"①

爱斐儿与徐红都是活跃于新世纪诗坛的女诗人,一个是散文诗诗坛创作颇丰的诗人,一个是荣获台湾联合报文学奖和叶红女性诗歌奖的诗人,两个人的共同点除上述所言外,还有很多。比如:她们都能独具慧眼地发现生活中处处蕴含的美感;她们的语言丰富精致、敏锐深刻、形象生动、新鲜通透、温婉飘逸;她们的诗歌写作少功利心而且不在乎虚名,所以写得更加本色细腻、睿智灵气、干净唯美、蕴含深透;她们的诗体现着人文关怀、独立

---

① [阿根廷]豪尔赫·路易斯·博尔赫斯:《博尔赫斯谈话录》,王永年译,上海译文出版社2008年版,第89—90页。

意识、忧患精神。

在俗世中,她们宽广、大气、平实地追逐着诗歌的神采和光晕:"拨开虚幻,真实才被看见和呈现。/正在下雪。你异端的思想,或者真知灼见,裹在俗世热乎乎的羽毛里,白色鸟儿般盘旋。"(徐红《九歌:莲花》之《饥饿的石头》)

## 在场的诗学：
## 以《新时代诗歌百人读本》为例

中国新诗是中国诗人的时代梦，是百年来的一件大事，是持续实践的文学或文化行为。在革新古典诗歌的同时，也延续和创生了"诗言志"的内涵。自古及今，诗歌与时代发展紧密关联，经典的诗歌文本多孕育于跌宕的时代语境与现实生活中。回顾新诗百年历程，不难发现，郭沫若、闻一多、艾青、穆旦、郑敏、胡风、牛汉、绿原等优秀的诗人都是紧贴时代步伐，他们深切地介入时代，反思现实，吹响独立自由的号角，审视当下的生存空间，考量生命的意义。

如今，中国新诗进入繁荣的时代，在新时代语境下，新诗从美学风范、艺术表达、题材书写等方面，都滋生出新的面向。李少君、符力主编的《新时代诗歌百人读本》（以下简称《读本》）是第一个汇编新时代诗歌的选本，聚集了老中青三代一百位诗人的一百四十多篇诗作。编选者的审美尺度和编选视角多元，入选题材和风格多样，未流于千篇一律。《读本》中既有对祖国自然山川的讴歌与赞美，又关注中华民族的精神传承；既记录了新时代社会主义巨大变革的新景观，也反映了老百姓日常生活的点点滴滴。《读本》呈现出新时代鲜活丰润的现代生活，以及人民的心灵微澜，是有温度的在场的诗学演练。

"为什么我的眼里常含泪水，因为我对这片土地爱得深沉。"孕生于20世纪30年代的艾青的经典诗句深入人心，因为它倾吐的不仅仅是个人，而且是整个民族的心声。《读本》亦择选不少烙印着时代新貌、抒写祖国河山的诗作：邱华栋的《蓝色太平洋》《绿色太平洋》，杨克的《南海海眼》，简明的

《立体的祖国》，陈勇的《大道阳关》，横行胭脂的《宁夏长歌》，李元胜的《树正寨歌谣》《过三沙北滩》，等等，它们是一首首浩荡长歌，是一幅幅舒卷移动的山川诗魂。汤养宗的《银匠》《象形的中国》，则从自己的写作经验出发，抒发对以象形汉字为表征的中国传统文化深沉浓郁的热爱，以及对绵延的文化和历史的敬叹。综上几篇，诗人们在抒写宏大主题时，并非流于肤浅的政治抒情，而是浸透了独特的主体诗格和个人生命体验，最为重要的是，他们不是旁观者，而是现实景观和历史文化的在场者。

20世纪90年代以来，诗人侧重于日常生活经验的书写，这无疑开拓了新诗的写作向度，但过分强调私人化写作，缺失关怀时代发展或问题的优秀的文本，并未完成将当代现实经验转化为诗歌审美谱系的诗学使命。《读本》延续了"及物"的写作风范，但是更具有时代意味，拓深了日常生活经验表达的维度和空间，以更宏阔和深入的视野捕捉个人与时代的共振互动。《读本》中的诗人从个体经验和切身感受出发，以介入之姿观照新时代的生活现象，践行个人与时代的休戚相融。比如金占明的《大变迁》，诗人选取了1978、1988、1998、2008、2018五个时间节点，从经济发展和精神历练两个方面梳理了中国改革开放以来的成就，将自己的日常经验与时代变迁糅合在一起，刻绘了几代人的审美记忆。龙小龙的《写意：中国工业园》从高晶硅、还原炉这样的小角度切入，彰显了新时代的大格局、大视野，高扬了工业化进程中凝聚的中国精神。此外，还有对C919大飞机、港珠澳大桥、蛟龙号、大数据、物联网小镇、中国工业园等新时代工业成就的把脉……诗人们在书写新时代工业成就时，不再满足于客观地对工业成就的细微描述，而是以主体融入的姿态，主动地去"搏击"、体验这些工业成就所带来的生活变化与精神经验的变迁，由此达到个体与时代的共振互动，展现出了时代的内在力量。如在《重温"深圳速度"》中，"速度"是凝结改革开放以来几代人的深刻记忆，在"速度"的驱使下，个人和整个国家都蓬勃着激昂奋进的精神状态。"深圳速度"即迸发于"一代人的力量、决心、梦想"，是"从大地深处奔涌出钢的火焰、铁的水流"。

《读本》对新时代生活的在场感和时代的在场感的侧重还体现为所选作

品对人民的日常生活、对普通劳动者的主体人格和精神形象的书写，体现了新时代真实感人、有温度的"人民性"。大解的《下午的阳光》《画手表》，林莽的《地铁车厢对面的女孩》，谷禾的《绵绵的桂花的香气袭来》《去菜市场的路上听到鸟鸣》，李琦的《世界》《梨树印象》，蓝野的《海滩上的焰火》等，它们缘于常情、常景，却温暖感人，牵动心扉，充盈了幸福的含义，也扩展了对时代的洞察。另外，《工匠精神：一双手》《大国工匠》《大美工匠》《高铁司机陈承仪》等诗作，热情赞许了普通劳动者身上的负责、细致、敬业的"工匠精神"，而这样的工匠精神即是在中国几十年工业化进程中，尤其是高科技层出不穷的新时代形成的一种职业精神，是新时代语境中具有标识性的话语。在《扫街人》《第一书记》《哨卡记》《封山记》《这些不知自己伟大的人》《使命》《快递宣言》等诗作中，赞美了扎根在基层的士兵、清洁工、扶贫干部、工人、快递员等普通劳动者具有的平凡而又伟大的奉献精神，这既是中华民族的传统美德，也是社会主义核心价值观的体现。诗人们自在无伪地融入了人民的生活场域，细腻地去体会他们的喜怒哀乐，提炼涵摄了国民精神。也正是对普通劳动者的诗写，使得《读本》在现实的思考维度极为接地气，并洋溢着暖意。

中国的现代化进程是人类文明史上的一件大事，以疾风骤雨般的四十余年完成了西方国家三百多年的进程，时代在大踏步前进的同时，一些细碎而易忽视的问题被隐藏在时代表层之下。有担当精神的诗人践行了行动诗学的主张：介入时代，体验现实，升华自身的观感，进而反思时代，反思人类生存的诗学问题。《读本》中部分诗人对高科技发展的焦虑并非单一片面，王学芯的《大数据》看似简单，却隐含着对未来时代大数据改变人之价值和思维的忧虑。再如诗人对城乡问题的深深忧思，现代化、城市、工业在飞速发展，将传统、乡村与农业远远甩在了身后，由此而产生一系列的问题，如剑男的《忙音》对乡下孤独的老母亲与在城市中忙碌的儿女之间微妙关系变化的抒写，王二冬的《乡村使者》从快递员的视角写出的现代版的游子思妇诗……《读本》中的诗人以敏锐的眼光和多元巧妙的诗思，将他们对时代现实的忧思、对人类的终极关怀呈现在诗歌语言建筑上，这也是在场的诗学的另一个含义。

《读本》中一百四十多篇诗作对生活在场感和时代在场感的诗艺呈现方式是多元丰富的，在此有两点很值得注意：一是向古典诗歌传统"借火儿"，二是对日常经验的智性提炼。

从五四新文化运动新诗发端起，就已然在探讨新诗与古典诗歌的关联问题。新诗向古典诗歌传统"借火儿"，不仅关涉诗歌形式上的表达问题以及新诗合法性的问题，更是关系诗人们对工业与农业、对城市与自然、对现代与古典的认识。西方现代主义文学的主线即是对工业文明的批判、对异化的警惕，而对自然的农业社会及其所代表的文明精神是持赞美态度的。但是，细读《读本》中的新时代诗歌，工业文明、工业成就不再是被批判的对象，农业社会的自然也不再是被永恒讴歌的对象，两者在当下诗人眼中不再是截然对立的存在，而是立足于在场的时代现实生活的。如王二冬的《乡村使者》，可以说是现代版的游子思妇诗，最后两节颇有《古诗十九首》的味道。在诗句表达上，横行胭脂的《宁夏长歌》开篇"朔地春风起，冰霜昨夜除"，直接化用了杜甫的《远怀舍弟颖、观等》中的"江汉春风起，冰霜昨夜除"，奠定了诗歌悠扬高远的古典诗意情调。在此，最值得注意的是，诗人们总是将中国人的传统文化精神融化、渗透在现代的诗行和现代的意象体系中。如《西部女人》颇有儒家自强不息、积极进取的精神，又有《诗经》的民歌传统。还有像《杏花落》《秋之夜》《绵绵的桂花的香气袭来》《初夏的歌》《我只想听听，乡村的心跳》等诗作，则大有盛唐山水田园诗清新自然的美学形态，又有道家清静无为、天人合一的意味。

现代化的进程将每个人都纳入其中，日常生活呈现出碎片化，并且以工业中的"物"表现出来。但是，智慧的诗人总是能在琐屑的日常经验中做出智性提炼，从而用诗性的语言延伸了人们的日常经验与思想维度，这就是诗歌所独有的魅力之一。一般来说，汽车站、街道、客车是我们每天"进进出出"的地方，普通人对此已经失去了感受的能力，但是在罗鹿鸣的《汽车站，出发与抵达》中，诗人对此却有非常智慧的提炼："客车是怀着悲悯的好人，具有老黄牛的精神/道路泥泞、人的愤怒与阳光的喧嚣，都能从容面对/城市与乡村，被拉近、推远，又推远、拉近/客车门只认得车站，那是家，安放着一个个心灵"。董国政《花，或女人的马拉松》则一反人们固有的审美意识，让花儿成为主体，必须用"快跑"即赶紧凋谢来改变人们对自身认识的"故旧和单调"，这是诗人对当下快节奏生活的一种反讽。如此对时下日常生活经验进行诗意上智性提炼的诗歌还有很多，如毛东红的《喜鹊》、横行胭脂的《西部女人》、海男的《星期五的白色泡沫》等。这样的智性提炼都是由新时代在场的点滴生活生发的，但是指向的却是对人类本身的终极关怀。

　　七十年前，新中国的成立让中华民族进入一个崭新的历史起点，那时胡风写下了著名长诗《时间开始了》。七十年后，在新时代这个新的时代语境下，吉狄马加也写下了长诗《时间的入口》。《读本》在文本表征、精神向度、审美风范等方面都是多元开放的，这些诗作召唤了时代生活经验与当下人民群众的精神风貌，记录了时代格局的变化与个体精神的变迁，展现出时代的内在力量，引领了新时代诗歌的审美风范和价值取向，这是具有时代节点上的诗学建构意义的。一时代有一时代的文学，《读本》的诗人们对新时代丰富多样的生活经验的捕捉与书写是具有"诗史"意义的。写出个人与时代的共振互动，而又超越了时代并具有终极关怀的诗歌，则是具有永恒意义的。

## 诗歌作为天职：
## 吴思敬的诗学关怀及新诗理论研究

自1978年在《光明日报》发表诗论《读〈天上的歌〉兼谈儿童诗的幻想》迄今，吴思敬在中国诗学理论研究领域默默耕耘了四十余载[①]。从20世纪80年代初他与谢冕、孙绍振等人弄潮于"朦胧诗潮"的风口浪尖上，至1990年代对"第三代"诗人、先锋诗潮等做出学理化的分期与理论建构，再到21世纪以来对底层诗歌、网络诗歌、日常经验书写的诗学观照，吴思敬始终以扎实厚重的学术根底和前沿拓耕的批评视野，及时跟进并总结中国新诗的美学流变和时代精神，引领当代诗歌理论和批评发展的风尚。此外，吴思敬还身兼多职，从1984年担任《诗探索》编辑至今，其间组织推进，通过办刊向广大读者传输"诗歌基本原理"，推进汉语诗歌的蓬勃发展，维护当代诗歌的尊严；他和林莽发起并完善驻校诗人制度，首开当代诗坛青年诗人的培养制度；他耕耘于讲坛，为诗界培养了几批优秀的人才……尤为难得的是，他还是很多诗歌爱好者和后辈学人攀爬诗学研究的桥梁与扶梯。从纵向的新诗发展和诗学理论建构历程，以及"世界—作者—文本—读者"的横向维度看，作为诗歌批评家、文艺理论家的吴思敬堪称改革开放四十年中国诗坛颇具行动力和影响力的探索者与引渡者，是以诗歌为天职的现代学者。

---

① 参见王士强：《吴思敬学术年谱（1978—2020）》，《名作欣赏》，2021年第7期。

## 前瞻的探索者与坚执的引渡者

1980年，北岛等人引领的"朦胧诗潮"引起了学界的广泛注意，一面因其读不懂、朦胧而令人"气闷"，险遭批判命运；一面因其极具先锋的美学追求而受到热捧。1980年5月，谢冕在《光明日报》率先发表《在新的崛起面前》一文，旗帜鲜明地对青年诗人的"朦胧诗"表示肯定与支持。紧随其后，吴思敬于当年8月在《北京日报》上发表了《要允许"不好懂"的诗存在》，呼吁学界和诗坛对朦胧诗人应予以包容。①此后，吴思敬又发表了一系列支持"朦胧诗潮"的文章，如《说"朦胧"》《时代的进步与现代诗》《新诗讨论与诗歌的批评标准》等，尤其是对顾城、江河、梁小斌三位朦胧诗人的发掘与评论，"相当系统而深入地进入诗人的内心和诗歌的内核"②，为之后的朦胧诗研究提供了思路借鉴。在为"朦胧诗"激烈争辩的日子里，"谢冕、孙绍振是主将，我和钟文是急先锋，我们成了一个战壕中的战友"③。正是这一代学者和诗评家们短兵交锋的勇气魄力和严谨扎实的学理阐释，才使得"朦胧诗潮"在20世纪80年代纷繁缭乱的中国诗坛争得一席之地，并产生深远影响。

同样，1985年停刊前的《诗探索》也在"朦胧诗"浪潮中有推波助澜的作用。作为刊物作者和责编的吴思敬，在《诗探索》上推出几篇重量级文章，如《时代的进步与现代诗》《评点江河〈让我们一起奔腾吧〉》《追求诗的力度——江河和他的诗》等。1986年至1993年，《诗探索》因经济及出版原因一度停刊八年之久，在谢冕、吴思敬等同仁努力下于1993年9月在"93中国现代诗学讨论会"上宣告复刊。《诗探索》于1993年的复刊无形中应和

---

① 参见王士强:《吴思敬学术年谱(1978—2020)》,《名作欣赏》,2021年第7期。
② 霍俊明:《吴思敬与"朦胧诗人"二三事》,霍俊明主编《诗坛的引渡者——吴思敬诗学研究论集》,长江文艺出版社2012年版,第51页。
③ 吴思敬:《中国当代诗坛:谢冕的意义》,《中国新诗理论的现代品格》,中国社会科学文献出版社2022年版,第231页。

了20世纪80年代至90年代的中国诗坛及诗论的转型,也正是在这一年,吴思敬主编的《磁场与魔方——新潮诗论卷》出版。在此书编选者序言中,吴思敬及时总结了1980至1992年的诗坛及诗论成果,并将其分为三个阶段:1980至1985年为朦胧诗潮诗论阶段,1986至1989年为新生代诗潮诗论阶段,1989至1992年为冷静反思阶段。①此外,吴思敬于20世纪90年代出版了系列回望80年代新诗研究的专著和论文,如《当代诗歌:思考与对策》《启蒙·失语·回归——新时期诗歌理论发展的一道轨迹》《九十年代中国新诗走向摭谈》《从身边的事物中发现需要的诗句——九十年代诗歌印象》等,均彰显出诗歌批评家敏锐的批评意识和文艺理论家的真知灼见,这一切都与其长期浸染于文艺理论研究以及时刻关注和总结诗歌创作的"在场"精神息息相关。

进入21世纪,吴思敬在主持首都师范大学文学院并兼任中国诗歌研究中心工作之余,仍然在中国新诗及理论研究领域朝耕暮耘,结出累累硕果。相对于20世纪八九十年代笔立于诗潮浪头的写作,其在21世纪更关注新诗理论的建构、新诗历史谱系的观照,以及对青年诗人和评论家的发掘与提携。在新诗理论的建构和历史谱系的观照上,吴思敬相继在权威学术刊物上发表了《裂变与分化:世纪之交的先锋诗坛》《二十世纪新诗理论的几个焦点问题》《中国新诗理论:在现代化进程中的诗学形态》《新诗已形成的传统》《从黑夜走向白昼——21世纪初的中国女性诗歌》等重要文章,并被《新华文摘》《中国社会科学文摘》和人大复印资料等转载,其对底层诗歌、女性诗歌、九叶诗派、七月派、日常经验写作均有学理化和历史化的深入阐发,这在中国诗坛和学术界产生了极大反响。尤其是其主编的《20世纪中国新诗理论史》的出版,"打破了过去的观念史形态,而以个体诗人、诗评家和诗论家作为贯穿这八十余年新诗发展的线索,建构起了更为明晰的以人为中心的理论史。用大量新的史料来印证个体的诗歌创作与诗学观念的演变,也以

---

① 参见吴思敬:《磁场与魔方——新潮诗论卷》,北京师范大学出版社1993年版,第1—2页。

新的批评方法来对典型的个案进行症候性解读,这样针对诗人和诗论家所运用的研究范式,让新诗理论史的撰写在文体风格上显得更为鲜活"①,为当下和未来的中国新诗理论建构和史述提供了明晰的路径。在对青年诗才的发现与提携中,吴思敬作为诗坛前辈,居功甚伟,尤可称道的是2004年起由《诗刊》社和首都师范大学中国诗歌研究中心联合发起的驻校诗人制度。"2003年底,《诗刊》社主编叶延滨、编辑部主任林莽与首都师范大学中国诗歌研究中心主任赵敏俐、副主任吴思敬做了沟通,探讨让华文青年诗人奖获得者进入高校,为学校加强诗歌教育,也为获奖诗人自身的提高形成双赢局面的可能。"②自2004年江非成为首届驻校诗人以来,驻校诗人至今(2022年)已行至第十九届,每一届驻校诗人研讨会,他都会参加并做发言,以示对青年诗人的鼓励。驻校诗人制度在诗坛和学术界都引起相当大的反响。

吴思敬自2008年在首都师范大学文学院荣休后,还任职了首都师范大学中国诗歌研究中心副主任一段时间,其诗学探索的步伐从未停下过,他始终"怀着浓厚的理论兴趣关注着中国新诗理论的历史进程与当下态势"。自2017年起,还作为首席负责人主持教育部人文社科重点研究基地重大项目"百年新诗学案",先后发表了一系列极富锐见和创新精神的理论文章。

## 以诗歌主体性建构为旨归的新诗理论研究

马克斯·韦伯在《科学作为天职》演讲中如此谈到对"志业"的责任承担:"如果我们对我们的事业理解正确的话,(我在这里必须预先假定这一点)我们就能够迫使个人对自己所作所为的终极意义做出交代,或至少帮他做到这一点。……一位成功地做到这一点的教师,是在为'道德'力量服

---

① 刘波:《如何建构开放的诗歌理论史景观——评吴思敬主编〈20世纪中国新诗理论史〉》,《中国现代文学研究丛刊》,2018年第2期。
② 吴思敬:《诗人与校园——〈首都师范大学驻校诗人研究论集〉序》,《中国新诗理论的现代品格》,中国社会科学文献出版社2022年版,第293页。

务，担负了创造清明与责任感的义务。"①韦伯于此谈到科学的"志业"必须是要思考为"清明服务的最终贡献"，这也是一个现代学者在从事学术中必须去面对的"终极"问题。对学者吴思敬来说，"中国新诗理论是伴随着新诗的诞生与发展，处在现代化进程中的一种全新的诗学形态，它既根植于悠久的中国诗学传统，又汇入现代世界诗学理论的总体格局中。如今，在新世纪的大文化环境的背景下，对百年来的中国新诗理论的发展历程做一梳理与反思，并对其中的某些规律性的东西予以探讨，这是当代诗歌理论工作者应负的历史责任"②。诗歌作为天职，不仅是外在职业的要求，更是一位学者内在的历史使命，它要求学者必须激情饱满地献身其中，必须以扎实的学识和深邃的理论修养去捕捉、阐释偶然乍现的灵感，必须在乏味的学术研究中形成一种明亮而强烈的精神品格。在其四十余年的中国诗学研究中，吴思敬逐步确立了以诗歌主体性建构为旨归的新诗理论建构方式。

早在20世纪80年代初，吴思敬就显示出对诗学理论的浓厚兴趣与挑战文学史及文学理论的气魄和抱负。他在《菜厂胡同7号：我的80年代》中自述撰写了《诗歌基本原理》的辛苦过程："每月刊载一讲，每讲约三万字，共十讲。……晚上点灯熬夜更是常事。经过10个月的艰苦拼搏，终于把这部教材完成了。"③这是吴思敬的第一部诗学专著，在彼时西方学术思潮理论翻涌的时代，他慧眼独具，率先将心理学方法和系统论、信息论引入诗学研究中。《诗歌基本原理》分为本体论、创作论、鉴赏论和诗人论四个部分，这也与艾布拉姆斯《镜与灯——浪漫主义文论及批评传统》一书中将文学分为"世界—作者—文本—读者"四个元素的理论不谋而合。更值得一提的是，吴思敬还从心理学理论视角贴合并再现了创作主体、批评主体、接受主体对

---

①［德］马克斯·韦伯著，李康译：《科学作为天职》，马克斯·韦伯等著，李猛编《科学作为天职：韦伯与我们的时代命运》，生活·读书·新知三联书店2018年版，第40页。

②吴思敬：《中国新诗理论的现代品格——谨以此文纪念新诗诞生一百周年》，《中国新诗理论的现代品格》，中国社会科学出版社2022年版，第3页。

③之后吴思敬又对这部三十万字的文稿调整修改，并交由工人出版社于1987年出版。参见吴思敬：《菜厂胡同7号：我的80年代》，《名作欣赏》上旬刊，2022年第8期。

诗歌的创作及阅读心理过程，从而展现"原理"层面的诗歌概念。以"原理"探究为发轫，《诗歌鉴赏心理》(1987)和《心理诗学》(1996)两部学术专著的出版则标志着吴思敬"心理诗学"新诗理论体系的初步建构，在学术界引起较大反响。《心理诗学》专著的"代跋"——《用心理学的方法追踪诗的精灵》1985年即发表在《诗刊》第11期上。在当时西学方法论大热的年代，"系统科学方法、逻辑学方法、现象学方法、符号学方法、结构学方法"[①]等固然已经在诗歌理论研究中找到了用武之地，但吴思敬认为，在诗歌及理论研究中引入心理学方法论，"有助于建立新的研究参照系统"，"有助于开拓新的研究领域"，"有助于诗歌研究走向科学化"。[②]吴思敬敏锐地把握了青年诗人的写作特点，评价他们的写作是"向微观的内心与宏观的宇宙的同时掘进，面向世界的横向扫描与对中国传统文化的纵向寻根"[③]，将诗歌看作是诗人用语言与外部世界的信息交流，将诗歌创作过程阐释为外部信息内化、生成、转换与编码、再生的过程，从而在学理层面解构或祛魅了中国古典诗学历来"笼天地于形内，挫万物于笔端"这种模糊迷狂的灵感诗学主张。尤为可贵的是，吴思敬的"心理诗学"并未高蹈于理论的引介衍生，或是机械地将理论应用于作品批评，而是将理论阐述扎根于中国诗歌批评实践和中国文化环境，广泛引入中国古典诗歌、新诗和西方现代诗作，并做出全新的鉴赏批评。

吴思敬"心理诗学"体系的建构既得益于其在20世纪80年代初参与"朦胧诗潮""第三代"诗人的争鸣，又应和了变革时代里高扬主体性的话语氛围。在撰写《诗歌鉴赏心理》和《心理诗学》专著之前或同时，吴思敬也发表了多篇关于"朦胧诗"诗人诗作的评论文章，如《追求诗的力度——江河和他的诗》《痛苦使人超越——读梁小斌的〈断裂〉》等。同样，在《心理诗学》专著中，作者也旁征博引诸多西方心理学理论来阐释朦胧诗人的诗作，如用瑞士心理学家布留伊勒和皮亚杰的"我向思维"理论来阐释顾城从

---

[①][②][③]吴思敬:《代跋:用心理学的方法追踪诗的精灵》,《心理诗学》,首都师范大学出版社1996年版,第356页,第357—359页,第356页。

《烟囱》到《生命幻想曲》的成长理路与心灵变迁经历，颇具新意。由此，将吴思敬"心理诗学"理论建构和对"朦胧诗"的论争放置到20世纪80年代新时期文学初始时的背景中，可见其对诗人"心灵"、心理过程的注重，应和了当时"变革时代对诗歌主体性的呼唤"[①]，是在诗学理论层面对诗人个体主体性的召唤，是对"极端政治化的伪现实主义与矫饰浮夸的伪浪漫主义"[②]的深刻反思。吴思敬在2022年新著《中国现代新诗的现代品格》的同名文章中，将"主体性的强化"作为百年来新诗理论建构的现代品格之一，该文借梁小斌"心灵走过的路，就是历史走过的道路"之语，将新时期以来文艺理论家对诗人诗作心灵的探寻复归到五四时期："……这样痛快淋漓地谈诗与自由，这种声音只能出现在'五四'时期，他们谈的是诗，但出发点却是人，是为了让精神能自由发展。这些话出自不同诗人和理论家之口，但细品一下，却有惊人的相似之处，这里面融入了他们的切身体验，都在一定程度上印证并强化了诗歌的主体性。"[③]这凸显出吴思敬的新诗理论研究已然迈入更高维的诗学思考，也更凸显出作为一名学者、一名文艺理论家的历史担当与社会关怀。

## 警觉的历史使命感与殷诚的学术关怀

　　以学术为志业，以诗歌为天职，吴思敬在改革开放以来四十余年的学术生涯中，秉持强烈的历史使命感和现实学术关怀。他在《诗学沉思录·自序》中谈道："朦胧诗谈论的热潮消退以后，我的诗歌理论与批评工作大致循着两条途径，一条是就新诗理论的某些基本问题进行探讨，另一条是继续追踪诗歌发展潮流，对诗人诗作予以批评。"[④]就前者来说，它内生于中国新诗创作史与接受史。吴思敬以开拓的视野广征博引中外文艺理论并做出新诗

---

[①][②][③]吴思敬:《中国新诗理论的现代品格——谨以此文纪念新诗诞生一百周年》，《中国新诗理论的现代品格》，中国社会科学出版社2022年版，第8页，第7页，第6—7页。

[④]吴思敬:《自序》，《诗学沉思录》，辽宁人民出版社2001年版，第3页。

批评阐释的同时，也努力将"基本问题"纳入中国百年新诗史及新诗理论史谱系中，力图打通诗歌、历史与理论三者之关系。例如，吴思敬曾撰文《中国新诗理论的发展脉络》，将20世纪中国新诗理论的形态与演变做如此梳理，他认为从20世纪初至20世纪20年代为"中国新诗理论的草创期"，30至40年代为"中国新诗理论的拓展期"，50至70年代为"中国新诗理论的调整期"，80至90年代为"中国新诗理论的再生与繁荣期"。[1]这种宏阔的百年新诗理论史观在其主编的《中国新诗总系·理论卷》和《20世纪中国新诗理论史》中也有鲜明的体现。此外，吴思敬在坚持动态的百年史观的同时，也以更多元化的视角探究中国新诗理论在"现代性"方向上的演变、转型等。例如，他认为20世纪中国新诗理论的现代转型，大致循着这样的两条途径："第一条是按本民族诗学文化自身发展的内在逻辑而转型，即在拓展、深化、推进自己固有的东西中，诞生新的因子"，"第二条是在外来诗学文化影响之下的转型，也就是说引进自己诗学传统中从未有过的新鲜东西"。[2]或是从跨区域、跨民族文化的视角来看待诗学文化的融合与冲撞，从公开写作与地下写作的关系上来触摸当代知识分子的精神品格和还原历史、鉴别真伪，从大陆诗歌与台港澳诗歌关系、汉族汉语诗歌和少数民族诗歌关系上来整合中国百年新诗史及理论史。

在对中国百年新诗理论史谱系建构的同时，吴思敬还在纷纭的诗坛历史长河中发掘出珍贵的现当代文学史料，尤其是那些被遗忘或被淹没的诗群诗人诗刊等，以此来填充宏阔史观的"毛细血管"。霍俊明在回忆文章中就曾谈到吴思敬和《诗探索》同仁对"白洋淀诗群"的发现："1994年的关于白洋淀诗群的寻访和研讨活动的历史意义确实是多个层面的，相关文章的发表不仅给新诗研究者提供了重要的历史资料，而且为中国新诗的研究与发展提供了新的思考视角，而更为重要的还在于第一次确定了'白洋淀诗群'这个文学史概念并被学界所公认，同时确定了白洋淀诗群的时间定位问题

---

[1][2]吴思敬：《中国新诗理论的发展脉络》，《中国新诗理论的现代品格》，中国社会科学出版社2022年版，第53—56页，第44—45页。

(1969—1976)，确定了白洋淀诗群的核心成员和外围成员，确定了白洋淀诗群多个向度的诗歌写作特征。"①同样，对于政治化氛围浓厚的20世纪五六十年代，吴思敬依然保持了对诗歌及理论的赤子之心，从大量诗歌史料中对当时诗歌史及政治之关系做出客观理性的评价。如通过对20世纪50年代初大量的诗歌史料爬梳，吴思敬认为被淹没在官方政治史及文学史中的《大众诗歌》和《人民诗歌》两份刊物更能体现出当时诗学的转型。这两份诗歌刊物分别创刊于北京和上海，均是诗人自发或诗歌工作者联谊会创办的，虽持续时间不长，但"能看到诗人们力求把自己的写作与时代融合起来，刊物的色彩明显地在向当时主流意识形态靠拢"②。

无论是以文学史家的身份，站在21世纪的时空坐标中，通过历史的多变和沧桑回望中国百年新诗史及理论史，还是以批评家、文艺理论家的身份，以敏锐的诗学触角来追踪当下诗歌潮流与发掘青年诗人诗作，诸上均根植于一位富有良知的学者和长者的历史担当、现实关怀与对未来的前瞻。诚如吴思敬所言："抉择不仅基于对已有诗学文化的正确评估，而且基于诗学文化建设者的主体性，也就是说，必须坚持以我为主。在已有诗学文化——包括本民族诗学文化与外来诗学文化——与我们的关系中，起支配作用的是我们，是新文化创造的主体；而抉择，则是主体创造精神首要的与集中的体现。"③吴思敬以"我们"——诗学文化建设者的历史使命感承担起当下及未来诗学的建设事业，这也是八十高龄仍主持教育部重点项目"百年新诗学案"缘故之所在。他力图在21世纪大文化环境的背景下，对百年来的中国新诗发展历程重新做出梳理、评价与反思，并对其中某些规律性的东西予以探讨，这是当代诗学文化建设者主动肩负起的历史责任和秉承的学术情怀。

---

① 霍俊明：《诗歌"迷津"的引渡者》，霍俊明主编《诗坛的引渡者——吴思敬诗学研究论集》，长江文艺出版社2012年版，第316—317页。
② 吴思敬：《在传统与现代间进行的诗学》，《中国新诗理论的现代品格》，中国社会科学出版社2022年版，第78页。
③ 吴思敬：《中国诗歌理论的现代转型》，《中国新诗理论的现代品格》，中国社会科学出版社2022年版，第50页。

"学案"这一名目,是从古代思想史著作如"明儒学案"等借来的,吴思敬根据百年新诗的发展及研究现状,赋予其新的内涵。它不同于百年新诗作品及理论的选编,也有别于诗歌发展史的写作——通常意义的新诗发展史主要是以诗人诗作为中心来叙述的。而吴思敬主持的"百年新诗学案",则是以百年新诗发展过程中的"事"为中心,针对有较大影响的人物、事件、社团、刊物、流派、会议、学术争鸣等,以"学案"的形式予以考察和描述,凸显问题意识,既包括丰富的原生态诗歌史料,又有编者对相关内容的梳理、综述、考辨与论断。这是一种全新的对百年新诗发展的叙述,从内容上说,它更侧重于新诗与社会的关系、新诗对社会中不同人的心理所产生的影响;从叙述形式上说,它以"事"为核心来安排结构;从方法上说,它侧重于考据与论断的结合。因此,它的价值不只是在诗歌美学上,还在诗歌伦理学、诗歌文化学、诗歌社会学等诸多方面。综上,该项目的开拓性与原创性不言自明。

## 结语

1917年11月7日,马克斯·韦伯应德国自由学生联盟巴伐利亚分会之邀,为德国青年学生做了"科学作为天职"的演讲。一百多年后的今天,置身于中国改革开放四十余年来的现实生活和话语背景中,对吴思敬这一代诗学研究者和理论建设者来说,诗歌的天职恰恰在于其对现实的理解与书写所带来的深刻伦理承担,它推进当下及未来的读者深入思考诗歌之于人类文明和个人心灵的价值。在此种意义上,吴思敬的诗学研究亦不啻为一种身负现代知识分子担当的学者必须去面对和承受的命运。诗歌理论与诗学研究,已经内化为吴思敬的日常生活方式,无论其作为外在的职业,还是内在的天职,他始终以其人格魅力、诗心史笔和学术关怀,向后辈学人发出持久而卓然的感召力量。

(注:《诗歌作为天职:吴思敬的诗学关怀及新诗理论研究》系与张福超合作完成)

# 中西文化构境中审美现代性的游弋及《虚无与开花》

"当代"是一个不断扩展的概念，它同时包含了记忆与历史、现实与想象、当下与未来。作为中国当代文学的重要组成部分，诗歌创作与批评成为当代学界的焦点议题，其中，中国当代诗歌的现代性议题始终为学界所关注，并不乏争鸣与延展。骆英（黄怒波）先生的新著《虚无与开花：中国当代诗歌现代性重构》（北京大学出版社2021年版）在种类繁多的诗歌现代性理论研究著述中迥别于主流批评形态，以新异的风格开掘非主流的研究路径和理论推衍范式，拓耕了中国当代诗歌生成、发展与新变的复杂性、辩证性与立体化，为当代诗歌现代性研究带来另类的学术生长点。

该书起于对中国当代诗歌审美精神的关注，以"虚无主义"为主线，思考新时期以来当代新诗现代性的流脉及本土风貌。作者秉持当代诗学话语建构的理论自觉，借由对西方理论本土化的探索，立体还原了当代诗学的多元形态和时代性。该书诗学理论的创建方式，既体现为作者针对宏大时代展开复调式的话语实践和印染着思想史色彩的研究方法，也表现为在主潮以外对诗人草蛇灰线的创作理路的敏锐抓取以及扎实的文本细读和阐释功夫。

## "虚无"抑或"开花"？——新诗审美现代性的游弋

中国当代诗学研究在相当长时期内表现为西方话语强势，本土理论建构缺席或失语，造成当代诗学理论发展并行于西方理论本土化的演绎。虽然作者坦言并没有参与文学史建构或重写的目标，但为打破理论研究的僵滞，其格外偏重比较诗学。作者通过互文性理论，抓取具有通约性的研究对象，从食指到朦胧诗与第三代，均在互文性视域下进行论述。同时将中西方经典诗人、诗作进行深度阐发：通过西川的《在哈尔盖仰望星空》与里尔克的《恐惧》对读，把抽象的"虚无"表征出来，旨在揭开中国当代诗歌在虚无主义的文化重压下"开花"的理路及根由；将臧棣的《时间的力量丛书》（未公开发表作品）与谷川俊太郎《诗人的亡灵》比较，强调文本的"可拆解性"之于当代诗歌"开花"生成的关键性，揭示了在词语与生命的缠绕中被遮蔽的诗歌本体；抓住"空间时间化"的共同特点，将欧阳江河的《傍晚穿过广场》与里尔克的《杜伊诺哀歌》并置，明确指出诗人对生命有限性的承认和书写，实则是在努力完成对"虚无"的主体超越以及虚无主义对当代文化机制的负面牵制和影响……作者在多重文化语境碰撞所产生的罅隙间挖掘不同时期诗歌文本所内蕴的虚无的符码意味，体现出深邃的诗学敏悟力、洞察力和思考力，也尽显其立意在中西诗学对话中确立和完成本土诗学话语建构的学术抱负。

书名《开花》取自西川同名诗，作者以《在哈尔盖仰望星空》《坏蛋》《厄运》《醒在南京》《潘家园旧货市场玄思录》等诗作为主脉，概括了西川从20世纪80年代以来的创作历程。选取的上述细读对象精准勾勒出诗人在艺术探寻中延伸出的现代性路径，亦以全息式景观打开作者与时代主潮对话的空间，不妨称之为"开花"的复调诗学。"开花"是作者沉浸式的现代性体验的结果，是当代诗歌获得处理当下事件能力的表现。"开花"的意象在书中表现为作者所关注的"当代诗歌的生成性"。该书的写作起点源于对当代诗歌生成史的探析，对此问题的探讨当然无法规避新诗现代性与中国当代诗潮、创作与批评之间的轴心关联。作者认为"开花"与"虚无"是新诗现代性的一体两面，相互胶着，不可分割。"虚无"既是中国当代诗歌文本的主要特征，也体现出作者的现代性批判精神。如何从虚无主义文化危机中"开花"，或曰如何克服虚无主义文化危机，是作者始终关注的议题，为此，作者从20世纪80年代朦胧诗"集体写作"对"文革"进行历史否定的积极虚无主义表现，追溯到20世纪90年代诗歌中"个人叙事"对虚无主义的放弃和对乌托邦的迷恋,最终止于分析新世纪诗歌中"日常生活"文本对虚无主义存在模式的突破和"开花"的现代性反抗对主体性、神性、古典性的召唤……整个研究和论析过程富有清晰的逻辑性,体现出作者不拘泥于单一的理论视角和论说向度的学术格局以及诗学话语建构的理论探索精神。

## 多重经验的积淀与拓耕:基于"边缘"文本的新诗现代性研究

该书的研究视点集中在当代新诗现代性的生成与重构、虚无主义文化危机的文本表现等方面,对经典文本的选取和指认亦根源于此。被纳入作者研究视域的诗人大体上有两种:一是被写入诗歌史的具有极高文本标识度的诗人,如食指、西川、翟永明等;另一种是具有时代审美精神标本意味的诗人,如胡续冬、郑小琼等。

该书关于朦胧诗的论述始于食指,作者借由《这是四点零八分的北京》《疯狗》《在精神病院》三首诗切入朦胧诗的审美特征,通过"互文性"理论彰显中国当代诗歌的现代主义风貌。虽然在当代文学研究中对于"文学眼光"的过度依赖是值得警惕的,但作者选取代表性文本的独特眼光和勇于承担理论风险的勇气尤为值得肯定。《疯狗》《在精神病院》鲜为人们所关注,作者深入文本的内在肌理,给予极高评价,认为《在精神病院》是跨时代的隐喻。如果说20世纪90年代的后现代主义诗潮是对"禁止发疯"规训的反抗,那么这首诗的精神内核无疑暗合于此。食指的艺术风格很难被归为现代主义,诗歌话语较为驳杂,作者将其被文学史边缘化的诗作视为"抵抗虚无"的典型性文本而展开精读,重新勾勒食指的文学史形象,再次践行了作者试图为中国当代诗歌的审美寻觅一条历时与共时的文化批评通道的初衷,尽显作者在诗学研究方面的透辟思力、个性化的阐释方式和多维的艺术感悟。

作者对当代诗歌现代性的研究越出学院派的风格和理路,该范式与其创作经历和企业家身份不无关联。作者已在中国大陆出版过十一部诗集,极富标识度的作品呈现出鲜明的当代意识与批判精神统摄下的现代都市体验。实干企业家和诗人的创作体验为学术研究拓展出多元向度，较之同时代研究者，作者尤为注重挖掘诗歌的生成与社会改革、时代政治经济的关联度，热衷于诗歌研究在实践层面出现的新探险。书中，作者将企业家阶层的跃升与知识分子边缘化放置到一处思考，诗性的灵光与多元的理论视域交互，在中西诗歌的碰撞间立足寻迹出当代诗歌写作"虚无"的由来。

此外，该书的主要研究对象是"当代诗歌"——这也是诗人自身创作所置身的历史语境。在《虚无与开花》中他所思考的不仅仅是当代问题，还有当代诗歌的重构想象方式、当代人的审美趣味追求、当代诗歌现代性重构的特色。虽然诗歌审美视域亦是该书探讨的面向之一，作者却并未将近四十年的诗歌批评史置于与诗歌史同等位置加以考察。作者对文学批评与文学史的关系如何理解？该书中文学批评视域又是否被文学史视域所遮蔽？从诗学话语建构的维度观照，诗歌批评实践与诗歌史研究都非常重要。该书参考的史料大多都是理论研究及诗歌史研究的相关成果，较少参考诗歌批评相关史料。从这个角度看，作者的写作动机与写作策略之间存在着一种张力。

此外，如同作者注意到的，随着当代中国社会的急剧变化，当代诗歌场域也不断发生着变化。首先，是诗学话语建构主体的变化。自五四时期至20世纪70年代末，诗学话语建构的主体主要是专业诗人，诗人论诗在中国现当代诗歌场域中自有其传统。而自新时期以来，诗学话语建构的主体开始向学院内转移。其次，是诗学建构目标的转移。新时期以来学界对"重写文学史"的追求，使得诗学研究转向注重挖掘以往被文学史遮蔽的对象，其间，现代主义诗学理论的建构是一条重要的研究路径。现代主义诗学研究在20世纪80年代后期至90年代开始得到深化，而在之前的50至70年代，现代主义文学因当时文学、政治一体化的格局而被排斥为"异端"。在不断的探索与证明、确立与矫正的研究对弈中，"现代性"与"现代主义"、"现代主义"与"后现代主义"的关系始终是研究界的焦点。在该书作者的视域中，"现代性"与"现代主义"、"后现代性"与"后现代主义"之间的关联和区分既复杂又具有张力，是不断修正和精细化的演绎过程，针对它们的研究不应落于单向度的概念史的梳理和区隔，而是洞悉出它们如何走入当代文学的文本，建立起彼此激活的能动关系，并动态地重构出当代文学的历史品质和整体面貌。

## 理论研究的效力：女性诗歌研究路径的拓新

该书引证了大量西方理论文献，不仅体现出作者广博的理论学养和厚重的诗学储备，而且借由理论的穿透力所带来的历史审视精神，打开了女性诗歌的研究维度，继而通过对文本的精微分析打破了以女性主义视角看待女性诗歌的误读。通过探析社会转型、主流文艺思潮、现代性文化表征与女性诗歌审美现代性之间隐秘的关联等鲜为人关注的问题，丰盈了女性诗歌的论述空间以及当代新诗现代性研究的视域。该书以舒婷、翟永明、郑小琼为核心案例，梳理当代中国女性诗歌审美现代性延宕的主脉，认为她们的诗歌文本不仅丰富了80年代的审美表征、90年代的诗艺空间，也深化了新世纪女性诗歌主体的现实关怀。首先，一反文学史的定见，抓取舒婷作品中的"不安"。虽然整体论述框架还是没有脱出朦胧诗的主潮色彩，但是在分析她的《流水线》一诗时，作者引入了"酷儿理论"倡导者莫尼克·维蒂格的《女人不是天生的》，从而提出"女人"与"男人"一样是一个政治性的类别，要告别传统的女性主义，把作为一个阶级的"女人们"和作为性别神话的"女人"区分开来。"酷儿理论"相较于主流的女性主义是较为边缘的理论，而对于建构超性别或无性别的"性别诗学"却十分重要。对舒婷的研究，表现了作者在诗歌创作中一以贯之地对现代社会的批判性思考，同时也完成了对狭义女性主义的超越、对建构超性别的性别诗学的关注、对女性诗歌审美意义的再发现。作者的论述从女性主义视角切入，随性别诗学路径展开，通过托马斯·莫里斯《帕斯卡尔与人生的意义》的例子回到人的抽象本质层面，从而扣紧了该书的一个研究支脉：虚无。作为80年代女性诗歌经典文本的《预感》，作者一反女性主义批评的视角，独辟蹊径地在翟永明的这首诗中发现了具有通约性的"虚无"——是对生命的终极发问。作者进而指出翟永明诗的"可多层次拆解性"和"可多重进入性",挑明女性诗歌现代性审美特质的复杂性和多重视域。

对女性诗歌的论述彰显出作者超然的理论架构能力,也充分调用了个人的诗写经验。作者警觉地提出:性别诗学不失为女性诗歌摆脱"自己的深渊"之边缘位置的路径之一。在分析翟永明2009年的《新桃花扇》组诗时,作者不再局限于女性主义的视角,而是联系到其自身以动物意象表达现代体验的创作经验(以散文诗集《小兔子》为例),并结合后殖民理论及空间诗学,抓住那只从80年代起飞翔在翟永明诗歌中的蝙蝠,探察"恐惧"等个人情绪及女性主体的现代性体验,随之生成一系列富有力量的思想表述。

纵观该书从80年代诗歌到新世纪诗歌的论述,可见一条富有挑战性意味的研究路径:作者对女性诗歌的关注与现代性批判是相互缠绕的,并且以之为主线,与男性诗歌构成深层对话。作者细读对象的选取也呼应了其独异的研究视点:从舒婷的《流水线》到翟永明的《新桃花扇》组诗再到郑小琼的《凉山童工》等,这些文本除了具有通约性的女性体验之外,也都契合该文本所属时代的精神特征。此处的时代精神不是指文学主潮或主流意识形态,而是"日常生活批判"及"日常生活审美化"视域下的"社会生活现实"精神表征。

郑小琼的诗歌在作者视域中被作为"日常生活批判"的典范,较之评论家更为关注的"底层经验"书写,该书聚焦其"非虚构"特征。作者将郑小琼的诗歌与树才、田原、胡续冬、陈陟云等男性诗人的创作并置,探讨相关新世纪文本面对后现代主义的虚无主义文化危机的不同书写,并引入阶级理论指出置身"社会生活现实"中的郑小琼诗中的抒情主人公属于现代性、"日常生活"的牺牲品。至此,从舒婷经翟永明到郑小琼,审美现代性在不同时期女性诗歌文本中的文化表征研究构成不断敞开的场域,为我们带来可值期待的当代女性诗歌的研究话题和正在延伸的未来性。

李陀在给翟永明的诗集《随黄公望游富春山》作序时指出:"一个时代不必峰峦罗列,但是几座突兀的高峰绝不可少。"[①]诚然,《虚无与开花》对

---

① 翟永明:《随黄公望游富春山》,中信出版社2015年版。

当代诗坛不同时期的"高峰"的辨析和理解新见迭出。从历史诗学的视角审视，中国当代诗歌仍在不断生成，本土诗学话语的建构亦在进行之中，那么，置身中西文化构境的文学生态环境中，当代诗歌是否可以以及如何能在"虚无"中不断"开花"，作者已然为我们提供了富有启发性的新锐观点和思考路径。

# 辑二 个体诗学的话语策略及表达范畴

# 北岛：
## "流散写作"中的"漂移"诗学

> "漂泊是穿越虚无的没有终点的旅行。"
> ——北岛

北岛早期的诗歌成就斐然，颇具影响力。20世纪80年代末他流散海外，这一时间节点将北岛的诗歌创作分成前后两个时期。从诗歌意涵、意象运用、写作风格等方面看，前后两个时期的诗歌创作变化较大，后期即海外诗歌创作一度淡出人们的阅读视域，相关研究亦比较单薄。就生存状态而言，用流浪与漂泊形容北岛海外生活均不为过，但是，从写作层面看，"流散写作"中的"漂移"诗学更能统摄北岛去国后的诗歌创作。

## "流散写作"

"流散"（Diaspora），古希腊语，原指种子或花粉飘散各地，得以繁衍，后引申为因某种原因被放逐或主动放逐，离乡背井。"流散"最早被西方人用来描述犹太人的大规模"离家出走"和所处于的"流离失所"状态，带有某种贬义色彩。现在"流散"日益趋于中性化，越来越专指当今全球化时代的移民所造成的"流散"状态。本文"流散写作"[①]概念源自王宁教授对流散异域作家生存与写作状态的阐述："由于伴随'流散现象'而来的新的移民潮的日益加剧，一大批离开故土流落异国他乡的作家或文化人便自觉地借

---

[①] 用"流散写作"而非"流亡写作"，实则借鉴清华大学王宁教授的理论成果：本质而言二者内涵相同，但"流亡写作"不能涵盖那些"有意识地自我移居海外的但仍具有中国文化背景并与之有着千丝万缕联系的作家"，而"流散写作"则具有更为丰富的外延，它强调流散作家身上的漂泊性和流动性。

助于文学这个媒介来表达自己流离失所的情感和经历，他们的写作便形成了当代世界文学进程中的一道独特的风景线：既充满了流浪弃儿对故土的眷念，同时又在字里行间洋溢着浓郁的异国风光。由于他们的写作是介于两种或两种以上的民族文化之间的，因而，他们的民族和文化身份认同就不可能是单一的，而是分裂的和多重的。"①诚然，流散作家离开母语文化势必造成疏离感——失落于自己的语言与家园，进入异域国度的流散者很难融入移居国的文化，这使他们多多少少都患上了"文化分裂症"。对两种文化而言，他们都远离中心，居于边缘的位置，这恰恰印证了霍米·巴巴所阐述的"混杂性特征"："一方面为了生存和进入所在国的民族文化主流而不得不与那一民族的文化相认同，但另一方面，隐藏在他的意识或无意识深处的民族文化记忆却又无时无刻不在与他的新的民族文化身份发生冲突，进而达到某种程度的新的交融。"②新的"交融"过程也是主体内部进行自我建构的过程，对于流散作家来说，这种主体性的自我建构伴随着更为清醒也更为痛苦的精神历程："从此，家乡和异乡的角色虽互为两极，又难分彼此，纠缠着存在于我的日子里。"③自1989年4月至2007年接受香港中文大学的聘请定居香港，北岛在海外近二十年的创作可以纳入"流散写作"的范畴。其间，本土的经验和记忆占据着诗人的灵魂，诗人既从现实生活中汲取养分，又与异域文化保持一定的距离，他的诗歌中充满了浓重的忧伤和对故土噬心的思念。在"怀乡"、个体孤独的言说、对命运漂泊与时间动荡的感悟之中，其诗歌彰显出极为独特的"漂移"诗学特质。

"漂移"是法国思想家居伊·德波在"景观"概念的基础上提出的一个理论，它的发生关涉空间领域和心理地理学两个维度，原旨系用在一个城市中漫游和漫游的方式构建自主情境，以打破规范化对人的身体和思想的禁锢。作为一个核心概念，它鼓励大众抽离出既有的生活，重新认识城市和自

---

① 王宁：《流散文学与文化身份认同》，《社会科学》，2006年第11期。
② 王宁：《文化研究的历史与现状》，《天津社会科学》，2000年第3期。
③ 赵川：《不弃家园》，百花文艺出版社2004年版，第236页。

我。①本文汲取居伊·德波的理论内核，但强化了"漂移"不自觉的经验层面，将"漂移"概念的内涵扩展为从一个城市到另一个城市的流散情境，试图由衍生而来的"漂移"诗学拓展北岛去国后的诗歌研究。

赵毅衡曾指出："不管海外作家个人风格有多少差异，他们有一个共同点：几乎无一例外苦于精神价值上的两难之境：中国文化与异国生活之间，物质求新与精神恋旧之间的尖锐冲突，使生存的异化，转化为灵魂的异化。"②异域的孤立处境造成海外作家写作姿态的趋同，但是空间迁移和心理地理学常潜移默化地决定着诗人观察世界、体验生活的角度，从不同流散诗人对家园和城市的书写中，我们可以看到空间的转移对诗歌形象的营造和主体生命产生的多维度影响，它们彰显出诗人与所处境域的微妙隔阂。在多多笔下，对城市的归属演化为对外界的抵御，如《北方的记忆》和《在英格兰》中体现出的异地与故园，两种经验与记忆的碰撞、重叠、交错。旅居海外多年的宋琳曾主动消解故国记忆的实在含义："流亡者没有当下的祖国，在精神的悬浮状态中，有的只是不断重临的对逝去的祖国往昔的碎片状回忆。"③诚然，个体经验、生命感悟与表达方式的差异是造成诗人对家园和居住城市分歧感悟的动力源，在北岛笔下，尤为特出地体现为一种批判而游离的"漂移"感，诗人情感多聚焦于厘清本土与异域、东方与西方差异的罅隙，而非萨义德等人对流亡体验和身份困境的强调。

一个没有勇气在世界的黑暗中对终极价值进行追问的诗人，不能堪称这个时代的真正诗人。20世纪80年代初，北岛就强调："诗人应该通过作品建立一个自己的世界，这是一个真诚而独特的世界，正直的世界，正义和人性的世界。"④当诗人的主体身份发生转变时，自我与"他者"之间会持续不断地发生译解和再译解，建构的过程同样也是悖论生成的过程。一方面，北岛

---

① 参见［法］居伊·德波：《景观社会》，王昭凤译，南京大学出版社2006年版，第150—154页。
② 赵毅衡：《星序边缘》,《握过元首的手的手》,百花文艺出版社2004年版，第3页。
③ 宋琳：《域外写作的精神分析——答张辉先生十一问》,《新诗评论》，2009年第1期。
④ 老木编：《青年诗人谈诗》，北京大学五四文学社1985年印行，第2页。

坦言"中文写作本身就确定了你的身份——你是中国诗人"[1];同时,他却清醒于"我是被你否定的身份"(《无题》)。言外之意唯修改身份,"我"才能回家,但已"退场"的背景不可能再被"复原",此间焦灼着身份与背景的错位。"邮筒醒来/信已改变含义/道路通向历史以外"(《下一棵树》),对于北岛,漂泊海外使他暂时远离家园和母语中心,诗人豁然意识到历史的断裂性,逐渐脱离浮躁,有勇气直面"黑暗之心"[2]。如果说早期北岛是以理性和人性为准绳,在诗歌中力图建立历史的"理性法庭",那么,在"流散写作"中,他淡化了大词、历史使命感乃至时代的精英情怀,转而聚焦于从生命内部生发出来的多面向的反思:

　　是历史妨碍我们飞行
　　是鸟妨碍我们走路
　　是腿妨碍我们做梦
　　　　(《新世纪》)

　　一只灯笼遵循的是
　　冬天古老的法则
　　我径直走向你
　　你展开的历史折扇
　　合上是孤独的歌
　　　　(《路歌》)

"流放不仅仅是一个跨过国界的外在现象,因为它在我们身上生成,从

---

[1] 翟頔:《中文是我唯一的行李——北岛访谈》,《书城》,2003年第2期。
[2] 北岛:《流亡只是一次无终结的穿越虚空的旅行》,转引自吴晓东《二十世纪的诗心》,北京大学出版社2010年版,第27页。

内部改变着我们——它将是我们的命运！"①流亡话语与孤独的处境并非简单地相伴相生，北岛等人流散海外时期的诗作，恰恰印证了刘小枫所说的"二十世纪的流亡话语现象"，它与现代政治民主之进程相关，同时也处于传统文化与现代文化的冲突之中，进而表现为"民族性地域""属己的生存语境"以及"语言在性处境"的丧失。②流散是北岛在海外的生存境遇，对于它的意义，从理性到体悟，尤其是个体生命层面，其诗均有触及。他的诗多关涉流散海外的境遇，渗透着浓烈的身世感和异境汉语写作的困境，以及诗人始终秉持的坚执精神："休息吧，疲惫的旅行者/ 受伤的耳朵/ 暴露了你的尊严"（《在天涯》），这是旅者去国后的伤痛与其内心中从未舍弃的尊严；"仅仅一瞬间/ 金色的琉璃瓦房檐/ 在黑暗中翘起/ 像船头闯进我的窗户/ 古老的文明/ 常使我的胃疼痛"（《仅仅一瞬间》），这是远离故国文明与介入异域文明的记忆之殇；"夜半饮酒时/真理的火焰发疯/回首处/谁没有家/窗户为何高悬"（《明镜》），这是理想与思乡情感的交锋和碰撞；"在母语的防线上/奇异的乡愁/ 垂死的玫瑰"（《无题》）和"我对着镜子说中文"（《乡音》），这是诗人的病痛症结，从心理地理学的层面看，不仅是诗人自身，"乡音"也陷落于一种漂移的困境之中；诗人意识到"必须修改背景/你才能够重返故乡"（《背景》），身份背景是诗人致命的痛，其重要性已胜于个体的存在乃至主观意愿，如果说修改背景是指改写曾经的经历，那么遥遥无期的返乡就成了一个难以兑现的许诺。

北岛曾针对个人不同时期的游历行为做过描述："游历其实从最初写诗就开始了。先是串门，在北京胡同串来串去，然后串到白洋淀，甚至更远的地方。从85年起变成了世界范围的游历。"③既然游历不独属于海外"流散写作"中的北岛，那么早期的游历和后来的"漂移"根本差异何在？从某种程

---

① [波]切·米沃什：《关于流放》，孙京涛编译《时代的眼睛》，中国工人出版社2008年版，第138页。此文为切斯拉夫·米沃什代为约瑟夫·寇德卡画册《流亡者》所作的序。

② 刘小枫：《流亡话语与意识形态》，《这一代人的怕和爱》，华夏出版社2007年版，第261—262页。

③ 翟頔：《中文是我惟一的行李——北岛访谈》，《书城》，2003年第2期。

度上说,"流散写作"让"他开始了终点以后的旅行"(《东方旅行者》),前者为生活的状态,后者更为侧重精神层面;前者是自主的选择,后者多为被动;前者没有母语的漂移境况,后者具有精神与语言的多重构境。然而,无论"我"如何"沿着陌生人的志向攀登"(《东方旅行者》),诗人与"乡音"母语(作为存在之家的语言)都处于孤独的漂移境况,从生存到经验和话语的多维度的漂移感受,它们给诗人带来的是生命、灵魂的冲击与震荡。恰如吴晓东所言:"流亡意味着在不同的国度和语言中穿越,随时会面临对时差的调整。而意义不在远方,恰恰在于时差的调整本身,从中体会生命得以调整的意味,这就是流亡的固有内涵。"[①]《在路上》一诗体现得尤为深刻:

　　这座城市正在迁移
　　大大小小的旅馆排在铁轨上
　　游客们的草帽转动
　　有人向他们射击

　　我调整时差
　　于是我穿过我的一生

　　这首诗时空和布景画面纷繁叠错,暗含了生活与精神层面漂移情境的交错维度。诗人回避了宏大的历史叙事和主体的焦虑感,着重审视当下的生存状态和生命的向度。全诗多处回环着"我调整时差/于是我穿过我的一生",诗人不唯思索如何超脱肉身所处的时空,尤为关注其立足的现实生活的真。每一次时差的调整,都与生活的现场和精神的震荡紧密关联。无论是生存、文化、语言环境的调整还是生命质感的调适,其发生的根本因素是境遇与情感的漂移。伴随北岛"流散写作"中个体身份的改变,诗人内心深处渴慕建构的世界呈现为批判的漂移与隔绝的存在两个诗学特征。

---

[①] 吴晓东:《二十世纪的诗心》,北京大学出版社2010年版,第34页。

## "漂移"情境中主体身份的建构

去国后，北岛获得了前所未有的自由，却又在自由中无所适从。从流散他国开始，北岛被迫置身于一种"漂移"状态，漂移的生命经验渐渐祛除诗人笔下"强烈的道德化倾向"[①]的抒情主体，他如同"彷徨于无地"（鲁迅：《影的告别》）的影子，徘徊于明暗之间，面对着无边的虚无。失去熟悉的言说对象，也就失去了前期诗歌得以生成的悖谬性情境，诗人从思想与政治成见中走出，淡化了不妥协的质疑态度，摆脱掉受难者的形象标签，正视其"漂移"的生存境况，在对周围世界和自我的重新认识当中，自觉践行着主体身份的转变，他曾经质疑、曾经反抗的一切顷刻变得触不可及，在完全陌生的环境中他变为"普通人"："慢慢的，心变得平静了，一切从头开始——做一个普通人，学会自己生活，学会在异国他乡用自己的母语写作。那是重新修行的过程，通过写作来修行并重新认识生活，认识自己。"[②]那个曾经具有鲜明的忧患意识和使命意识的"我"似乎被虚无缴械了"利器"，变得沉稳而理性。从时代的"英雄"到寻觅内心的听众，前期诗歌中"走向冬天"的受难者形象开始被探索本体存在的有限意义和灵魂淬炼的"东方旅行者""午夜歌者"所取代，直面蔓延的虚无。

语境和处境的漂移状态使诗歌形象越出确定的主体性范围，北岛开始侧重于展现日常生活的困境、细节和心绪，路与行走成为诗人精神的关注点，以此表达游离于西方主流文化之外的流散者处境。"从一年的开始到终结/我走了多年/让岁月弯成了弓/到处是退休者的鞋/私人的尘土/公共的垃圾//这是并不重要的一年/铁锤闲着，而我/向以后的日子借光/瞥见一把白金尺/在铁砧上"（《岁末》），不再有刺痛精神骨髓的反抗，也没有历史广场上振臂高呼的激情，"人们赶路，到达/转世，隐入鸟之梦/太阳从麦田逃走/又随乞丐返

---

① [德]顾彬:《论北岛的诗》,《文学研究参考》,1988年第9期。
② 翟颉:《中文是我唯一的行李——北岛访谈》,《书城》,2003年第2期。

回"(《无题》),时光被诗人走成"弓"——诗人品觉着漫长与沉重,还有不堪的重负。此外,诗人通过主体形象的自况呈现了其流散中的现实处境与精神处境:"他变成了逃亡的刺猬/带上几个费解的字"(《画——给田田五岁生日》),画与生活的呼应性在于它们都是有待完成的未知。在陌生的语境,诗人隐匿主体身份,用"和别人交叉走动"形容彼时生活中的漂移状态:"哦同谋者,我此刻/只是一个普通的游客/在博物馆大厅的棋盘上/和别人交叉走动"(《一幅肖像》)。在离国之初,诗人无法融入西方的异质文化,多重因素的疏离感使诗人倍感孤独并清醒地意识到,他只能是西方社会中的"东方旅行者",只能以一个旁观者的身份吟唱心灵的疼痛以及没有未来的孤独,在异国他乡做着返乡者的梦。

  在海外"流散写作"中,北岛的清醒和抗争转变了具体的指向。在《失败之书》的"自序"中北岛写道:"我得感谢这些年的漂泊,使我远离中心,脱离浮躁,让生命真正沉潜下来。在北欧的漫漫长夜,我一次次陷入绝望,默默祈祷,为了此刻也为了来生,为了战胜内心的软弱。我在一次采访中说过:'漂泊是穿越虚无的没有终点的旅行。'经历无边的虚无才知道存在有限的意义。"[①]"在海外的诗人和国内的相比,虚无的压力超过了生存的压力。国内太热闹了,而海外又太孤寂了。"[②]北岛此言与其说是为漂泊赋予价值,毋宁说他始终关注于写作的归属问题。"流散写作"期间,国内的一切都渐行渐远了,只有母语维系着诗人与祖国的联系,成为他唯一可以凭依的归属。诗人一方面要面对陌生的环境、陌生的文化,另一方面要面对一种真空状态——曾经思索的一系列问题都被搁置了,身不在场,没有了发言权。话语权与精神界面的"漂移"处境使诗人直面虚无:"谁在虚无上打字/太多的故事/是十二块石头/击中表盘/是十二只天鹅/飞离冬天"(《冬之旅》);诗人接受了"退休者"的身份,极为无奈地选择一条走出过去的方式——"潜入水底":"一个被国家辞退的人/穿过昏热的午睡/来到海滩,潜入水底"(《创

---

① 北岛:《失败之书》,汕头大学出版社2004年版,自序第2页。
② 翟颉:《中文是我唯一的行李——北岛访谈》,《书城》,2003年第2期。

造》）。

"风掀起夜的一角/老式台灯下/我想到重建星空的可能"（《重建星空》），这是诗人在"漂移"状态下对周围世界重新命名、重新确立自我身份的尝试。"我调整时差/于是我穿越我的一生"，诗人开始审慎而冷静地重新认识自我，寻找自我与世界对接的可能，在跨语际的漂移中他不断地把新的经验放到内在记忆之中："仅仅一瞬间/一把北京的钥匙/打开了北欧之夜的门/两根香蕉一只橙子/恢复了颜色"（《仅仅一瞬间》）。颠倒的世界里，真相不过是虚假的瞬间，曾经的记忆总于不经意间闯入。面对经验的穿越和漂移，诗人尤为关注生存的现场感，"仅仅一瞬间"融合了梦境、幻境与记忆，融合了历史与当下，诗中独特的生命体验和流动的现代意识被习常的日常生活意象唤醒，在与存在本身进行交谈中，孤独者终归与自己的灵魂相遇。

为了穿越虚无，诗人只好"借来方向"。国外的生活在北岛看来充满了漏洞，他试图在充满漏洞的生活中重新寻找方向："一条鱼的生活/充满了漏洞/流水的漏洞啊泡沫/那是我的言说//借来方向/醉汉穿过他的重重回声/而心是看家狗/永远朝向抒情的中心"（《借来方向》）。这似乎与诗人早期诗歌中的寻找主题一脉相承，但是一个"借"字宣告寻找的困境与无奈，而借来的方向也极有可能是虚假的。当外在的方向变得犹疑不定之后，诗人只好把视角深入自我内部，开始了诗的内部延伸之旅。在陌生与虚无环绕的"漂移"状态，北岛将解剖的目光投向自己，投向行走中的风景。

"是鹞鹰教会歌声游泳/是歌声追逐那最初的风//我们交换欢乐的碎片/从不同的方向进入家庭//是父亲确认了黑暗/是黑暗通向经典的闪电/哭泣之门砰然关闭/回声在追赶它的叫喊//是笔在绝望中开花/是花反抗着必然的旅程//是爱的光线醒来/照亮零度以上的风景"（《零度以上的风景》）。"鹞鹰"所象征的动荡与苦难成为诗人心目中诗歌生发的源头，父亲所象征的权力和伦理最终让诗歌走向经典。而诗歌的生成又要经历在绝望中开花，在反抗中寻找，在碎片中重生。这是诗人对自我创作经历的回顾，同时也以诗歌的形式展示了诗歌本身的生成过程。"这首诗也可视为北岛的'个体诗学'，表明诗人试图完成对严肃的生存真实性和严肃的艺术自律性的双重承担。"[1]

从对历史与现实的反抗到对虚无的反抗，反抗作为北岛诗歌的底色贯穿前后两个时期。这是诗人不变的创作动机，也是联结受难者和"东方旅行者"之间的一条纽带。可见，异域中"流散写作"的状态并没有把北岛前后两个时期的诗歌变得判然不同，在时空的更迭和挤压下，诗人对外部世界，对自我与创作不断审视和突围，他的心智日益坚定强大：

　　当守门人沉睡
　　你和风暴一起转身
　　拥抱中老去的是
　　时间的玫瑰
　　　　（《时间的玫瑰》）

## 诗歌理想与写作路向

"流散写作"中诗人尽可选择各种生存方式，北岛却心无旁骛地与诗歌与文学共生存，在写作中寻找方向，在寻找中尝试超越，双向的互生互动构成了北岛的诗歌理想，也塑造了他诗歌的具体形态。从国内到海外，北岛一直都没有背离这一创作初衷，海外的漂泊生活却使其诗歌理想暴露在完全陌生的环境当中：早已确立的方向突然崩塌，而新方向的寻找又无比艰难。在远离中心、不断更新的生活之中，北岛的诗歌理想陷于"漂移"的状态，寻找的努力不曾改变，心灵的目光开始变得重叠巡弋。

当年，从"文革"中走来，北岛有太多的苦闷需要发泄，对历史与现实他充满了承担意识——在诗歌中审判旧时代，在诗歌中呼吁一个新的未来。此时，现实批判与人道主义是北岛要找寻的方向，他的诗歌创作也就体现出

---

[1] 陈超：《北岛论》，《文艺争鸣》，2007年第8期。

直面世界的话语模式。不管是《回答》里"告诉你吧,世界"的大声疾呼,还是《雨夜》里"即使明天早上/枪口和血淋淋的太阳/让我交出自由、青春和笔/我也决不会交出这个夜晚/我决不会交出你"的深情誓言,北岛早期的诗歌充满了一种向世界宣告、向世界倾诉的冲动,愤怒与悲痛成为其诗歌的感情底色,而极端尖锐的语调、充满节奏感和渲染力的诗歌形式也成为北岛早期诗歌风格的标识。不过,漂泊海外的生活将诗人推至旁观者之境,他远离中心,远离政治,他的寻找因失去"参与"的途径而变得没有目标——确切地说目标的明确性消失了。诗人将寻找的目光转向自我与写作本身,从情绪的强度中走出,在变幻莫测的无物之阵中抓住自己,试图明确目标的终极指向。

　　一方面,漂移的写作状态使北岛的创作方向发生转变,情感浓度不再是创作的至上之境,转而以平和、自嘲与反讽消弭了愤怒与大声疾呼之姿态,日常生活被放置于命运之中,印染上破碎的现实景观。"经历了空袭警报的音乐/我把影子挂在衣架上/摘下那只用于/逃命的狗的眼睛/卸掉假牙,这最后的词语/合上老谋深算的怀表/那颗设防的心"(《夜归》),诗人自嘲反讽了被时代定格的主体形象与身份。另一方面,在无限延伸的寻找中,诗人返归自身的小宇宙。当被问及出国前后的诗有什么不同时,北岛说:"我没有觉得有什么断裂,语言经验上是一致的。如果说变化,可能现在的诗更往里走,更想探讨自己内心历程,更复杂,更难懂。"[1]这种自我言说体现在诗歌自传成分的增加,如《代课》:"沉船和第六街退休的/将军因阻挡过风暴而嗜睡/我被辞退,一封信/带着权威的数字/让我承认他们的天空/是的,我微不足道/我的故事始于一个轮子"。"现代诗意的事物能够激起剧烈感情反应"[2],一个微不足道的意象浓缩着诗人深切的体认和情感经验,足以传达诗人审视生活的路径和方式。"我的故事始于一个轮子","轮子"隐微了诗人漂移的处境,伴随而生的信、轮子以及其他诗作中的镜子、钥匙、电话等意象及其结构方式表征了诗人心理符号和精神空间的切换:"我调整着录音机的音

---

[1] 翟頔:《中文是我唯一的行李——北岛访谈》,《书城》,2003年第2期。
[2] [法]居伊·德波:《景观社会》,王昭凤译,南京大学出版社2006年版,第151页。

量/——生存的坡度/旧时代的风范和阳光一起/进入某些细节,闪烁"(《桥》)。诗人运用超现实手法,从日常生活细节和周围事物中捕捉自己的影像,为强化这种超现实的精神,还虚拟出隐性的言说对象,如"一个来自过去的陌生人/从镜子里指责你"(《不对称》),陌生人就是曾经的自己,通过一面镜子,对话在自己与另一个自己之间发生。从过去到当下的转变被诗人含纳在不对称的对话行为里,词语的具象性在主体无奈而犀利的审视中得以呈现。

如果说诗歌创作本身是北岛寻找的方向之一,那么这种不断往里走、不断深入的写作方式也使得北岛海外诗歌中的意象和语言日渐浓缩,诗歌的繁缛成分被精简了,如《蓝墙》:"道路追问天空//一只轮子/寻找另一只轮子作证://这温暖的皮毛/闪电之诗/生殖和激情/此刻或缩小的全景/无梦//是汽油的欢乐"。从天空到轮子和梦,大跨度的意象对接和反解读的私人语言以及陌生的语境,这些因素无疑增加了阅读的难度。"轮子"对于"流散写作"中的北岛,是沉重而锲入心神的意象,它暗示了诗人的诗学理想。轮子有一种鲜明的预设,"道路通向天空//一只轮子/寻找另一只轮子作证",因为是轮子而非翅膀或其他,由此让寻找变得既"接地气"又无比艰难,同时也在不断消解寻找的意义。对虚无的一再体认,加之不断向内的写作方式以及多年西方文化的浸染,使北岛在"流散写作"中的诗歌理想更趋近于超现实主义表达。

综上,"漂移"诗学打开了北岛诗歌创作的格局,也不同于同时代国内诗歌的书写气象。"流散写作"中,他的创作"始终围绕着人的存在,人的自由,人的现实、历史和文化境遇,人的宿命,人对有限生命的超越,以及诗人与语言艺术的复杂关系等方面展开"[1]。不止于此,在诗歌理想的"漂移"状态之下,在平缓而不乏猛烈的语流中,他的怀疑精神、对艺术的至高追求依然融贯其创作,成为变化中的坚守、寻找中清醒的自持。亦如他翻译的诗句:

---

[1] 陈超:《北岛论》,《文艺争鸣》,2007年第8期。

多么清新的眼睛面向古老的时间
如同那些漫不经心的陌生人……
我为我的旧坟而憔悴,
我那阴郁的伟大在哭诉
以无人见到的辛酸之泪。

（伊迪特·伊蕾内·索德格朗：《老房子》，北岛译）

## 垒建动感诗性的词语空间

"在每个词的深处/我参加了我的诞生"（阿兰·博斯凯：《首篇诗》）。语言是人的生存方式，是伟大诗人的精神命脉，它呈现并凝聚着人的思想情感状态，正如帕斯所言："诗人之道就是语言之道：忠于词语。"[1]北岛将汉语视为其二十载流散经历中的"唯一的行李"，走到哪里它都是相对封闭的交流对象。相较于离散的祖国而言，汉语成为诗人在西方存在的一个身份或特权："我作为一个流浪者，因为不属于任何文化圈，就有一种说话的特权。"[2]地理空间的跨越和漂移中的写作经验激发了北岛"流散写作"中富有生命标识度的语言特质——沉默中跃动，幽暗里闪烁。如果说以往北岛较为习常于名词的抽象性或错综、奇诡、重复的表达，那么20世纪90年代以来，他更为侧重动词的流动性及激活的可能，语言体现出漂移的审美特性。

具体而言，语言的漂移指语言意识的自我扩展活动和语言腔调的变化。诗人自觉击碎词语的陈旧用法，强化名词的动词指向与动词的行为特征："词滑出了书/白纸是遗忘症/我洗净双手/撕碎它，雨停"（《问天》）。远离母

---

[1] [墨]奥克塔维奥·帕斯：《批评的激情》，赵振江等译，北京燕山出版社2015年版，第78页。

[2] 翟頔：《中文是我唯一的行李——北岛访谈》，《书城》，2003年第2期。

语喧哗的本土语境，离散于陌生的异域语境，北岛赋予词语以异质的力量，在异国他乡中垒建起词语动感的诗性空间："故国残月/沉入深潭中/重如那些石头/你把词语垒进历史/让河道转弯"（《青灯——给魏斐德（Fred Wakeman)》)。漂移是诗人突破既有成绩和情结羁绊的助推力，在对不同语言、不同文体作品的比较和译介中，北岛的母语感受力与表达能力不仅没有弱化，反而得以增殖。他的诗中，词语被隐喻为块垒，有体积有重量并且可以改变历史的河道，结束一个失败的黄昏："无人失败的黄昏/鹭鸶在水上书写/一生一天一个句子/结束"（《关键词》）。诗人渐渐习惯于在词语中寻找避难所，在孤独的境况中对自己说话：

> 我对着镜子说中文
> 一个公园有自己的冬天
> 我放上音乐
> 冬天没有苍蝇
> 我悠闲地煮着咖啡
> 苍蝇不懂什么是祖国
> 我加了点儿糖
> 祖国是一种乡音
> 我在电话的另一端
> 听见了我的恐惧
>
> （《乡音》）

"正是通过诗的想象的意向性，诗人的心灵才找到了通向任何真正诗的意识入口。"①在《乡音》中，诗人找到了与乡音疏离的"想象的意向性"。北岛运用镜像化的笔法，于平缓的语调中隐含身份的游历和错置。抒情主体

---

① [法]加斯东·巴什拉：《梦想的诗学》，刘自强译，生活·读书·新知三联书店1996年版，第6页。

"夹在中间的状态"（state of in-betweenness）构成全诗的双重视角，除最后两行以外，诗歌的单数行表现的是诗人当下的日常生活：说中文、放音乐、煮咖啡等等，看似平静而安宁；而双数的诗行表现的是镜像里的世界，前一行的意象递接到下一行，首尾相连，展现的是语言的公园在冬天里的荒芜状态。单双行分行表述的方式打开了诗人的双重视角及感知方式，这极为符合萨义德所谓的双重身份、双重视野："大多数人主要知道一个文化、一个环境、一个家，流亡者至少知道两个；这个多重视野产生一种觉知：觉知同时并存的面向，而这种觉知——借用音乐的术语来说——是对位的（contrapuntal）。……流亡是过着习以为常的秩序之外的生活。它是游牧的、去中心的（decentered）、对位的；但每当一习惯了这种生活，它撼动的力量就再度爆发出来。"①《乡音》最后两行，通过一条电话线，两个世界猝然撞击，两种话语系统参差对接，各行呼应强化了语言表达的"漂移"感，稳步的语言节奏给人以深深的激荡和无所适从的恐惧。

置身西方社会，北岛不啻为一个异乡人，中文成为他与家园仅存的联系。语言的隔绝状态、未来的游离模糊，使其陷落于"语言炼金术"和"失语症"的两个极端。在情感与岁月中，在修辞与被修辞间，诗人抒发了个体对如何完成和超越有限生命与语词的双重思考：

听见了吗？我的爱人
让我们手挽手老去
和词语一起冬眠
重织的时光留下死结
或未完成的诗

（《过冬》）

---

① [美]萨义德：《寒冬心灵》，转引自单德兴《论萨义德》，浙江大学出版社2013年版，第3页。

"和词语一起冬眠",这是为词语命名赋格的行动。北岛在"流散写作"期间通过语言确认个体的身份,"靠汉语诗歌的写作来寻找到真正的自我"[1]。他不拘囿于母语的词性和本义,借由对词语的超验表达昭示个体的生命诗学,拓展词语的深度。细剖北岛"流散写作"期间的语象纹理,"文革"及意识形态话语已荡然无存,他着力于在世界话语的体系中反思汉语的归属:"我伪装成不幸/遮挡母语的太阳"(《毒药》)。诗人意识到"母语的太阳"被"高音调的,用很大的词,带有语言的暴力倾向"[2]等元素遮挡,他由此突围,去寻找真正的自我。可见,词语在北岛的诗学观念中富有灵魂直通车的使命,它成为诗人刺入现实的重要途径:"一个逃避规则的男孩/越过界河去送信/那是诗,或死亡的邀请"(《多事之秋》)。在玻璃的世界中,语言无疑成为诗人认识世界的重要方式,写作成为理解这个世界的一种姿态:"始于河流而止于源泉//钻石雨/正在无情地剖开/这玻璃的世界"(《写作》)。

"若风是乡愁/道路就是其言说"(《远景》),伴随生命的"漂移"状态,"词的流亡开始了"(《无题》)。它一方面提醒诗人所处的漂泊境遇,另一方面铺展出诗人返乡的路径。"他变成了逃亡的刺猬/带上几个费解的字/一只最红的苹果/离开了你的画"(《画——给田田五岁生日》),身为父亲的北岛在诗歌中同时又是一个携带母语的逃亡者。"饮过词语之杯/更让人干渴"(《旧地》),诗人试图通过语言来缓解化不开的乡愁,最后发现只能让结果适得其反——"乡愁如亡国之君/寻找的是永远的迷失。"(《过冬》)诗人抓住了漂移中的语言,也就是抓住了自己漂泊的命运,在一无所有的西方世界当中,这是诗人最大的慰藉,同时也是诗人最深的伤痕——"寻找的是永远的迷失"。

细究,北岛对中文的珍视使他海外的诗歌不断挖掘母语的表达向度和创

---

[1] 陈慧、李霞:《漂泊:寻回生命的方向——论北岛90年代诗歌》,《当代文坛》,2010年第1期。

[2] 翟頔:《中文是我惟一的行李——北岛访谈》,《书城》,2003年第2期。

造空间，并将它们在时空的熔炉中砺炼为极具复合意味的炼金石。拒绝完整，拒绝过多的情感流露，坚持有节制的自由表达是其诗歌语言一以贯之的特质。"词已磨损，废墟/有着帝国的完整。"（《写作》）在零散的词语中寻找精神帝国的完整性，这成为"流散写作"中北岛对诗歌语言的一种有意识的追求。他放弃早期诗歌直接对外界言说的姿态，而让语言自我言说，这对于读者来说不啻为挑战，但对于北岛，或许正是他所期许的诗歌语言的最佳形态，正如《磨刀》一诗所体现出来的——穿透的简洁，犀利的完美：

  我借清晨的微光磨刀

  发现刀背越来越薄

  刀锋仍旧很钝

  太阳一闪

  大街上的人群

  是巨大的橱窗里的树林

  寂静轰鸣

  我看见唱头正沿着

  一棵树桩的年轮

  滑向中心

  在这首诗中，北岛把冷峻而饱满的思想情感和客观物象巧妙地结合起来，不仅突破了线性语言的单纯向度，还打开情绪的维度，在复合的蒙太奇式的镜头推进中完成超验性的引申，赋予诗歌锐利而复意的现代感，这是他对早期诗歌语言的超越。置身海外，北岛始终守护着自己的母语，漂移中的守护使诗人重新认识了语言本身，并得以在没有中心的异域生活中坚守自己，识别返乡的道路。"漂移"促使北岛不断调整，寻觅恰切的写作方式，由此形成的往里走的诗歌语言，也践行了诗人的诗学追求。亦如巴什拉所言："诗歌是言语的前途之一。在试图从诗歌的高度去提高对语言的领悟时，我们得到的印象是：我们碰到了具有崭新言语的人。"[1]北岛是朦胧诗派中最早具有现代主义特色的诗人，但是，与众多读者的感受相反，北岛坦言："如果没有后来的漂泊及孤悬状态，我个人的写作只会倒退或停止。"[2]海外流散经历的确使北岛就像一个"从大海深处归来的人/带来日出的密码/千万匹马被染蓝的寂静"（《过渡时期》）。生命的日出激活了他内在生命潜藏的密码，诗歌中诸要素的"漂移"使北岛失去了以往的参照，而不得不经历一次脱胎换骨的转型。通过"漂移"诗学审视北岛海外时期的创作，我们会发现这种转变并不是彻底的颠覆，反而正是亘贯前后期创作中的那些未曾改变的因素支撑着北岛在诗歌创作的道路上一直走下去。不管是诗歌创作主体、诗歌理想还是语言，漂泊与孤悬的"漂移"状态使诗人认识到前期诗歌的缺陷与困境，并在坚守中不断调整。常与变之间的平衡构成了北岛后期诗歌内在的张力，由是，"漂移"诗学成为透视北岛海外创作发生的秘核。

在北岛"流散写作"的中期以降，他的散文创作呈喷薄之势。其纪传体或随笔体散文的不少片段是在路上写成的。他以景观为基点，从一个国家的一座城到另一个国度的一处村落，从一个诗歌的驿站到随笔的酒吧，从"现代性形象"的夜行火车到超现实主义的飞机上，从人类到个体，从自我到他者……奔波漫游的同时，他与不同思想的流浪者在真实和回忆的界面深度相逢。显然，跨国、跨语际的漂移，不存在明确的目的性，但相关经历与诗人创作中寻求文体的越界有某种宿命的对应性，同时也使北岛的散文创作获得开阔的视域，在诗意中随遇而安、从容坦荡。"漂移"诗学亦为北岛散文研究中可兹拓展的路径。

---

[1][法]加斯东·巴什拉：《梦想的诗学》，刘自强译，生活·读书·新知三联书店1996年版，第4页。

[2]唐晓渡、北岛：《"我一直在写作中寻找方向"——北岛访谈录》，《诗探索》，2003年第2辑。

## 舒婷：
## 女性诗歌的报春燕

　　古代女诗人的艺术成就并不逊色于男诗人，也开辟出独属女性自身的"才女文学"①。不过，古代女性诗词话语或围绕"家庭""闺房""情爱"，而难逃闺阁文学的拘囿；或书写个人的遭际、敏感的情思，而难以跳出个体的生存经验；生存处境与社会地位决定她们的诗词创作很难被纳入主流诗歌发展史。直至晚清，社会发生剧烈变革，少数觉醒的女性开始从家国命运与个人遭际的双重维度思考女子何为的问题，秋瑾、吕碧城、何震等女性知识分子鄙弃闺秀文学，她们力争女权，书写漆室之忧，但整体来说，这一时期女作家的数量依旧寥若晨星。"五四"以降，伴随社会的发展和现代思想的演进，"人的发现"和"女性的发现"②为中国女性书写拉开崭新的篇章，迎来女作家的集中"出世"，开启了女性写作的文学传统。她们都接受过良好的现代教育，形成了新女性写作的圈层文化。陈衡哲、庐隐、石评梅、冯沅君、冰心、凌叔华、陆晶清、林徽因、方令孺等女作家的文

---

　　①胡晓真：《才女彻夜未眠——近代中国女性叙事文学的兴起》，北京大学出版社2008年版。该书以18、19世纪弹词小说为研究对象，探讨女性弹词作家所处的闺阁内外的社会空间，深入女作家的心灵世界。
　　②参见周作人：《人的文学》，《新青年》，1918年第5卷第6期。周作人在文章中提出了"发现人"的问题，提出要"辟人荒"，并把"妇女的发现"和"儿童的发现"与"人的发现"放在同一重要的位置上。

学实践缤纷了新文学女性话语的"空白之页"①。她们的作品尽显历史的沉疴，共同筹谋摆脱"男性代言人"的桎梏，深入思考并拓宽写作视域，以唤醒更多女性"走出家庭"，寻找并深度发掘女性的生命价值。开拓期的追求难免力道有限，此后，丁玲、萧红、张爱玲等作家已经甚少探索女性的家庭责任，转向深刻地揭示封建系统的仪礼习俗如何戕害女性的肉体和精神，鼓励更多女性加入抛弃旧我以确立强大崭新的自我建设的队伍中。新中国成立后的"前三十年文学"与五四启蒙文学发生了断裂，女性话题的写作陷入沉潜期。反观20世纪80年代的历史场域和文学场域，恰恰承袭了五四新文化运动的启蒙传统，置身于一个特殊的历史拐点。林子的《给他》和舒婷的《致橡树》从陈旧的性别道德文化传统中破茧而出，奏响了女性诗歌的前章。诚如吴思敬的概括："虽然也曾流星般划过几位灿烂的女诗人的名字，但漫长的中国诗歌史似乎是男人的世界。古代且不必说，甚至到了'五·四'以后，新诗出现了，男人主宰诗坛的情况也未有根本的改观。这种局面一直延续到新时期到来之前。1979年到1980年之交，舒婷的出现，像一只燕子，预示着女性诗歌春天的到来。"②

## 从"依附"到"自我"的衍化与嬗变：女性个体生命的觉醒和预言

"朦胧诗"的命名，直接得自章明1980年发表于《诗刊》的《令人气闷的"朦胧"》。朦胧诗运动出现在20世纪70年代末，是中国新时期第一个先锋诗潮，由此，朦胧诗人开始在诗坛上崭露头角。他们的诗歌创作倡导题材和形式的多样化，不仅采用了较多的象征、隐喻、反讽、通感等修辞手法，同时，在意象选取、主题呈现、情感表达、审美感受等方面，

---

①苏珊·格巴在《"空白之页"与女性创造力问题》中提出了"空白之页"的理论，指女性在历史长流中的沉默状态。[美]苏珊·格巴：《"空白之页"与女性创造力问题》，载张京媛主编《当代女性主义文学批评》，北京大学出版社1992年版，第161页。

②吴思敬：《舒婷：呼唤女性诗歌的春天》，《文艺争鸣》，2000年第1期。

都不同于此前的诗歌创作。与同时期归来者诗歌创作"以挑战的姿态把悲怆的旋律和深度的人性引入新诗"①不同,朦胧诗群风格上的内驱性、陌生化和暗合隐晦的特点更为突出,他们共同对20世纪80年代初期的诗坛产生了重要的影响。从朦胧诗的"一个小小的传统"②,食指到北岛、杨炼、多多、芒克、舒婷等,他们自觉地在"大我"和"小我"的时空拷问中审视心灵和历史,反思生命的价值和精神的信仰,他们的"个人写作"开启了新诗的崭新时代。"朦胧诗"因与20世纪50至70年代诗歌模式"脱轨"而引来相当多的批评,论者以为"他们为'读不懂'而焦躁气闷。于是他们进而责备这些诗人对社会的不负责任"③。作为一种文学思潮,"朦胧诗"所包容的诗歌形态在当时并不统一。包括最初被当作"箭靶"的杜运燮的《秋》,也包括核心人物北岛、舒婷、顾城等诗人在这一时期创作的代表性作品,甚至后期出现的杨炼《半坡》组诗等"寻根史诗",尽管存在着上述种种差异,但大致而言,是将西方作为规范的现代性诉求与缺席的"理想自我"之下的产物。在现代中国历史上,民族国家现代化一直是一个核心问题,现代中国民族主义话语在反叛西方启蒙话语的过程中确立了自身的合法性,延安时期以来的"民族形式"呈现出被民间传统文艺支配的特征,而"朦胧诗"与建立在"人民大众"基础上的"社会主义文艺形态"有所不同,因而他们认为"朦胧诗"的想象和写法,尽管有可依托的"现代派"历史范本,但另一方面又批评它们脱离了"近代和现代民间诗歌已经铺设起来的诗歌轨道、格律要素及其丰富多样的形式"④。由舒婷诗歌引发的赞誉或批评与此相关,早期,尽管"她的诗已广泛流

---

① 许霆:《中国现代诗学论稿》,复旦大学出版社2012年版,第162页。
② 李宪瑜:《食指:朦胧诗的"一个小小的传统"》,《诗探索》,1998年第1辑。
③ 谢冕:《历史将证明价值——〈朦胧诗选〉序》,阎月君等编《朦胧诗选》,春风文艺出版社1985年版,第2—3页。
④ 丁慨然:《"新的崛起"及其它——与谢冕同志商榷》,李建立编《朦胧诗研究资料》,百花洲文艺出版社2018年版,第63页。

传"①，这在某种程度上是民族话语所引发的问题的扩展与延伸，从后设的视角看，这种犹疑的意识形态特性几乎是毋庸置疑的："传统的理论话语权威性太高了：诗歌应该是时代精神的号角，诗人所抒发的不应该是个人的、私有的情感，而是人民大众的、集体的情感。人民大众的情感是无产阶级的，而个人的情感则是资产阶级、小资产阶级的'自我表现'。人民大众的情感在传统的诗歌中总是在英勇劳动、忘我斗争中，奏出慷慨激昂的旋律的。而在舒婷的诗作中却时常表现出某种个人的低回，她明显地回避着流行的豪迈。"②

在肯定一方的阵营内部，也呈现出不同面向。孙绍振借重"启蒙"文化传统袒护舒婷诗歌的合理性，指出其重大意义在于"恢复了新诗中断了将近四十年的、根本的艺术传统"③。"根本的艺术传统"指涉"五四"所鼓吹的人的价值、人的目的及"人的文学"，对照20世纪50至70年代的主流叙事，孙绍振所赞扬的是舒婷正视内心情感的作品，意在重新召回"五四"的价值判断标准，亦是在个人与集体的二元框架中评判她的诗歌。舒婷涉及个人感情的作品显影出的"价值倾向"顺应了人道主义话语复苏，满足了集体主义绝对化阶段过后人们普遍对个体温情的渴望。舒婷以个人情绪为主要内容的诗歌受到重视，基本是后来理论家的普遍共识："通过内心的映照来辐射外部世界，捕捉生活现象所激起的情感反应，写个人内心的秘密，探索人与人的情感联系；这些是她的独特之处。她的诗接续了中国新诗中表达个人内心细致情感的那一线索（这一线索在50—70年代受到压抑）。"④舒婷将自己的诗歌理念总括为一种以"个人"为中心的"关切"："我愿意尽可能地用诗来表现我对'人'的一种关切……我相信：人和人是能够互相理解的，因为通

---

①洪子诚、刘登翰：《中国当代新诗史》，人民文学出版社1993年版，第414页。
②③孙绍振：《在历史机遇的中心和边缘——舒婷的诗和散文在当代文学史上的地位》，《当代作家评论》，1998年第3期。
④洪子诚：《〈朦胧诗新编〉序》，《文学与历史叙述》，河南大学出版社2005年版，第277页。

往心灵的道路总可以找到。"①她的这一思想浸润在诗歌中,"关切"转化为对普遍人性的赞颂:有对亲情的眷恋,如《呵,母亲》《读给妈妈听的诗》《献给母亲的方尖碑》;有对女性生命本质的呼唤,如《神女峰》《致橡树》;有对现代女性生存状态的反思,如《惠安女子》《女朋友的双人房》。就为谁写诗、怎样写诗的问题,舒婷坦言:"我从未想到我是个诗人,我只是为人写诗而已;尽管我明确作品要有思想倾向,但我知道我成不了思想家,起码在写诗的时候,我宁愿听从感情的引领而不大信任思想的加减乘除法。"②对照其他诗人同题材的诗歌,舒婷情感的内在逻辑得以鲜明地彰显:

> 不是一切大树
> 都被暴风折断;
> 不是一切种子
> 都找不到生根的土壤;
> 不是一切真情
> 都流失在人心的沙漠里;
> 不是一切梦想
> 都甘愿被折掉翅膀。
> 不,不是一切
> 都像你说的那样!
> 不是一切火焰
> 都只燃烧自己
> 而不把别人照亮;
> 不是一切星星
> 都仅指示黑夜

---

① 舒婷:《赠别》,《诗刊》,1980年第10期。《赠别》诗作前附有舒婷的诗观。
② 舒婷:《生活、书籍与诗——兼答读者来信》,李建立编《朦胧诗研究资料》,百花洲文艺出版社2018年版,第140页。

而不报告曙光;
不是一切歌声,
都掠过耳旁
而不留在心上。
不,不是一切
都是像你说的那样!
不是一切呼吁都没有回响;
不是一切损失都无法补偿;
不是一切深渊都是灭亡;
不是一切灭亡都覆盖在弱者头上;
不是一切心灵
都可以踩在脚下,烂在泥里;
不是一切后果
都是眼泪血印,而不展现欢容。
一切的现在都孕育着未来,
未来的一切都生长于它的昨天。
希望,而且为它斗争,
请把这一切放在你的肩上。

1977年7月

(《这也是一切——答一位青年朋友的〈一切〉》)

《这也是一切》创作于1977年7月,发表于《诗刊》杂志1979年第7期,被人们普遍认为是回应朦胧诗人北岛《一切》这首诗的应时之作。而《一切》,创作于1976年。从这两首诗创作和发表的时间上看,它们都处在中国社会遭受到重大的文化断裂和民族情感伤痛的历史背景之下。《一切》中,那些铿锵有力的判断句式和刺痛心灵内核的话语表达,在舒婷的《这也是一切》里,似乎从气势和思辨上都变得缓和了很多。虽然两首诗都寓理于抒情之中,但却产生了两种不同的艺术反响。这正如曾念长在他的文章里所言:

"一个将否定性抒情转向内心深处,和自己的命运死磕;一个将否定性抒情瞬间翻转成肯定性抒情,在现实和命运之间达成和解。"①

正是诗人心灵的净涤和对理想主义的审美追求,才使得舒婷的朦胧诗写作并没有浓重的隐晦艰涩的特征。

在全诗的最后一节,诗人采用了常规的传统诗写方式,没有独特的诗行形式,没有标新立异的诗歌结构,也没有清晰可感的诗歌意象,而是和整首诗的其他节保持了相对的技法的一致性,将象征和隐喻贯穿于其中,和前面五节的诗歌内容形成了一种整体上的完美呼应。"一切的现在都孕育着未来",为了"未来"那一天的到来,舒婷号召人们:要心怀希望,保持一份勇敢的精神,带着勇气和使命感,将"这一切"放在肩上,努力奋斗。

正如著名诗评家谢冕先生所言:"舒婷创造了美丽的忧伤。"在美丽的忧伤背后,存在着的却是可以影响很多青年人和大众阅读者的"内核式"的"爱"。"舒婷的诗歌内核始终是爱,这种爱既包括自爱也包括爱人。"②《这也是一切》足以代表朦胧诗的时代表达,其中烙印着一代人的记忆。

反观舒婷早期的诗歌,并非所有作品都卡在了个人、个体的表述中。《祖国呵,我亲爱的祖国》创作于1979年,诗意直白,清晰易懂:"我是你的十亿分之一,/是你九百六十万平方的总和;/你以伤痕累累的乳房/喂养了/迷惘的我、深思的我、沸腾的我;/那就从我的血肉之躯上/去取得/你的富饶、你的荣光、你的自由;/——祖国呵,/我亲爱的祖国!"这些诗遗留着政治抒情诗的豪迈气质,"我"是被放置在公共情感中的"集体之我"。周良沛称赞《祖国呵,我亲爱的祖国》"这首诗,在舒婷的作品中更易为人接受、称道,也是因为比起作者其他作品,在这首诗里作者的艺术随思想跨出了自

---

①曾念长:《共鸣与变奏——诗人通信与朦胧诗的发生》,《创作评谭》,2019年第3期。
②孙绍振:《在历史机遇的中心和边缘——舒婷的诗和散文在当代文学史上的地位》,《当代作家评论》,1998年第3期。

我的天地一步"①。在最初,主流诗界显然没有完全认知到"朦胧诗"的进步意义,大多数诗人甚至将"朦胧诗"指责为"古怪诗"②。方冰赞扬梁小斌《雪白的墙》《中国,我的钥匙丢了》正是由于其"不但写得不朦胧,而且还很新颖,很好","不过写得曲折一些,诗意是很清楚的"。③而对于顾城的《远和近》《弧线》,则批判道:"怎么读也读不懂,如坠五里雾中,不知道作者为什么要写这样的诗。"④正是在这样的意义上,《祖国呵,我亲爱的祖国》《这也是一切——答一位青年朋友〈一切〉》这类在"政治抒情"脉络上展开的诗受到较高评价,成为主流诗界最先能接纳的作品,其思想情绪积极、昂扬,仍然更多地表现出与社会主义文化传统的某种和谐性,更符合人们心理知觉上惯性的"定位期待",美学风格更易于被接受。

## 《致橡树》与现代女性的独立宣言:以"爱情"为历史脉络的考察

1979年4月,舒婷的《致橡树》在《诗刊》发表后,便以其鲜明的女性意识、独立的人格精神和对爱情的热烈呼唤,引起了广大青年人的强烈共鸣。这首诗影响过几代读者,入选多种诗歌选本以及中学语文课本⑤,而舒婷的名字在20世纪80年代初也不胫而走。作为舒婷最广为人知的诗篇,《致橡树》一反此前创作的爱情诗《赠》和《无题》中显露出来的温和的女性立场,诗人开始反思和挑战千百年来女性卑微的命运和处境,突破传统观念对女性角色的模塑,高扬平等、纯洁、真诚的生命价值观和爱情观,以叛逆的

---

①周良沛:《有感"新的美学原则"的"崛起"》,李建立编《朦胧诗研究资料》,百花洲文艺出版社2018年版,第180—181页。

②丁力:《古怪诗论质疑》,李建立编《朦胧诗研究资料》,百花洲文艺出版社2018年版,第73页。

③④方冰:《我对于"朦胧诗"的看法》,李建立编《朦胧诗研究资料》,百花洲文艺出版社2018年版,第22页,第22—23页。

⑤1982年诗集《双桅船》出版并获奖后,《致橡树》和《祖国呵,我亲爱的祖国》多次被选入中学语文教材;1990年和2003年,《致橡树》收入人教版高中语文教科书。

形象向被男权压抑的女性意识的深渊突围，掷地有声地为沉默压抑的女性喊出人格独立、男女平等，生命自主、精神自由的渴望与慕求。

　　从题目显见，"致"将橡树拟人化。橡树作为一种象征，不是普通男子的象征，确切地说它被寄寓了新时期女性所渴慕的伟岸挺拔的男子形象。这首诗刚刚流传开来，橡树就很快地被符号化，成为理想恋人的代名词。

　　　　我如果爱你——
　　　　绝不像攀缘的凌霄花
　　　　借你的高枝炫耀自己；
　　　　我如果爱你——
　　　　绝不学痴情的鸟儿
　　　　为绿荫重复单调的歌曲；
　　　　也不止像泉源
　　　　长年送来清凉的慰藉；
　　　　也不止像险峰
　　　　增加你的高度，衬托你的威仪。
　　　　甚至日光，
　　　　甚至春雨。
　　　　不，这些都还不够！

　　为什么开篇选择一个虚拟的句式"我如果爱你"？其实这是舒婷的书写策略，这个虚拟的句式先入为主地亮出抒情主人公的立场，表达的是"我爱你我就会……"的主动姿态。借这个意涵丰富、情感指向明晰的虚拟句式，诗人率真勇敢地宣告了她的爱情观，整个过程毫无矫情造作，毫无顾忌牵制。与橡树的理想形象相对立，诗人勾画出一系列别有喻指的意象群："攀缘的凌霄花""痴情的鸟儿"指称攀附和依从心理强，或利用爱情抬高身份，甘于做丈夫附庸品的女性；"泉源""险峰""日光""春雨"指称那些缺少女性独立意识和人格，甘于做家庭陪衬，丢失自我的女性……"绝不""也不止"等词语,以决绝之姿态对上述女性给予了彻底的否定。诗人划破时代的长空,掷地有声地拉开了新时期女性人格独立宣言的序幕。

舒婷认为爱情中规范的"理想自我",在于将自身视为与男性无差异的主体,拥有不受他人干扰而主宰行动的权利。她曾言明:"花和蝶的关系是相悦,木和水的关系是互需,只有一棵树才能感受到另一棵树的体验,感受鸟们、阳光、春雨的给予。夜不能寐,于是有了《致橡树》。"[1]

舒婷反叛的不仅是千百年来封建道德理念和男权社会对女性身心造成的种种压抑和规约,她还对现代知识女性在革命视域中将"爱情"工具化以及"女性雄化"[2]等思想发出挑战,她开始思索女性是否能够以及如何通过爱情赢得生命的尊严,获取人格的平等:

> 我必须是你近旁的一株木棉,
> 作为树的形象和你站在一起。
> 根,紧握在地下,
> 叶,相触在云里。
> 每一阵风过,
> 我们都互相致意,
> 但没有人
> 听得懂我们的言语。

《致橡树》中呈现出的情感,在很大程度上是曾经不可言说的"女性感觉",诗人把这种捉摸不定、虚无缥缈的情绪具象化,"木棉"和"橡树"是舒婷对理想爱情关系的体认。"别人听不懂的言语"是爱人间的密语,生活不仅离不开浪漫之爱,而且凭借爱情的救赎力量,理应能够建立一个更加理性化和人性化的二人群体。该诗将激动之情贯穿始终,接近宏大叙事的语

---

[1] 舒婷:《硬骨凌霄》,珠海出版社1994年版,第87页。
[2] 常彬:《中国女性文学话语流变1898—1949》,人民文学出版社2007年版,第263页。

调[1]，舒婷的思想也无法完全与"宏大叙事"断裂。然而，在更为隐秘的层面上，舒婷选择"橡树"与"木棉"两个意象并非偶然。首先，"作为树的形象"流露出诗人认可两人的爱服从于同一阶层属性；理性之外，她敏锐而感性地捕捉到"橡树"和"木棉"与两性的本质关联。前者更巍峨阳刚，冷峻挺拔，骁勇坚毅；后者以其枝头红艳的花朵闻名——一方面具有女性的表征，另一方面代表火热的情感。两个意象被诗人拟人化为"你"和"我"，明示出男女的角色归属：

你有你的铜枝铁干，
像刀，像剑，
也像戟；
我有我的红硕花朵，
像沉重的叹息，
又像英勇的火炬。
我们分担寒潮、风雷、霹雳，
我们共享雾霭、云霞、虹霓。

对橡树，诗人毫不掩饰她的赞美："你有你的铜枝铁干，/像刀，像剑，/也像戟"；对木棉，她肯定了女性阴柔中的负荷之美、热烈和博大的情感与胸怀："我有我的红硕花朵，/像沉重的叹息，/又像英勇的火炬。"妇女解放的道路是漫长的，鲁迅早在《伤逝》中就揭橥了"爱情"的虚伪性，爱情无法为女性带来相应的人生出路。子君从魅力十足的新女性沦落为平庸的家庭妇女，直接成因在于这对恋人对典型家庭分工毫无接纳的保留。舒婷辨识出这一"陷阱"，她指涉"橡树"和"木棉"是独立平等的生命个体，精神独立，各有魅力，相互支持，以共享深沉和欢愉的方式关联为二人共同体。如果长期缺乏更大的志向或更高的生活目标，将造成荒谬诡诞的后果，

---

[1] 孙绍振:《从〈致橡树〉到〈神女峰〉》,《语文建设》,2019年第9期。

而爱情也注定消亡。舒婷已然意识到爱情的内在风险，作为女性主体，其身上背负着超出想象的沉重历史与现实，也必然要准备好面对残酷的事实。另一方面，舒婷对男性的认识承袭自传统的立场，以"刀""剑""戟"作喻，表达了对所谓"阳刚""勇敢"的期待，却完全忽视了所谓"男性"并不是一种本质性的规定，他们也拥有成为另外多面的天赋权利。最后两句直接阐明诗人所憧憬和渴望的爱情状态：心灵相契，各舒自性；平等共进，风雨携行；互相尊重，荣辱与共。在此基础上，她直陈出"伟大的爱情"：

仿佛永远分离，
却又终生相依。
这才是伟大的爱情，
坚贞就在这里：
不仅爱你伟岸的身躯，
也爱你坚持的位置，脚下的土地！

一方面，爱情中不以消弭自我的个性而迎合对方，精神独立且各自保持性别魅力、独立特质和社会角色，彼此平等、自由和相互理解尊重是舒婷对"忠贞"的现代阐释；另一方面，"仿佛永远分离/却又终生相依"是她对伟大爱情的界定。

## 玫瑰之光：女性视域下的生命本质和爱情观

舒婷显示出对女性天然且朴素的共情，洞察出同时代女性不为人知的现实创伤和心灵创伤，将女性群体的命运投上历史的舞台。这类作品带来的冲击力并不在于为女性困苦提出了多么完美的理论路径，而在于立体化了那些被取消了主体性的生命实体。除了《致橡树》，真正对新时期女性诗歌造成影响的还有《神女峰》和《惠安女子》。神女峰坐落于长江巫峡，一直被文人墨客作为女性坚贞的化身而被礼赞。《神女峰》不仅将民间"神女望夫，久而化石"的故事转化为诗歌意象，而且首次揭开这一神话的悲剧性质以及不为人关注的"美丽的忧伤"——对女性颂扬的表象背后隐含着对女性生命欲望的压抑和遮蔽。在生命的对视中，诗人消解了被男权社会塑造出来的女性偶像，戳穿强加在神女峰上的陈腐的封建道德观念，鼓励女性从现代生命的觉悟中醒来，高扬现代生命对欲望的尊重，审视和反思几千年传统文化中的女性生存困境：

在向你挥舞的各色花帕中
是谁的手突然收回
紧紧捂住了自己的眼睛
当人们四散离去，谁
还站在船尾
衣裙漫飞，如翻涌不息的云
江涛
　　高一声
　　低一声

美丽的梦留下美丽的忧伤
人间天上，代代相传
但是，心
真能变成石头吗
为眺望远天的杳鹤
而错过无数次春江月明

沿着江岸
金光菊和女贞子的洪流
正煽动着新的背叛
与其在悬崖上展览千年

不如在爱人肩头痛哭一晚

  贯穿全诗的是一种记游式的感兴。在观赏美好的自然景象和文化景观的同时，那兀然独立几千年的神女峰深深触碰了诗人敏感深邃的情思，也点燃了新时期女性主体意识和婚姻观的觉醒。"是谁的手突然收回/ 紧紧捂住了自己的眼睛"，情思的震动体现在一系列动作细节上，诗人捂住眼睛，不再外视，从热闹的游览现场回归内心，冷静后诗人开始反思神一样屹立于山头，被人膜拜的"千年偶像"真正吸引我们前来瞻礼的原因。显然，不曾有人质疑这个问题。诗人随即采取反问式的自问自答："但是，心/ 真能变成石头吗/ 为眺望远天的杳鹤/ 而错过无数次春江月明"。"石头""远天""杳鹤"与"春江月明"构成情感反差强烈的两组意象，冷漠、孤寂的生命处境与富有生气的"无数个"生活日常交织碰撞。进而，诗人勇敢地对要求女性从一而终的封建节烈观进行彻底反叛：即使在悬崖上展览千年，作为男权的祭品，被后来者称赞却了无生命的存在感、自主性和生命选择的权利，唯剩一具石像可以证明自己的价值……

  《惠安女子》同样表现出作者对当下女性命运的关怀。在这首诗中，舒婷的诗艺和思想已经达到了一个新的高度。她没有在抒情性独白取得成功后故步自封，而是以庄重凝练的语言风格增强思想的深刻性和力度。舒婷深切观照惠安女性的生存状况，自觉将思考延展到传统礼教中的"看"与"被看"，谴责"扁平化"的形象吞噬惠安女性的心灵，提倡生命的热情与自我的觉醒。

  野火在远方，远方
  在你琥珀色的眼睛里

  以古老部落的银饰
  约束柔软的腰肢
  幸福虽不可预期，但少女的梦

蒲公英一般徐徐落在海面上
呵，浪花无边无际

天生不爱倾诉苦难
并非苦难已经永远绝迹
当洞箫和琵琶在晚照中
唤醒普遍的忧伤
你把头巾一角轻轻咬在嘴里

这样优美地站在海天之间
令人忽略了：你的裸足
所踩过的碱滩和礁石
于是，在封面和插图中
你成为风景，成为传奇

  诗人将自己的见闻切割、分解成具体的场景，附物陈情，通过精练的语言、精确的意象来展现所感。"琥珀色的眼睛""古老的银饰""柔软的腰肢"使惠安女子这一形象活灵活现，但诗人的目的不仅仅在于刻画惠安女子的形象，诗人关注的是惠安女子所遭受的悲苦命运。惠安女子因为美丽而成为现代社会中男子争相"猎奇"的对象，她们被制成封面和插图，成为都市男性眼前一道亮丽的"风景"，而忽视了她们站在天地之间，是仰仗裸足踩过的碱滩和礁石。谢冕由此感叹："惠安女子的装饰世人多有美誉，但从她们以婀娜的身姿抬动巨石的形象看，这美丽的背面却包蕴着多少难以形容的悲苦和沉重。"[①]习以为常的风景中，潜匿着将女子"物化"的关键性症结，这不仅是惠安女子的窘境，更是在男性凝视下所有女性的共同命运。诗人"以批判的视点提醒世人注意普通人的价值，并呼吁人与人之间的理解与心灵沟

---

[①] 谢冕:《抬石头的女人》,《一条鱼顺流而下》,百花文艺出版社2011年版,第127页。

通"①,希望大众能够分享惠安女子的"创伤",把她们与女性结构性的困境联系起来,呼唤人们关注女子苦难的历史和现实的难题,让女性回归到"人本身"。

在中国,"生命"概念进入文艺理论视野虽然是很晚近的事,但就创作实践来说,却一直是中国现代诗歌从"五四"时期到今天的或显或隐的主要品质。20世纪80年代,中国诗歌与中国文学的生命意识再度爆发和觉醒了。以后,随着自我意识的觉醒和批判精神的蔓延,"生命"的现代之光开始烛照中国的文学写作,尤其是新时期的诗歌创作。《惠安女子》就充溢着对生命韧力的吟咏,代表了20世纪80年代诗歌作品美学特征的一个维度。

舒婷有一类表现男女之情的诗歌,其中更多的是没有结论的感情抒发,流露出复杂的内心冲突,不遗余力地为感情寻找解脱和出路。

"隔着永恒的距离/ 他们怅然相望/ 爱情穿过生死的界限/ 世纪的空间/ 交织着万古常新的目光/ 难道真挚的爱/ 将随着船板一起腐烂/ 难道飞翔的灵魂/ 将终身监禁在自由的门槛"(《船》),舒婷质疑真爱是否永恒,谴责对爱情投入不够或心意不诚之人。"四月的黄昏/ 仿佛一段失而复得的记忆/ 也许有一个约会/ 至今尚未如期;/ 也许有一次热恋/ 永不能相许/ 要哭泣你就哭泣吧,让泪水/ 流呵,流呵,默默地"(《四月的黄昏》),女性感情喷涌不懈,对"爱情"无限期待而营造出的美好遐想,却有可能会遭遇"抛弃"。在同类诗篇中,舒婷总是刻画女性"暗恋者"的形象,她们受本能驱动,直面自己的心灵并说出永恒的誓言,却还没有修炼出主宰内心野兽的能力,因而执着、细腻、敏感却默默无闻:"我为你举手加额/为你窗扉上闪熠的午夜灯光/ 为你在书柜前弯身的形象/ 当你向我袒露你的觉醒/说春洪重又漫过了/ 你的堤岸/ 你没有问问/ 走过你的窗下时/ 每夜我怎么想/ 如果你是树/ 我就是土壤/ 想这样提醒你/然而我不敢"(《赠》);"我真想甩开车门,向你奔去/ 在你的肩膀上失声痛哭: / '我忍不住,我真忍不住!'// 我真想拉起你的手, / 逃向初晴的天空和田野, / 不畏缩也不回顾。……/ 我的痛苦变为忧伤/ 想也想不够,

---

① 谢冕:《在诗歌的十字架上——论舒婷》,《文艺评论》,1987年第2期。

说也说不出"(《雨别》)。尽管所有的行为当涉及情绪的真挚性时,似乎都具有潜在的可辩护性,但女主人公们是"勇者",更是过时的榜样。女性的暗恋委婉动人,对暗恋对象的理解和关切更充满了卑微的意味,盲目和非理性的爱恋隐含着使其丧失主体性的危险,通常也不会让她抵达真正的幸福:

  雾打湿了我的双翼
  可风却不容我再迟疑
  岸呵,心爱的岸
  昨天刚刚和你告别
  今天你又在这里
  明天我们将在
  另一个纬度相遇

  是一场风暴、一盏灯
  把我们联系在一起
  是另一场风暴、另一盏灯
  使我们再分东西
  不怕天涯海角
  岂在朝朝夕夕
  你在我的航程上
  我在你的视线里
    (《双桅船》)

  女性在《双桅船》中看到爱恋幸福的可能与路径。诗歌以"船"和"岸"比拟爱人的相依相离,"可以理解为爱情和哲理的交融"[1]。爱恋不是

---

[1] 张立群、史文菲:《舒婷论——"朦胧诗化"、女性意识的拓展与经典化》,《文艺争鸣》,2011年第11期。

无法达成的理想，女性的困境也不是无解的，"承担性"是她们唯一有尊严的生存方式，这就意味着双方能够渡过"风暴"的考验，"爱情"才不会面临被永久搁置的境况。这种共同承担的意识，不仅指涉表面化的情绪，最终指向的更是自我中心主义，寄托于"自我"上的希望之伟大，不仅治愈心灵上的创伤，而且保证幸福与延续。

# 林莽：
## 嵌入与疏离

> 也许，只有艺术是永恒的，它用我们情感的符号记住以往，它把每个时代的人们嵌入历史。我相信，我们那个时代的诗人们所留下的作品也将会这样。①
>
> ——林莽

　　林莽是当代文坛杰出的跨界艺术家。作为诗人、散文家、画家、编辑、重要诗歌活动的策划者组织者，他与共和国同龄，其丰富的艺术生命蓬勃了近半个世纪，从未止断，截至目前出版诗集、诗文集和诗画集十一部②，无论关涉诸上哪一个领域，均留下斐然的成绩。作为诗人，他是白洋淀诗歌群落的主要成员，朦胧诗的代表诗人之一，共创作诗歌作品三百余首。作为资深诗歌编辑，他曾在《诗刊》编辑部从事编辑工作几十年，目下正在《诗探索》编辑部担任主要工作，编辑和主编诗歌选集、专辑几十种。几十年如一日，他倾力于中国新诗的编辑、出版工作，着力发现和培养诗歌新人，开创

---

① 林莽:《穿透岁月的光芒》,《诗探索》,2008年第1辑。
② 分别为诗集《林莽的诗》(中国妇女出版社1990年5月版)，诗集《我流过这片土地》(新华出版社1994年10月版)，诗集《永恒的瞬间》(新华出版社1995年10月版)，诗文合集《穿透岁月的光芒》(百花文艺出版社2001年4月版)，诗集《林莽短诗选》(银河出版社2003年3月版)，散文集《时光转瞬成为以往》(华文出版社2005年9月版)，诗集《林莽诗选》(时代文艺出版社2005年11月版)，诗集《秋菊的灯盏》(作家出版社2009年7月版)，诗集《林莽诗歌精品集》(南海出版社2012年7月版)，诗集《记忆》(作家出版社2015年5月版)，诗画集《林莽诗画:1969—1975白洋淀时期作品集》(漓江出版社2015年6月版)。

有价值的诗歌奖项和诗歌活动①，为中国新诗史的一些历史史实，及诗人团体和诗人的钩沉、呈现做出了不可磨灭的贡献。

林莽自1969年开始诗歌创作，大体呈现出四个阶段：1969—1979的十年初期写作阶段，1980—1989的十年调整和寻找自我的写作阶段，1990—2010年的中期写作阶段，2011年至今的近期写作阶段。本文从嵌入与疏离两个富有张力而又始终交织的维度，探讨林莽诗歌创作理念与路径在当代汉语诗坛中的独特属性，旨在打开林莽诗歌研究的面向。

## 嵌入历史的书写

### （一）

林莽说："将生活的感性记忆，通过诗歌的方式，建立一个与现实世界息息相关的艺术的世界，是我的诗歌理想。"②在近半个世纪的写作历程中，他始终坚守着现实世界和艺术世界的通汇，既不纠缠于生活的琐细，也不耽沉于艺术的唯美幻境，他以厚朴坦荡的胸怀观照动荡蓬勃的历史演变，以悲悯真诚的情思捕捉温暖的人性光辉，在自然和人本间展开纯透的心灵对话，他的诗歌创作始终葆有鲜明的情感色调、徐缓雍容的节奏。可以说，林莽的诗歌写作与诗歌活动始终是当代汉语诗坛鲜明的在场映像，主动却并非刻意

---

①首先，20世纪90年代为诗人食指"浮出水面"做了大量钩沉工作。为诗人食指编辑了两本诗集分别是《诗探索金库·食指卷》（作家出版社）、蓝星诗库《食指的诗》（人民文学出版社）。1998年，诗人食指成为这一年中国诗坛最重要的新闻人物。1994年在《诗探索》协助组织了"白洋淀诗歌群落"寻访活动，组织了寻访文章的写作与编辑工作，为中国新诗史研究提供了第一手的历史资料。1998年在《诗探索》编辑会上提出了召开"盘峰诗会"的建议，并主要负责了本次诗会的组织联络、经费落实等工作。

其次，2002年提议并创办了《诗刊》下半月刊，为新世纪涌现的大批诗坛新秀提供了展示的平台。在《诗刊》下半月刊提倡面对心灵，注重生命经验和文化经验的诗歌写作。2005年提议《诗探索》增加了"作品卷"，促进这一新诗研究刊物与当前第一线的诗歌写作者建立了更为有机的链接。　　　　　　　　　　　　　　　　（转下页注）

②林莽：《为美丽的飞行，登高而望（创作谈）》，《朔方》，2017年第2期。

地嵌入了当代诗歌发展史。

"有时船在黄昏的水面上滑行，平缓而幽静，当你把手伸入清爽的水中，心中唤起的依旧是一阵凄冷。尽管，我关注着每一天的新闻，但是家庭及个人的命运被一只无形的手把握着。那些日子虽是青春却充满了死亡的阴影，那些日子向谁诉说？向谁哭泣？也就是那时，在寂静的寒夜中，我找到了诗：这种与心灵默默对话的方式。"①这是林莽开启诗歌创作的一个动因，也是"文革"时期一代青年的集体诉求与苦闷。个体的存在感被无形的大手剥离，喧闹的运动无法安抚寂寞的心灵，诗人以自然为介质，抒发对命运无可抗拒的忧思和生命挽歌一般无奈的感怀。这一时期的诗歌梦境阴冷而哀痛，却在和自然生发的灵魂对话中包蕴着顽强的生命气息，如诗人所保存下来的最早的一首诗：

深秋临冬的湖水，
清澈而寒冷。
淡云深高的天空，
时而传来孤雁的哀鸣。

随风摇曳的枯苇，

---

（接上页注）再次，2002年，为更好地传播中国新诗的优秀作品，在《诗刊》创意并组织了多年的"春天送你一首诗"全国大型诗歌公益活动。2003年，为表彰青年优秀诗歌写作者，提出"华文青年诗人奖"的倡议，开创了"一个奖，一个会，一本书，一位驻校诗人"的"四个一"立体诗歌评奖模式。2004年与首都师范大学合作，提出并开创了"驻校诗人"的概念和方式。2011年创办了地域诗歌写作奖"红高粱诗歌奖"。2016年创立了与《诗探索》办刊理念同步，同时表彰诗歌写作者和诗歌评论者的奖项"发现诗歌奖"。同年还创立了表彰"乡村诗歌"新观念写作者的诗歌奖"春泥诗歌奖"。

自1999年到现在，主编漓江版"年度诗歌"十九年。

林莽多年来在诗歌写作的同时做了大量开创性和建设性的诗歌奖项和诗歌活动。他既是一位具有现代观念和中国传统风格的优秀诗人，又是一位现代诗歌写作的研究者，也是一位诗歌活动的优秀组织者。

① 林莽：《心灵的历程》，《未名诗人》，1987年第8期。

低奏着凄凉的乐章。
大雁孤独的叫声，
像挽歌一样凄楚而哀痛。

那哀鸣而疾逝的身影，
掠过碧蓝的天空。
一切都如往的平静，
留下的只是几声嘶哑的哀鸣。

深秋的湖水，
已深沉得碧澄。
深秋里的人啊，
何时穿透这冥思的梦境

1969年11月<br/>（《深秋》）

　　1969年，林莽与朋友自行联系去河北白洋淀插队，同年11月，创作了这首《深秋》。这首诗与第二年写下的《自然的启示》等诗均折射出当时思想敏锐并具有独立思考精神的"白洋淀诗歌群落"[1]共同承袭的精神渊源，即在自由精神寻求过程中，他们不约而同地对俄罗斯白银时代诗人有所沉迷和模仿。彼时刚踏上诗歌之路的林莽，其早期作品中承袭了叶赛宁书写大自然

---

[1] "白洋淀诗歌群落"的产生与"文革"后期的社会文化背景关联密切，时间定位是1969—1976年，以现代诗为其主要标志；其命名源于1994年《诗探索》组织的一次"白洋淀诗歌群落"寻访活动，这个命名的提法是这次寻访讨论会上公认的最为准确的提法，由林莽提出，得到大家一致认同。老诗人牛汉先生指出："这个名词本身很有诗意，群落一词给人一种苍茫、荒蛮、不屈不挠、顽强生存的感觉，与当时诗人们的处境与写作状态相符。"对此，林莽这样描述："1969年我自愿申请到白洋淀插队，一待就是六年。在白洋淀有和我命运一样的一批青年，家里都受到'文革'的冲击，自愿申请来这个地方，是命运的抗争者。（转下页注）

的技巧、语言和形式，弥散并浸染着纯透的生命气息。对自然的细微观察和尊重与其说是诗人表达自我苦闷的介质，莫若说是诗人手持烙印着历史伤痕的刻刀，刻画着属于一代人的精神炼狱、迷思与梦境。那些投射了诗人主体情思的大自然意象群在林莽的笔下构架起叠合丰富的精神场域，诗人以省察者的姿态巧妙地将存在和政治、个体与一代人嵌入历史滚动的暗流，并保持着自觉和清醒。这种处理历史处境的独特方式集中体现于1972年1月创作完成的早期代表诗作《凌花》：

玻璃上那美丽的凌花是从哪里来的
我想，它绝对不是太阳的杰作
然而，当那鲜红的旭日漫步于晨雾中
谁曾向那淌泪的花儿探问过真情


冬天来了，大地显出枯干的面容
透过世界这白皑皑的装束
冬天并非我们想象得那样冷酷无情
它心灵的深处，也有年轻温存的生命

是冷清的冬夜
沉睡着万物的生命
你知道吗，玻璃上那美丽的花儿

---

(接上页注)我们年轻,思想活跃,求知欲强……我们相互刺激,相互启发,相互交流,开始追求新的诗歌写作方式,形成了一个小小的文化氛围。那时,大概有二三十人在写诗,除了在白洋淀插队的,还有前来游历访友的青年。一批活跃于当代文坛上的作家、诗人都曾跟白洋淀有过密切的联系,著名诗人根子、芒克、多多在当时号称白洋淀三剑客。这就是后来人们所说的'白洋淀诗歌群落'。"(林莽:《关于"白洋淀诗歌群落"》,《淮北煤炭师范学院学报》,2004年第3期。)

就是冬天在睡梦中流露的真情

或许你曾仔细看过那飘飞的雪花
铁青的天空中，它闪烁着微小的身影
精巧的花朵，洁白的晶莹
谁不知道，随之而来的是宽广的纯静

微小的雪花，美丽的凌花
为什么偏偏在严寒中诞生
对了，它们是同胞的姊妹
冬天心灵的笑容，冬之希望的反映

有人把绵绵的雨丝
比作深秋悲泣的泪水
无疑，这美丽的凌花
一定是渴望百花盛开的象征

凌花，有如热带繁茂的丛林
枝叶肥硕的植物如何来到这冷清的早晨
凌花，有如春光明媚的群山
山花烂漫的景色，怎会出现在寒风凛冽的今天

窗外是一片北国的白雪
小窗上绽放的凌花默默地变换
原野在洁白中是如此的寂寞呀
我的心，也在孤单中编织着渴望的花环

1972年1月

这首诗凸显了林莽早期的诗歌特色，即：强烈的色彩和画面感，意象群在"忧郁的叹息"①和明亮的温暖间彼此混融。诗中呈现出几组色差分明、极具延展维度的对比，它们在同一空间下的并置瞬间修正了人们对自然意象本身所固守的记忆或印象，打开并唤醒丰富的诗性联想：鲜红的旭日／淌泪的花儿；枯干的面容／精巧的花朵，洁白的晶莹；白皑皑的装束／热带繁茂的丛林；铁青的天空中／宽广的纯静；冬天心灵的笑容／深秋悲泣的泪水；冷酷无情／温存的生命；春光明媚的群山／寒风凛冽的今天……显然，这是诗人对一个时代境况敏锐而真切的影射，几组矛盾而富有对撞性的物象、场景和情境，构成富有冲击力的画面，饱满的诗情嵌入了诗人对历史和生命的想象与期待，诗人以一颗"幽咽的心"（《二十六个音节的回想——献给逝去的岁月》）写下"冬天在睡梦中流露的真情"诗人抛开小我的狭思，从"北国的白雪"中走出，质疑历史"铁青的天空"，在孤单中编织着渴望的花环对所有生命的关怀，这何尝不是一代人的苦闷和期望呢？

（二）

1973年，林莽接触现代主义思潮，以同年12月创作的《列车纪行》为原点，其诗风开始转变，从1973年到1983年约十年展开对现代主义诗歌的寻求，这一艺术轨迹与朦胧诗创作发展历程中标识性的时间节点几乎是同步的。1973年是中国当代诗歌发展中重要的转折点，林莽对此亦有清醒的判断："一批从'文化大革命'的迷茫中开始反思的青年，在'黄皮书'的启发下，开始着手开辟一个诗歌的新时代。1973年诞生了一批新的诗歌形式与写作方式的创作者。一批新艺术的追求者开始汇聚在现代主义的旗帜下。"②历史的偶然也罢，诗人自身创作轨迹的必然也罢，无可置疑的是，自林莽开

---

① 宋海泉：《白洋淀琐忆》，《诗探索》，1994年第4辑。原文如下："夏天的白洋淀原本是一片绿色的世界，蜿蜒的长堤，被行人车马踏出的大道在蓝天和阳光的照耀下，泛着令人目眩神迷的白光。在这幅画中，建中画出了一个全新的色彩世界：青紫色的芦苇，赭石色的大路，紫红色的天空。细碎的笔触发出一道忧郁的叹息。"

② 林莽：《穿透岁月的光芒》，《诗探索》，2008年第1辑。

启诗歌创作历程,他的写作就已经嵌入当代诗歌史每一个关键的发展节点之中,其早期诗歌鲜明的浪漫主义诗风与自觉的现代主义探索,正是并置于朦胧诗思潮中的两条主脉。

"荒谬从哪里诞生,丑恶又如何开始／人类的心灵中,从什么时候起／就反锁了偷火的巨人"(《二十六个音节的回想——献给逝去的年岁》)。1974年,林莽写出诗风转变后的代表性作品《纪念碑》,此诗1986年在《回音壁》上发表时,因与朋友的作品重名而改题为《二十六个音节的回想——献给逝去的年岁》。该诗是林莽众多诗歌作品中最特别的一首,也是诗人嵌入式书写范式极有代表性的一首长诗。全诗以二十六个音节为组章,他一反此前(乃至以后)作为自然诗人的创作特色,一改普照尘世的辉光和温暖平缓的话语方式,以一个时代的反思者身份,犀利地审视历史,质疑人类的荒谬和自闭;沉痛叩击流逝的岁月,追问写作的深层意涵;在积极寻觅个体生命的救赎过程中,侧重从人的心理感受出发,表现荒谬时代对人的压抑和扭曲:

　　一切都在消失,理念破碎了
　　思想抛弃了所有古典而端庄的情人
　　在人生嘈杂的城市鬼混
　　有时也梦见那条朴素的乡路
　　那向着星空的放歌
　　……
　　苦难被无情地折断了
　　流出了石油一样漆黑的血液
　　用苦艾酒洗浇一下受创的灵魂
　　剖开脚下的土地
　　掩埋下这颗幽咽的心

诗人在书写个体生命的心路历程,一步步走向心灵救赎之路:

迈不开现实的意识，是一只棕色的熊
　　生命从没有扬起过浪漫的帆
　　这阴霾的日子，梦也不得安宁的夜晚
　　我就缅想着，在地壳的岩层上
　　建起那座伟大的灯塔

　　诗人从自我的生命基底中爆发出突围的意识和能量，"他孤傲地搏击着夜的长空／硕大的灵魂终于冲破了矮小的躯壳／在故乡的土地上"，不知疲倦地掀起"专制的幕布"，试图"在青春的亡灵书上／我们用利刃镌刻下记忆的碑文"。整首诗缠绕着阴暗浓重的忧郁情调，不过真正打动我们的是诗人决绝的姿态和冷静的自省。当时食指、北岛、江河、多多、芒克等朦胧诗人深受波德莱尔的影响，林莽亦坦言他曾将波德莱尔的诗作抄在手抄本上，经常翻阅。诗中也清晰地留下波德莱尔从历史中穿越而来的影子：

　　那个巨大的幽灵，丢失了自己的躯壳
　　它绕过伦敦的雾，向雨中的巴黎走去
　　然后在大西洋的彼岸徘徊
　　被阉割的人群向它呼唤着
　　它走了，历史也没有回过头来

　　这首诗中，"暴虐的太阳""荒岛""侏儒般的怪物""被阉割的人群"等奇诡的意象都是富有暗示性的书写，它们具有历史的隐喻，同时又彰显了诗人主体的立场和态度。这些个性昭然的意象直戳人心，可以瞬间让人窒息。如果说这些意象是对现实的揭示，那么"废墟上飘浮起苍白的时代"则昭示了诗人对"文革"暴风记忆最绝情的否定，飘荡着波德莱尔不朽的诗魂。林莽在接受采访时说："昏暗、忧郁、狂吹的猎角、黑色的墓穴、青春的祭坛，这些成为我们心中经常闪现的词语，也如同波特莱尔诗中说的'他们中间的很多人，从来没有尝过家的甜蜜，从来不曾生活过'。这些触动我们心灵的语句，令我们爱不释手，它也渐渐地融入了我们的心灵与诗行中。我们也同年轻的法国诗人一样：'我独自一身锻炼着神奇的剑术/在各自的角落里寻找偶然的韵脚/我在字眼上踌躇，像在路上一样/有时也会碰到梦见已久的诗行。'他应该是我们的启蒙者之一。"①

从现代诗学流脉追溯，波德莱尔是白洋淀诗歌群落转向或确立现代诗风的重要源头之一。与此同时，郭路生也是不容忽视的一个传统。但是，管窥诗人主体的审美维度与个体经验的历练，我们会洞察到，诗人主体意识的自觉选择是他们嵌入一个艺术思潮的根本原因。对于林莽，亦如诗人自己所言："将生活的感性的记忆，通过诗歌的方式，建立一个与现实世界息息相关的艺术的世界，是我的诗歌理想。"②林莽是一个坚守诗人荣光的诗人——"诗人不是为虚荣而写作的，也不是为文学史，更不是为什么主义或流派而写作的。诗歌是人与世界对话的艺术方式，它以语言表达我们对世界、对人生、对生活的感知、体验与领悟，并以它真挚而内在的情感引领我们穿越时空，真实地面对我们的内心。诗人首先应该是一个生活在这个世界上的活生生的人，然后才是一个诗人。写作的意义仅在潜心以求的过程之中。"③由是，林莽的诗从未放弃此在与自然的对话、历史与现实的对话、自我和灵魂的对话，对话是诗人处理现实世界与艺术世界的一种有效的路径，打开诗人内心小宇宙的出口。

## 疏离喧闹的诗歌主潮

（一）

通常，谈及"朦胧诗"的代表性人物，人们会举出北岛、芒克、舒婷、

---

① 吴投文、林莽：《"我寻求那些寂静中的火焰"——诗人林莽访谈》，《芳草》，2017年第3期。
② 林莽：《为美丽的飞行，登高而望（创作谈）》，《朔方》，2017年第2期。
③ 林莽：《读写散记（一）》，《秋菊的灯盏》，作家出版社2009年版，第106页。

顾城、杨炼、江河等人，相较于他们，评判林莽的诗，人们很难坚定地给他归队。不仅在20世纪七八十年代如此，90年代的创作也如是。他的诗不为主流包裹，不是哪一个诗潮的产物，没有显明的追随对象；仅就诗歌艺术特质而言，很难明晃晃地将他80年代以来的创作归属于哪个行列之中。这似乎是林莽的不幸，但这种不幸恰恰成为我们现在重新挖掘并审视其诗歌艺术内涵和特征的一种契机。

林莽从1983年后有意识地脱离群体而进入"个人性"的写作，这与他始终追求并坚守的艺术观——"退去我们习惯的社会色彩，更多地回到对诗歌艺术本质的寻求上来"有着直接的关联："以后几年，我有意识地脱离群体，寻找属于自己的诗歌品质与风格。我前后用了三年时间，1985年我写出了《灰蜻蜓》《晨风》《滴漏的水声》《水乡纪事》等一些诗歌后，我觉得我已找到自己的诗歌之路。20世纪90年代，我更自觉地沿着这条道路进行着自己的探索与追求。""进入上世纪九十年代，我在诗歌写作上已经走过了二十年，目睹中国新时期的诗歌发展历程，感到我们诗歌写作中存在许多的弊端。在先锋写作群体中，许多诗人为先锋而先锋，一些诗人写了许多似是而非、虚张声势的作品，一些人仿照翻译体的诗歌，随意分行，简单叙事，缺失了汉语写作的语言魅力。也因此倒了许多阅读者的胃口，令他们远离了诗歌。"[①]

林莽在时代的诗歌队列中，始终保有长者的风范，他冷静不失真诚，抒情而又时时自省，诗风稳健却多有尝试。他很清楚自己处于哪一个写作端口，下一步该选择或持续哪一个路径，以及如何解决和迎击阶段性的问题。一方面如上文我们的界定，他是历史书写的嵌入者。他坦言："对文化的追求，对当前社会敏感的问题，对重大历史题材的关注，对诗歌最本质的探索与追问，应该是诗人不容回避的。"[②]同时他又清醒地认识到："面对诗歌这个古老的行业，那些为时尚写作、为流派与主义写作的作品都是很难长久

---

① 吴投文、林莽：《"我寻求那些寂静中的火焰"——诗人林莽访谈》，《芳草》，2017年第3期。

② 林莽：《读写散记（创作谈）》，《星星》上半月刊，2009年第4期。

的。急功近利和过分的自信,也都是愚蠢的。诗歌需要一颗真挚的心灵。"①

林莽在诗集《记忆》前言中写道:"因为它们没有阿谀奉承之作,没有跟风随潮之作,没有追名逐利之作,有的只是一颗虔诚的心,这些诗首先是写给自己的,它们与我内心所发出的旋律是一致的,它们与我的生命同步。"②脱离写作初期阶段后,80年代的文化热、90年代以来的商品经济这些影响深远的时代主题,在林莽的诗歌创作中没有得到刻意的凸显。林莽的不合群,是其对喧闹的诗歌主潮的自觉疏离,是其对现代自我意识的坚守,其艺术世界自足自在,自始至终都与历史及时代的变化保持一种"疏离"的状态,这种历史巨变中的"不变"似乎更能代表林莽诗歌的艺术旨归。这使他有意无意地成为"诗坛的独行者"③。

探讨林莽的诗歌创作,首先要注意的是,其诗歌创作行为并非是一个独立的存在。青年时期,林莽兴趣广泛,对各种艺术门类如美术、音乐等都有较高的素养。而其诗歌创作也只是与其对音乐、美术的兴趣并列的一端,是其整体艺术修养的一部分。只有将林莽诗歌作为其艺术修养审视的时候,我们才能够明白其艺术世界自足、自在的状态,以及其与历史彼此疏离关系的原因。正因为此,在林莽进行诗歌构思与创作之际,他更多注重的并不是与外在历史语境的呼应,而是追求艺术世界内部的自足、交应与架构。由是,林莽的诗歌生产并不是单向度的推进,而是多种艺术素养不断共鸣、互相生发的结果。

"感谢艺术大师们。他们用艰苦的劳动,开创了许许多多个崭新的艺术世界,使我在幽暗中找到了亿万颗不朽的太阳,光焰照亮了心室。也许是梵高忧郁的热情,点燃了我内心的原野……也许是《英雄交响曲》唤醒了人的尊严……诗人们拨动心弦,让地球在空气中颤抖,我抬起头,寻找自己的

---

① 林莽:《读写散记(二)》,《秋菊的灯盏》,作家出版社2009年版,第136页。
② 林莽:《记忆:1984—2014诗选》,作家出版社2015年版,第2页。
③ 叶橹:《独行者的孤寂与守望——论林莽的诗》,《诗探索》,2007年第1辑。

星座。"①林莽自小对美术有着极大的兴趣，幼年习国画，青年时期则接触了大量西方现代主义美术作品，并尝试在自己的美术实践中表达出来。他在自身的美术实践里汲取了大量对色彩的敏察与通感的领悟经验，并恰如其分地运用到诗歌中；此外，对于乐感天然的向往，知青歌曲、一些经改编后的西方现代音乐的私下传唱，均构成了其诗歌内在的由情感带动而来的韵律节拍，由此表达其时而忧郁苍茫的愁绪或时而满怀希望的心绪。在这一阶段，色彩犹如再生的元素，活跃于林莽的诗歌之中：

> 是谁的赐予，还是
> 愚昧的无知
> 一度我幼年的心中
> 只爱
> 鲜艳热烈的火红
>
> 是生活的波涛
> 冲淡了我
> 心中的色彩
> 还是
> 我年轻的心灵
> 飘进了少女的歌声
>
> 从此啊
> 那是什么时候
> 充满我心中的是
> 和谐的粉红

---

① 林莽：《1969—1975年诗16首附记》，《林莽诗画：1969—1975白洋淀时期作品集》，漓江出版社2015年版，第46页。

明亮的鹅黄

幽蓝的碧澄

如今我觉得

柔和的色调

并非生活的全部

人生

也并非没有

强烈的冲突

诚然

我理想的世界

不能抛弃

清新、温柔

强烈的色调

将拼成我

更加瑰丽的生命

1971年5月

（《色彩》）

　　此诗通篇直陈了色彩对于其自身情感态度及艺术创作的影响，将纷繁复杂的情绪具化到各种不同的颜色，"火红"变"粉红"，色彩的淡化象征其内心情绪经磨砺之后的淡然，从此那"明亮的鹅黄""幽蓝的碧澄"便成为和谐共生三元色中那不剧烈的一抹。然而，此时又有了一次反拨，和谐柔和的色调并不能完全代表人生的全部内容，单一地追求剧烈或柔和都会造成某种缺失，而各种色调之间相互独立、并不调和的存在构成了生命独一无二的变奏。诗人倚重对色彩的认识与变化，借以表达心境的起伏与畅达，显然是其美术经验关乎诗艺的浸入。在这一阶段的创作中，"有色"的意象是其诗歌核心元素，如在《暮秋时节》《沐浴在晚霞的紫红里》《心灵的花》《凌花》《列车纪行》《二十六个音节的回响——献给逝去的年岁》《悼一九七四年》《生命的对话》《欢迎你，燕子》等诗歌中，颜色意象的赋予使诗歌更具画面感。

除美术经验的摄入，林莽还自觉吸收其他艺术的养料，融入诗歌的创作之中，如《诉泣》中对于乐感的呼应：

  一位可爱的姑娘对我讲过：
   "在迢遥的草原上，
   我年轻的心灵近将苍老了。
   对大自然的热爱，
   过早地转为
   我心中的创伤。
   ……
   在眺望家乡的白桦树下，
   站过多次的大青石上，
   痛苦地哭上一场。
   ……
   可是，抬头望啊，
   天空依旧是青蓝色的迷茫，
   原野还是无边无际的惆怅。"

   从那时起，是什么缘由
   每当我想起她的话语，
   心中就落下激情的阵雨，
   冲刷我厌恶世事的思想，
   在许多个夜晚，
   我时常在睡梦中

听到这深情的诉泣。

1970年11月

再如《秋天的韵律》中的片段：

> 故乡啊，故乡
> 熟悉而陌生的故乡
> 亲爱的故友啊
> 你们在遥远的何方
> 生活让我们分离在他乡
> 难道也从此告别了家乡的欢畅

在《诉泣》中，诗人罕见地借用了民歌的方式，以故事的讲述深入诗歌内部，并以韵脚的均齐在形式上构成了一个嵌套结构，这种叙事性与对自然之爱融合的方法显然流露出一些俄罗斯歌谣的手法，间接地表达了诗人在苦闷的知青生涯里借自然大美来纾解心怀。在《秋天的韵律》中，诗人采取了反复抒情的方式，亦有歌曲吟唱的痕迹，直接表达了对于故乡与亲友之间暂时别离的惆怅之情。在这两首诗中，诗人的这种乐感寓于诗中的手法，不仅将重点引入所抒之情上，更割断了进一步质询与责问出现这种处境的原因的进程。这便与"白洋淀三剑客"的诗歌话语不同：这种抒情，上接"温柔敦厚"的古典美学宗旨，下接浪漫抒情的流脉余波，并不是激烈的质问性的，而是带有一种淡淡的自我遣怀性质。与多多反道德、超道德的反讽表达不同，与芒克与生俱来的快意叙述不同，更与根子浓郁狞厉的饱满询问不同，他的诗歌显然在艺术形式和内在情感的建构上刻意保持了一种与政治疏离、向自我靠近的立场。甚或如有些论者称其诗艺成熟的步履较慢，但反观他之后几十年的创作，似乎"缓慢"已不足以表达其内在的自我属性，他的背后仿佛有一个巨大的使他疏离于政治话语反拨的文学传统，使他不仅仅满足于或者急于与当时的政治话语、地下诗歌形成某种对话与观照，正如他所说："艺术属于一步一步地建立内在世界的人。"[①]在其诗艺初步形成的早期创作阶段，由于多种艺术修养的齐头并进，其诗歌观相对来说不那么明确，而是一种凝聚了多种艺术体验的文字表达形式，在客观上，既对当时的政治思潮保持了缄默，又与地下诗歌的反叛话语形成了距离，自觉地试图建构起属于自身的诗歌艺术世界。

（二）

"文革"落潮期，林莽和广大知青一样回到城市。"文革"交织着青春与苦难的记忆，家国的遭际与个人命运紧紧联系在一起，在小说领域中，"伤痕文学""知青文学""寻根文学"渐次兴起，大量的文学作品开始反观历史，重塑个人身份的合法性，在政治之外的框架中渐渐找到了另一指向坐标，对于"文革"的简单控诉开始转向对背后文化基础、群体人性的反思。"泛文化"的追索并未直接波及诗歌领域，相反，诗歌领域经地下诗歌的预热，以一种"早熟"姿态出现，并经受住了其具有攻讦性的命名——"朦胧诗"。1978年《今天》的创立，更是鲜明地表达了一代青年在当代诗歌领域所做出的努力与探索："在这场运动中，'讲真话'成为诗坛的普遍号召，控诉封建法西斯专制、反思现实和历史成为诗的共同主题，而恢复诗的抒情传统则成为诗人们致力达成的首要目标。"[②]然而在"朦胧诗"刚刚站稳脚跟之际，又一场新的运动正在酝酿之中，1984年便初现端倪。如青年诗人程蔚东在《别了，舒婷北岛》中宣告了要与"朦胧诗"决裂的勇气与决心，"pass北岛"的呼声也得到新生代诗人的响应，随后"他们""海上""非非""莽汉"等诗群的成立形成了青年诗歌界景象之大观，以"消解文化"的态度及与主流文化保持距离感的另类精神气质自立于此。在这种"泛文化"与"消解文

---

① 林莽：《心灵的历程》，《时光转瞬成为以往》，华文出版社2005年版，第147页。
② 唐晓渡：《编选者序：心的变换："朦胧诗"的使命》，《在黎明的铜镜中——朦胧诗卷》，北京师范大学出版社1993年版，第6页。

化"两种创作观念之外，林莽坚守自身的艺术旨归，形成了独特的艺术创作倾向。

　　林莽于1975年年初以"病退"为由从白洋淀返回北京后，经短暂调整后于当年4月份到一所中学任物理教师。1979年，他参与到"今天文学研究会"的一些工作中去。这些经历在其诗作中亦有表现。在汹涌澎湃的文化浪潮中，其诗歌理念经过调整，也写下一些在历史文化视野下关注或反思民族精神的作品，如《飞檐的梦》《海明威，我的海明威》《圆明园·秋雨》《我流过这片土地》组诗等，但并非与"现代史诗"或是"新传统主义"派一系。在《圆明园·秋雨》中，他写道：

　　　　飘动的风，冰冷地告诉我
　　　　在积水和风雨的路旁
　　　　整座荒园在颤抖

　　　　雨下个不停

　　　　飘落了秋天的回想
　　　　孩子们从这儿走了
　　　　穿过零乱的树丛
　　　　把金黄的记忆夹在书页里
　　　　踏着柔软的落叶走去
　　　　永不再回来
　　　　他们的喊声在风雨中回荡
　　　　仿佛来自远方潮湿的回声
　　　　仿佛风中秋天无形的诉说
　　　　叶子在雨中飘落

　　　　孤独地留下我们

一片被洗劫、被抛弃的遗址
那些沉落、辉煌的日子
化为灰烬
只有几棵石柱
挣扎着从土地上伸起
绝望地伸向天空
像往日苍白的记忆
在冷雨中伫立
灰蒙蒙地伸向多雨的天空
……
那些精神被无情掠夺的时代
人们像夜晚的游魂
闪着磷火一样的希望
在这里悄悄地把失掉的一切寻找

对于以往的一切
寒冷的秋天是多情的
萧瑟的风把雨吹落
枯黄的叶子粘在潮湿的路上
荒园中
雨不停地飘落

1978年10月

  圆明园是中国近代历史上一个充满屈辱的标记，在1978年这样一个特殊的时代里，诗人也正是借此来表现自身对民族历史的追念。但是，这种追念并没有纳入一种宏阔的历史文化反思视野中，相反，它是以生命个体的情感为旨归。其中，诗歌的题目由"圆明园"和"秋雨"两个意象组成。"圆明园"这一意象关涉着民族历史文化："走过希腊古城的遗迹/把粗暴的践踏带给东方/用火，给人类的文明/留下一块灼伤/圆明园躺在那儿"。在"圆明园"的遭际中，诗人深刻反思了事物的两面性：火可以带给人类文明，也可以毁灭人类的文明。"那些精神被无情掠夺的时代/人们像夜晚的游魂"。在文化高压下的精神被强制灌输，人们像游魂一样迷茫，"闪着磷火一样的希望/在这里悄悄地把失掉的一切寻找"。但是，从整首诗的视野中去看，我们会发现这种历史建构式的抒情方式，并没有生发出更深的思考，仅仅成为诗歌的"历史背景"。而真正值得注意的是"秋雨"这一意象。"秋雨"使得全诗的颜色基调凝重、肃杀，在雨中飘落的叶子、灰蒙蒙的天、无声的叫喊、丛丛的野草、风中摇曳，都突出了大时代之中风雨飘摇的动荡与个体的孤苦无依。在风雨中的人与矗立的石柱成为一组可以互相置换的意象，"痛苦和孤独默默筑成/沉寂得没有生息"。由此可见，相对于"圆明园"而言，"秋雨"则是更具笼罩性的意象，如果说"圆明园"是触发诗人历史思考的意象，那么"秋雨"则构成了整首诗歌的意境。在这种更具笼罩性的意境当中，凸显出的并不是一个作为历史反思者的抒情主人公形象，而是一个感慨世事、发思古之幽情的生命个体。在这种追念的过程中，与其说凸显了历史感的在场，毋宁说正是历史感本身遭到了某种消泯。由此，个人生命情境及生命体验规避甚至是超越了历史中的宏阔主题，从而直接与更为广袤宏阔的宇宙洪荒形成了对话。再如《寻找自己》：

> 你在路上行走，还有不曾知晓的门等待着你
> 那些门的背后到底有谁在欢笑，在哭泣，在轻声
> 诉说对你的一片痴情
> 在你把手伸向画笔、琴键和那些稿纸的时候
> 注定有几双闪动的眼睛
>
> 一座城市，东方古旧的城市
> 一条死水河围绕金碧辉煌的王宫
> 你从那间简陋的小屋中可以看到

灰色而沉重的宫墙
波光暗淡，终年不曾流动

那些诉说幸福的人离你很远
你听不懂他们的话语
你把那两个字倒写在画布上
在流失的岁月里慢慢领悟

有人早已走过去
仿佛有鸽子扇动翅羽的感觉使你心动
感到田野、山麓和大雨后的急流
云正散去
空气潮湿又浓重

你说过
你喜欢晴朗而干燥的天气
而命运令人无法选择
你把那些摆在画布的正中
一个声音呐喊着冲出
压抑来自一个无形的敌手

这个世界上你到底是谁
晨风料峭
还有残雪和秋风
还有日复一日的思索与燃烧

当你一路上回来
抹掉以往的脚迹

湖水的镜子中
你看到了另一双眼睛
　　1985年3月

　　只有在历史转变的节点上，林莽才会创作出《圆明园·秋雨》这类具有文化追念和反思意味的诗，但随着时间的推移，林莽此时的文化感不仅没有增强反而不断削弱。《寻找自己》一诗写于1985年，正是以"寻根文学"为代表的"文化热"盛行的时候，但此时诗人却放弃了外在文化的追求，反而执拗地"寻找自己"，保持了与时代的疏离。在这首诗中，无论"过去"与"未来"都不是历史化的时间，而是个体生命的时间维度。"故宫"本是一个供万众瞻仰、诉说着以往荣光的历史载体，在此却成为一个"灰暗"的所在，死水环绕，波光不动。在此，它变成一个"凝滞的过去"的具象，不再参与当下个体生命的进程，而"抹掉以往的脚迹"，则更决绝地代表诗人与过去的轨迹永远决裂。诗人试图通过这种不破不立的方式寻找自我，因而水中的"另一双眼睛"也就代表了诗人通过脱胎换骨的"新生"找回了自己。

　　事实上，从林莽20世纪80年代诗歌创作的整体来看，这类带有历史、文化意味的作品毕竟只占少数，在更多的诗作中，林莽诗歌依旧是与自然风物、人情事理产生直接的关联，有着浓浓的人情味与挽歌性质，如《月光下的乡村少女》《柏树林》《湖上灯火》《冬夜送友人》《三月的白玉兰》《宁静的阳光》《黄昏，我听到过神秘的声音》《灰蜻蜓》《深夜·幽鸣》等诗歌。在《月光下的乡村少女》中：

她们径直地走在前面
相互依恋着晚风中的收工行列
说笑着　结实又年轻
在转向灰蓝色的晚霞倦怠又安宁
也许如今她们都已做了母亲
也许一生你都不会再走上那些乡村小径

也许那些怀乡和离别之情已沉淀得透明
也许只有告别了青春才知道什么是痛苦和爱情
也许她们从来没有想过就作了母亲

有时候，人们在一片烟雾中诋毁爱情
谁能如翻动报纸把时光闪闪翻动
失去和惆怅之情常常潜入心中
那么就飘动，飘在沉思与叙述中
回到那些树丛、晚风和垂暮的草垛下
黄昏的寂静渗出幽暗的丛林
渐渐地使行人的脚步变得匆匆

这一切已远得使你无法触摸
在新月的光辉下
那些质朴的影子飘来荡去
我已无法辨别她们的面容

1986年2月

在"文化热"盛行的80年代中期，林莽的诗作不仅日益回避了文化维度的本体思考，而且与新生代诗潮保持了距离，采取了一种散淡的疏离态度，开始在风起云涌的文化浪潮中单纯地回忆起乡村中的宁静生活，年轻结实的乡村少女及单纯、不自知的美丽。"也许她们从来没有想过就作了母亲"，青春的自然流逝引领着生活秩序一路向前，那些乡村少女从童蒙至青春、从女工至母亲，也许只是几年的光景便完成了社会身份、家庭身份的变更，于自身的肌体上也发生了难以回溯的变化。"谁能如翻动报纸把时光闪闪翻动／失去和惆怅之情常常潜入心中"，往昔的时光一去不复返，对青春的怀恋之情只能寄寓到内心深处，到最后只剩下模糊的轮廓。拥有青春的时刻不曾拥有一颗足够感知的心灵,而心灵成熟时,却坐上了与青春背道而驰的火车。于此,诗人似在不经意间便剥离了乡村文化的深度阐发,更着重追随心意,随手点染了一幅自然美(记忆深处的晚霞)与人性美(少女们开朗的笑声)、女性美(少女们结实又年轻的形态)相结合的画面,清新自然又充满真情实感。

此阶段的林莽虽也曾写过一些反映时代精神、对历史文化反思的作品,但总体上来说,其更多的是从自身的情感寄寓投射向意象的直接产物,并未把诗歌当作表达自己文化主张的载体;与此同时,他的诗作更广泛地开始描摹生活中的具体感受,多角度地抒发自己的个人情感,思考人自己的内在精神,并有意地开始建构起自身"以退为进"的诗歌理念,疏离了一部分大、空、深的诗歌命题:"我努力寻找真实的回声,并仅仅希望:以智慧之光,重新照亮以往的一切,以提示自己,提示那些被生活的现实所压弯的灵魂,让它们在艺术的空间里重新确立自己。"[①]

(三)

20世纪90年代,人们对物质的追求甚嚣尘上,许多文人也逐渐走出自己的书斋、象牙塔,投入市场经济的洪流中。林莽抱持着对诗歌的虔敬之心,倡导了一系列有关诗歌史再叙述、诗歌格局现状思考与诗歌美学走向引导的活动,以一个编辑家和文化活动家的身份出现在大家的视野中。此外,在诗歌领域内部,爆发了"民间写作"与"知识分子写作"的争论。在盘峰诗会上,两派争论的焦点主要集中在"民间"立场、诗歌起点——本土化与细化、"纯诗"理念、普通话与口语等问题上。此次争论,双方虽然看似观点各异,但都试图通过对写作立场的捍卫将自身嵌入诗歌史之中,这种话语建构在很大程度上遮蔽了诸多写作方式及路径的存在及可能。但有意味的是,

---

[①] 林莽:《岁月·回声·序》,转引自刘福春《中国新诗编年史》下卷,人民文学出版社2013年版,第1089页。

作为该诗会重要组织者之一的林莽[①]却在这种壁垒分明的论争中保持着一定程度的疏离。而在具体的诗歌创作中，他依旧故我，坚持自身的"非历史化"的诗歌理念，以融贯中西的气度复沓生活与自然的心灵白描，如《夏末十四行》《闲置的椅子》《圣诞夜的告别》《慈航》《在秋天》《循环的光影》《海边的无花果》等诗作。

《圣诞夜的告别》在这阶段的创作中比较有特色，通篇以送一位即将出国的朋友为始，以此展开中西交融的视角之下的东方世界，不乏世纪末苍凉与惘然、信仰缺失后对人精神世界的隐隐担忧，如：

四
诞生之夜的光华在闹市里变得暗淡
穿过拥挤的人群
玻璃橱窗内巨大的招贴上
一位性感的女郎正脱去一件仅有的单衣服
一切都招摇过市

---

① 1999年，林莽提议并参与组织诗歌态势暨理论建设研讨会(后称"盘峰诗会")。"盘峰诗会"搅动了沉寂十年的中国诗坛，可以说成了中国当代诗歌的一道分水岭，尤其对新世纪以来的中国诗歌产生了巨大影响。谈及为什么要组织这次诗会，林莽说："一九九八年我阅读了沈奇的文章《秋后算账》，这是一篇针对程光炜主编的九十年代诗选《岁月的遗照》所引发的'民间写作'和'知识分子'的争论而撰写的倾向于批评这本书有偏颇的文章。从这篇文章我想到了八十年代以来的有关诗歌写作中借鉴西方文化还是更多地关注本土意识的美学倾向，这一问题虽然没有提到表面上来，但十多年来一直存在着。我想这一写作美学观念下的争执，一定会有助于中国新诗的发展。因而我在《诗探索》编辑会上提出了开一个'打架的会'的想法。将主张'知识分子写作'和主张'民间写作'的诗人召集在一起，进行一次当面的争论。这一提议得到了谢冕、吴思敬、杨匡汉三位主编和编辑部全体同仁的赞同。因为资金问题，我找到了北京作协秘书长李青和《北京文学》社长章德宁，这一会议的内容也得到了她们的认同和支持。通过北京作协我找到平谷的作家柴福善，他帮助联系了平谷的'盘峰宾馆'。这样，这次会议得以在一九九九年四月十六日在北京平谷盘峰宾馆举行。当时吴思敬教授为诗会定名为'世纪之交中国诗歌创作态势与理论建设研讨会'。会议由《诗探索》编辑部、北京(转下页注)

圣诞夜的庄严与肃穆
消失在一片喧嚣里
一个穿过马路的小伙子竖起了大衣的领子
刚刚登上公共汽车的女孩
向他挥动着离开了嘴唇的手指
一个打工的农村青年紧缩在车厢的角落里
在屏幕上呼唤爱的歌手
使我突然听懂了某位大师的话语
"又要爱又要梦想,那是犯重婚罪"

五
圣诞夜的东方城市空亮着许多灯火
这城市仿佛一夜之间浓缩了半个世纪
一个巨人倒下的余震还没有消失
许多急不可待的脚步洪流般地一涌而至
他们高举着五光十色的旗帜
打破了多年的梦中呓语

---

(接上页注)作家协会、《北京文学》编辑部、当代文学研究会、中国社会科学院文学研究所等单位联合主办。诗人们就各自的主张和对方写作的问题进行了开诚布公的辩论与争执。也有人将相互之间具体的矛盾和对某些问题中的积怨拿到了会议上。这是自八十年代以来先锋诗人之间第一次对诗学观念面对面的论争。'盘峰诗会'之后,中国新诗开启了一个写作的新时代,许多新的诗人大量地涌现出来。我在这次会议的最后总结阶段有一个简短的发言,我大致说的是:中国先锋诗坛不只是'知识分子写作'和'民间写作'这一对矛盾,还有许多不健康的现象,有许多的人自我膨胀,大师满天飞,我们在许多地方会与大师相遇,在诗人的聚会中、在朗诵会上、在文章的字里行间,我们都会遭遇大师,有时大师与大师的相遇,令空气凝结,让我们几乎喘不过气来。我们的许多诗人浅薄地忘记了对诗歌的敬畏之心。在艺术面前,我们应该永远虔诚,永远静心以求。"(吴投文、林莽:《"我寻求那些寂静中的火焰"——诗人林莽访谈》,《芳草》,2017年第3期。)

  这世纪末的情感将流向何方
  那些无从维系的痛苦与向往
  把人们带入过幻觉的阳光里

  与同时期其他诗人对消费主义肆虐图景的精细描述相异的是，林莽诗歌中现代意象的频现更像一件华丽外衣，其内核仍然在关注人们在现实环境中精神领地的固守与坚持。各式各样的城市群生相，并未被圣诞夜那充满蛊惑力与异域情调的光亮点燃，反而在这种灯光的映衬下，人类愈显渺小，愈显灰暗。林莽诗歌在不同时代的表述虽稍有差异，但我们可以看到他的关注点始终在人类精神世界与外在世界的相对疏离，保持自身对外在世界足够的敏感性与体察性。

  这种坚守自身精神世界的写作立场或许只是诗人在《我想拂去花朵的伤痕》中所表达的，想要"让美好的事物更加纯粹"。他追求纯洁，远离污秽，心怀理想，知行合一。同时诗人明白无误地自陈："但我依然如故／用毕生的努力成为一个完美的人"。竭尽所能，坚守不变，体现出诗人极致高洁的心性与处世品格。也许正是这种对于"纯粹"与"完美"的坚持，使得林莽的诗歌总是与时代主流浪潮产生龃龉与空格。"或许，我与时代总是相差了半个时辰。或许，我的舞台总是旋转得快了半拍。"①这种或慢或快的时差指向了一种内在的感伤特色："在多年后的今天，在偶然的瞬间，我心中依然会闪过那些隐秘的感伤。不知为什么，在多年后的今天，我依旧怀有它们再次降临的酸楚与渴望。"②这层"隐秘的感伤"也成为其诗作观照意象的一种内在根底。如在《挽歌》中：

---

  ① 林莽:《那不止是青春丧失的年份》,《林莽诗选》,时代文艺出版社2005年版,第202页。

  ② 林莽:《泪水的湖》,《林莽诗选》,时代文艺出版社2005年版,第202页。

黑色的死亡从哪儿悄然而至
它无声的脚步令人猝不及防
掠过我们未知的空间
在不期而至的一瞬扼住了生命的翅膀

它已是第几张了
我们这些曾经历了晦暗时代的人们
如今又被另外的影子所覆盖
死神之手所抽出的并不都是垂暮者的纸牌

远行者的记忆在许多梦中闪现
他们一张张面孔屏幕般转换
走过一个个不会再现的昨天
摇曳的生命之树飘落了那么多依旧未枯的叶片

印满铅字的纸仿佛一只只黑翅之鸟
它们扑灭烛火衔来哀伤的网
笼罩住黄昏里血色的残阳
一位昔日的歌手将送别的挽歌唱了又唱

这已是第几张了
我眼前翻飞着那么多不祥的翅膀
2000年2月

  林莽笔下的"死亡"是讣告，是挽歌，是曾经光鲜并无限仰仗的文字与歌谣，是曾经传达过欢乐，而今变身的"黑色的鸟"。这种"黑色死亡"让人惊心的是，"死亡之手所抽出的并不都是垂暮者的纸牌""摇曳的生命之树飘落了那么多依旧未枯的叶片"，生命的"无常性"正是在此中展现出来。

"远行者的记忆在许多梦中闪现／他们一张张面孔屏幕般转换",这些永远逝去的远行者在诗人内心中引发的涟漪常常与他们在"文革"中同病相怜的遭际联系在一起,仿佛那段经历如一个醒目的烙印,召唤着伤感与厄运一次次准确地击中他们。而这种如同命定的伤感,便构成了诗人创作内视角中与各种主流相对疏离的态度,仿佛在维持某种安全距离,不迎合亦不反拨。甚或可以说,这种诗歌理念本身便是这种隐秘心理的实现方式。又如《远方》:

我在草原上看见过一面倾斜的坡地
布满了车轮的辙迹
在白云和蓝天的映衬下
像一幅画无序丰满而青碧

我知道有许多的马车牛车或汽车
曾爬上过这面草坡又消失在它的后面
奔向了各自的远方

我们曾有过许多可能的远方
它们和少年时代的理想无关
在偶然和必然的境遇中
我们会走上一条路
与许多的人相聚又分离
人与人的路辐射般地分散而去
心的距离也相隔得越来越远
成为彼此的远方

在匆忙的生活中
我们偶然也会想起那些过去的朋友
他们如今都在哪儿呢

>     在各自的远方你们还都好吗
>     人生各异划出了多少条不同的辙迹
>     将这个世界交织得如此的斑驳而丰富
>         2011年10月20日

这首诗视角独特，以草原坡地的散乱车辙为主要描写对象，感叹过去的朋友由于分离，渐渐失去联系，并由此引发出诗人心中的挂念及遗憾。在诗歌中，新世纪对远方故朋的思念之情并未因为现代交通与通信得以纾解，反而呈现了一种工业时代与古往类似的感伤。结尾由车辙迹生发到人生的际遇、世界的发展，从而使得淡淡的遗憾渐变为寻常的释怀——"人生各异划出了多少条不同的辙迹/将这个世界交织得如此的斑驳而丰富"。在林莽笔下，无论是已逝的少年之梦、满载着记忆的往日风物，抑或高速变化的现代生活，都以一种节制的抒情方式与客观的现实主义的艺术手法加以呈现。他似乎有意规避消费主义时代的"极力抨击"与"抒情的泛滥"，而坚守一以贯之的淡然、睿智及理性。而这种诗学理念的形成并非是一时一地的影响，而是源自其五十年诗歌艺术的不断探索及自身整体艺术修养的可贵综合。

林莽曾坦言，寂静是他的诗歌境界之一："寂静，但蕴含着闪耀生命之光的温暖与魅力。"[①]无论是嵌入历史的书写，还是探究现代自我意识的疏离姿态，这寂静温暖的写作姿态和真诚无伪的生命关爱，始终都闪耀在他的诗歌之中，连通着看似矛盾却又密切关联的两个写作路径。嵌入与疏离本应是对立矛盾的两个维度，但是在林莽的诗路之中，它们始终交织，互有叠合碰撞，构建出林莽独特的诗歌理路。

（注：《林莽：嵌入与疏离》系与王琦合作完成）

---

[①] 吴投文、林莽：《"我寻求那些寂静中的火焰"——诗人林莽访谈》，《芳草》，2017年第3期。

吉狄马加：
# 寻找灵魂方向的神鹰

优秀的诗人都在努力用作品构建一个烙印着个体经验和文化反思的独特世界，吉狄马加也不例外。在他的诗歌王国里，既有对传统的追忆，也有对现实的探寻，更有对生命的无量感恩。这位来自大凉山深处的"鹰之子"用一种古老而又自然的力量呼唤或吸引着人们去关注他内向深沉的母族文化。即使这相互了解的历程充满艰辛，他也以一颗久经创痛却依然坚忍的诗心将这份担当持续。

## 族群记忆在传统中沉浮

T.S.艾略特在《传统与个人才能》一文中说："历史的意识又含有一种领悟，不但要理解过去的过去性，而且还要理解过去的现存性。"[1]古老传统在现代文明的笼罩下，如何从由强烈反差引起的阵痛中破茧而出？我们可以在吉狄马加的诗歌中找到答案。

谈到吉狄马加其人其诗，彝族这个背景永远如影随形。读他的诗，也确实能很清晰地分辨出一位少数民族诗人独特的创作姿态。他说：

我是一千次死去

---

[1] T.S.艾略特：《传统与个人才能》，卞之琳译，赵毅衡编选《"新批评"文集》，中国社会科学出版社1988年版，第26页。

永远朝着左睡的男人

　　我是一千次死去

　　永远朝着右睡的女人

　　　　　(《自画像》)

　　诗中阴阳同构的热切表达，透露出诗人誓与母族血脉相连的执着与坚定决心，是彝人绵延不绝的生息繁衍给予他十足的底气。

　　英武的狩猎者向来是吉狄马加着力刻画的核心形象："猎人，你的耳朵能长翅膀/你的耳朵是孕育的树"，"猎人，猎人，我们的猎人/森林是蓝色的蜜蜡珠/被你戴在男性的耳垂上/让宇宙女神浴着银河欣赏/照耀你的是永恒的太阳"(《森林，猎人的蜜蜡珠》)。风一样自由、树一样挺拔、生命力旺盛的彝族汉子如太阳神般威武强悍。当"岁月像一只小鸟/穿过森林的白雾/从我的额头上飘走"(《猎人的路——一个老猎人的话》)，已届垂暮的猎人放下了枪，"因为我——/听见了身后/有人的声音/以及——/涨潮的海洋"(《梦想变奏曲》)。在死亡的最前方，年长的猎人终于摆脱了曾经诱杀目标时的茫然无助感，以行动回应着后辈的美好期许。"猎人孩子的梦想很简单，/猎人孩子的祈求很有限。/只求森林里常有月亮，/只求森林里常有星星"(《孩子的祈求》)，"爸爸/我看见了那只野兔/还看见了那母鹿/可是/我没有开枪/此刻我看见的森林/是雾在那里泛起最蓝的海洋"(《一个猎人孩子的自白》)。狩猎者后代远离原始杀戮的坦诚诉求，在推进人与自然和谐的同时，也将践行者适时的反思忠实地传递，他们挣脱传统，真正成为"崇尚英雄和自由的彝人"(《猎人的路——一个老猎人的话》)。

　　如果说吉狄马加塑造的狩猎者家族群像代表着彝人山一般强壮的力量感，那么他笔下个性鲜明的女人们则彰显出这个民族另一种完全不同的水样存在。

　　你神奇多姿的裙裾

　　在黄昏退潮的时候

为夜的来临尽情摆浪

　　你那光滑的肌肤

　　恰似初夏的风穿越撒满松针的幽谷

　　　　　　（《致布拖少女》）

　　细长美丽的颈项，倒映着星光的眼睛，金子般的前额，云雀似的笑声，跳动着梦幻舞步的少女，令天地也为之屏息。但即使这样美好的女子也有叹息的时候，大山里的她们"你原是祖先木门前/那个传统的雕像/是那个牵着太阳的纺织娘"，如今却因远方的恋人向往起山外的世界：

　　要是到了夏天花香浮动的暗夜

　　你是草垛上那个自由的船长

　　谁也不知道这船将开向何方

　　独有你的黑发在夜空中飘扬

　　　　　　（《寄山里的少女》）

　　当习惯了无忧无虑的纯朴姑娘从"小雨中的车站"走向外面的绚丽多姿时，她的人生会经历怎样的波澜？吉狄马加在《等待——一个彝女的呓语》一诗中再次勾勒了一个于封闭空间中跃跃欲试的彝族少女忧郁的面庞：埋首于红黄黑三色传统女红中不问世事的彝女，某天不再满足只从圆镜里看山外的风景，疲惫如她也坐在温暖的草堆里懵懂地憧憬起外面的世界。这些怀揣梦想的少女，渴望逃离，却又犹疑矛盾，最终大多成了大凉山深处古老的雕像：

　　一个羊毛坠子转成的梦

　　在头帕下悄悄地失落

　　少女眼里的泪，男人肩头的汗

　　空气嘟着嘴把它吻干

　　离情来自土地的边缘

127

（《土地上的雕像——致我出嫁的姐姐》）

曾经在溪边傲然接受太阳洗礼的姐姐，带着一枚装着"一个破碎了的月亮"的三角形绣花包无言远嫁，只有风知道她私密的过往。吉狄马加作为一个走出了大凉山的男性知识分子，回望家乡时，特意为这群迷惘的山乡彝女虔诚塑像，在给予母族传统以高度尊重的同时，并不回避没落的传统和丑陋的陈习给本族女性带来的痛苦与悲哀，其深刻的自省精神令人感佩。但阅读诗人的其他一些诗作，我们又会欣慰地发现，这些看似随波逐流的彝族女人在之后的人生旅途中并未因命运的无情而一蹶不振。"就是从她那古铜般的脸上/我第一次发现了那片土地的颜色"，"就是从她那安然平静的额前/我第一次看见了远方风暴的缠绵"（《布拖女郎》），季风留下的齿痕见证了曾经甜蜜的叹息和如水的吻，布拖女郎用自己幽谷般永恒的沉默与岩石分享花开的喜悦。直至青春远逝，苍老降临，她们仍珍藏着一个女人最宝贵的东西，岁月带走的只有美丽的容颜，却留给她们满满的回忆，这不禁让我想起吉狄马加丰富瑰丽的女性颂歌中的一位有些特殊的汉族女性。诗人曾在自己的创作谈中这样追述："我写诗，是因为我有一个汉族保姆，她常常让我相信，在她的故乡有人可以变成白虎，每到傍晚就要出去撞别人家的门。"[1]这位在诗人心中如艾青笔下大堰河般伟大的女性：

就是这个女人历尽了人世沧桑和冷暖
但她却时时刻刻都梦想着一个世界
那里，充满着甜蜜和善良，充满着人性和友爱
（《题辞——献给我的汉族保姆》）

"她的最后一句话：/孩子，要热爱人"（《题纪念册》），令诗人铭记终生。

---

[1] 吉狄马加：《一种声音(代后记)——我的创作谈》，《鹰翅和太阳》，作家出版社2009年版，第440页。

吉狄马加说："我写诗，是因为我无法解释自己"[1]，"我写诗，是因为我的忧虑超过了我的欢乐"[2]，"我写诗，是因为我站在钢筋和水泥的阴影之间，我被分割成两半"[3]。他在尽力用文字印证族人存在意义的同时，也尝试着展开自我与传统和现代的双重对话。

  我是这片土地上用彝文写下的历史
  是一个剪不断脐带的女人的婴儿
        （《自画像》）

"我不在这里，因为还有另一个我/在朝着相反的方向走去"（《反差》）。"我"是母族渊远流长的历史在新时代的传承者，可有时"我"又被某种不知名的力量一分为二：一半穿过时间，没入黑色的大地深处，招魂般寻找着超现实的土壤；另一半越过古老的语词，一头扎进相反的现实中，持续着被分裂的疼痛。"打开沉重的木门/望着寂静的天空/我想说句什么/然而我说不出"（《感受》）。口弦可以通过振动发出金色的声音，然而转瞬就将融化在空气里；歌谣可以流淌在阳光四溢的山间，但终归也会在上升的水雾中渐渐消失。那诗人的母族传统呢？是安静地隐身于汉语之后默然开口，还是在妥协中寻求暂时的平衡？诗人这种担忧传统被割裂的失语性表白在《失去的传统》这首诗中表现得更加触目惊心：风中呜呜哭泣的竹笛，云层深处被悲哀笼罩的星光，还有弥漫着回忆的白色雾霭，三个被放逐的物象同时指向那行将消失的传统。于是，诗人发誓：

  我要寻找
  被埋葬的词
  它是一个山地民族

---

[1][2][3]吉狄马加：《一种声音(代后记)——我的创作谈》，《鹰翅和太阳》，作家出版社2009年版，第441页，第440页，第443页。

通过母语，传授给子孙的

　　那些最隐秘的符号

　　　　（《被埋葬的词》）

　　于是，他"要击碎那阻挡我的玻璃门窗"，"要用头撞击那钢筋水泥的高层建筑"（《远山》），只为找回如飞鸟影子般的只言片语。

　　"这个历史的意识是对于永久的意识，也是对于暂时的意识，也是对于永久和暂时的合起来的意识。就是这个意识使一个作家成为传统的。同时也就是这个意识使一个作家最锐敏地意识到自己在时间中的地位，自己和当代的关系。"①这种历史意识在吉狄马加的诗中最明显地体现在他对族人的细腻描摹上，那是他作为群山之子回报母族文化的最好礼物。而他在反顾故土的同时，又以自身为观照点，肩负起在坚守中超越传统的民族精神生存之重任，则体现了一位鹰之子敏锐的历史眼光。哪怕他的背景已遭破坏，他也要"在城市喧嚣的舞厅中""找回丢失的口弦"；哪怕这会让自己因分裂而伤痕累累，甚至成为众矢之的，他也要让人们"能够更多地彼此了解"。这种天生的使命感，让吉狄马加游走于传统与现代之间，却从来没有感到不幸，因为他"发现有一种神秘的力量在感召着我"②，因为他"渴望表达自己真实的感情和心灵的感受"③。

## 灵魂于生死间穿越

　　"我写诗，是因为我们在探索生命的意义，我们在渴望同自然有一种真正的交流，这种神的交流当然是来自心灵而不是表面。"④栖息于崇山峻岭中的彝人相信万物有灵，相信人和自然是平等的，他们对自己赖以生存的土

---

① T.S.艾略特著，卞之琳译：《传统与个人才能》，赵毅衡编选《"新批评"文集》，中国社会科学出版社1988年版，第26页。

②③④吉狄马加：《一种声音(代后记)——我的创作谈》，《鹰翅和太阳》，作家出版社2009年版，第442页。

地、河流、森林和群山都充满着亲人般的敬意。正是这份近乎博爱的亲近，让他们对生命的本质与规律产生了无穷无尽的探询。

怀着对土地和天空的膜拜，吉狄马加在其史诗式的追溯中将民族的生命之源娓娓道来：

> 我看见他们从远方走来
> 穿过那沉沉的黑夜
> 那一张张黑色的面孔
> 浮现在遥远的草原
> 　　　（《一支迁徙的部落——梦见我的祖先》）

踏着河山而来的先祖们带来一部讲述着生与死的古老史诗，由此开启了彝人追寻永恒的序幕。当祖先赋予彝人以生命，象征着彝人最高智慧的毕摩则用其特有的方式连接着人与神的世界。他的声音"飘浮在人鬼之间/似乎已经远离了人的躯体/然而它却在真实与虚无中/同时用人和神的口说出了/生命与死亡的赞歌"（《毕摩的声音——献给彝人的祭司之二》）。在彝人眼中，毕摩是部族的心灵守护，他的话语具有召唤神灵与超现实的力量，代表着一种文化，甚至是一个时代：

> 毕摩死的时候
> 母语像一条路被洪水切断
> 所有的词，在瞬间
> 变得苍白无力，失去了本身的意义
> 曾经感动过我们的故事
> 被凝固成石头，沉默不语
> 　　　（《守望毕摩——献给彝人祭司之一》）

毕摩作为彝族文化的传承者和原始宗教的祭司，用他那神秘而又温情的念诵沟通着彝人与神灵。当毕摩渐渐消隐,诗人成为彝族历史新的记录者和传播者,从死去的生命中找寻重生的希望。或许他没有瞬间通灵的本领,但他愿意化身为民族漫长记忆中的点点滴滴,与之发生最初的共鸣。

    大凉山男性的乌抛山
    快去拥抱小凉山女性的阿呷居木山
    让我的躯体再一次成为你们的胚胎
    让我在你腹中发育
    让那已经消失的记忆重新膨胀
        (《黑色狂想曲》)

  吉狄马加从不掩饰自己天生为彝族而歌的强烈使命感,为了让自己的追忆更加鲜活,他甚至希望故乡将自己重新孕育,让他成为空气、阳光,成为岩石、草原,只为复原族人创世时的姿态和踪迹。他在死亡和生命相连的梦想之间浮沉,与祖先共担消失的风险,与民族同迎明亮的新生。在他笔下,大凉山里的一切都处在由一个世界通往另一个世界的途中,可能由生而死,也可能向死而生。现实里的物质存在本身只是两个世界的中介和桥梁,没有既定的归宿,只是在不断的穿梭轮回中体验着深入骨髓的血脉交融。

  "篝火是整个宇宙的/它噼噼啪啪地哼着/唱起了两个世界/都能听懂的歌/里面一串迷人的星火/外面一条神奇的银河"(《猎人岩》)。火作为彝族神话传说中的一个重要原型,给彝人以自尊和启示,让子孙在冥冥中,于温暖的火焰里,看见祖先的模样。身处两界的火仿佛燃尽了笼罩在禁忌之上的神秘面纱:

    当我们离开这个人世
    你不会流露出丝毫的悲伤
    然而无论贫穷,还是富有
    你都会为我们的灵魂

　　　　穿上永恒的衣裳
　　　　　　（《彝人谈火》）

　　透过洪荒的底片，狂野的火突然变成了太阳在大地上的变形体，相比噼啪作响、欢快跳跃的火，太阳以其无声的灵性穿越时间与虚无："神秘的太阳，缥缈的太阳/为所有的灵魂寻找归宿的太阳/远处隐隐的回声/好像上帝的脚步/就要降临光明的翅膀/告诉我，快告诉我/那里是不是有一片神圣的上苍"（《罗马的太阳》）。时而滚动不安，时而酣眠如水，紧握生命根须的太阳让万物于昼夜间变幻，一边是受孕的海洋，一边是超现实的土壤，彝人视若神明的太阳在铭记与遗忘间实现瞬间的永恒。

　　吉狄马加的诗歌中还有很多物象充当着接通生死两界的灵媒：河流、群山、雄鹰、岩羊，甚至口弦等彝人日常生活中最微不足道的器作物也充满了"穿越"感，这种处处皆循环的宿命观，究竟源于何处？本尼迪克特·安德森在《想象的共同体》中这样表述："民族主义的想象却如此关切死亡与不朽，这正暗示了它和宗教的想象之间有着密不可分的关系。"[①]透过这一论调，确实可以令我们对彝人特异的生命情结有所顿悟。彝人认为死亡并非生命的终结，而是其延续的动力，这种由偶然上升至命运的重生观，从吉狄马加对庄重肃穆的死亡仪式的深情描述中可见一斑。

　　　　我看见人的河流，正从山谷中悄悄穿过。
　　　　我看见人的河流，正漾起那悲哀的微波。
　　　　沉沉地穿越这冷暖的人间，
　　　　沉沉地穿越这神奇的世界
　　　　　　　　（《黑色的河流》）

---

[①] [美]本尼迪克特·安德森：《想象的共同体——民族主义的起源与散布》，吴叡人译，上海人民出版社2005年版，第9页。

彝人古老的葬礼上，生者的灵魂像梦一样飘忽，死者的面容如山一般安详，早逝的亲人之魂也无声汇聚，一起"用那无形的嘴倾诉/人的善良和人的友爱"（《故乡的火葬地》）。在彝人心中，死亡是神圣积极的，悲哀与痛苦源自空洞的肉身，只有期待重生的战栗才能唤醒死亡的终极意义。

把脚步放轻，穿过自由的森林，"往往在这样异常沉寂的时候/我们会听见来自另一个世界的声音"（《故土的神灵》）。史诗般的集体记忆中穿插着民族志式的细节描述，吉狄马加将日常与神秘完美融合，延续着彝人心中不朽的神话。

"我渴望/在一个没有月琴的街头/在一个没有口弦的异乡/也能看见有一只鹰/飞翔在自由的天上/但我断定/我的使命/就是为一切善良的人们歌唱"（《我渴望》）。因为渴望，所以歌唱，吉狄马加一直以一颗赤诚的诗心为彝人而歌，为一切美好而歌，也曾有过迷惘，也曾有过忧伤，然而当他用最质朴的语言表达出最真实的情感，他已完成自己最初的使命，如雄鹰般翱翔于诗国的自由天空！

# 翟永明：
# 走出"无往而非灰阑"的女性困境

《十月》2020年第2期"新女性写作专辑"中刊载了翟永明的组诗《灰阑记》[①]，《灰阑记》创作于2019年，这组诗贯穿了翟永明对女性主义诗歌或女性写作三十余年的思考，与《女人》组诗有一定的呼应关系。不过，同是围绕女性主题，《女人》的主题是连贯的，既可看作组诗，亦可视为长诗；而《灰阑记》则由五首情感基调差异明显且意涵截然不同的诗篇构成。从艺术特质方面考察，《灰阑记》杂糅了多种艺术形式，融合了中国古代戏曲、西方戏剧、希腊传奇女诗人传说、现代戏剧等，穿梭于多种女性主义诗歌主题，拓展了当下诗歌的语言空间。正如十月诗歌奖颁奖词所述："这是一组与女性声音、女性创造力、女性艺术空间有关的诗。当'三女巫'的预言缄默，'薇薇安'匿名隐身，当'灰阑'与'舞台'成为女性艺术家被观看与被禁锢之地，翟永明附身牛皮纸页的字与词，去往萨福的'莱斯波斯岛'。这是反复锤炼的持续书写。《灰阑记》及其组诗延续了翟永明多年来对女性创造力核心命题的关注，将其投射至更深远的历史想象之中。从'灰阑'中成长起来的'人类之子'，跳脱出母性的专制与桎梏，成为人类社会一切所

---

[①] 组诗《灰阑记》由《灰阑记》《狂喜》《去莱斯波斯岛》《三女巫》《寻找薇薇安》五首独立的诗篇构成。2022年1月出版的翟永明诗集《全沉浸末日脚本》（辽宁人民出版社、广西师范大学出版社联合出版）中以《灰阑记》作为诗集第二辑的标题，此辑包含《灰阑记》《水斗犯金山》《论实验戏剧》《未被搬上舞台的戏剧设想》《诺尔玛的爱情》《三女巫》《弗里达的秘密衣柜》《狂喜》《寻找薇薇安》《最棒的艺术家》《凝视弗鲁贝尔的〈天鹅公主〉》《画室》《观画之余》《何为调性》《无限的网》十五首独立诗篇。

有权争夺的象征物。"[1]

## 戏剧视域下传统母爱观的颠覆

  从翟永明早期诗作中即可窥见极富现代精神的戏剧元素。多年来，她在诗歌中搭建舞台，展演舞台上的人，也尽写台下的人生。组诗中的第一首《灰阑记》即显露出洋溢着个性和活力的戏剧因子。《灰阑记》原是一部元杂剧，翟永明以传统元杂剧入诗，兼容了古代"公案"的戏剧元素。公案剧在历史和当下均有受众，但是将其杂糅入女性诗歌，则构成奇诡的张力。在《灰阑记》中，翟永明改变了杂剧原有的主旨，即"真正的母爱可以创造超越社会残忍的奇迹"，掺杂多维叙述视角，并抛出一个截然相反的话题——母爱对子女的桎梏。由此，《灰阑记》超越了戏剧因素与母爱话题，将女性群体共同面临的生存问题以及深蕴着历史意义的反思推向新高度。这一步看似为蝴蝶翅膀的轻颤，却得以让世人窥见蝴蝶效应的光晕。

  诗歌的开篇捕捉到两组对立——灰阑中与灰阑外，他与她们。两组割裂初步带给读者情感记忆和思考方式的双重冲击："灰阑中　站着人类之子/乃天精地液孕育生就/孤独中　他长了几岁/依然无力选择。"诗人并未讴歌"天精地液孕育生就"的生育行为，转而关注的是新生命"无力选择"的困境。翟永明诗歌的魅力正在于以新女性的视角打破人们对女性所秉持的习以为常的观念，她的女性立场基于人本立场，超越了通常意味的男女两性和母性的既有符码。她打破传统意义上的"新生观"，认为生命的诞生并不是常人所认知的欣喜幸福与新生的活力，而是与生俱来的孤独感。孕育不简单地等同于新生，同时也带来困境。子女与母亲的肉体因分娩这一行为而产生分离之时，注定了困境的必然性与不可控性，并由此延伸为更多的灾难："灰阑外

---

[1] 张杰:《延续"女性创造力核心命题":翟永明新作〈灰阑记〉获"2020年度十月诗歌奖"》，https://www.360kuai.com/pc/984a185cb23be091b?cota=3&kuai_so=1&tj_url=so_vip&sign=360_57c3bbd1&refer_scene=so_1

站着两位女性/她们血肉模糊　或者说/她们干干净净/她们刚经历了战争　或者说/她们被战争附体　灰阑虽灰且红/……/就像争夺的对象。"结合这首诗的创作背景,可以寻出诗人改编的奇思:古典杂剧《灰阑记》讲述的是古代"两母夺子"这一创作母题;走出原型叙述,翟永明指出母亲是苦难与悲哀的制造者。"血肉模糊"与"干干净净"并置,视觉上和思想上都带来冲击力,也隐喻了女性群体生存中永恒存在的矛盾。

"两母夺子"所构成的"战争"是诗人深挖母爱的切入口,亦可视为诗人对美国人类学家Margery Wolf建立的"子宫家庭"这一概念的反思。当母亲角色在家庭内利用生育争取自身权益,通过培育儿子获得控制下一代男性的胜利,从而完成身份的变革时[①],诗人却犀利地指出这只是表面的胜利,终将以失败告终。因为母亲试图通过儿子巩固自己在家庭中的地位,往往需要以传统的男人至上的观念教育儿子,并切实维护儿子在以男性为中心的家庭里的统治地位。这样,以母亲为中心的"子宫家庭"在男性统治的家庭运作过程中,虽然向男性统治发出了挑战,却变相地延续与巩固了男性统治的传统。一代又一代轮回的女性困境,使置身于任一历史语境中的她们都深陷父权体制的桎梏,始终无法突围出去,终究要被这场注定的战争附体。这是女性命运发展的必然。诗人在此彰显出说不尽的无奈。

"公案上:醒木跳动着/一方拽住无尽山河/一方拽住血缘亲情/无尽山河已榨干血缘亲情/血缘亲情聚拢了无尽山河"公案上跳动的醒木好比幽暗森林中的一簇旺盛的篝火,诗人藏匿于字里行间的情感随之被点燃。母亲是女人,但女人这一角色无论是在文学还是现实中都和母亲时有割裂。在诗人看来,母爱是含有杂质的,她提醒我们正视母爱的双面性。"无尽山河已榨干血缘亲情",母爱固然有伟大崇高的价值内涵,但诗人更关注母爱愚昧自我、非人性、又过分迎合男权的一面。然而,恰因这一反面性,人类文明才可以在时代的轨道上不断突进。"血缘亲情聚拢了无尽山河",这是女性命题永恒的矛盾,却是社会现实发展的必然,由此,诗人将女性命运困境的无奈淋漓

---

① [美]阎云翔:《私人生活的变革》,龚小夏译,上海人民出版社2016年版,第16页。

尽致地表达出来。"我呢？我是什么？/我是争夺物 一堆形质/灵魂不被认可/但时刻准备着/被谁占有？归属于谁？/我可否说 我仅仅是路过此地/我只是偶然 掉进灰阑/我不属于战争/也不属于和平/我属于灰阑画就的地盘"。在诗作的高潮部分，叙述视角被转换，"我"是身处于灰阑之不幸的人类之子，是"隐含的作者"（代入到诗歌中的作者自我），更是每一个人。连续的提问、紧密的短句与急促的自我解答，实际上是诗人对"我"的存在的质疑。真实的血肉只是一堆物质罢了，内在的精神世界也从未被理解。翟永明笔下的母爱不是去感化这一悲剧，而是强势地将"我"束缚，使无数个"我"纵使有独立的人格也无法主宰自己。翟永明的语言在运用简洁的戏谑的基础上展露出坚定的反抗，却又带有注定无法反抗的无奈与悲凉——"仅仅是路过此地""只是偶然掉进灰阑"……确乎是"仅仅"或"偶然"吗？"我"真的认为只是母亲将我们带入这种悲惨的境地吗？诗中人、读者和作者都了然于这种必然。如此写来，足见诗人对无法改变的女性现实悲剧的果决反抗之姿。即使反抗之声极其微弱，但她还是试着为身处困境和必将身处困境的未来的人类之子们寻找一个出口，不管最终是否会陷入乌托邦。

"公案上：醒木跳动着/向谁吩咐？/小小灰阑塞满干柴/将我尚未发育的意识/架在法律的火堆上炙烤/鲜血在争夺高潮中吱吱作响。"醒木继续跳动，诉说着囿于灰阑之中的人类之子的不幸与悲哀。《第二性》对母亲（女人）的身份曾做过解读："一个人之为女人，与其说是'天生'的，不如说是'形成'的。"一个女人不一定是个母亲，但一个母亲她一定是女人，在她成为母亲的那一刻，"既希望能保存这个作为她自我的一部分的可爱而又可贵的肉体，又希望能摆脱这个入侵者；她希望梦想终于能在她身上成为现实，但又害怕实现母性会带来新的责任"。[①]母亲并非生来就是母亲，而是被封建社会千百年来的父权制度框架塑造、勾勒出来的，母亲成了人们所期待的能给予神圣的爱的代名词。炙烤"我"的是法律的火堆，而法律是社会道德价值的象征。翟永明用抽象的诗的画面想要表达的是具象的历史必然，是母爱被

---

[①][法]西蒙娜·德·波伏娃：《第二性》，陶铁柱译，中国书籍出版社1998年版，第573页。

根深蒂固的父权文化道德化、神圣化的时代必然。这种被"异化"的母爱又在父权文化主导的社会背景发生作用，碰撞出热烈的火光。但令人类之子煎熬的熊熊大火又怎么会不是以爱（严格遵循父权文化的爱）为名义保护我们的母亲呢？"两只手从左方和右方伸来/一只是母爱　另一只也是/一只是玫瑰　另一只也是/一只挂着瀑布　另一只也挂着/它们让我恐惧/灰阑之中的争夺/与灰阑之外同样荒谬。"如果说，之前醒木的两次跳动是高潮情绪的铺垫，那么这节诗就是情绪的至高点。初读此节，大多数读者也许会认为从左与右伸来的两只手分别属于夺子的两位母亲，但结合诗人已然洞悉作为母亲的女性形象在父权文化下的困境，可以寻觅到一个更深层的解读视角。如果"灰阑中"有一面镜子，一面站着故事中的母亲，那么在镜中我们可以看到什么？诗人的视角是巧妙的，她将自我附着于故事中孩子的身上，由是便可以清晰地看到"自己"。作为儿女的我们有一天也会成为母亲——令我们恐惧的不仅仅是来自母爱的桎梏，更生发于对于深知有一天我也必然会延续母亲的命运且无法将其改变的悲哀的战栗。诗人选取了一些美好的意象：母爱、玫瑰和瀑布。传统价值体系下伟大无私的母爱、吐露浓烈而纯真之爱意的玫瑰、自然中清澈但又奔腾流动的瀑布，它们无不是美好的象征。但在这美丽的糖衣下，诗人揭露出的荒谬的人类文明发展逻辑，是封建专制父权对女性个体意识的压抑与破坏，是明知道女性"母亲—女人"二者身份剥离的生存困境，却又终会沦为支撑与维护男权文化这一可悲价值模式其中一员的悲凉和疼痛。"公案上：醒木跳动着/向谁盼咐？/无论向谁盼咐　母爱都像/滚烫的烙铁　死死将我焊住/一生都在灰阑之中/一生。"诗作的结尾处余音回荡，饱含深意。戏演完了，母亲的争夺结束了，剧本背后女性命运的必然归宿却永远不会落幕。滚烫的烙铁好似孙行者头上的紧箍圈，凌驾于世俗父权社会所规定的道德感与"正确"价值观念之上，圈圈圆圆，将女性探寻自我和个体意识的光狠狠掐灭。

《灰阑记》中的母爱观与女性观延续了翟永明自20世纪80年代中期以来就建构的母性反叛神话以及颠覆封建父权社会强加给母亲的传统价值观念和道德标准的观点，对原版杂剧的全新改编进一步拓展了新女性的书写疆域：

其一，对原版杂剧《灰阑记》主体视角的完全颠覆。原版《灰阑记》通过第三人称的全知视角旨在歌颂真正的母爱对于儿女的保护与牺牲精神，宣扬"好人必有好报"的价值认知，对封建礼教迫害底层人民进行批判。无论《灰阑记》被改编成小说还是话剧，对于主要情节"夺子"中的孩子都没有细致的描述。而独立思考者的理性与女性写作者的敏感和直觉，使翟永明察觉到了这一文学的"视角空隙"，并由此切入，精准捕捉到女性在社会现实中共同的痛感，进而反思母爱对子女的制约与桎梏。改编古典戏剧中的母题本身，能自然而然地把诗歌产生的情感共鸣与隐含的哲理放置于历史宏大的维度中，实现由"个体"到"群体"、从"当今"到"整个文明发展"的语境跨越和迁移。其二，故事嵌套故事的模式带来了更丰富的情感碰撞。起笔处，翟永明就明确了两组对立，其一是灰阑中与灰阑外，而这实际是两个叙述场域。如果将灰阑内外的空间等比例放大，不难发现：灰阑内是争子事件发生的衙门，灰阑外是发生"争子之战"的不同社会场域；进一步放大，灰阑内可以象征唐宋元明清甚至近代的某个时段，而灰阑外是动态中国文明的发展史。诗人引入孩子的视角，旨在撬动女性主动关注和深入思考她们这个群体在多维的社会关系中的困境。"灰阑之中的争夺/与灰阑之外　同样荒谬"，真正悲哀的不是戏，而是戏如人生，戏如社会，反之亦然……这种嵌套的模式使诗歌的情感表达与哲思传递更为深邃、立体，也超越了对母爱集成的理解——博爱或伟大等。诗人聚焦女性的困境，体现出强烈的女性关怀和突围"女性灰阑"的魄力。

### 透过镜头捕捉生命的诗篇：她们的自我凝视

《灰阑记》中翟永明从"人类之子"身上看到了自己，更感受到在社会关系中女性群体因"母亲—女人"身份剥离走入的困境，并洞悉到母亲们用被父权社会道德化、神圣化的母爱桎梏子女的现实。如果说组诗第一首给予了读者女性命运强烈的宿命感以及无法冲破这种宿命的悲哀，那么，通过组诗最后一首《寻找薇薇安》，翟永明让读者看到了女性在"连接外部世界和自我感受"中的进步性,由日常且普遍的视角引出对女性问题的思考,探讨社会对女性价值的不合理认定这一困境。

　　21世纪以来,翟永明的诗歌写作从耽沉内心独白与个人经验转向对现实和历史的关注。这种对现实的观照表现于开始将观察的视角、诗歌包含的空间放置于社会现实中,诗歌的内容与题材也开始展现社会热点、新闻时事。翟永明不再只是从自己小小的内心世界出发探寻个体对生命的体悟,而是以世界视野审视现代女性的生命价值和生存空间,尽展创作的包容向度和创新性。

　　生前默默无闻的薇薇安的一生是神秘的,她用镜头说话,透过虚幻的影像坚定着一个隐蔽的自我。翟永明擅长运用与诗歌主题相关的形式进行叙述,《寻找薇薇安》一诗给人以强烈的"诗歌镜头感"。全诗共八节,诗人用其个性化的语言带领读者逐步探寻一颗陌生而孤独的灵魂。诗人笔下一行行流畅的诗文,恰如薇薇安手中的老式相机,引领着读者走入薇薇安镜头后纯净富饶的心灵圣地。"寻找薇薇安/寻找一个被遮蔽的故事/寻找一段谷歌不出来的人生/寻找一堆未经冲洗的照片/寻找照片后面的容颜。"诗作开篇即明确了薇薇安的双重角色:薇薇安是一位死后才被发现的杰出摄影师,生前一直做保姆,四十年如一日地服务着几户家庭。然而拥有摄影师角色的薇薇安生前从未被任何人认可,因为她的摄影创作无人见证,她在一生的保姆职业工作之余拍摄的十五万张照片也从未被冲洗,名利与她无关,她也从不在乎。[1]薇薇安用一生将自己秘密地封闭起来,她像一个秘密访客般悄悄地来到这个世界,不带有任何目的和功利性地体察、记录世间,又悄悄地离开世界……她死后留下的胶卷被后人冲洗流传,薇薇安也一夜成名。此前没人知道她,没人了解这个名字背后的故事。于是诗人开始寻找,顺着薇薇安镜头里的都市、街头,甚至薇薇安自己……去捡拾被我们遗落的东西:"寻找薇薇安/寻找漂泊不定的地址/寻找一个没有影子的身影/她藏在孩子们中间/寻找孩子的保姆/寻找保姆的家园//寻找薇薇安/寻找悬空挂着的双臂/它们抓着一架

---

[1]参考纪录片《寻找薇薇安·迈尔》中英字幕84min版部分讲述。

老式相机/里面装着女人十五万个瞬间/寻找玻璃后面的面孔/寻找无法复原的内心。"在这两节诗的找寻中，诗人依旧强调薇薇安的二重角色，试图通过生活中两种截然不同的社会身份发掘薇薇安身上的多面性及其摄影的多元特质。站在光下我们才会有影子，而薇薇安的身影是没有影子的身影，翟永明向读者提供了一个耐人寻味的象征意义——身处黑暗、漂泊不定都是薇薇安自己的选择。透过诗的语言，使读者逐渐看清一个将自我秘密隐藏的摄影师的形象。虽然这个形象具有强烈的个性，但是，在诗人看来，薇薇安的一意孤行更好似在进行一场精神与灵魂的自我修炼。了解薇薇安的创作后，我们会好奇于她的丰富的镜头语言包裹着怎样丰富的内心世界以及她感知外界的独特方式。繁多类型的摄影创作得益于她看待世界的眼光——如孩童般纯真。孩子是她多数创作中凝视的客体，在她的镜头下有街边哭闹的孩子，也有成群玩闹的孩子，也有她牵着孩子的手留在商店橱窗下的剪影……这些自由自在的创作呈现无不体现了她个性的多面性。拥有摄影师身份的薇薇安，也是城市街头的自由者，个性细腻敏感。十五万个瞬间被薇薇安记录在她的老式相机里，这是女人的十五万个瞬间，是她用独特的女性视角捕捉定格的。薇薇安是社会的凝视者，保姆的身份又为她提供了充足的体察社会全貌的机会，其间的历练给予她观察世界的敏锐视角。她的镜头观照社会各个阶级、每个角落、不同的人们的不同际遇。薇薇安的凝视温柔、细腻、优雅，同时很有分寸感，她总能很好地把握镜头的瞬间，好像她能读懂镜头后每一个社会个体的内心世界，能恰当地与社会因素发生共情。"寻找薇薇安/寻找十五万张无主底片/……/寻找一颗孤独倔强的灵魂/它沸腾于刻板躯体的内部/销声匿迹但又溢出灼人光线/寻找断肢断臂的人体模特。"然而，薇薇安在生前是孤独的，她的创作和艺术行为在生前从未被人认可。如此笃定而孤独的灵魂却喷发出磅礴的生命力，她热切地向世间表达着自己对生活的感知和思考，虽然这种表达只有她自己能懂。这是一种何等自信自在的生命状态啊！薇薇安生前拒绝将自己的创作流传于世，拒绝踏入主流摄影史，她用摄影拥抱孤独世界的同时也在真诚地诠释自己的世界。诗人感知到这个灵魂多元的矛盾性并给予认可和理解。正如英国学者葳尔丝认为艺术是在满足我们对明确的身份认同及文化归属的需求①，薇薇安的众多作品中影子与自拍是最体现她孤独的两个元素。这些摄影创作记录了薇薇安由中年迈入老年的历程，从黑白到彩色，定格了她所处城市的许多角落。薇薇安的镜头凝视了很多个自我。有趣的是，她不作为任何其他人的凝视对象，而是选择自我凝视。借助商店的橱窗，薇薇安捕捉到了无数个瞬间的自我，匆匆路过的行人、身后正在作业的街道环保车、投射到橱窗玻璃上的繁华都市景观……一切的一切不过是薇薇安的背景罢了。虽是孤独的个体，却有着饱满丰富的灵魂，薇薇安凝视着自己，其实也是在表达对自己的认同，一种身份的认同。"女人在整个一生中都会发现，镜子的魔力对她先是努力投射自己、后是达到自我认同是一个巨大的帮助。"②基于精神分析学家奥托兰克阐明镜子给予"双我关系"的观点，映像尤其在女人看来是被认同与自我的，这是极其令人喜悦的，至少对女人本身来说。镜头语言不会说话，是定格的，薇薇安镜头中的自己充满了理想的魅力。正是这种对自我的凝视，才促使薇薇安用独特的视角向我们展现个性鲜明的自我意识，流动的情感和丰沛的情绪都在她的摄影中得到饱满的表现。这种自我的表达又能将瞬间的自己永恒地保留，这才是真正的活着。仔细体会薇薇安的创作和一生，她具有强烈的女性意识。一方面毫无保留地以女性的眼光洞悉自我，思考生命的意义和本质；另一方面，基于女性立场审视和体察外部世界，凸显女性的生命特质。"寻找闪烁在塑料表皮上的激情之眼//寻找薇薇安/寻找扑火灯蛾/它扑向大面积的街道和人群/它撞在橱窗镜子上/寻找烙印上去的镜中之殇/寻找城市的排泄物 剩余物/将它们塞满一个黑色方框。"诗人用富有冲击力的画面和语言向我们展现了一个内心平和却强大自足的薇薇安的形象。诚然，作为社会的观察者，纵使薇薇安坚定强烈地认同自我，对于整个社会而言她也不过是芸芸众生中的一员：她是扑火的灯蛾，闪着微光，怀着期待，踏入橱窗中倒影的城市幻影

---

① [英]Liz Wells 等编著：《摄影批判导论》，傅琨、左洁译，人民邮电出版社2012年版，第309页。

② [法]西蒙娜·德·波伏娃：《第二性》，陶铁柱译，中国书籍出版社1998年版，第713页。

……她所观察、所要深入了解的现实社会，可能会不断地吞噬她的身心，对此她了然于心，选择平和地接受，并依旧拿起手中的相机我行我素地记录这个复杂的世界。她看到了这个世界的阴暗荒诞，却仍然保留着对世界的爱与宽容，她把内心感知的世界转化为一种诠释外部世界的能力。这正是现代女性意识彰显的价值。

"为什么？当皮箱脱手而出/在纽约上空飘浮 冒烟/当那些底片在陌生人手中流转/当时间的灰尘被廉价拍卖/当无数脸庞从红色液体浮出/挂在一整排社交平台/为什么？除了一个名字/她未曾来到人间？"当后世的人们流转徘徊于薇薇安遗物中的十五万张胶片，在各种拍卖和欣赏中乐此不疲时，翟永明又将诗歌的视角转向了另一维度——薇薇安用摄影留存给了后世永恒的温存与感动，世间却没有人真正了解她的一生。这是可悲的，是一个创作者与所处社会的"价值失衡"。人们所定义的薇薇安创作的社会价值与她这个人的个性与摄影语言对社会产生的价值是完全不等同的，但从某种角度来说她又是幸运的，这种无奈可悲的遭遇通过她的摄影遗作被人共情。作为艺术创作者，翟永明犀利地捕捉到这一点，并且以此作为解读与理解薇薇安的切入口。摄影一定是艺术的吗？主流的摄影艺术范围又是谁规定的？纵观摄影史，众多摄影家为了将自己的摄影纳入摄影主流不断地努力，但我们可曾想过，社会主流的摄影制度、人们所追崇的艺术共识不正是父权文化的产物吗？不单单是摄影，在父权的艺术面前，只有建立新的女性话语，才能够建构女性主义的主体地位和权力关系。

这种价值失衡背后畸形的父权制度秩序正是诗人敏悟到的："寻找薇薇安/不关乎一个答案/为什么？她不愿与世界分享的/除了身份、秘密、籍贯/对天才的认定与摧毁/以及绝缘社会的艺术制度/还有什么？十五万个为什么/或者 一个不为什么/随着二十个皮箱的贡品/随着她/一同埋葬在无主之地。"

也许"薇薇安"只是一个代名词，她是翟永明诗歌中的角色，是诗人自己，也是无数个我们和她们。翟永明尝试过不少丰富的"跨界"艺术实践：2021年初翟永明的个人公众号"翟永明studio"就呈现了其对于诗歌和摄影的兼容态度，她曾尝试将两种艺术形式融合于同一空间中。如果说薇薇安用镜头表达了自我以及自我与世界的关联，那么翟永明也时常用镜头凝视其观察的世界，并将它们写入诗行："所以她相信通过镜子她确定能够看到她自己。作为一个被动的既定事实这种被动的既定事实，这种反映，和她本人一样，也是一种物；当她确实渴望女性肉体（她的肉体）的时候，她通过对自己的仰慕和欲望，赋予她在镜子中所看到的特质以生命。"[1]正如波伏娃所说，镜头对于许多女性创作者来说是自我的凝视，是对自我的肯定。在这凝视背后，人们似乎能窥探到如薇薇安和翟永明这样的女性创作者不断觉醒的女性意识。女性是社会关系的综合，即使她们并不处于同一个时代，甚至不属于同一种文化环境，但她们都在用能够表达强烈个性（作为女性的个性）的方式去反抗父权制度下被大众所推崇的主流艺术观。什么是正确的审美？艺术可以被唯一正确地定义吗？将薇薇安的摄影胶卷进行收集整理的是当地一位历史学家、电影制作人约翰·马鲁夫，当提到薇薇安的创作与社会的艺术制度时，他说："（我）想把她的作品弄进更大的艺术机构是个大问题，这个问题在于艺术世界体制还不认可薇薇安的作品……他们不想从一个艺术家的遗物里去诠释其作品。这是骗人的……好的作品就是好的作品，总会被认可为真正的杰作，我真的认为她的作品值得全世界欣赏。"[2]走出困境的第一步是认识到真正的困境是什么。诗中，翟永明将自己代入薇薇安的角色，她肯定了薇薇安的创作，但被更深层代入的是当下和她自己一样的女性艺术创作者，又或者某种程度上不仅仅限于女性艺术者……这正是该诗的魅力所在，它给予读者深刻思考的空间。她们向外界展现了丰富的个体意识，却因疏离于主流而不被认可，这是整个人类文明发展史中女性创作者的共同困境。艺术具有不断改写和丰富的可能性，在诗歌末端，翟永明笔下的薇薇安平和淡然，她对自我和世界已足够坦诚。这是翟永明看到的薇薇安，也是她写给自己的诗篇。

---

[1][法]西蒙娜·德·波伏娃：《第二性》，陶铁柱译，中国书籍出版社1998年版，第714页。
[2]纪录片《寻找薇薇安·迈尔》，中英字幕84min版，48:57分处。

《灰阑记》与《寻找薇薇安》二诗足以展现翟永明组诗《灰阑记》的核心内涵。这组诗歌的创作很大程度上是翟永明在新女性写作语境以及社会文化日益多元化环境下的阶段性观点表达。2019年，翟永明获第四届上海国际诗歌节"金玉兰"诗歌大奖，其获奖感言中言及："我一直喜欢诗人伊丽莎白·毕肖普的一句话：创作是一种忘我而无用的专注。九十年代时，我也写过一句诗：紧急，但又无用地下潜，再没有一个口令可以支使它！我愿意用这两句话来概括我四十多年的写作。"①跨入新世纪，在日常和大众化的生活中开掘诗意成为其诗歌创作的重要维度，诗人通过生存境遇的书写，加强和当下生活的联系以及与历史的对话。组诗《灰阑记》不仅蕴含了诗人丰富的思想变化，亦呈现出新锐的尝试精神，可以概括为"一个回应，两种实践"：

其一，突破性的诗歌文体实践。"文本重新分配语言……任何文本都是互文文本……任何文本都是过去引语的重新编织。"②"互文性理论"的运用使具体文本拥有多重性，而在修辞、词语、题材等等相关因素中最能体现翟永明独特性和思想性的是其文体方面的尝试。早在20世纪90年代左右，她的诗歌创作就已融入戏剧的元素，《孩子的时光》《脸谱生涯》等诗作都是将戏剧故事和戏剧舞台与个体体验相结合进行情感的抒发与表达，而本文重点探讨的组诗中《灰阑记》一诗也印证了诗人的这一特点。除了诗歌与戏剧性的融合，《随黄公望游富春山》以长诗写长卷《富春山居图》，呈现出一幅跨时空和虚实的宏大图景。此诗兼备众体，将题画诗、古典诗歌与山水画，甚至电影与摄影中的镜头感等元素融为一体，将源远流长的传统血脉与诗人的新诗意识以及对人类在如今社会的生存思考相结合，在各种艺术汇通的意境中还饱含对生命哲学的关怀。她的诗歌创作与文体实践几乎是相伴相随的，正是这种同步的尝试使其作品能够在立体多元的场域进行研究。翟永明任何

---

①《翟永明：我借用汉语的精微与神奇，重新塑造生活，清新内心》，https://www.sohu.com/a/355240339_307536.

②[法]罗兰·巴特：《文本理论》，史忠义、卢思社、叶舒宪主编《风格研究　文本理论》，河南大学出版社2009年版，第302页。

一部富有文体实践痕迹的作品都可以被置放在以艺术维度为横坐标、以历史思维为纵坐标的坐标轴中。从横向看,绘画、摄影,甚至音乐、电影等诸多艺术门类汇聚渗透于诗歌中,带来迥异于传统诗歌的创作资源和新异技法,拓宽了诗歌写作范式;横向的观照在翟永明的诗歌中并未流于喧宾夺主的弊端,反而让诗歌的阐释空间更多元。从纵向看,对古典绘画、戏剧等传统元素的吸收不仅打开了当代诗歌的创作视域和艺术空间,还注入多元丰富又不失时代感的话题,深化了诗歌阅读体验。

其二,娴熟的跨界艺术实践。翟永明的创作是"聚宝盆式"的,摄影、绘画以及那些富含艺术气息的社交空间(其成果体现在翟永明主理的成都"白夜酒吧艺术交流空间")都能激发她的诗歌创作,为其提供创作上的灵感。"跨界的艺术实践"除了体现翟永明非凡的驾驭文本的才华与能力,其先锋性对当代诗歌的更新与发展也具有很强的先导作用。

谈及近四十年的中国女性文学发展,贺桂梅与张莉说:"当我们提新的女性写作的时候,其实是想强调女性写作与先前理解的个人化写作、身体化写作有很大区别,要把女性放在社会关系的总和这一维度里去理解,这是我特别强调的部分……能够从生活的质感上与时代互动……性别是多么丰富的文学触角,啊简直四通八达,连带着整个人类社会最丰富的层面,真正优秀的女性文本应该展现这个部分。"[1]这段话概括性地提出了时代对新女性写作的影响。翟永明的新近文学实践尤具代表性、反思性、探索性、先锋性。联系《灰阑记》,这组诗无疑对翟永明以及当代诗歌写作具有启示意义,是其文体实践与艺术实践的又一次飞跃,为新女性写作提供了有效的范式。

---

[1] 贺桂梅、张莉:《关于四十年来中国女性文学与性别文化的对谈》,《十月》2020年第2期。

# 傅天虹：
# 梦想的维度与诗意的空间

"我梦想世界，故世界像我梦想的那样存在。"①在巴什拉的理论体系中，诗学研究是无法被忽视的一个重要组成部分。不管是《梦想的诗学》还是《空间的诗学》，都以其独特的视角和深邃的洞见，提供给读者诗性的启发和源源不断的灵感。在这两部研究诗歌想象的著作当中，巴什拉认为："梦想蕴含着创造性的想象活动。通过对诗的形象的批评，可以重新体验这个创造性的过程。"②通过运用现象学的研究方法，巴什拉对家宅等空间形象以及梦想进行了不同凡响的深入解读，并在此基础上提供了进入诗歌的全新途径。

阅读傅天虹的诗歌，鲜明的自传色彩和突出的批判意识构成其诗歌文本的标识性特质。也正因为如此，"知人论世"的文本解读和干预现实的社会历史批评成为研究其诗歌的大部分诗论的理论立足点。但是傅天虹的创作并没有简单地停留在这一维度之上，多方向的探索在其诗歌当中并不鲜见。其对个性化形象的描写、对童年回忆的想往、多重视角的运用以及空间形象的突显等等，在某种意味上对巴什拉诗学理论中梦想的维度与诗意的空间的理论进行了生动的文本佐证。

---

① [法]加斯东·巴什拉:《梦想的诗学》，刘自强译，生活·读书·新知三联书店 2017 年版，第 206 页。
② 张旭光:《加斯东·巴什拉哲学述评》，《浙江学刊》，2000 年第 2 期。

## 真:朴实的冲击力

　　傅天虹1947年出生于南京,从出生起便没有见过父亲。之后母亲前往台湾寻找父亲,把年仅两岁的傅天虹交给外婆抚养。因为这重海外关系,他随外婆姓杨,以避免政治牵连。但是这并没有阻挡傅天虹被打为"黑七类"的命运,这使他在很长的时间里饱受迫害。在"文革"当中,由于抚养自己的外公外婆也受到冲击,傅天虹开始了漂泊的生活。在串联的过程中,他结识了一位老木匠,并随其跑遍云、贵、川、陕、桂等十多个省份。"文化大革命"结束以后,傅天虹的诗作开始赢得国际性的声誉并多次获奖。1983年,他移居香港,1991年再度移居澳门。

　　翻开《傅天虹诗存》,诗人的这些经历都在其诗歌创作中得到了或多或少的表现。整部诗集由四个部分组成:第一辑《童年的我》,第二辑《金陵早春》,第三辑《港岛虹影》,第四辑《四地沉吟》,四个部分对应的是诗人的四个人生阶段。《我不是一个乖孩子》《问天》等诗是对特殊童年记忆的记录;《野草》《我是一蓬根》《萌》等诗是新时期里诗人的自我审视、考量和定位;《慈云山木屋歌》《魔方》等诗是诗人对香港经历的书写,及其对香港现代都市生活异化本质的揭示;《观音堂三首》《澳门新口岸沉思》等诗则是诗人定居澳门后的所见所闻所感。诗集所集诗作无一例外是真实生活经验和情感的升华,对个人的心境和处境诗人毫无隐讳,他的诗是梦想和情绪和谐,恰如徐志摩1923年发表的他的第一篇诗论《杂记:坏诗,假诗,形似诗》中所明确指出的:"真好诗是情绪和谐了(经过冲突以后)自然流露的产物。"[①]诗人屠岸在为《傅天虹诗存》所作的序中,亦从"真"的维度肯定其创作坚实的基点:"天虹全部诗作的一个基本点,就是:真。真实的经历,

---

① 徐志摩:《坏诗,假诗,形似诗》,《努力周报》第51期,1923年5月6日。

真实的际遇，真实的思索，真实的情感，真实的遐思，真实的梦想……"[1]这种"真"为傅天虹的诗歌注入了一种朴实的冲击力，以其执着和韧劲实现了对生活和诗歌的双重深入。

由是对个人经历的重视也就构成了傅天虹诗歌自觉的艺术追求。人生经历与创作的统一使傅天虹的诗歌具有很高的辨识度。但是这并不是说傅天虹的诗歌创作仅停留在日记式的自我复述层面，对想象的倚重使诗人的创作在梦想的维度和诗意的空间两个层面得到了最大限度的延伸。

## 梦想：创造性的想象

巴什拉所谓的"梦想"是在与夜梦的对比中提出来的。夜梦是在意识失去其控制力以后出现的杂乱无章、毫无价值的状态。而梦想始终受到意识的控制，是白日里人的心灵的一种静观的状态，是"阿尼玛"的阴性的力量。梦想具有创造性价值，通过在现实中寻找形象的实在性，使读者重新体验诗人创造的快乐。

在巴什拉看来，物质文明的繁荣使物品极大地丰富，物品也因此失去了其本身的特殊性，而成为一群物品中的代表。只有通过梦想的方式，追溯一样熟悉的物品，在梦想中去体认一个普通的物件，物件才会获得自身的特殊性，成为一件护身符。"梦想使其对象神圣化了。"[2]这种被梦想体认的形象在傅天虹的诗歌中屡有闪现，这些个性化形象的存在凸显出其诗作内蕴的创造性价值。

如《月》中月亮的形象："夜的一只眼睛，/这只眼睛，/往往也不是全睁的。""伟大单纯的形象，在诚恳的梦想中初生时就往往清楚地表现出'阿尼玛'的功能。"[3]所谓"阿尼玛"是指形象的阴性属性。如果把月亮和太阳进

---

[1] 屠岸：《从野草到恒星——序傅天虹汉语新诗选集》，《傅天虹诗存》，作家出版社2008年版，第1—2页。

[2][3] [法]加斯东·巴什拉：《梦想的诗学》，刘自强译，生活·读书·新知三联书店2017年版，第47页，第84页。

行对比的话，前者显然属于阴性的形象。在诗人的梦想当中，月亮变形成了一只眼睛，月亮本身的圆缺变化在诗人看来就像是眼睛睁圆又闭合的过程。诗人对月亮形象的创造性描写同时也激发了读者的梦想，这一梦想使月亮获得了它刚刚被创造出来的刹那的光亮。

在《虹》中，诗人写道："是霞彩的弯弓？/是仙乐的曲谱？/是织女的裙带？/是九天落下的瀑布？……//——是一束长长的丝哟，/从我的心头抽出。"虹作为诗人名字中的最后一个字，在其心目中具有特别的意味。在诗人的梦想当中，"虹"先后与"弯弓""仙乐""裙带""瀑布"进行类比，但是诗人发现这些都不太恰切。最后诗人恍悟虹"是一束长长的丝"，从自己的内心抽出，幻化为梦想的丝线，走进诗歌之中。显然，"丝"与"诗"谐音，这丝一样绚丽的彩虹正是诗人的梦想，这从心头抽出的梦想构成了诗人所珍视的诗章，也赋予了"虹"这个意象独特的精神诗性成分。

此外，《报春花》中报春花的形象，《酸果》里诗人用以自况的酸果，《雪松之恋》中雪松的形象，等等，在诗人的梦想当中，它们超出了一群物的代表而成为特殊陌生的物象，它们通过诗人"创造性的想象"，蕴蓄着诗人个体生命经验的记忆和情感。在梦想中，它们是朝向一个美的世界的理想的存在，它们的存在保护着人类的心理机制不受敌意的、外在的、非我所有的粗暴行为的侵犯。

## 童年的诗意

童年对于傅天虹来说浸满痛苦的回忆。被误认为是私生子的歧视与侮辱，两次试图前往大西北而两次被遣返的经历，"文革"中作为"黑七类"所受的迫害，"串联"时贫病交加的痛苦遭遇，等等，这些都被诗人写进诗作当中，苦难生活的诗性表达提供给读者久久的震撼与感动。但是傅天虹的童年表达并不总是被灰暗与苦涩填满，童年的回忆必然存在其值得想往的细节，它们以暖色调的形象出现，细微的温情被诗人放大并反复吟咏："最初的世界/是外婆的摇篮歌//呵，小乖乖；呵，乖乖……/唇边流淌的旋律/像宽厚的手掌/覆盖了我/不见了黑夜的阴影/伊甸园里/有温馨的火/有快活的河/我/跨进了天国//我最初的世界是外婆唇边的摇篮歌"（《摇篮歌》）。"我最初的世界是外婆唇边的摇篮歌"，摇篮歌是诗人魂牵梦绕的童年记忆，它承载着一个成年人最"温馨"的童年梦。在巴什拉看来，童年并不等同于我们幼年时期的记忆，而是通过梦想被重新建构的童年。被梦想的童年是一个理想化的世界，"诗人使我们相信：我们童年的所有梦想都值得重新经历"[①]。诗人笔下的童年与其说是一个记忆，莫若说是诗人对个体生命梦想的一个建构："梦想童年的时候，我们回到了梦想之源，回到了为我们打开世界的梦想。"[②]童年在傅天虹的梦想当中之所以被追溯到外婆的摇篮歌，根本的原因是外婆的关爱与呵护给予了诗人最初的温暖。虽然诗人的天性可能更倾向于漂泊和自由，但是这最初的呵护与安全感却是诗人在今后的时光里回首往事时无法回避的光亮。诗人并未停滞于简单的情感表达与追溯之中，在诗人梦想的重建当中，外婆的摇篮歌成为源源不断提供火光者的形象，给予诗人的梦想以行走的去向。而人类童年普遍的摇篮歌记忆又为这一形象提供了惊人的广阔度，读者通过诗人的童年重建自己的童年，这种对于童年的想往使诗歌本身具有了生动的感染力。

在《我不是一个乖孩子》一诗中，童年的苦难仍然构成了诗歌最主要的内容。但是诗人反复宣称"我不是一个乖孩子/但是/我会写诗"。这显然是出于诗人小小的骄傲，是对苦难记忆的一次嘲弄。"最喜欢七月看彩云了/没有手的云/没有口的云/没穿裤子的云/最听从/我的命令/我想到了什么/它们就变出了什么/我哈哈大笑了/我欣赏/自己有天大的本领"。在对云的梦想当中，诗人体会到创造的快乐，变幻莫测的云也显示着自身的宏伟性。"我们在梦想对童年的回忆时又体验到的宏伟的过去，正是那初次呈现的世界。"[③]最初的世界呈现在诗人面前，诗人想往童年的梦想也将其揭示给读者。"我喜欢/蹲在灶台边/看蚂蚁搬家/蚂蚁忙乱/我也忙乱了/我喜欢/躺在江堤旁/听大江呜咽/

---

[①][②][③][法]加斯东·巴什拉：《梦想的诗学》，刘自强译，生活·读书·新知三联书店2017年版，第135页，第131页，第152页。

大江流泪/我也流泪了/我喜欢/钻进暴雨里/暴雨疯狂/我也疯狂了"(《我不是一个乖孩子》)。在一个宣扬服从与共性的年代,宣称自己不是一个乖孩子具有另一个维度的喻指——追寻梦想,超脱现实经验。诗人看蚂蚁搬家,听大江呜咽,钻到暴雨中去,并不自觉地都参与其中,真实的寓意是期待在童年路径中建构生命本真的梦想:确立梦想人生的诗意价值。

## 植物:诗性的延展

在《梦想的诗学》中,巴什拉认为,物是梦想的伙伴,梦想者的存在是由他所激发的形象构成的。并且"一种极其简单的要求、在场的请求,召唤着物的梦想者参与低于人的生存。梦想者常常在某个动物,比如某只狗的目光中,看到这低于人的生存。"[①]类似视角的转换在傅天虹的诗歌当中更多地表现在诗人通过对植物的刻绘——坦诚的自白,完成主体人格的自况。在《山藤》中,诗人写道:"我梦见自己成了崖边的一棵山藤,/熬过寒冬,获得充足的阳光和水分。/我又有气力贴紧峭拔的陡壁,/攀呀,攀呀,上面是闪光的顶峰。//我看到山脚下'保护山林'的牌子,/欣慰自己卑微的生命获得了承认。尽管前途是一段险峻的路程,/难挡我一心向上的热忱。//我搏击风雨,一天天发展,/我扎根石缝,一步步延伸。/谁知有一天我浑身一震,/竟轻易被人砍断了老根!//是愚童天真的戏谑?/是樵夫初试着锋刃?/我死了,没死在寒流滚滚的冬日,/却死在春光明媚的早晨!"诗人的主体间性被一棵崖边的山藤替换,幻化后的他体会到山藤作为一棵植物生存的生命经验,比照诗人的人生经历,这一拟喻性的写法暗示了他生命中的过往——在熬过寒冬之后终于获得了充足的阳光和水分,并且得到了被保护的许诺。但是,在这个春光明媚的早晨,山藤最终还是死在了锋利的刀刃之下,"我"从梦中走出来,对这棵山藤遭际的书写也就有了无穷的象征内涵:春光明媚的早晨

---

[①] [法]加斯东·巴什拉:《梦想的诗学》,刘自强译,生活·读书·新知三联书店2017年版,第214页。

指的正是"文革"结束后的新时期,而意外的摧残则表达了诗人对所有摧毁个体生命的行为以及不公正的社会现象和破碎历史的大胆控诉。

与此相近的还有《我是一蓬根》:"莫要费力地寻找我的身影,/我在板土下,是一蓬潜行的根。/沿着石缝抓紧每一寸泥土,/绕过瓦砾探取生存的养分。//我为春天贡献点点绿嫩,/希望的新芽是我送出了土层。/我为秋天贡献灿灿金黄,/浑贺的硕果是我升起的星辰。//莫要费力地寻找我的身影,我是一蓬潜行的根。/密匝的根毛是我敏感的神经,/我最能领略泥土的温情。//我知道枝叶发展每天都有新生,/我更需要深入大地的纵深。/太阳知道我的位置,/绿叶捎来了它的慰问……//莫要费力地寻找我的身影,我是一蓬潜行的根/我活在广袤的地层下,/把一个绿色的家族支撑。"诗人所选取的是植物的根这一特殊的部位,在以根的视角表现它的生存的同时,诗人着力注入了人格的意志和诗性精神——"我活在广袤的地层下,/把一个绿色的家族支撑。""把一个绿色的家族支撑"这一句诗远远超然于普通托物言志的隐喻或象征,它不是简单的理想化的形象,散发着梦幻般的诗性精神,具有生长、衍生的深层含义。以植物托起诗人内心饱含的梦想,书写本真丰富的"我",在《花的世界》《绿叶的呼吁》《并非含羞》《荷花》等诗作中均有不同的蕴意。

## 家:幻想的空间

温情 是银色的湖流动

幻想催生翅膀

幻想之后

月影开始西斜

落在一片摩天大厦的后面

筑巢而居


于是"家"这个概念

就翻到字典首页

"家"是什么
小夫妇俩从此起早睡晚
都是为了
解释

家是一张嘴
是五张十张嘴
无
底
深
渊

一只只小船在风中挣扎
浮起
又沉下
最后淹死在
无边无际的
夜色里

(《巢》)

  在傅天虹的笔下，家是一个幻想的空间，其生存居所的固有含义被诗人淡化了，精神意味和它带给诗人的伤痛得以凸显出来。而且它不是一个既有的存在，任何一处牵动诗人诗绪的空间都可以成为其精神家园的居所。一言以蔽之，家需要诗人通过想象去营构，《巢》一诗即是诗人不幸的童年经历带给他的独特书写。

  1983年，傅天虹放弃了内地日渐安稳的生活前往香港发展。但是在香港最初的日子并非一帆风顺，诗人在底层中历练心智和诗歌，他边打工边写诗，唯一不放弃的是个人的梦想。在《傅天虹诗存》的第三辑，诗人选录了一首《慈云山木屋歌》:"向慈云山/借一袭坡地/从此/枕月而眠//不再惊恐/房东太太的脚步/无忧无虑的小木屋/沐浴野风//太窄小的空间/挤走了空白/太低矮的环境/容不下世俗//而我酣然/时有一夜躁动/黎明 这小小的巢中/便恬恬地飞出一群诗雀"。与现实生活的艰辛形成反差的是,诗人所感受到的更多的是一种闲适和安宁,木屋给了诗人一种精神上的寄托,化现为诗意的生命居所。

巴什拉曾在《空间的诗学》中提供了一种看待空间的全新的视角,他认为空间同样具有人性价值:"所拥有的空间就是抵御敌对力量的空间,受人喜爱的空间。"[①]傅天虹笔下的木屋正是这样一种存在:这座建在半山腰的木屋虽然漏风漏雨,狭窄又有蚊鼠相伴,但是诗人对它充满了留恋,它帮助诗人抵御过人生的风雨,对诗人而言,木屋是纳受广袤天地的生命空间,是富有鲜活生命力的诗性空间,它任灵魂游弋其中。"家宅在自然的风暴和人生的风暴中保卫着人,它既是身体又是灵魂。它是人类最早的世界。"[②]慈云山木屋"既是身体又是灵魂"的居所,它给予诗人精神的慰藉,是与诗人的内部世界形成对应的诗性的空间,它无法容下多余的空白,也容不下世俗的祛魅。"窄小""低矮"的有限空间被具有诗意和创造性的梦想填满,诗人从中获得精神庇护的力量。在诗歌的最后一节,出现了"巢"的形象。"和所有休息的形象、安静的形象一样,鸟巢直接关联着简单家宅的形象。"[③]"巢"的形象自然而然地与家宅的形象关联,这也就进一步强化了这一空间的诗性所在。诗歌结尾有诗的鸟雀飞出,如同他在另一首诗中所写:"迷途的鸟儿/跌跌撞撞/终于找到另一处敞开的窗口/扑了出去"(《闯进木屋的鸟》),诗人从拘囿封闭的形态中飞向自由,在诗性的空间中铺展开梦想的双翼——

  这栖身的小楼阁
  就成了我的天堂

---

[①][②][③][法]加斯东·巴什拉:《空间的诗学》,张逸婧译,上海译文出版社2013年版,第27页,第6页,第124页。

梦的翅翼驮来你脚步的轻响
　　（《朦胧的眼睛》）

　　特殊时期的人生遭遇、苦难人生中的拼搏精神以及海峡两岸等多地丰富的生活经历，为傅天虹的诗歌创作孕育出独特的诗情诗意。他的诗歌就像那蓬根一样，深深地扎入生活的泥土，结出的却不再是无人问津的"酸果"。同时我们也应该看到，想象力在傅天虹的诗歌创作中同样起到了巨大的作用，梦想的维度和诗性的空间两个层面即是诗人蓬勃想象力的一个有效见证，无论是写景状物还是抒怀表情，他都游刃于洋溢着诗意和梦想的现实空间和精神空间之中，恰如他在诗中所写："你让自己/走进了风景/用花瓣撑开空间/撑开一个/彩色的梦"（《木棉之恋》）。

# 安琪：
# "野地里一棵异香的草"

新时期以来，女性诗歌无论从文体实践还是创作主体的写作观念来看，都在不断变化中日趋成熟，并对当代诗学建设产生影响。"中间代"女诗人安琪在诗坛上的"高调发声"和"自我冠名"，在一定程度上反映了女性在诗坛上的地位与影响力的变化，并为当代诗坛提供了第三代之后新异的女性诗歌写作路径。她的诗歌中不乏与女性经验相关的内容，诗人自身也认同并宣扬自己是一位女性主义者。她一方面以自觉的女性主义意识参与诗歌创作实践，积极建构新时期女性诗歌话语，同时自觉突破概念化的女性主义写作，以先锋意识开拓创新，为当代女性诗歌创作注入一股强劲之力。

## 女性主体意识的再认与生命书写

安琪的诗歌写作可先后划分为两个时期：漳州时期和北京时期。漳州时期安琪的诗歌创作以长诗为主，著有《干蚂蚁》《任性》《轮回碑》等。1995年安琪在诗坛上崭露头角[①]，她自述这一时期深受欧美经典诗人庞德的影响，因阅读了庞德作品而"豁然开朗"，触摸到诗歌中庞杂丰富的世界。从客观上看，漳州时期安琪的诗风亦有庞德影响的痕迹，大部分诗作气势雄浑，诗绪奔流汹涌，高扬对自我生命意识的体认。"像干蚂蚁，只在春天枝头/活出

---

[①] 1995年，安琪以《节律》《未完成》和《干蚂蚁》为题的一组诗歌获得第四届"柔刚诗歌奖"。

自己。我放下一盘唱碟……它不为谁活着/仿佛纯粹是一个存在/甚至祝福也是亵渎"①，诗人通过一只干蚂蚁实现自我生命的确认，言语间体现出强烈的主体意识，结合女性诗人的身份，似乎可以将此诗句视为当代女性高扬主体个性的宣言——愿像春天中的干蚂蚁那样不为谁而活，而是勇敢地活出自己！反观中国几千年传统封建社会，不难发现，在中国传统封建父权文化中，作为"他者"身份的女性被迫承担了太多"为他人而活"的角色：贤女、孝妇、贞妻、慈母……男性主权统治下的封建文化不断为女性塑造各种理想角色的模板。女性除了被迫承受自身所处时代施加的性别规训之外，还不自觉地背负着历史给予的沉重的规约。"若依斯言，是为贤妇。罔俾前人，独美千古。"②以《女论语》为代表的女性规训通过引导女性赢得"身后留名"的方式消解女性的自由意志，从而在本质上彻底达到让女性遵从规训的目的——不但顺从男权社会制定的准则，而且要进行自我内化！对于传统男权社会所构建的秩序，安琪一起笔就决绝地反叛："她指向你，你有过的幸福不是幸福/你有过的苦难不是苦难//啊，不要让我为了这虚幻的解救/放弃我曾有过的前夜、诗歌和罪恶"③。诗人看清了那些被"虚构"出来的幸福和苦难的本质，与其寄希望于虚幻的解救，不如把握生命，听凭内心的真实，不放弃"前夜、诗歌和罪恶"，这是女性主体意识实现自我再认的体现。拉康认为："自我的认同总是借助于他者，自我是在与他者的关系中被建构的。"④然而对于真正觉醒的女性来说，主体似乎可以不再依靠社会、环境和他人的目光实现对自我的建构，因为女性主体已经跳脱出由男权文化构建的秩序和规范，彻底与传统背离。在对传统的背离和解构之中，诗人感受到前所未有的快感和超脱："我感到巨大的飘带给我的愉悦/和超脱！我要这死亡的陷阱/这

---

①③ 安琪：《万物奔腾》，中国华侨出版社2018年版，第8—9页，第11—12页。

② [唐]宋若莘、宋若昭：《女论语》，夏家善主编《历朝母训》，天津古籍出版社2017年版，第76页。

④ 转引自[日]福原泰平：《拉康：镜像阶段》，王小峰、李濯凡译，河北教育出版社2002年版，第43页。

荒谬的坍塌的幸福！"①然而，当女性从男权秩序"出走"之后，安琪也写出了女性内心掩饰不住的失落和迷惘。首先表现在对永恒而坚贞的爱情的存疑。"我们不能充当悲哀的方框/玫瑰在方框。玫瑰是太古老的承诺/转眼就要流成灰烬"②。"玫瑰"所象征的爱情难逃"转眼就要流成灰烬"的宿命，既然永恒的爱情已经不可相信，那么女性乃至当代社会的每个个体依靠什么精神力量而活着？诗人对此质问和叩询："我们所唤起的现实与虚无/我们习惯沉浸其中的谨慎与压迫/我们为什么炫耀，为什么毁灭/又为什么爱着！"③旧的秩序已经覆灭，新的秩序尚未建立，诗人面对精神上的惶惑与苦闷，索性反观历史文化的漫漫长河，写下了叛逆之作《轮回碑》。通过对古今中外一系列历史文化的回望，《轮回碑》拼贴出了包罗当下精神文化信息的"比萨诗章"，成为对当代社会文化倾颓和精神变异的一个总体性隐喻。在此诗人突破了个人乃至女性集体的苦闷，上升到了时代与人类集体的精神苦闷。人类精神家园的沦丧成了集体痛苦的根本，如何回归和重建精神文明成了摆在当代人面前的一个严峻的考验。为了寻求精神的出路，安琪隐约听到了灵魂的指示，漳州时期的安琪近乎将诗歌当作神一样顶礼膜拜："我应邀赶赴诗的约会，上帝知道/我多么纯洁/多么不含杀机/神回来了，如果我曾诅咒过你，但现在/神回来了/他将帮我收回咒语，由不安至安/把我再次投胎为诗。"④诗人将自己托身于诗，不但对诗歌有着虔诚的宗教徒一般的信仰，还请求神将自己"再次投胎为诗"，让诗歌成为自己的全部生命和存在方式。诗人在诗歌中实现了对自我的确立，我们不妨也可以说诗人"为诗投胎"。

2002年12月，安琪离开漳州来到北京，在寒冷冬日里开始了她的北漂生活，也开启了创作上的新篇章。北京时期的安琪在诗歌创作上逐渐倾向于创作短诗，而长诗渐寡。或许是北漂的生活经历带给了安琪更加刺痛、动荡的

---

①②③安琪:《万物奔腾》,中国华侨出版社2018年版,第12页,第15页,第18页。
④安琪:《武夷三日》,《椰城》,2013年第7期。

生活体验,"彻骨的绝望感"①成了安琪来到北京之后大部分短诗的基本主题。不过不变的是,安琪的诗歌始终蕴涵着丰富的生命体验,并用诗歌建构对自我生命的映像。诗人自述:"我的写作自始至终都跟我的生命发生关系,我可以在每一首诗中还原出当时写作的背景和遇到的人/事/物……我的长诗写作也是如此,一切与我有关的东西我都能整合进诗中。"②如果说漳州时期的长诗写作是安琪"有意识"地将生命体验融入诗中的话,那么安琪在北京时期的短诗创作则出现了令人惊喜的"无意识"之作。《像杜拉斯一样生活》是这一时期典型的代表作之一。此诗诗脉贯通,酣畅淋漓,仿佛一气呵成。"这首诗妙在它的情绪是一种无意识的呈现,它的语言也和无意识活动达成了完美的融合,互为表里。"③"脑再快些手再快些爱再快些性也再/快些/快些快些再快些快些我的杜拉斯亲爱的杜/拉斯亲爱的亲爱的亲爱的亲爱的亲//爱的"④,一系列破碎、复沓叠陈的语词营造出鲜明的快节奏感,强烈地刺激着读者的神经,制造出身体的动感和精神的狂欢,竭尽全力写出一个被现代生活压抑已久之人内心乍泄的奔流思绪。反复出现的"快些"与"亲爱的"让人联想到这个时代的迫切问题:在机械化程度不断高涨,科学技术日益发达的当下,人类凭借什么与机器区分,进而实现自我主体性的确认?当人类精神进入一个贫困、迷惘的时期,诗歌能否担负起让人类在大地上"诗意地栖居"的重任?换句话说,这首诗破碎复沓的言语到底写的是时代的狂欢,还是精神的贫瘠?诗人并未在诗中直接给出答案,在诗歌世界中短暂迷失之后,诗人骤然如梦初醒,复归于现实生活:"呼——哧——我累了亲爱的杜拉斯我不能/像你一样生活。"⑤蓄积已久的千钧之势在一声"呼——哧——"的喘息中戛然而止,潜藏在个体无意识中的绚烂之梦在现实面前瞬间分崩离析,以至于到最后不得不筋疲力尽地自我坦白:"我累了亲爱的杜

---

①②安琪:《女性主义者笔记》,阳光出版社2015年版,第35页,第37—38页。

③张清华:《在生存与精神的极地——关于安琪诗歌的随记》,《文艺争鸣》,2013年第10期。

④⑤安琪:《极地之境》,长江文艺出版社2013年版,第3页。

拉斯我不能/像你一样生活。"杜拉斯作为现代女性的精神标杆,是诗人自身女性欲望的外在投射和自我镜像,也是现代女性主义的象征和女性所向往的生活方式的代表。因此,从这种意义上来说,"这首诗既是对杜拉斯,对女权,对观念上的女权、女性的一种致意,同时也是对自我的一种确认"[1]。北京时期的安琪由之前对庞德的倾慕转向为对杜拉斯的推崇,经历了由形而上的庞德向尖锐肉质的杜拉斯的转换。如果说《像杜拉斯一样生活》是北漂生活给激情狂热的女诗人带来转变所产生的结果,那么《极地之境》则更加明显地体现了异乡生活给安琪带来的转变。《极地之境》是一次对回乡经历的记述,全诗平淡质朴的语言中笼罩着一层浅淡却又深沉的"悲凉之雾"。安琪曾自述初到北京时的体验:"那几年我经历了生命中最低沉的时光,地下室、筒子楼、蜗居都住过,情感也非常困苦,真是应验了我早年的一句诗,'明天将出现什么样的词',每一个明天都充满生活的未知,能不能活下去都没有保证。所有的宏大想法都没有了,活着就是第一要义,从一个极端跳到了另一个极端。"[2]现实中的生活极境到了诗歌之中,变成了含蓄苍凉的"极地之境"。"你看你看,一个/出走异乡的人到达过/极地,摸到过太阳也被/它的光芒刺痛"[3],一语道出还乡者埋藏在内心深处的隐秘感受——作为生身之地的故乡在情感上已经名存实亡,而长久栖居的他乡又无法成为真正的故乡。漂泊的游子难向故乡旧友讲述被生活抛掷于极境的惨痛,因为对于始终留在家乡的旧友来说,他们眼中的极地之境只有光芒万丈,而不知这是一种概念上的虚幻。异乡的悲欢只有游子能够独自体味,内心的隐痛早已无人能够分享。通读全诗,不难体会诗中包含着一种自我探寻的过程,这既是倾诉与沉默之间的矛盾,也是诗人在皈依故乡与再次出走两种选择之间的矛盾。丰富的生活体验产生的复杂心绪给安琪的诗作带来了难得的舒缓隽永的

---

[1] 张清华:《在生存与精神的极地——关于安琪诗歌的随记》,《文艺争鸣》,2013年第10期。

[2] 参阅孙晓娅、李湘宇:《写作困境与突破路径:女性诗歌写作的主体自觉》,《中国诗歌研究动态》,2020年第1期。

[3] 安琪:《极地之境》,长江文艺出版社2013年版,第193页。

风格，好似繁华落尽见真淳。

## 奔涌与宁静的对撞兼容

  舒婷曾经这样评价安琪的诗歌："造词遣句总是随心所欲，极不常规。"[1]统观安琪的诗歌，不难发现她的诗歌语言的确如舒婷所评价的那样——随心所欲，不同寻常。安琪的诗歌在语词的选择和运用上别具匠心，如同她的诗歌《任性的点》里所写的那样："任性的点。从诗歌中逃逸/像爱美的女子逃离陈旧的铅华/有着一种神圣的自信和单纯"[2]。安琪的诗歌风格从传统女性诗歌的细腻柔婉中逃逸，具有宏放的视域与胸怀，常常在微小中见天地，幽微中见宏大，令人眼前一亮。例如《干蚂蚁》一诗，"它必将以寒冷告终/我阐明过一瞬光芒/这是春天枝头的干蚂蚁/在我的手心它灼痛了我/和有着太多欲望的星辰/来回流泪，不经过土地和天空"[3]，其中"干蚂蚁"与"星辰"等意象就形成微小与宏大的对撞碰冲。一只已死的干蚂蚁本来毫无重量，更无生命的温度，但诗人却被这只死亡的干蚂蚁所"灼痛"，并且联想到了"星辰""土地"和"天空"等深远广阔的意象。于是这份小小的灼痛感被赋予了更深厚的意义，它来自一只小蚂蚁的死亡，但并非止于一只小蚂蚁的死亡，更象征着死亡本身。死亡对于任何鲜活的生命来说是沉重的，即便干蚂蚁只剩下一个轻飘冰冷的躯壳，但死亡本身的重量就足以诱发另一个生命对自身存在的体悟。诗人通过触碰死亡体认自身，在一个干蚂蚁的躯壳前领悟个体生命在星辰大地面前的渺小，但诗人并没有因此而灰心，反而张扬生命之力，高呼每一个生命应当全力以赴地活着。

  除了在语词的运用上别出心裁之外，安琪的诗歌想象力丰富，擅长用富有张力的意象创造充满矛盾和冲突的语境。例如《节律》："谁为我们的服饰缀满星星，谁让盐/遍撒灵魂的每一个角落/一切都在不可知的微笑中。某只

---

[1] 舒婷：《舒婷随笔》，长江文艺出版社2012年版，第241页。
[2][3] 安琪：《万物奔腾》，中国华侨出版社2018年版，第159页，第4页。

鸟/非常优美地断裂，某个人形单影只"①。缀满星星的服饰、被盐撒满的灵魂、优美地断裂的鸟……这些美丽、残酷、充满矛盾的意象，相互碰撞、交织、融合，最终构成了安琪独有的诗歌面貌："以对矛盾、冲突的语境的出色组织，以对感觉、想象、语言和旋律的成功驾驭，沉郁有力地歌唱了爱情、诗歌和死亡的崇高主题。"②安琪的诗歌以丰富的想象力驾驭着冲突对撞的意象，构成语境的张力，形成独特的诗歌风格。

此外，安琪的诗歌还体现了后现代主义的自觉实践。后现代主义诗歌具有不确定性、平面化、多元化、追求怪异和消解中心等特征，这些在安琪的诗歌中都有较明显的体现。例如长诗《轮回碑》，诗中出现大量古今中外的文化人物——曹雪芹、普鲁斯特、屈原、鲁迅、达·芬奇、林语堂、卡夫卡……他们绝大多数以当代文化语境中受虐的悲剧形象出现，并且被诗人加以讽刺性的解构，如"屈原，屈原，长剑已被收买。""鲁迅爷爷，你的花还捡得起来吗？""达·芬奇已无力建立导弹基地"等。诗人将历史文化名人从高高在上的神坛上拉下，打破他们额顶的光环，用戏谑的语言进行调侃。这些看似荒诞不经的诗句逐渐累积、堆叠、高筑出一座历史的轮回碑！然而在荒诞的诗句背后还潜藏着一股悲凉之情——诗中构筑的这座轮回碑不正是历史文化在这个时代被赋予的面貌吗？诗人自身作为一位知识分子，被逼对历史文化精英戏谑嘲弄，不正是一种悲哀吗？马克思曾指出，一个时代最迫切的问题是"表现时代自己内心状态的最实际的呼声"③。《轮回碑》似乎带着慷慨悲歌之意，把内心更深更复杂的情绪：郁愤、不满、无奈、嘲弄……压抑在冰山之下。诗人不愿穷途而哭，而是穷途高歌，在荒诞的笑中逼着读者直视这座历史轮回碑：看哪，它当下就是这个模样！这就是历史的轮回碑！安琪诗歌中的后现代性无疑受到了庞德的影响。她在《女性主义者笔记》中写道："后来我接触庞德，又受到了他的影响，悟

---

① 安琪：《万物奔腾》，中国华侨出版社2018年版，第18页。
② 王光明：《边上言说》，海峡文艺出版社2011年版，第125页。
③ [德]马克思、恩格斯：《马克思恩格斯全集》第一卷，人民出版社1995年版，第203页。

到任何东西都可以入诗。我写出了一系列长诗,如《轮回碑》《九寨沟》《任性》《纸空气》等。"①这种对后现代主义的自觉性,赋予了安琪的诗歌一种泥沙俱下的奔涌诗绪,如评论家师力斌所言:"安琪的诗歌从整体上来说,有一种情绪的韧性,强悍的爆发力,超强的容纳古今中外的吸附能力和兼容并包的能力,对所有符号都能轻松地容纳到自己诗歌的文本当中去。"②但这种风格并非安琪诗歌风格的全部,诗人也曾经过短暂的唯美、纯情风格的写作,譬如《红苹果》《养雾》《草莓颜色的公园》《情感线条》等,但很快进行了转变,迎来了理想化的喷发式的写作状态,写出了《像杜拉斯一样生活》《轮回碑》《任性》等一系列作品,这种喷涌式的创作直到《极地之境》的出现才又一次迎来了转型。《极地之境》"从一种汹涌状态回到一种澄澈的平静状态,是一种自觉的过滤"③,它反映了北京时期的生活带给安琪的转变:"第二期即北京时期的诗歌是'风平浪静',所谓风雨之后见彩虹,所谓放下屠刀立地成佛。"④可以说,安琪的写作风格多样,并不限定自己只创作某一类风格的作品。多样的诗歌风格从一定程度上反映了安琪在诗歌创作方面具有很强的探索意识和创新意识。"纵观安琪的创作,我们欣喜地发现她的诗的确在求新,变新,创新。"⑤安琪的诗歌写作似乎如永远的西西弗那样永远"未完成"。

## 女性主义者和"中间代"的开路先锋

安琪的诗歌经常体现出一种女性主义观念。女性主义观念包含对女性主体意识的认同和真实生命经历的体认。她的诗歌首先体现在包含着许多女性的特殊经验,如写妊娠:"我的女儿从晚上11点到第二天下午2点一直/待在

---

①安琪:《女性主义者笔记》,阳光出版社2015年版,第20页。

②③④参见段金玲:《〈极地之境〉首发暨安琪诗歌研讨会"录音整理》,《中国诗歌研究动态》,2014年第1期。

⑤张子清:《日日新——简评安琪〈美学诊所〉》,《福建日报》,2017年12月12日。

我肚里/生育是多么痛慢的事！"①又如哺育孩子："来，我们的小动物/听话，妈妈爱你/心脏爱你，电话爱你，家爱你，奶瓶爱你"②……这些女性的隐秘经验在以往的诗歌中往往被赋予一种美好的温情，然而在安琪的诗中，这层温情脉脉的面纱被无情地揭下，暴露出女性最真实的体验——生育是疼痛的，痛到"在产房，我痛叫我不生了"③；养育孩子的快乐并非简单的欢乐，而是夹杂着"生命是红色的/呱呱坠地，不真实。生命简单到只是瞬间结合？"④的虚幻感；家在女性眼中也未必是停泊灵魂的港湾，"被远方鼓胀的心就要爆裂/视每次回家为囚禁"⑤。安琪的诗歌有逆于传统女性诗歌对女性美好温情的书写，开拓性地聚焦于女性的绝境、困境与窘境。女性在安琪的诗歌中通常是丑陋的、绝望的，从出生时"我要做谁温驯绝望的女儿"⑥的身份困惑，到长大一点时看到一个女人在生命终结处的景象——"长发疲惫不堪，瘫软在咖啡色的木地板上/我的老外婆东转百圈，西转百圈/她想活！"⑦，再到找寻人生伴侣时的迷惘，"他给我半张世界，另半张给谁/我不知道"⑧。爱情对于安琪来说是脆弱的，甚至有一些虚幻，它不再是被歌颂的超越生死的爱情，而是真实的"轻和重，和输给死亡的爱情"⑨。在这样的爱情中，爱情本身和爱的承诺都不可信："我们不能充当悲哀的方框/玫瑰在方框。玫瑰是太古老的承诺/转眼就要流成灰烬。"⑩她不去书写爱情的甜蜜，而是对爱情冷静地审视，看到爱中的苦涩和虚无："我们所唤起的现实与虚无/我们习惯沉浸其中的谨慎与压迫/我们为什么炫耀，为什么毁灭/又为什么爱着！"⑪爱情的结果也苦涩不堪："预言枯竭，婴儿提前死去/这是爱给我们的唯一赠品"⑫。尽管爱情并不令人期待，但诗人还是对爱情怀有期待："我唯一的动作是把爱情分成等待/与等待两份"⑬。这种矛盾的心理正反映出女性在当代社会所面对的尴尬境遇：一方面女性主义的发展令女性的社会地

---

①②③④⑥⑦⑨⑩⑪⑫⑬安琪：《万物奔腾》，中国华侨出版社2018年版，第43页、第44页、第43页、第44页、第40页、第41页、第16页、第15页、第18页、第17页、第100—101页。

⑤安琪：《美学诊所》，北岳文艺出版社2017年版，第34页。

⑧安琪：《极地之境》，长江文艺出版社2013年版，第107页。

位得到一定程度的提升，使得"出走"成为可能；而另一方面，传统男权社会对女性"他者"地位的束缚仍然存在，无形的枷锁到处牵绊着女性"出走"或者"走得更远"，处处有无形的力量拉扯女性回归"内阃"。难能可贵的是，安琪的诗歌中有许多对女性尴尬处境的直接反映，如未婚女性面对的强大的社会"规训"："'姑娘，姑娘，你现在还有腰肢，你现在还有喉咙。'/'你总有一天会完蛋。'/一个门槛，40岁，或30？门槛低得拦不住猫和狗/'姑娘，姑娘，过了40你就完蛋！'可是刘没法改变自己的性别！"[1]如离婚女人再次与孩子相见时的微妙沉默："天上的飞机落下来了/我的女儿走来了/我们彼此看了看，不说话，彼此有点羞涩"（《父母国》组诗之《到机场接女儿》）。如寡妇面对的无声的社会赞许："张灵甫自杀殉职时他的夫人王玉龄才19岁/此后她终生未嫁，独自抚养儿子长大。/'可以守寡，但要为伟大的男人。'/——林茶居说。"[2]这些诗句既夹杂着诗人自身作为女性的个体生命经历，也是诗人安琪对女性处境的反映和思索，从诗歌内外无不体现出对女性的深切关怀。然而，安琪的女性主义并非仅止步于此，而是具备了一种难能可贵的先锋性，通向了"无性别化"的女性主义。"她不沉湎于小女子气的写作，也不沉湎于概念化的女权主义或女性主义写作。"[3]安琪与以往的女性诗人不同，她的诗歌不停滞于狭小的个人天地，很少书写细腻的感觉和思绪，而是用冷静的目光审视现实，用容纳万千的诗歌意象构成恢宏磅礴的气势。安琪的诗歌意象十分丰富、庞大、驳杂，几乎一切皆可以入诗，"甚至包括砂子、塑料、金属、玻璃渣，表现出一种辛普拉所推崇的——和盘接收与迅速排泄的全盘消化功能"[4]。正因为如此，安琪的诗歌体现出以往女性诗歌中少有的综合、开阔、混交的感觉。当然，这也来源于庞德的影响，安琪力图以庞德为范本，以少数男性诗人才具有的雄心构筑气势恢宏的

---

[1] 安琪：《万物奔腾》，中国华侨出版社2018年版，第33—34页。
[2] 安琪：《女性主义者笔记》，阳光出版社2015年版，第156—157页。
[3] 参见段金玲：《"〈极地之境〉首发暨安琪诗歌研讨会"录音整理》，《中国诗歌研究动态》，2014年第1页。
[4] 陈仲义：《中间代的"异数"——安琪诗歌论》，《职大学报》，2004年第3期。

诗歌篇章。因此，安琪的诗歌对女性主义诗歌写作来说无疑是具有突破性的："从安琪开始，以语词为中心变频的碎片式写作样态，意味着畅达十几年之久的黑夜写作意识的淡出，意味着新一轮的性别写作惯性的进一步排除，在地平线上另一端，露出异样的'综合'写作平台。"①

除了创作上的成就之外，安琪在诗坛上所做的努力和产生的影响力也值得一提。安琪作为"中间代"的始作俑者，在"中间代"诗人群体的命名和推广上发挥了不可忽视的作用。安琪与"中间代"的相遇是幸运的、偶然的，似乎也是由她对诗歌的一腔赤诚热爱所决定的必然。2001年4月，安琪在广东第一次遇见了黄礼孩，黄礼孩是民刊《诗歌与人》的主编，安琪于是趁此机会提议做一个"中间代"诗人的选本。所谓的"中间代"就是指20世纪60年代出生的但不属于"第三代"的诗人群体。2001年5月，安琪就投入到了整个组稿的工作流程中。2001年10月，由黄礼孩、安琪合编的一期《诗歌与人——中国大陆中间代诗人诗选》刊行，"中间代"的命名由此开始。安琪的特殊之处在于，她既是"中间代"的发起者、组织者，同时也是"中间代"诗人群体的重要代表。这种由诗人"自我冠名"的命名方式与以往诗歌代际"被动的"命名方式有很大不同，也侧面反映出诗歌在当下的小众化趋势以及21世纪诗人主体意识的张扬。特殊的文化环境迫使诗人为自己代言，安琪在这一方面做出了典范。不仅如此，安琪身为一位女性，以一己之力一跃成为一场诗歌运动的中坚力量，这是女性力量在中国诗坛上崛起的重要标志。"由一个女诗人为中心，以诗歌活动的方式来形成一个诗歌群体，主动地自发地为其命名，并通过诗歌创作实践来获得自身的诗学规定性，这在新诗史上还是第一次；应该说，安琪实现了这个创举，在女性诗歌史上，应该说，这也是个标志性的事件。"②

安琪无论在个人经历、诗歌创作还是在诗坛影响力上，都充分展示了女

---

①陈仲义:《中间代的"异数"——安琪诗歌论》,《职大学报》,2004年第3期。

②张延文:《女性诗歌创作与诗歌文体秩序的建构——以女诗人安琪为例》,《福建论坛(人文社会科学版)》,2014年第11期。

性在新诗创作上所能达到的高度和蕴藏着的巨大潜力。她既是一位反抗传统男权文化的女性主义诗人,也是一位为女性主义诗歌写作提供新路径的继往开来的先锋。安琪无疑是女性力量在当代新诗诗坛上的重要代表。

## 杨方：
## 故乡书写与生命回溯

  诗人杨方，20世纪70年代出生，先后出版诗集《像白云一样生活》《骆驼羔一样的眼睛》，小说集《打马跑过乌孙山》等，曾获《诗刊》中国青年诗人奖，第十届华文青年诗人奖，浙江省优秀青年作品奖。其诗集《像白云一样生活》入选《21世纪文学之星丛书》（2009年卷），是首都师范大学第十届驻校诗人。杨方有着同龄诗人少有的经历：她出生、成长在新疆，工作、安家在江南，丰富的生活底蕴使她的诗笔刚柔相济，对现实的观察与奇诡的想象结合在一起，古典诗词的意境与现代人的体验互渗交融，为当下诗歌增添了一种新的气势与格局。

  故乡是解读杨方诗歌的关键词，她的诗歌写作是在"寻找故乡"和"回归故乡"的过程中展开的。诗人林莽指出："作为一个诗人，杨方以个人的生命体验，具有共性的文化意识，建立了一个属于自己的诗歌的园地。"[①]作为一个诗人，杨方以个人的生命体验、具有共性的文化意识，建立了一个属于自己的诗歌的园地，同许多诗人一样，她以独特的诗歌价值，融入了当下中国诗坛的整体之中。除却西域的风景习俗、人事风貌，杨方故乡书写的诗学张力、精神探索意味，以及从表达方式与女性书写方面分析其诗歌创作对当代诗坛的独特贡献，这些方面的研究还比较浮泛和薄弱。

  本论文在前人的研究基础上，对杨方个体诗学的研究有两个突破点：一

---

[①] 林莽：《为寻找而不断行走的人》（序言），杨方《骆驼羔一样的眼睛》，漓江出版社2014年版，第2页。

方面,故乡之于杨方在她的诗歌中彰显出灵魂的统摄力和独特的诗意倾诉,体现出诗人的价值坚守和生命诗学旨归。故下文着眼于诗人的现代生命意识、人文情怀,旨在打开杨方诗歌中故乡的多重维度、指向与含义,侧重挖掘诗人以返乡的方式寻访现代生命本质和灵魂归属之门的立意,从叩询现代生命蕴含的视角分析其抵乡旅程与内在精神追求的呼应关系。另一方面,杨方诗歌呈现出独特的艺术特质:情感深度与西域日常经验牵连,其语言的丰富性受多元文化的影响。杨方诗作独具感染力的异域因素、鲜明的江南女性特质以及豪气悲壮的美学风格,在当代女性诗歌创作中极具标识度。

## 故乡:灵魂的痛和割舍不掉的爱

长期以来,人们对文学本身想要表达的情感的理解是多种多样的。诗歌,作为文学的精灵,它精致的灵魂中更是饱含了多种情感,而每种情感在读者的眼中却又有不同的诠释。故乡作为古今中外作家青睐的书写对象备受关注,但是不同作家对故乡的记忆和情感又差异纷呈。

福克纳曾说过:"我发现我家乡的那块邮票般小小的地方倒也值得一写,只怕我一辈子也写它不完。"[1]这句名言可以代表很多作家对故乡的情感。诚然,故乡对作家童年的浸润更像是一块文化的胎记,这里有福克纳的约克纳帕塔法、马尔克斯的马贡多、老舍的北平、沈从文的湘西边城、林海音的北平城南、大江健三郎的北方四国森林、莫言的高密东北乡、奈保尔的米格尔大街、杜拉斯的湄公河岸、萧红的呼兰河、路遥的陕西黄土高原、贾平凹的商洛和商洛的棣花街……故乡的山川水色滋养了他们的身体,故乡的风土人情和历史文化润泽了他们的心灵,故乡已然成为一种精神的支柱和寄托,不仅与他们有一种情感的联系,更有牢固的心灵联系、灵魂联系,被指称的"故乡"成为作家永远割不断的精神故乡。与此不同的是,还有一些作

---

[1] [美]福克纳:《福克纳谈创作》,李文俊编选《福克纳评论集》,中国社会科学出版社1980年版,第143页。

家对故乡持有相反的看法,诗人赵野说:"我出生在古宋,位于四川南部,现属于宜宾地区。那个地方没有给我留下什么印象,破败、杂乱,完全没有想象中的古朴和诗意。我自认为和它离得很远,从未深入到它的内部,感受它的节奏和纹理。我只是在那儿寄居了一段时间,多年以后我终于意识到,我其实是没有故乡的人,'乡愁'这个词对我而言,永远只有形而上的意义。"①

在杨方的诗中,童年生活之地新疆是故乡的发源地,对那里的地域空间、风土人情的记忆书写,同时融聚、纠结着上述两类作家的情感,这构成了她诗歌创作个性化的特质:一方面,她渴望归属于这个既存的故乡,渴望"和这里所有的人一样/把安睡和吃饭的地方当作故乡/把一棵开花的苹果树当作童年"(《我是故乡的》),诗人"多少次,想回到从前"(《出生地》),渴望返回朝思暮想的家园:"那是我一直想回去的地方,植物的纹理有条不紊/干净的冬天,除了群羊细细嚼食干草和盐/除了天籁,那一两声来自果木腹腔里清脆的琴音/没有别的声音传来,避风的冬窝子,柴垛堆积/野鸽子像硕大的雪花纷纷落地/过冬的人从容出门,返家,就算大雪封山/寒光闪烁的绊马索星也会在头顶低低地凝望/善良与幸运的光线,它是精神的果实,前往的路途"(《冬日果子沟》)。诗人对故乡真挚的爱和浓浓的思念之情感人肺腑,动人心弦。另一方面,这方让她爱恋的土地却烙印着渗血的疼痛——"对故乡爱得越深,它对你的伤害越重"②,她必须承载故乡附加的无以抹去的记忆:"那是一长串阿拉伯数字,断头的红玫瑰般依次排列。"(《寄往故乡的邮包》)。历史瞬间的刺痛感让诗人联想到有一天,在故乡,自己无辜的死:"如果有一天我无辜死在这里/我请求以这棵石榴树的形式再次回来/以六月花朵的热血和热爱/以九月果实打碎的牙齿和疼痛/充满恐惧地颤抖着回来/在高高的土围墙上,我们哀悼我们自己/当秋天带来悲惨的头颅,我们必

---

① 赵野:《一些云烟,一些树》,《红岩》,2014年第3期。
② 杨方在首都师范大学给本科生的一次讲座录音整理,题为《一首诗的诞生》(2013年10月28日)。

像阿开亚人一样/一边奋力抵抗,一边低头接受命运/看,石榴果实是土炸弹的形状/树干具有野性十足的体力/叶子,发出磨刀霍霍的声音/它往我脖子里使劲地吹吐凉气/我嗅到了植物的疯狂"(《我无法找到一个新的故乡》)。这些隐喻色彩浓郁的诗句带给我们的颤栗和悲痛,远不如它们投掷给诗人的重击。然而,诗人却在另一首诗中从容而坚定地回挡了所有可能的伤害:"我在那流血和开花的地方生活了很久/我在那流血和开花的地方还将生活很久/我的情感,伤害,边界线,是国家的/我的热爱,悲伤和思念,是故乡的/我,是故乡的,我的死亡,是故乡的"(《我是故乡的》)。诗人对这个既定的故乡,始终"有一种无限亲近又无限疏离的感觉,我回来了,同时我又是再也回不来了"[1]的纠葛之情。

杨方的诗歌中既有割舍不掉的爱,又抹不掉被归属于外乡人的痛和灵魂无法返回的愿望:

但我不打算离开这里,和你一样
母亲给了我一个弯月的天空和低垂的大地
我怎能将它舍弃
我无法在其他地方找到一个新的故乡
或者在陌生的土地上重新建立一个故乡
关于故乡,那是与生俱来的,我们舍此无他
无论用汉语还是维吾尔语,它都在词语里炽燃
它和世界上任何一种语言发出的声音一样温暖
它是你的,也是我的,我们终将在此花落灯息,死不复生!

(《我无法找到一个新的故乡》)

---

[1] 杨方、霍俊明:《"走在分叉的树枝上,走在分支的河流上"——杨方访谈》,吴思敬编《诗人与校园——首都师范大学驻校诗人研究论集》,漓江出版社2014年版,第290页。

在诗人看来，故乡藏有丰富快乐的儿时记忆，但也带来伤害，需要逃离。

秉具对故乡无法拂去的复杂情怀，诗人在《我还没有回到我的故乡》开篇即确立了全诗忧伤的基调："日落时分总是很忧伤/一天的结束，仿佛就是一生的结束/甚或一个世纪的结束"。如此化不开的忧伤基调不是偶然的闪现，杨方在另一首诗中也表达了类似的情感："我注定在这忧伤的气息里终老，在静静的果园/倾听流水在果木的身体里弦丝一样冰凉地行走"（《阿力麻里》）。写故乡时，杨方特别善于将时光流逝的不可逆转、时间之殇的疼痛和伤感附着在故乡的记忆里和故乡的影像中，以至于我们要同时品尝两种深挚、不可解开的痛，它们像旧时女性服饰的盘扣，细密地盘结、紧合。

我们常说："一首诗所以好，不仅系于它的表现，也由于它情思与感觉的深度，而情思与感觉是沉潜在生活里慢慢滋长的，这是艺术创造的根源。"[①]故乡在杨方的记忆中"慢慢滋长"着美好的细节和片景："我还没有回到苹果园，斯大林街，胜利巷/回到琴弦上的十二木卡姆/葡萄藤须上的籽实，哈密瓜的瓜秧"（《我还没有回到我的故乡》）；"小时候用乌斯曼草描眉，用海纳花涂染指甲"（《寄往故乡的邮包》）；"干旱地带的无花果树林/自牛奶和月光的白色香味中吸取营养"（《在伤口上建立一个故乡》）；"农闲时节敲打着手鼓在打麦场上跳麦西来普"（《淡灰色的眼珠》）；"葡萄架下的木桌上有新鲜的干馕和奶酪"（《对一匹老马说萨拉木里坤》）；"清真寺，有高大的拱门和回廊/每天，白色鸽群和曙光一起落在绿色拱顶上"（《悲伤是这儿的，也是我的》）；"飘荡的温泉水和白色雾气缠绕的苇草间/天鹅的叫声多么清亮"（《天鹅来到英塔木》）；"人们聚集在苹果树下唱木卡姆，喝伊力特/用羊骨占卜命运，用天鹅羽辟灾去邪"（《阿力麻里》）；"骑驴的木卡姆歌手，莫合烟袋悬挂鞍边/拖长，低沉的调子，低过新疆最低的盆地"（《出生地》）……

---

[①] 萧望卿：《诗与现实》，北平《新生报·语言与文学》13期，1947年1月13日。

在种种细节和片景的呈现中，故乡的记忆融入了诗人生命中美好而诗意的感受。以此为原点，故乡在其笔下经常被幻化为精神的居所，而淡化了实体存在的意义和地域空间的具象，从而赋予故乡以诗学的象征韵味。

杨方笔下的故乡有两个维度：实存的故乡和精神的故乡。它们分别具有不同的指向和含义，如果不剥离清楚这个问题，既无法走进其故乡的内核，也无法打开诗人情感的象征的森林。在情感层面上，诗人留恋生育她的故土；在精神层面上，诗人更渴望返还的是超现实的，多年来在其生命情感中孕育的精神故乡——它孕育于真实的西域，绵延于诗性的滋长。这个具有符号学意味的故乡恰恰是不断蛊惑诗人游弋、返回的根源，是诗人诗性的缘起，它具有巨大的魔力，吸引着诗人对生命之源不断探察。诗人渴望超脱浮沉，返回这孕育过她诗情和生命年轮的精神原点，那是无限空间的永恒，是真实故乡的缺席，是人与神、主体与灵魂对话的现场。

"候鸟回到北方，群羊回到冬窝子，世界回到原处/我还没有回到我的故乡"（《我还没有回到我的故乡》）。苦苦寻觅，诗人无法返回的是人类或诗人个体精神的发源地，是诗性的故乡、灵魂的高地，它无迹可考，无处不在，时时衍生和变化万千：

> 我还没有回到一条大河的上游
> 在那里，一切刚刚开始
> 万物灵动，幼畜初生
> 我还没有回到一座山脉最高的峰顶
> 那时光耸立的峰顶，只有明亮的风在那里
> 只有霹雳，雷电，雨雪，冰雹，只有行星和恒星
> 我还不曾被白雪，山岚，瀑布，流云所感动
> 我还走在裸露的平原，山川和盆地
>
> （《我还没有回到我的故乡》）

好诗常常呈现出生命本身被语言攫住时的状态，正是在这种状态中，生

存的终极实在才可能显露出来。"攫住"是一种互为纠葛的力量,它使我们转向与表象的斗争。《我还没有回到我的故乡》这首诗,从题目到文本,真正攫住我们的是多次出现和被强调的"我还没有"这个句式。荣格说,扎根于大地的人永世长存①,可是诗人没有遮拦地告诉我们她还在行走,还没有返还"一条大河的上游"或"一座山脉最高的峰顶"。她在广袤千里的空间中寻找的是能够让她听到宇宙歌唱的地方,看到历史扎根的村庄,感动到值得感动的"暗寓意"②。而这一切,她还没有找到,她还在——返乡的途中寻找。

## 寻找,永不停息的精神探求

在霍俊明的访谈中,杨方说:"我在伊犁河边长大,我写过《伊犁河左岸》,还写过贵州仡佬族的洪渡河,也写过浙江的瓯江。河流其实就是一个孤独的人,从一个孤独的地方来。我总是想循着流水,走到一条大河的上游,看看它最初的源头。在新疆我看见过一条干涸的河流,看见它带走了自己的流水、时间和光亮,但是却带不走它本身。我们的一生,也像一条河流一样,青春流走,梦想流走,剩下老迈腐朽的身躯。'拉萨河、红河、额尔古纳河,或者更远的多瑙河、印度河、密西西比河,我从未去过的地方,有谁看见它们日日空流,奔波在绵延的归途'。"③杨方笔下书写过不同地域的河流,不过,这些河流都是诗人生命之河的分支:"在我的写作中,河流是人生的追问,也是追寻。如果逆流而上,我们的灵魂终会回到最初的洁净的

---

① 转引自车吉心、朱德发主编:《诺贝尔文学奖得主全传1901—1955》,明天出版社1997年版,第383页。
② [德]黑格尔:《美学》第二卷,朱光潜译,商务印书馆1979年版,第12—13页。
③ 杨方、霍俊明:《"走在分叉的树枝上,走在分支的河流上"——杨方访谈》,吴思敬编《诗人与校园——首都师范大学驻校诗人研究论集》,漓江出版社2014年版,第295页。

源头。"[①]《过黄河》是杨方极具代表性的作品：

> 多少有些悲怆，我还没有准备好，就已经站在了桥上
> 黄河水在下面奔涌，翻卷，深浅莫测
> 它带着那么多沉重的泥沙，显得更加有力量
> 经过兰州的气势，是低沉的，闪耀着隐藏的光芒
> 我试图冒险，乘羊皮筏，在水中抽刀断水

除了故乡，河流是杨方的诗写中的另一个关注点，她试图穿过某个缺口，回到一条河流最初的源头。河流既是其探寻的轨道，又折射出诗人对流动的、始于源头的动态生命的热爱。同时，她的诗歌美学风格恰恰充分体现了水的磅礴与柔和的两极面相，河流的动态暗寓了诗人不断行走探源的追寻精神。

在《我还没有回到我的故乡》第一节中，诗人排列了一系列故乡的片景和实物，给人呈现出返乡后的景象。第二节首句却从实景中陡然一转，诗思很快变换了维度："我还没有回到一条大河的上游"。这条大河由前面的实指转向虚拟："在那里，一切刚刚开始"。作者收束了令人振奋的、即将达到的兴奋感，由具象转向了辽阔："山脉""峰顶"，甚至是"行星""恒星"，随之在情绪激烈的排比句后突然转换句式："我还走在裸露的平原，山川和盆地"。这就呼应了段首的寻找，所有令人心潮澎湃的自然景象安静下来，时间就定格在行走上，在哪里行走已经不重要，平原就是远离喧哗与浮躁、远离攀岩和探寻的激烈瞬间。诗人回归了行走的静与行为本身，回归到寻找的过程："我认为我的寻找是永恒的，我的寻找可以是心灵里的故乡，也

---

[①] 杨方、霍俊明：《"走在分叉的树枝上，走在分支的河流上"——杨方访谈》，吴思敬编《诗人与校园——首都师范大学驻校诗人研究论集》，漓江出版社2014年版，第295页。

可以是另一个故乡，另一个自己。这个寻找将如影随形跟着我。"[1]这与保罗·策兰所说的诗是"生存的草图，也许，是自身对自身的派遣，去寻找自身……是某种回家"[2]有异曲同工之妙。正如杨方在《伊犁河左岸》一诗中所表达的："很多时候，我不比一条河流更知道自己的去向。"诗人无时不在寻找自己，寻找生命的栖居地，这恰恰是现代性对生命主体的击打。在诗作的第三节，诗人由抒情的浪漫回归到对宿命和现代生命的叩问：

空荡荡的马车，命运之轮
像衰老一样缓慢，像死亡一样缓慢
我还没有在宿命之国，彩虹之门
在一个叫纳达齐牛录的荒凉小镇
遇见一位陌生的锡伯青年
他的眼神像挂在贴木里克山冈上蓝光闪烁的星星
很多时候，我怀疑自己已成为隆起山梁的一部分
那么的接近，一生都可以望见，一生都不能到达

马车是往返于命运旅程的意象，其衰老的缓慢与死亡连接起来。诗人以返乡的方式打开探寻现代生命本质和灵魂归属之门。在诗人将故乡陌生化和互文化的过程中，她对生命的探寻也随着抵乡旅程的完成而深化至对现代个体生命的反思——永远在路上，永远在探寻，却无有终点。记得杨方在首师大给本科生的一次讲座中说："我们人和一条河流一样，最终都要回到某个地方去。"[3]她始终在诗作中寻找着、捕捉着"某个地方"。不同的诗人对

---

[1] 杨方、霍俊明：《"走在分叉的树枝上，走在分支的河流上"——杨方访谈》，吴思敬编《诗人与校园——首都师范大学驻校诗人研究论集》，漓江出版社2014年版，第290页。
[2] 转引自颜炼军编：《化欧化古的当代汉语诗艺》，华文出版社2020年版，第252页。
[3] 杨方在首都师范大学给本科生的一次讲座录音整理，题为《一首诗的诞生》（2014年10月28日）。

"某个地方"的理解和设立是不同的。比如芬兰女诗人艾迪特·索德格朗[①],她是一个流浪者,没有地方属于她,她也不属于任何地方。她有一首诗表达了这种在路上的毫无归属感的荒凉以及她心目中的"某个地方"的美好:

> 我渴望那不存在的国土,/因为我对恳求存在的一切感到厌倦。/月亮用银色的古老文字对我讲起/那不存在的国土。/在那里我们一切愿望得到奇妙的满足,/在那里我们所有的枷锁纷纷脱落,/在那里我们流血的额头冰凉下来/在月光的露水中。/我的生命有过高烧的幻觉。/而有一件事被我发现,有一件事为我所得——/通向那不存在的国土之路。//在那不存在的国土里/我的爱人戴着闪烁的王冠散步。/我的爱人是谁?夜沉沉/星星颤抖着回答。/我的爱人是谁?他叫什么名字?/苍穹越来越高/而一个淹没在茫茫雾中的人类的孩子/不知道回答。/可是一个人类的孩子除了肯定没有别的。/它伸出的手臂比整个天空更高。/在那里出现回答:我为你所爱,永远如此。

(《不存在的国土》,北岛译)

杨方和索德格朗,两个不同国度、不同时代的女诗人,她们都是行走在人生旅程上、探寻精神故园的寻美者,在她们内心深处,"某个地方"或根本"不存在的国土"是她们创作的根源,是灵魂栖居的诗性空间。

诗歌是一种创世的艺术,其动人处莫过于诗人善用语言的精妙给灵魂寻找一个出口,用心底的细腻与想象的瑰丽创设一个世界。在这个艺术的世界里,想象恣意腾飞,每一个字句都灵动着诗人独特的生命体验。澎湃与节制彼此呼应,使诗歌的整体情致臻于生命的极致。杨方在《我还没有回到我的故乡》一诗中所暗含的生命的极致恰恰是不断返回,永远抵达不到的灵魂的

---

[①]艾迪特·索德格朗,北欧现代主义诗歌大师。她是一位芬兰的瑞典人,她的母语是瑞典语,可她自小就搬到了芬兰。但她并不认为芬兰是自己的故乡,当然,瑞典也不是。她三十岁出头便因肺结核去世了。

原点——那里显然不是一个地理空间的故乡。这种近乎超现实的探寻本身，正如布伯在其1913年出版的哲学论文《达尼尔》的前言中描述的他由于一棵树的对话引发的精神思考："似乎只有当我找到这棵树时，我才找到了我自己。那时对话出现了。"[①]

## 舒展与质朴：节奏和语言

诗歌是诗人的声带，品读诗歌，最重要的是聆听诗人向这个世界发出的声音。杨方诗歌语言的节奏感具有弹性和伸缩能力，统一而鲜明，流动而舒展，自由连绵而长短交错，富有独特的音乐美，给人带来听觉的审美愉悦。比如，《我还没有回到我的故乡》一诗，反复回环着"我还没有……"的主旋律，俨然成为作品暗含的基调。全诗的节奏不以顿挫为隔，如同音声的连绵，起伏连荡，或长短相间，或缓缓绵延，反复（"我还""回到"）、回环（"我还没有……"）、排比（"只有……"）这些修辞技法的重复使用尤其加强了该诗节奏的旋律感。杨方善于在诗作中通过复沓变奏的曲谱式抒情手段控制一个声音的音长，强化诗歌中的节奏感，生发出召唤诗情的驱力和吸力。《我还没有回到我的故乡》一诗以"我还没有……"的回环贯穿三个段落，虽然每个段落的旋律各有变化，但是都统摄于"我还没有……"这一悠长而忧伤的主调。在其统摄下，全诗生命的旋律回旋着，诗人内部意识的瞬间流动着，沉思静默着，探寻行走着……杨方在这首诗以及很多诗篇中对诗歌节奏舒缓自如的把握，让我想到维吾尔族古典音乐"十二木卡姆"。因为在演奏十二木卡姆时，也往往采用一种复沓变奏的曲谱式抒情手段；每段的演奏方式大致相同，即从一个意象出发、展开，又逆向回归这个起点，但每一个回归都同时是一种加强和新的展开。《我还没有回到我的故乡》就是借鉴了这种音乐表达的技法，以我还没有回到我的故乡为全诗的基调，首尾与全诗的诗情呼应，贯穿着浓郁的忧伤和荒凉无奈。日落与迢遥相隔，永

---

[①] 转引自颜炼军编：《化欧化古的当代汉语诗艺》，华文出版社2020年版，第253页。

远在返乡归程上的我,虽然融为故乡一寸土地、一方山梁,却终究回不到故乡。这种苍茫感浸润在诗行间,在主旋律的贯穿中,每一个词都在"故乡场"中得到了可能的功能性敞开,并让诗人和读者的经验、情感得到了充分的调动。

黑格尔在《美学》中反复强调音乐与心灵的对应关系。[1]那么,为什么杨方的创作深受十二木卡姆曲调的影响呢?寻迹这个问题,能够更好地探究杨方的诗艺特点。维吾尔族十二木卡姆的历史源远流长,每一个木卡姆均分为大乃额曼、达斯坦和麦西热甫三大部分,每一部分又由四个主旋律和若干变奏曲组成。其中每一首乐曲既是木卡姆主旋律的有机组成部分,同时又是具有和声特色的独立乐曲。木卡姆曲调是以一定的节奏演唱的,这些节奏同时在变化。随着木卡姆曲调中节奏、节拍的变化,其歌词的格律也跟着变化的情况而变化。杨方曾经在不同场合多次提及十二木卡姆对其诗歌创作的影响。

首先,十二木卡姆最初萌发了其诗歌创作的初念。诗人说:"世界上的艺术都是相通的,比如我的诗歌跟他们的十二木卡姆就绝对是相通的,他们的声音可以通过文字在我的诗歌里发出来。"[2]

萨义德曾明确指出:"作者的确生活在他们自己的社会中,在不同程度上塑造着他们的历史和社会经验,也为他们的历史和经验所塑造。"[3]杨方自小生活在新疆,耳濡目染其文化、艺术,当时在众多伊斯兰文化的影响中,她坦言,十二木卡姆的旋律对其诗歌创作的影响最深:"因为我从小生活在新疆,新疆主要的文化是伊斯兰文化,伊斯兰的音乐是木卡姆。伊朗也有木卡姆,伊拉克也有木卡姆……我们新疆的木卡姆,是一种即兴创作的民间音

---

[1] [德]黑格尔:《美学》第三卷(上),朱光潜译,商务印书馆1979年版,第20页;《美学》第三卷(下),第7页,第91—93页。

[2] 杨方在首都师范大学给本科生的一次讲座,题为《一首诗的诞生》(2013年10月28日)。

[3] 爱德华·W·萨义德:《文化与帝国主义》,李琨译,生活·读书·新知三联书店2003年版,第17页。

乐，想到什么唱什么，敲着手鼓，边唱边跳。你身边走过的任何一个人，他都有可能是歌手，有时候我觉得他们更像一个诗人。木卡姆的韵律高亢，悲凉，可能受新疆大自然那种荒凉环境的影响，它的音域是没有屋顶的，是一直飘飞到天穹里去的。在我的诗歌创作中，我有意地融入了木卡姆的旋律，它的悲凉始终贯穿着我的诗歌。可能您应该看出来我每一首诗歌都比较长，我这种写作方式就有点像木卡姆歌手的那种随兴创作的歌唱。他们看到一件任意的东西，都可以随意地用自己的歌声表达出来，句式比较长，不断地重复，加强，回旋。"[1]

自小受到十二木卡姆演奏耳濡目染的杨方，已经将十二木卡姆的旋律和形式投射到其诗歌节奏的把握与调控中。她的诗歌节奏感很强，长句式连绵回荡，旋律一气呵成，无有间断，很有行吟诗的味道。从诗歌写作的角度讲，杨方具有得天独厚的写作基础，因为"语气和语感对写作来说是很重要的，对一首诗来说就至为重要了。把握住了语气和节奏，一首诗就会写得很顺畅，否则就很难写下去。在语气和节奏中，包含着谈话或倾诉的对象（关系或身份）、你的态度（认真或调侃）以及感情色彩等等，也有助于意义的衍生、细节的运用。有时我在创作一首诗时，主要在寻找这种节奏，一旦找到了，就会写得顺手。"[2]诚如张曙光所说，节奏、语感是诗人创作的发源点，也是我们进入诗人创作的通道。出于对十二木卡姆深深的喜爱，这种音乐形式已经融化在诗人杨方的心灵深处，她的耳畔时时回环着遥远而亲密的旋律，并幻化在诗作中，将我们引入一个无限辽远而陌生的西域空间中，引出读者的阅读期待和追问。

"五四"初期，白话诗人刘半农有一首题为《母亲》的小诗，诗人废名

---

[1] 杨方在与首都师范大学首届国际驻校诗人阿莱什的对话中比较深入地触及此问题。参见杨方、阿莱什：《诗的多种可能——阿莱什与杨方的对话》（2014年4月8日），首都师范大学中国诗歌研究中心编《首都师范大学驻校诗人十年回顾论文集》（2014年7月6日）。

[2] 张曙光：《关于诗的谈话——对姜涛书面提问的回答》，孙文波等编《语言：形式的命名》，人民文学出版社1999年版，第246页。

对这首小诗非常欣赏,认为是刘半农写得最好的作品,因为它"表现着一个深厚的感情,又难得写得一清如许"。所谓"一清如许",在废名看来就是自然亲切,没有雕琢和刻画的痕迹。"这首诗,比月光下一户人家还要令人亲近",但读了之后又令人感到惊讶,"诗怎么写得这么完全,这么容易,真是水到渠成了。这样的诗,旧诗里头不能有,在新诗里他也有他的完全的位置了"。[1]一直以来,我特别喜欢废名对刘半农这首诗的评价中用到的词"一清如许",并极为认同他所谈及的好诗就是"水到渠成"。在杨方诗歌的语言中,我惊喜地重拾了废名阅读《母亲》所感受到的艺术品质。不过,杨方的诗歌在这一清如许、不事雕琢的淡然间,又多了几分大气磅礴,这构成其诗歌语言富有张力的美学风格,也是其诗歌语言独特的个性色彩所在。这与诗人西域生活的滋养不无关系——"我在西域的生活,将给我带来一生的影响,它决定了我的思维,想象空间,甚至语言用词。西域的荒凉决定了我写作的荒凉,西域的开阔决定了我性格的开阔。"[2]在此,摘选杨方几首诗作为例证:

> 偶尔,这么大的山,会飞入一只小小的麻雀
> 它蹲在空空的,高高的佛龛,用它小小的慈悲
> 慈悲着天下,和那些比它更小的苍生
> 
> （《天下龙门》）

> 某天你会来到这里,沿着头脑里的条条大道
> 走到一处荒废的地方,盘腿坐下
> 如你见过的交河故城,死去多年的炊烟

---

[1] 废名:《论新诗及其他》,辽宁教育出版社1998年版,第43页。
[2] 杨方、霍俊明:《"走在分叉的树枝上,走在分支的河流上"——杨方访谈》,吴思敬编《诗人与校园——首都师范大学驻校诗人研究论集》,漓江出版社2014年版,第288页。

正从落日的圆孔钻出
　　……
　　比如，给大地的伤口涂上晚霞的红药水
　　然后在伤口上建立一个故乡
　　　　　（《在伤口上建立一个故乡》）

　　杨方诗歌诗思的开阔直接导致其语言风格的明朗流畅，她的很多诗句朴实大气，苍凉而不失悲悯，有小我的情思，更有大我的俯瞰。在新批评派看来，每首诗的文本是一个完整自足的客体，显然，如果用这种方法分析杨方的语言特质，势必会陷入封闭的局限而丢失本源。杨方是一位语感很好的诗人，她尤其擅长舒缓的长句式以及长短诗句的混合运用，一些常用的词组合成不常用的搭配，或改变了词性。有些表达贴切而又富有新意，新鲜而又不失韵味。如果说这些语言特点是显像的呈现，那么还有一个方面值得我们去品味。在杨方的很多诗作中，语言穿越了汉语稠密的地带和意象的叠加，朴实而不华艳，绵延而不烦冗，在平静的语言表象背后蕴藉着诗性的美感："候鸟回到北方，群羊回到冬窝子，世界回到原处"，"他的眼神像挂在贴木里克山冈上蓝光闪烁的星星"（《我还没有回到我的故乡》）。这些诗句在平静中含蓄着深沉的意境。杨方是有古典情怀的诗人，她的诗作在不经意间营构出古典诗歌的意境，令人回味品读："每个人身体里的泥沙都比黄河沉重/堆积起来就是一座白塔山/可以种植紫荆树，五月开花，十月纷飞……大梦醒来，黄河水惊涛拍岸，落日正把它染成暗红"（《过黄河》）；"我惊讶一条河流在星辰隐没之时如此寂静，淡泊/仿佛消失了一样，仿佛它从来就不在"（《夜半，洪渡河》）；"我抚摸到爱人的脊背，他正不堪一击地老去/长出灯芯草的白发和地衣的褶皱"（《务川，秋颂》）。

　　从这些诗作可见，虽然杨方的诗歌语言不够精致凝练，以至于她自己有意要努力含蓄隽永些，好在她的诗歌语言因为有具体意象的承载，反而不会给人以辞藻堆砌的感觉；虽然有批评家指出过她的语言缺少力度，但是，质朴平实中荡漾的情感为她的诗情增添了真挚与充沛的精神品格。

"卡尔·波普尔用惊叹号标识出的告诫：'我们绝不应当佯装知道任何事情，我们绝不应当使用大词。'说到底大词都是虚构出来的，它只属于我们从没见过，甚至从不存在或者只存在于期望中的事物，它们归根结底都是象征性的。"[1]杨方几乎不用什么大词，少于修饰，她的诗作与"虚妄"远离，她善于从具象的语词和意象入手窥探世界，表达内心情感，真诚的情思流淌在一组组平实质朴的意象中：

  你要躲开人群，往荒郊，野外，地底，黑暗
  那没有流水和花朵的地方走
  曾经庇护你的屋顶，安身的床
  烧出人间烟火的灶台
  还有你喜欢的樱桃树，芦荟，桂花
  你全都带不走，只等那吉时一到
  锣敲三遍，酒斟三回，香上三柱
  纸钱撒得满天飞，脚下苇草和稻草铺路
  就算有再多的不舍，也别回头把人间张望！

（《致姐姐》）

  请不要吹动这些落叶的小乔木，小灌木
  还有缠绕不休的藤藤蔓蔓
  它们掌状的叶片，和我的手掌一样
  还紧抓着自己泛黄的命运，不曾松懈
  ……
  还有金盏花，打碗花，八爪灯笼，九叶一枝花
  让它们在金色夕光里再开一小会吧
  连同狼衣草，藿香草，豆蔻草

---

[1] 转引自敬文东：《中国当代诗歌的精神分析》，中国社会出版社2010年版，第112页。

> 尤其是那丛酷似芦花的白茅草
> 一有风吹，就飘蓬一样飞起来，四处飘零
> 这连天的离愁，要容它们含泪躬谢，一一道别

（《务川，秋风近》）

如果说杨方的诗歌创作还有什么需要提升和锻造之处，我更为期待直击心灵、富有撼动力的诗思能更长久地驻留在其作品中；还有，绵密诗思固然是一种个性与风格，但恰到好处的留白可以使作品更为丰盈和回味无尽。

孙玉石教授在其著作《我思想，故我是蝴蝶》中，提出了诗人们应该秉有的"戒惧"之心："在浮躁代替了沉潜的时代里，诗人追求的是匆忙中的刻意创造，却忘记了怎样丰富自己。玩深沉而实肤浅，多鹜新而少突破，好宣言而乏实践，成为当下诗歌引起人们的不满与疏离的重要原因。"[1]笔者颇为认同孙先生的这段话。诗歌本是酒，不必一定经过长年的酝酿，但是一定需要感情在心中发酵、翻滚、纠结，只有经历一次次痛苦的洗礼，一首诗才会在情感上得到丰富，表达上得到圆满。

杨方在当代诗坛上的独特性源于她的异域经验、敏锐的文学感悟力和娴熟驾驭诗歌语言的能力。但是，如何打开视域，突破与超越既有的成绩，找到接续的方向和路径，深度挖掘创作潜力和才华，这个问题尤为重要。

---

[1] 孙玉石:《我思想,故我是蝴蝶》,北京大学出版社2010年版,第194页。

# 冯娜：
# 穿透生活的地景视角

> 能吃掉的才属于自己
> 能消化的才能被信仰
> ——《食客的信仰》

  每位诗人都有一个心灵的原乡，或一方与其生命相互链接的地景，它所展现的不只是语言情境的开显，也是诗人存在于当下的感悟与诗想。诗人对所寓居或所经历的地方，无疑存在着一种观看、认识和理解的方式，如此一来，不同的地景蕴蓄着诗人存在的经验和生命的体认，构成诗人审视生活的一个视角，或者说是一种意识形态——"地域景观"。冯娜的诗书写了不同文化与区域的地域景观，地域景观架构起诗人隐秘的精神空间，它们不仅是"风景"，还承载、浓缩着诗人的精神世界——记忆、想象、认同，传达了人伦亲情以及主体的生命感、依附感与归属感。在书写这些地域景观之时，诗人撇开都市繁华的外表和嘈杂的市声，沉静下来回味或聆听这些景观与灵魂的通融元素，这就形成积极、多维度的互动。在冯娜的诗歌中，云南、西藏、乌鲁木齐、广州和豫北平原、恰克图、樟木口岸、长城等不同的地域景观中暗含着她的审美理念、亲情和生活观念，尤为可贵的是它们投射出诗人内在心灵与外在世界的存在结构，唤醒了灵魂深处神秘之境的想象，扩展了诗人主观诗写的空间。恰如2014年度"华文青年诗人奖"授奖词所评："诗人冯娜将现代诗歌意识与现实生活经验、想象的时空、梦幻的语境、巧妙的神思相结合。"

## 出生地：精神与文化的原乡

冯娜是有根的诗人，她的根得到多重文化养分的滋生补给，她对故乡景观的书写根植于衍生不尽的养料之中。故乡是诗人笔下永恒的召唤，冯娜大凡写到云南时，都情不自禁地流露出对乡土家园的一份恋地情结（Topophilia）以及富有哲理意味的存在之思，她对故乡地域景观的书写缠绕着深深的眷恋之情和生命的哲理。

人们总向我提起我的出生地
一个高寒的、山茶花和松林一样多的藏区
它教给我的藏语，我已经忘记
它教给我的高音，至今我还没有唱出
那音色，像坚实的松果一直埋在某处
夏天有麂子
冬天有火塘
当地人狩猎、采蜜，种植耐寒的苦荞
火葬，是我最熟悉的丧礼
我们不过问死神家里的事
也不过问星子落进深坳的事

他们教会我一些技艺，
是为了让我终生不去使用它们
我离开他们
是为了不让他们先离开我
他们还说，人应像火焰一样去爱
是为了灰烬不必复燃

（《出生地》）

"云南是一片充满了诗意、灵气、神性、巫气的土地；它辽阔的自然风光和深邃的民俗文化潜移默化地滋养着我，在我生命里静静雕刻。"①诗人对出生地云南丽江的书写没有停滞于记忆或景观的表层，而是展示出对乡土充满归属（appropruatuib）与"着根"（rootness）的浪漫情怀，一种生命投入的存在姿态。诗人欲突破的是思乡的熟套，在高原"壮阔、浩瀚的星空"②下注入古朴的生存哲理和生命大境界——"他们还说，人应像火焰一样去爱/是为了灰烬不必复燃"（《出生地》）。冯娜的出生地是一个藏族聚居、多民族杂居的乡村，那里古朴的生命观刻写在诗人童年的记忆之中，天人相合的生命境界与领受命运的姿态犹如神授，成为冯娜诗写的一个母题，也连通着诗人的生命观与创作观："我也会常常想起帕乌斯托夫斯基在《金蔷薇》里说的那句话：'对生活，对我们周围一切诗意的理解，是童年时代给我们的最伟大的馈赠。如果一个人在悠长而严肃的岁月中，没有失去这个馈赠，那他就是诗人或者作家。'我对云南和它所赠予我的一切怀有深沉的感激。"③诗人从出生地的自然生态、人物风俗中关注和思考人类的共生命运，侧重反思个体存在的奥义与感悟，由此进行文化的编码或主观与客观世界抽离交融的秘术。

> 那不是谁的琴弓
> 是谁的手伸向未被制成琴身的树林
> 一条发着低烧的河流
> 始终在我身上　慢慢拉
> 　　（《问候——听马思聪〈思乡曲〉》）

诚如阿多诺所言："仅仅只有个人的激情和经验的流露，还不能算是诗，

---

①③ 王威廉、冯娜：《诗歌与生命的"驭风术"：冯娜访谈》，《山花》，2014年第9期。
② 冯娜：《抚慰之一种——2012·第二届奔腾诗人奖答谢词》，《奔腾诗歌年鉴（2011—2012）》总第4期，"奔腾的诗歌"论坛自印，第50页。

只有当它们赢得普遍的同情时,才能真正称得上是艺术,这正是根据其美学的特定含义来讲的。抒情诗所表达的,并不一定就是大家所经历过的,它的普遍性并不等于大家的意志,它也不是把其他人未能组合起来的东西加以单纯的组合。"①冯娜出生于"充满诗意、深情和火焰"②的云南,那里是她生活、写作与精神的原乡,从出道至今,如何让笔下的家乡草木、山川河流与人事赢得诗学意味的"普遍的同情",是诗人始终关注的问题。云南是一个江水源集、自然风光秀美的地方,除了崇山峻岭形成的景观之外,还有因丰富的水资源形成的水源景观。冯娜对故乡的诗写不乏对"河流"意象的关注,也不惮于从自然层面书写水的景观,借由对水的情态和寓意的关注,实则梳理了其思想深处复杂而丰富的文化思考。在《云南的声响》《沿着高原的河流》《夜过凉水河》《澜沧江》《金沙江》《洱海》《冬日在拉市海》《卡若拉冰川》《流水向东》等诗篇中,诗人笔下"水"的意象暗含并寄寓了其内心深处所积蕴的文化诉求和诗意情怀——从容自然、动态包容、随遇而安。《云南的声响》是冯娜2011年创作的颇具个人标识度的诗作,在诗歌中她以冷静的笔法书写了云南繁复的语言系统和人情风俗:"在云南 人人都会三种以上的语言/一种能将天上的云呼喊成你想要的模样/一种在迷路时引出松林中的菌子/一种能让大象停在芭蕉叶下 让它顺从于井水"。与其说这是诗人对故乡"朴拙真挚的念想",莫若说是其借由对故乡语言特色的形象,捕捉完成富有地缘特质的超越现实世界的文化表达。诗中,云南所拥有的那三种语言,都是承载思想的语言,是地域精神的符号,它表征着多维度、特殊指向的场所精神,若非当地人,很难领悟它的生命维度:"那些云杉木 龙胆草越走越远/冰川被它们的七嘴八舌惊醒/淌下失传的土话——金沙江/无人听懂 但沿途都有人尾随着它"。在冯娜的文化编码系统中,水成为当地人生命的内核,驯服调化着"金沙江"畔的生灵,亦如诗人内心深处跳跃的幽

---

①[德]阿多尔诺:《谈谈抒情诗与社会的关系》,伍蠡甫、胡经之编《西方文艺理论名著选编(下卷)》,蒋芒译,北京大学出版社1987年版,第706页。

②冯娜:《诗人的本分》,《诗探索》,2014年第4辑。

灵，时时闪现在笔端。

  我们说起遥远的故地　像一只白鹭怀着苇草的体温
  像水　怀着白鹭的体温
  它受伤的骨骼　裸露的背脊　在礁石上停栖的细足
  有时我们仔细分辨水中的颤音
  它是深壑与深壑的回应　沼泽深陷于另一个沼泽
  在我的老家　水中的事物清晰可见
  包括殉情的人总会在第七天浮出——
  我这样说的时候是在爱
  我不这样说的时候，便是在痛
  即使在南方
  也一定不是九月　让海水变得更蓝
  我们彼此缄默时
  你在北方大地看到的水在入海口得到了平息

（《是什么让海水更蓝》）

  "在我的老家　水中的事物清晰可见"，诗人以水拟喻她对故乡澄明的爱，这有别于常人的写法，故乡的水犹如诗人心灵中那片无染的蓝空，水的镜像映射出诗人主体的情怀，水的温度等同于诗人情感的温度，水的清晰即心性的澄明，水幻化为精神的指向，调服离乡游子的"痛"。冯娜善于在自然景观中进行文化编码，注入主观的感喟和哲理性的探寻。她深谙其间的秘术，不断为书写对象进行富有文化意味的编码。其他很多诗篇，诸如短诗《小木匠》，写工匠文化和工匠精神；《云中村落》《漓江村畔》，写村落文化；《婚俗》，写传统婚姻中的礼俗文化；《端午祭屈子》，以屈原的故事来写祭祀文化；《西藏》《菩提树》《贝叶经》《去色拉寺》等，则是写佛教文化。这些文化诗写，在诗集《无数灯火选中的夜》的"短歌"中多有呈现。这些"短歌"作品没有题目，类似中国古典诗歌中的"无题诗"，诗的内容表达较为含蓄，现代质感较强，无不体现着诗人对"人"的思考、对"存在"的思考，以及对"人的信仰"的思考。然而，在这些思考中，传统道德和人伦价值与现代交往和人际互动之间，形成了强烈的文化碰撞。可以说，冯娜想要表现的既非对单一传统文化的弘扬，亦非对现代文化的高度认同，相反的是，她要表现文化之间的碰撞，以及不同时代"代际文化"的处境和命运，这一点非常深远。正如诗人冯娜在某一首"短歌"诗作中所描述的那样：

> 看过那么多高山大海，已经十分疲惫
> 倘若新事物能让人爱得更完整
> 所有客人都应保管好他们的影子
> 街区最高的窗户能看到港湾和水手
> 你爱惜一种热衷沉思和狂想的天分
> 说，不要在俗事中久留
> 我要在少量的盐分中重新发现自己的咸

在疲惫中发掘新的自己，即便是面对新鲜事物，自己身上原有的"咸"质亦是需要保有的。诸如此类文化诉求维度的含蓄性表达，在冯娜的诗篇中还有很多，它们彰显出诗人思想与诗学实践的统一，是文化植根的写作。

> 正午的水泽　是一处黯淡的慈悲
> 一只鸟替我飞到了对岸
> 雾气紧随着甘蔗林里的砍伐声消散
>
> 春风吹过桃树下的墓碑
> 蜜蜂来回搬运着　时令里不可多得的甜蜜
> 再没有另一只鸟飞过头顶
> 掀开一个守夜人的心脏
> 大地嗡嗡作响

不理会石头上刻满的荣华

也不知晓哪一些将传世的悲伤

(《春风到处流传》)

这首诗自然纯净，基点立于现实生活的片景之间，但我们读来却看不到生活的杂质，只听到无法绕行的命运悲歌——在大自然的常态中运行着谁都要经历的生死轮回，这种超越是在与时间、人类命运的际遇中完成的，它远远超出个体命运狭隘的关注和审察，展现为幽深的精神视界。这在《春天的葬礼》《雪的墓园》等很多诗中均有触及，亦如诗人自我剖析："近年来，我将目光投向这些情感记忆在现实中的际遇、在人类命运中的共鸣、在时间中的恒定和变幻，试图获得一种更新的、富有洞察力和穿透力的眼光。变化应该也是有的，因为我对世界的认知也在不断变化，但如何让它们穿越心灵，来到纸上，我还在努力。"[1]

## 生命景观：形塑地方的书写

"近些年，我每年都会从城市返回乡村，从日新月异的现代都市到仿佛数十年未改变的山间去。我们用脚步反复丈量过的土地依然带给我新鲜的热度和痛感。"[2]诗的回荡，不但唤醒了根植于内心的情感记忆，也将创造出存在的未来。诗人通过经验的转换拼图，在提升所经历过的生命景观的蕴含与丰富，形塑地方的书写的同时，将自己的生命感悟与地方景观胶着黏合，并在此基础上记录或想象一些"具有意义的区位"（a meaningful location），使得诗中所展现的"地方"，在记忆与时间回荡中，更显出不同地域经验与情感投射的叠合，扩大了文本与地方景观的空间容量。比如《来自非洲的明信片》一诗：

---

[1] 王威廉、冯娜：《诗歌与生命的"驭风术"：冯娜访谈》，《山花》，2014年第9期。
[2] 冯娜：《诗人的本分》，《诗探索》，2014年第4辑。

没有写到鹿的脖颈

没有写到无数蝙蝠在夜间飞向仙人掌的果实

——它们中的有一些因为怀孕而更加丑陋

但是沙漠中的花是明艳的

没有写到酋长的木杖、女人的发辫

还有画满泳者壁画的岩洞

写着我的名字，在土著语中怎么发音？

写着陌生的部落，干涸的荒原拥有怎样的春天？

这一生能够抵达的风景辽远

只有无法返航的时间盖满一次性的邮戳

非洲人是否也要历经热带的衰老？

他们可曾想象过我们的细长眼睛？

我们啊，终生被想象奴役的人

因一个地名而付出巨大热忱

因一群驼队的阴影而亮出歌声

会把遥远非洲的风视为亲信

因在沙漠上写字，把自己视为诗人

空间认同的转换，形成了情感的观照场域（field of care）。如诗人所言："我对云南、西藏、新疆等遥远的边地有一种天然的亲近、血脉中相通，这不需要有意识地强调；这些地域的风无声无息但一直吹拂和贯穿在我的写作当中，它将成为一种内心世界的风声，而不是单纯的地理概念。"[1]冯娜有几篇以人为抒情依托的诗作，都感人至深，如果我们仔细阅读这些诗篇会发

---

[1]王威廉、冯娜：《诗歌与生命的"驭风术"：冯娜访谈》，《山花》，2014年第9期。

现,它们均有一个与诗人"天然的亲近、血脉中相通"的地域为写作原点,比如《隔着时差的城市——致我的父亲》《听说你住在恰克图》;还有一些诗篇如《棉花》《高原来信》,通过零碎的物件或细节完成跨时空的地域经验的想象;关于广州等现代大都市的诗写,诗人冷静地观察审视,并将目光伸展到更遥远的时空,如《岭南》《速朽时代》《南方以南》等。在冯娜的诗中,所有客观描绘、主观想象的空间,终归是为了对生活空间的介入。她对生活的介入不是现实生活细节的刻写,而是付诸诗人对存在与时空的思考,比较有代表性的是《远路》:

"从此地去往S城有多远?"
在时间的地图上丈量:
"快车大约两个半小时
慢车要四个小时
骑骡子的话,要一个礼拜
若是步行,得到春天"

中途会穿越落雪的平原、憔悴的马匹
要是有人请你喝酒
千万别从寺庙前经过
对了,风有时也会停下来数一数
一日之中吹过了多少里路

行走的视野、"在路上"的姿态、对时间的刻度方式,浓缩于短诗之中,与其说诗人在写远路的未知,莫若说她关注的是在路上的生命意义与行走的诗学含义。置身时空维度下,行路的不可知和岁月的短短长长与每个旅者的生命经验紧密关联,蕴含了无穷的意味。对此,在《过漓江》《夜宿幔亭山房》《冬日在拉市海》《夜滞湘西山间》《无名寺途中》等诗作中,冯娜均有超乎冷静的反思与极端克制的抒情,诗人从一个现实的基点走向敞视的空间，进入不同的生命图景，在移动中实现时间、空间与现实生活的三元体验，这种交融的感觉结构让我想到索雅（E.Soja）所提出的三种看待地方与生活实践的方式。冯娜的《时间旅行者》一诗最具代表性：

一

时间在这颗星球的运算方式有许多种：
日程表、作物生长周期、金婚纪念日
十八个小时的航程，中途转机再花上几小时
睡不着的晚上数三千只羊
丧礼上站半个小时等同于一场遇见情敌的晚宴

人们在描述它的景观时饱尝忧虑
泥土中的黑暗、被隐藏的瞬间
比壮年更具生命力的想象
每一根枝条压低，都可以任人巡游半生

二

这么遥远的旅途，像旧世界的酒
世故、饱满；所有杂音都堕入安详
日复一日，我在创造中浪费着自己的天赋
夏天需要赤道
冰川需要一艘破冰的船推迟它的衰老

渐渐地，我也会爱上简朴的生活
不去记挂那些无辜的过往
黑暗中的心跳，也曾像火车钻过我的隧道
是的，我从前富有
拥有绵延的山脉和熔炼不尽的矿藏

当我甘心成为这星宿的废墟
每次我走进那狭窄的忠诚
呼吸着陨石的生气
我知道，那些奴役我们的事物还活着
我们像时间一样憔悴、忍耐
等不到彼此灭绝

三

我要和那些相信灵魂不灭的族类一起
敲着牛皮鼓，在破败的拱门外唱歌
太阳会染上桔梗花的颜色
孤僻的岛屿，将在波浪中涌向陆地
仰慕骑手的人，已校准弓箭
我爱着的目光，依旧默默无语
我们唱出永生的欢乐，沉睡的少女
招呼疲惫的旅人进来歇息
他的衰老坐在岩石上，看见
死神弯下了身躯

（《时间旅行者》）

  米沃什认为诗人的理想生活就是冥想存在的语言，冯娜在这方面确有应和之处。在《时间的旅行者》这首诗中，诗人在想象中与时空的维度和生命的意向际遇，在主体意识的展示里，对景物符号进行哲思编码和情感的重组与再现：宇宙的洪荒、时间的长度、瞬间的隐匿、旅途的世故，它们在诗人灵魂的推想与排演中被赋予了不同的意味，让生命获得不一样的可能，诗人纵横于时间与空间的广森之境，巡游在智慧的思辨之中，时空与人之历史、当下的存在的关系具有了深沉的量度，同时诗人也为我们展现出生命繁复的景观：从"人们在描述它的景观时饱尝忧虑/泥土中的黑暗、被隐藏的瞬间/比壮年更具生命力的想象/每一根枝条压低，都可以任人巡游半生"到"我要和那些相信灵魂不灭的族类一起/敲着牛皮鼓，在破败的拱门外唱歌"，作为时间的旅者，诗人明睿地洞穿了生活的幻象，其实谁都无法摆脱命运的牵行："他的衰老坐在岩石上，看见/死神弯下了身躯"。

冯娜是一位有扎实的西方诗学积累、阅读视域开阔的诗人，在诗途之上，她孜孜不倦地探索，不断寻找突破之路。以往研究冯娜的诗歌，难以回避一度被研究者诘难的代际命名问题，即"80后"诗人与诗歌。从年龄上看，冯娜是80后诗人群体中的一员；从诗歌创作维度考察，也多少烙印着"早期80后"诗人的创作基因或曰诗歌艺术实践上的某些特征。但是，就冯娜近年出版的两本诗集《寻鹤》（2013年）和《无数灯火选中的夜》（2016年）而言，无论是诗歌的艺术形式、主题意涵、情感诗绪等方面均有鲜明的超越，其中最别然于"80后"代际诗人创作的一个方面，即是她植根文化时空的写作，这方面尤其值得我们后续深入研究。

## 附录：

## 孙晓娅·冯娜邮件访谈（2016年5月）

**孙晓娅**：写作中你如何处理"诗与思"的关系？

**冯娜**：思想、沉思、思辨，包括瞬时的思绪，都可以促发诗意，但它们不能代替诗意，它们只是诗歌的一个元素或者发力点。"思"可以成就一首"诗"，也可能会让一首诗变得乏味；这取决于如何将"思"转化成切实可感的、完整的诗意，同时又避免刻板的阐述和过于抽象的说教。另一方面，没有经过"思"之历练的诗，往往欠缺厚重和深刻。应该说诗歌需要哲学，但诗歌并不是哲学。

如何处理"诗与思"的关系，是考验一个诗人心智平衡能力的艰难功课。这让我想起了T.S.艾略特说过的："诗不是放纵感情，而是逃避感情；不是表现个性，而是逃避个性。自然，只有有个性和感情的人才会知道要逃避这种东西是什么意义。"也只有理解"诗"和"思"并不断探索实践的诗人，才能寻找到两者相谐的可能和意义。

**孙晓娅**："互联网+"时代，镜像纷繁，亦真亦幻，旁枝多节，置身"拟态环境"中，你如何评价所处的时代环境？如何处理个体写作经验与"拟态环境"的互融与超越？

**冯娜**：个人是无法选择自己所处的时代的。置身在所处的时代，我们只能尽其所能去感受、认识、理解并超越这个时代。这不仅需要借助经验和阅历（前人的、自我的），同时要倚靠人的学习能力、见识、智慧、思想等等。

对我们所处的时代，我始终保留一个相对中立的立场。一方面，高度发达的信息科技几乎从根本上改变了人们的生活方式，使现实生活获得极大的便捷和多样性，我们受惠于科技带来的诸多成果和便利，这是不可否认的。另一方面，流行文化、速食主义大行其道，娱乐化、商业化使很多传统领域和文化被遮蔽，进而衰落。在这样一个迅猛发展的时代中，人们常常身处信息纷呈、热点不断、媒体过剩的"拟态环境"中。如何超脱于事物的"相"来认知事物的"质"，不仅需要人不断发展自己的智力，深入事物的内部，更需要人保持一种"慎独"的勇气和自觉。在众声喧哗的外部环境中，不盲从、不轻信的态度显得格外重要。

诗人对时代的勘探，本质上就是一种时代精神的发生和发挥。个体的写作经验通常来源于在身处时代的生活经验，但也理应具备更阔大的尺度感和纵深感，来体察时代赋予人的存在和可能。

**孙晓娅**：谈谈你关注的50后、60后、70后、80后、90后的诗人。

**冯娜**：简单例举一些大陆诗人。50后的诗人，我关注得比较多的是多多、顾城、杨炼、于坚、翟永明。前四者展现了在特定的时期汉语写作的不同高度。翟永明及后来的陆忆敏（60后），这两者所代表的不同向度的女性写作，在今天仍然给人不同的启示。

60后，骆一禾、西川、蓝蓝、姚风、李志勇、雷平阳、李元胜、李南等。骆一禾已故。这一代的诗人依然展现出他们旺盛的创造力和探索精神，值得尊敬。

70后及80后、90后的很多诗人保持了较好的在场性。我默默关注着很多诗人的写作，一直觉得处于生命的壮年和成长期的诗人，都还需要沉淀，也值得更长久的期待。恕不再一一例举。

**孙晓娅**：地缘经验在你的诗写中以散落的方式渗透，无法构成整体性；碎片式凸显，并未流露出思率挂念的浓郁之情。对于故乡、故土，你是否有所刻意地关注或表达？在你的精神世界里，故乡的空间定位与情感地标是什么？

**冯娜**：诗人对故乡的感情和其他人差不多。但是在今天，我们所怀念的故乡也许只是对过往岁月的眷恋和想象。对我的故乡，我可以说是逐年陌生——这不仅是因为我像一个游客一样偶尔停栖，更多的是因为今日的故土已经不再是过去的、人们可以停下来缓慢感受的农耕时代的乡土了。城市化的扩张、日新月异的变迁、无孔不入的商业文明，使中国的乡土容颜已大改,我在诗中也写过"我不能再歌唱我回不到的故乡"。对当下很多传统的乡土书写,我也抱有强烈的怀疑。

与其说我在关注故乡,毋宁说我在关注在剧变的时代何去何从的边地,它究竟会变成一个商业象征,还是会保持住一些传统文明?这是一个漫长的历史进程,也是一个无法简单判断的时代讯息,我暂时无法回答这些问题,只能继续观察、思考和记录。

故乡和民族对于一个诗人的意义犹如骨血,早已深植在生命中,会自然而然流露,不需要刻意强调。一位老师曾说,诗人就像一个世界的游民,也许像波希米亚人。我觉得诗人可以依凭自己的精神原乡确立自己的地标,但他们始终在不断出走,在异地发明了更多的故乡。

**孙晓娅**:你欣赏的外国诗人有哪些?谈一谈不同阶段对你产生过诗学震慑与深远影响的诗学资源。

**冯娜**:诗歌的星空群星璀璨,给我教益的诗人实在太多了,数不过来(排名不分先后):荷马、拜伦、莎士比亚、博尔赫斯、米沃什、叶芝、索德格朗、奥登、弗罗斯特、里尔克、阿米亥、狄金森、阿赫玛托娃、茨维塔耶娃、T.S.艾略特、辛波斯卡、鲁米、策兰、卡瓦菲斯……

我写作诗歌很早,已经想不起具体是否有模仿过谁,但我肯定从这些诗人的作品中受到过非常多的教益和启发。时至今日,我觉得这些诗人给我最大的影响是他们"诗"与"人"非常统一的精神:譬如博尔赫斯曾是阿根廷国家图书馆馆长,他持久而有耐力的劳作,本身就是一部大诗。又譬如辛波斯卡,她始终保持着一种对世界、对万物的谦逊和"有局限"的理解。还有狄金森,主动与外界隔绝的她内心丰饶富足……这些诗人之所以被后世一再阅读,不仅是他们打制出了语言和思想的闪耀王冠,更是他们的诗歌折射出非凡的人格魅力和人类精神。

**孙晓娅**:静物是你诗写中格外的偏爱,在静物中,你如何渗入生命经验或启示?

**冯娜**:观察和凝视,应该是所有艺术创作的第一步。对静物的书写反映的是一个作者的观察角度、视野的远近、目光的温度、心胸的广深。人们会对特定的静物充满特殊的感情。我喜欢观察各种静物，觉得它们包含着和我们一样的生命特征和经验，我们也借由它们来展现内心世界。它们的生命轨迹对我们而言也是很好的参照，我们可以从中获得很多启示和教诲。

**孙晓娅**：时间与空间是人类不舍的哲学命题，在诗歌创作中如何去表达或曰捕捉相关的经验？比如，在你的部分诗作中时间与空间是敞开的，它们延伸外界并与内心牵连。

**冯娜**：有人说女性是属于时间的，男性是属于空间的，也就是说女性对线性的时间流逝更为敏感，而男性更关注宏观的放射性、扩张性，我觉得这个说法有一定的道理。但时间和空间必然是并置、交错、重合、缠绕的。在当前的生活中，我感受到时间的挤压十分明显，对于空间的感触和想象则更多地来源于地缘变动和对自然地理、宇宙空间的兴趣和关注。关于时空的探索，在这个时代自然科学领域已经有非常大的突破，相较于很多前沿学科，人文方面的进展其实是滞后的。我经常向一些高新科技领域的朋友请教，试图从他们的认知领域来获得一些新的思路。

我曾在一首名为《孩子们替我吹蜡烛》的诗中写到研究人类如何返老还童的生物学家以及研发人工智能如何模仿人类的感情的工程师，作为一个诗人，我将他们引为同行。因为我们都在试图探索时空的要义以及人在时空中所能达到的极限和可能性；从这种意义上说，我们都在关注人类的共同命运，以自己的方式解锁着时间和空间这一永恒的命题。

**孙晓娅**：日常生活的细节处理似乎不为你所关注，毕竟鲜有入诗，或略显薄弱，你如何处理琐碎的日常经验？

**冯娜**：我对日常生活的一些世俗经验说实话有些隔膜，这不意味着我"两耳不闻窗外事"或"十指不沾阳春水"，也许是因为我还没有找到适合的路径让它们到达诗歌，或者说没有找到合适的通道让诗歌触碰这些细节。

诗歌的难度就是生活本身的难度，随着生活阅历和心智能力的加深，诗歌的难度等级会越高。对"形而上"的审度和追求有时会损失一些日常细节，如何克服这种障碍和不再"无意识回避"它们，无疑也在考验着我。

**孙晓娅**：在心智场的修炼中最让你渴慕而不及的是什么？

**冯娜**：达观。自在。从实践而言就是：系统、深刻、精微。

**孙晓娅**：每个诗人内心深处都存有一个召唤他（她）的精灵，这是创作挥之不去的魔力或曰幽灵，能谈谈你心中的幽灵吗？

**冯娜**：我一直认为不是诗人选择了诗歌，而是诗歌选择了诗人。而诗歌对于诗人的挑选和试炼都是极为严苛的。对我而言，诗歌本身就是那个"精灵"或"幽灵"，它美如神，写出一首好诗会让一个诗人感到无与伦比的幸福，同时也会让人倍感折磨和艰辛。有时我会觉得既然被诗歌选中了，那就继续写下去吧——而正是在这样的自我怀疑和确认之间，诗歌融会于日常生活，成为生活的一部分。

**孙晓娅**：以植物为镜像，你在诗中感同身受它们独特的生态与生命意涵，进而普涉为人事情理，这是你捕捉与表达诗意的一个向往吧？

**冯娜**：植物也是一种生命形态。如果一个人相信万物有灵，能够平等、敬畏地看待其他生命形式，就很容易普涉人情世理，这是我的故乡和民族教给我的。在云南，我们相信万物都有它自己的神祇和命运，我们也一样。对于它们的命途，我们只是旁观者和记录者，就像白族舞蹈家杨丽萍所说的一样，"我跳的就是命"。她起舞的时候不是在表现雨，她本身就是雨；不是在表现孔雀，她本身就是孔雀。这是一种近乎"通灵"的感受力和同理心，也是人与自然融化于一的境界，我觉得这是艺术创作中很高的一种向往，诗歌也一样。

**孙晓娅**：就情感表达方式而言，你一直较为克制、冷静、理性，即便书写故乡、童年也秉持此风格。在书写个人经验时，如何平衡情感的消长与克制表达？

**冯娜**：这个跟我本人性格和所受的教育有关，也跟我对诗歌智性的追求有关。我比较警惕感情铺张和情绪泛滥的书写，我认为写作的尊严有一部分来自节制，正如人保持自尊心有一部分来自拒绝。饱满的情感并不会因为克制而衰减，反而会形成独特的艺术张力。技艺的平衡、心智的平衡也许能让一个诗人走得更长远，它不仅能在艺术创作中保证一个诗人不滥用自己的天赋和才能，更有可能在世俗生活中帮助一个诗人有效地保护自己的精神状态。

**孙晓娅**：你对历史经验的处理方式有否反思？

**冯娜**：我目前对历史经验的表达基本还处在"小我"的立场，也许是对前辈们宏大叙事的重新解构，另外是觉得没有什么比"个人史"更为真实、直接，感同身受。但这也带来很多局限和狭隘，所以我也开始用其他的话语方式进入公共空间的书写，例如最近写作的《博物馆之旅》《盲音》等诗作就是新的尝试。我希望能够在未来的书写中更好地处理历史经验。

**孙晓娅**：你如何审视创作中的不足之处？

**冯娜**：不足很多，或者说我从来就没有满足过。比如，关于人性的深度思考我还很欠缺，对当代女性心灵世界的展示也不多，对宏大命题的思考还没有建立起较为完整的系统，比较碎片化……一个诗人的书写首先是自我的完成，我愿意付出努力，完成得更好。

## 张二棍：
## 悲悯的焦虑与底层书写

新世纪以降，"草根诗人"大量涌现，越来越多的作家、诗人关注打工群体及底层人民的生活，日渐形成一种写作生态，与社会发展密切关联。这一创作征候的勃兴起因于相关的社会问题，关联着一大批被当代文坛忽略的弱势群体的生活现状，内中境况无须虚构，无须点染，始终真实地存在于诗歌史之中，不增不减地在岁月中流淌。

在市场经济语境下，随着城市化进程的加快，那些被迫从乡村走向城市的底层人民不断感受着城市给他们带来的生存冲击。白连春、谢湘南、郑小琼、郭金牛、曹利华、许立志、余秀华等底层诗人逐渐登上诗坛，显露出独特的创作才华。此外，部分在20世纪八九十年代有影响的诗人在进入新世纪以后，逐渐关注底层人民的生活，批判与揭露社会的阴暗层面，用人文关怀的光芒去照亮世界的暗处。丁可的《卖肾的人》、翟永明的《老家》、沈浩波的《文楼村纪事》等作品，捕捉到那些由于贫困无出路被迫卖肾卖血的撼人情景；王小妮的《背煤的人》和蓝蓝的《矿工》，则"在词语的废墟和熄灭矿灯的纸页间"（《矿工》），透过矿工匍匐的身体、浑浊的眼睛，揭示出他们卑微的生存姿态和黑暗中闪烁的灵魂；荣荣的《钟点工张喜瓶的又一个春天》、尹丽川的《退休工人老张》、王单单的《卖毛豆的女人》，写出了底层生活的艰苦境况对劳动者造成的多重蚕食。诗人们关注底层的生活状态，不是仅仅停留在底层生活场景上，而是把生活中的原生态的东西加以提炼，将悲剧场景、窘困的生活予以意象化或象征化的处理，从而使平凡的场景和意象散发出诗的光芒与凄悲的疼痛："一只微弱的萤火虫要出卖它的一半光亮/

一只艰难飞翔的小鸟要出卖它的一面翅膀//墙的表情木然//我走出医院的大门/又是春天了啊/春天里的两个字刺疼我的眼睛/春天里的一只肾 已经或就要离开它的故乡"。(丁可:《卖肾的人》)

底层写作的范围和视域非常宽泛,不同诗人因为生活经验的差异,呈现出不同的写作面向。在这一领域中,近年来极具影响力的关注底层写作的诗人张二棍,是一个善于统摄不同题材的极具代表性的诗人,他将笔触伸向生活在城市中的底层人民的生存现实,以及他们的困惑、挣扎与无奈。而诗人自身的焦虑体验又将底层书写的精神场域和文学空间最大化,生动地撕扯出生活本真的面貌,在看似平淡无奇的语言中引发读者对所描写者的心理与生存状况进行还原,对社会现实进行反思和探问,在不动声色中包孕着诗人深沉的悲悯情怀和精神观照。

## 底层处境与心理焦虑

在诗人张二棍的笔下,那些平凡人的身影总是晃动在我们眼前,他们或是工厂里的矿工、石匠,又或者是无名的路人……张二棍的目光始终自觉地投向这些生存在社会最底层的普通人,时刻关注着他们的生存困境以及与之相伴的精神焦虑。后者是独属于他的写作视域。比如《流浪汉》一诗,诗人所描写的正是一个蜷缩在城市角落里的流浪者。在我们眼中,流浪汉的形象固然是与这个城市格格不入的,甚至我们时常对他们产生一种排斥的心理。而当诗人看到这样一个"斜倚在银行的墙角/赤裸着上身,翻捡着/秋衣线缝里的虱子"的流浪汉时,关注的则是他纯粹的眼神与专注的神情,并透过流浪汉的一举一动相信"工作着是幸福的"。在诗人眼中,流浪汉清理褴褛时认真严肃的样子,俨然是"治理着这座城市",仿佛在一瞬间他变得那样的高大。而流浪汉的现实处境却又将诗人的目光引向另一个极端:"而他挤在高楼的缝隙间/那么灰暗,渺小/又很像这座城市的/一只虱子"。从流浪汉延及一个城市,这微弱孤独的具象与浩大的城市形成极为不对称的反差,让我们深深反思。《矿工的葬礼》叙写的是一个被砸断双腿,终日在轮椅上艰难度日的矿工与他的母亲相依为命的故事。整首诗没有过多铺述关于葬礼的细节，却将这一对母子生存的艰难处境淋漓尽致地展现了出来：在矿工经历了妻离子散之后，只有老母亲一直无微不至地照顾着他，即使他们的家庭生活拮据，他又患了新病，母亲也从未放弃过他。诗歌仅在最后几行描写了葬礼上的场景："现在，他死了/在葬礼上/她孤独地哭着/像极了一个，嗷嗷待哺的女儿"。寥寥数语，如木雕深深刻绘出这位母亲孤寂与痛苦的形象。辛苦操劳的母亲，只有在此时才无法抑制地将内心的脆弱倾泻无余，仿佛生命中最后一根稻草也随着苦命孩子的离逝飘散了。从一个坚强的母亲到"嗷嗷待哺"的女儿的形象转换，这样的比喻反差很大，又极富对冲效果，将她所代表的一类弱势群体的心酸与无奈跃然突显出来。这首诗与王单单的《寻魂》在关注对象和写法上都有同类项，但是张二棍的收笔却明显更胜一筹。

张二棍诗写的精彩之处是他总能在诗歌收尾之句给予我们意想不到的结局[①]，那种前后对比产生的巨大反差不仅体现着生活在底层的个体对于生存苦难的呐喊，也真切地揭示出他们内心瞬息的颤动和灵魂无望的挣扎。张二棍以敏锐的洞察力书写着这个时代中那些"小人物"的生存处境，他们跻身于大城市，努力地为自己挣取一锥立足之地，然而他们却始终如城市中的"一只虱子"，渺小而微不足道，整日被围困在灰暗的角落里不知所措，他们为生存忙碌，也为生存焦虑。

张二棍的诗是现实生活的真实写照，《一个人没有首都》《娘说的，命》《束手无策》《穿墙术》等诗作写出了作为生存个体在命运面前的孤独与茫然的心境；《兼职记》《夜车上》记述着在城市中奔波忙碌却又一无所得的打工者生活的艰辛。这些诗表现着底层人在现代化进程中所产生的生存焦虑，其中有对命运的抗争，也有社会转型过程给他们带来的精神阵痛。蔡翔曾在1996年的《底层》一文中写道："底层仍然在贫穷中挣扎，平等和公正仍然

---

[①] 张二棍在2018年春季与首师大研究生对话时说，他的很多诗都是先想好最后一句话，再开始营构全诗的。

是一个无法兑现的承诺。"[①]今天，贫穷、疾病、失业等生存问题依旧在困扰着这些底层人。当我们翻开张二棍的诗，十年前被纳入写作热点的底层人的生活困境依然清晰可见，所不同的是，张二棍尤为关注、探视这些人的心理状况。《卖了，卖了》一诗写的是为了给女儿治病，夫妻二人不得不变卖家产，他们卖掉了房屋、结婚时的首饰，家里的牛羊，甚至丈夫一遍又一遍地去卖血。然而即便如此，他们依旧无法支付高昂的医药费，也依旧无法缓解女儿疾病的疼痛。"她的小女儿啊/还是疼，还哭/她也跟着，一边哭/一边说，再哭/就把你/卖了"。疾病与贫困给他们带来的不仅是身体上的疼痛，更多的则是心灵上无法言说的创伤。这里我们看不到撕心裂肺的哭喊，却在母亲说出"再哭/就把你/卖了"时，感受到他们心中那种深深的绝望以及刺入骨髓的疼痛。又如《穿墙术》中在县医院里以头撞墙的小男孩，"似乎墙疼了/他就不疼了/似乎疼痛，可以穿墙而过"，坚硬的墙壁和男孩身上无限蔓延的疼痛在诗中形成一种相互对立的关系，墙壁无法吸纳他的疼痛，他的痛苦也不能穿墙而过，但是诗人却给予了这面墙以人性的温情，并将自己对于底层人民的悲悯全部灌注到男孩身上。在张二棍每一首诗的结尾，我们都可以听见那一声声坚定而无言的反抗，这些反抗有的来自那些底层人对于命运遭际的呐喊（《娘说的，命》《穿墙术》），有的则是作为亲历者的诗人对于自身的追问和对人性的思考。

诚然，诗人张二棍是这些苦难的见证者，他的目光关注着这些在生存边缘苦苦挣扎的人，作品中那些原生态的描写将底层人的生活图景一幕幕在我们面前展开，原生态的诗写刺痛着我们麻痹的神经：在我们享受着城市的优质生活时，他们的精神家园又在哪里？从张二棍的诗歌里，可以看到，诗人对底层人的生命本体和生存方式都表现出强烈的人文关怀。他站在底层人的立场上，去关注他们的生存状况，以及他们在现代社会中的普遍心理——焦虑。弗洛伊德在《精神分析引论》中认为："人的潜意识、本我本能追求满足的强大心理能量，既同超我的控制相冲突，又与外界现实相矛盾，产生内

---

① 蔡翔:《底层》,《钟山》,1996年第5期。

在的张力。在这种情况下，只有得到部分释放或完全释放，张力才能减少，矛盾才能解决，身心才能恢复平衡。"但是，往往不能如此，"因而压抑与抵抗之间的矛盾就会形成焦虑"。①这种焦虑表现在底层人身上，就变成了自身生存需求与城市供给之间的冲突，他们所面对的是一个迥异于乡村世界的现代城市，他们因无法真正适应城市环境而表现出了忧虑、不安等情绪，因此他们的焦虑也是多方面的，既有生存方面，也有精神层面。张二棍将底层人的焦虑心理作为书写底层的一个视角，体现了他在整体时代情绪下的审美自觉。

## 城市境遇中的乡村忧郁

底层诗写对于张二棍既是旁观讲述者又是亲历见证者，他的诗歌写作从自身的体验出发，真实地再现当代社会城与人之间的紧张关系。城市在现代化进程的推动下快速发展，也不断地诱惑着无数原本生活在乡村中的人纷纷走向城市，渴望在城市中立足。但城市并没有为进城的乡下人提供足够的生存和发展空间，他们更多是在拥挤的城市中挣扎前行。于是，相对于城市而言，乡村依旧是他们赖以生存的精神支柱。张二棍在诗歌中大量描写了这些在乡村长大的人如何在城市中艰难生存。如《兼职记》中那个不断兼职又不断失业的打工者，他渴望在城市中找到一种归属感，但又无法摆脱这种漂泊的命运。从他身上我们隐隐可以看到巨大的城乡差异使他们无法真正地融入城市，与城市间始终是一种像"兼职"一样"在而不属于的关系"。《小城》一诗将这种"兼职"身份细化，那些在街头流浪的人，他们背后都有着不为人知的故事：那个穿着旧军装的糟老头，没有人知道他在等一枚子弹，还是寻找一个战友；小面馆里涂着廉价脂粉的老板娘，也没有人懂她的喜怒哀乐；甚至是啜泣的失足女、胡言的疯子、喊疼的小偷，在他们暗淡的外表下又隐藏着多少心酸与苦楚。而这些在每一个城市都随时可见，就像有一只

---

① 马欣川:《戈尔德斯坦焦虑理论述评》,《心理科学》,2002年第4期。

命运之手在暗中操控着一切。而习惯了城市生活的我们，却对他们的命运视而不见，更不会像诗人一样将目光转向那些"下跪的膝盖，颤抖的肩膀，摇晃的背影"。在《夜车上》一诗中，诗人坐在一群疲惫的民工中间，他们白天在工地上挥洒着血和泪，夜晚也在做着属于他们的美梦。对于他们而言，城市也许能够给予他们一些维持生计的场所，但"被城市鞭挞"的乡村却始终是他们心灵赖以栖居的港湾。从这里，我们看到了那些进城民工身上难以割舍的"乡土情结"，似乎这也是诗人最为谙熟的精神领地。

张二棍在表现底层人在城市中艰难生存的同时，也用大量笔墨表现乡村的质朴以及对家乡的留恋。《在乡下，神是朴素的》这首诗中，诗人用最质朴的笔调描写了乡下人对于"神"的虔诚。而"神"不再是以一种高高在上的姿态俯瞰众生，而是变成了"比我更小/更木讷的孩子"，他们"坐在穷人的/堂屋里，接受了粗茶淡饭"。这里诗人将"神"的形象平民化。当我小脚的祖母"不管他们是否乐意/就端来一盆清水，擦洗每一张瓷质的脸/然后，又为我揩净乌黑的唇角"，显然，张二棍笔下的"神"更平民化，更接近普通人。诗人在这里表现了乡间生活的质朴，它们与城市拥挤繁忙的生活形成对比。他显然不会止于此，在描写乡村和谐景致的同时，也注目于乡村中的苦难和随时都在上演的人生悲剧。在《乡村断章》中他写到站在戏台上吊嗓子的"刘疯子"，她同那些麻雀一样唧唧喳喳地呼喊，而疾病与死亡却依然降临到她的头上。这些叫喊声不管是来自"刘疯子"还是麻雀，都象征着对既定命运的反抗，无外乎在以这样一种方式来宣告存在的意义。此外诗人还写到春天在田地里为耕种而累弯腰的老农民、乡村中的换亲习俗和因贫穷而无亲可换的老光棍，以及在贫穷、疾病、死亡边缘苦苦挣扎的"瘸子"、"瘫子"、痛失亲人的"白发人"。从这些人身上我们看到了苦难乡村的真实面貌，诗人怀着对于乡村的最痛切的感悟还原了乡村最真实的生活本相。于是，诗人在结尾写道："你看看，这人间太过狰狞/如一面哈哈镜"。

或许正是由于乡村的贫穷，才使得大量农民走向充满幻想的城市，而"故乡"对于在城市中漂泊的打工者来说却变得既熟悉又陌生，他们在城市中遥望着自己的故乡，当真正回忆起自己的故乡时却变得更加茫然无措。正如《故乡》一诗诗人所写："我说，我们一直温习的这个词，/是反季节的荆棘。你信了，你说，/离得最远，就带来最尖锐的疼/我说，试着把这个词一笔一画拆开/再重组一下，就是山西，就是代县，/就是西段景村，就是滹沱河/你点了点头，又拼命摇起来，摇得泪流满面/你真的沾了一点点啤酒，在这个小饭馆/一遍遍，拆着，组着/一整个下午，我们把一张酒桌/涂抹得像一个进不去的迷宫。"故乡对于长久漂泊于城市中的人而言既熟悉，又有一种"陌生感"。城市在不知不觉中影响了这些异乡人的生活方式和情感态度，也使他们的价值取向变得复杂而多元，但即便如此，乡村都是维系他们生存的唯一源泉。江腊生指出："人们不再有共同的善恶、是非的评判标准，传统的伦理共识和道德规范纷纷失效，却无法真正与乡村社会割断。土地、邻居、亲人，包括乡村的人情冷暖、山水生态等，无论他们走得多远，都像风筝一样维系着广大进城农民工。"[1]张二棍的诗歌里也充满了诗人对于故乡人情风物的关注。他时刻心系着山西，他用自己的笔写下对于故乡的无言之爱，那里也许会有许多陋习，许多愚昧，但也有许多温暖人心的东西。正如诗人所言："故乡横亘在我们的生命中，是一个悖论般的存在。"[2]

## 对现实的直面和对人性的反思

作为真实生活在底层的诗人，张二棍在描写底层人生活状况的同时，也时常在黑夜中自省，在黑夜中品味人情的冷暖。他的众多诗篇，如《天黑了，而我的出租屋里没有了灯光》《黑夜了，我们还坐在铁路桥下》《黑暗中，我摸到了空》《一生中的一个夜晚》，诗人于黑暗中陷入沉思，只有在黑夜里才能更清晰地感受内心的声音，而在白天，诗人看到的则是种种残酷的、无奈的现实。当诗人也同那些底层人一样，在一间黑暗、狭小的出租屋

---

[1] 江腊生：《新世纪农民工书写研究》，人民出版社2016年版，第83页。
[2]《张二棍：以诗歌的方式拆迁底层的苦难与疼痛》，中国诗歌网，2016年11月9日，https://www.2gshige.com/c/2016-11-09/2036063.shtml.

中度过漫长的夜晚，那一切苦难与悲剧便被希望与憧憬代替。黑夜里，"悲剧，尚未进行到底"。诗人面对现实也时常陷入沉思，《静夜思》中，诗人由天上的星星想到娘，想到自己在乡下的穷亲戚，天上那些微小的光就如同人间那些脆弱的生命。在目睹众多世间的悲欢冷暖之后，诗人便对光明怀有一种憧憬与敬畏之情，即使它再渺小，却象征着生命的真实。因而现在的"我"愧疚于一切微细的光。如此，诗人常常怀着一颗忏悔之心在自然万物之间不断自省。《局外人》中，诗人列举了"蝴蝶""野猪""狐狸""山鹰""松鼠"等自然意象，而"我"在这些自然意象之中，就像是一个破坏了这一切和谐的"局外人"，于是"我"一次次奉劝大惊失色的自己："该下山了/该转世了/该向身后的人间/鞠躬了/该对此间的恩赐/谢罪了"。又如《恩光》里，诗人怀着一颗感恩的心赞美着"曾长久抚养过我们"现在又"替我们，安抚着母亲"的光。诗人从一束光中思考人情，当我们"白日里，与人钩心斗角/到夜晚，独自醉生梦死"的时候，只有光陪伴在母亲身边，成为比我们还孝顺的孩子。这里诗人思考的是：在物质利益的驱使下人们日益变得麻木和冷淡，从而忽略了亲人的存在。

在书写城市与乡村二元对立的世界时，诗人描写一切城乡苦难的背后都深藏着对于人性、人情的最温和的思考。诗人书写苦难，不仅仅在于揭露城市物质利益的诱惑对精神的异化，更重要的是深入底层人的内心世界，以唤起人们对于自身的反思。张二棍没有停留在对苦难表象书写的维度，而是将个体命运与人性的复杂相结合，反思苦难中人性的微光，期望唤醒和保留人们内心的良知和温情。如《不一定》由一只受伤的小鸟，被伤害过的猫、狗写起，写它们为了生存"拖着残躯四处/爬着，蠕动着，忍受着"。从这些受伤的动物身上我们方能看到那些在街头流浪的人。相对于我们而言，他们是残缺的，他们无法像普通人一样有尊严地生活，但诗人说：为了活着，一只鸟不一定要飞，不一定要像正常人一样行走，甚至不一定要有呼吸、心跳——它需要的是一颗有温度的心。于是在诗的结尾处，诗人把目光移向街头的流浪汉："那年冬天，那个流浪汉敞开/黑乎乎的胸膛，让我摸摸他的心/还跳不跳。他说，也不一定/非要摸我的/你也可以，摸摸自己的"。是啊，我们的内心是否早已变得冰冷，对于世间的苦难习惯地投以嘲弄、冷漠的态度？相比在街头为生存而不断挣扎前行的流浪汉，我们又有何资格空谈高尚？在《我的侏儒兄弟》中，张二棍以平等的目光看待侏儒，并把他亲切地唤作兄弟。在此可以看到作者对于他的理解与同情。诗人没有渲染侏儒兄弟在社会中所遭遇的具体苦难，而是集中笔墨以亲人的口吻表达自己对于他的关怀。这体现了诗人内心的悲悯情怀，站在平等的高度看待这些社会中的"小人物"，并给予他们真诚的尊重。正如诗人所说："我生活在他们之中，我看见他们繁复的日常，感受他们的爱恨情仇、生老病死。他们之中藏有大善与小恶，藏有欢愉与忧伤。他们走在街头，慢慢老去，我怎能看不见，又怎能不记录啊。我们这个时代，许多人是闭口不谈价值观，人生观和信仰的，这多么可怕。我们活在我们的复数里，活在对自己的恐慌、怀疑、攻讦和不义里。我们最大的敌人其实是自己，而我们不自觉，我们把全世界当成敌人，我们的不安是四面楚歌的不安，草木皆兵的不安。"[1]

张二棍的诗歌不乏对底层人苦难或不幸生活的描写，但是他并不是简单地罗列现象或事实，他善于在不动声色间刻绘苦难背后浸润的人性冷暖，叹息黑暗中他们无助的茫然与挣扎。无论以怎样的视角、心态书写他所熟悉和始终忧虑的底层人的生活境况，无论捕捉到了什么，他始终以感同身受的爱，以无私的宽容，以渴望帮扶的亲人姿态，介入底层人的现实和心性之中。看得多了，经历得多了，哭得多了，爱得多了，所有的悲悯就滋生出无法纾解的焦虑，这黑夜的焦虑、阳光下的焦虑，如一条暗流，潜隐在他的笔端心口。

---

[1]《张二棍：以诗歌的方式拆迁底层的苦难与疼痛》，中国诗歌网，2016年11月9日，https://www.2gshige.com/c/2016-11-09/2036063.shtml.

## 远帆：
## "让隐藏在灵魂中的东西表象出来"

近年来，文学史作为一个认知装置而非对文学本体的还原这一发现已大抵成为共识。当文学史试图描述一个作者及其作品时，总是将它预想为一个容器，这一容器的外形往往依从于诸如流派、写作理念等看似容易把握的特征；而当容器一旦形成，后世对此作者的解读也往往受到容器的束缚，不被这一容器所涵盖的文本则或散佚或被无视或被强制阐释，文学史中的作家最终成为我们想让他成为的样子。也正由于这个原因，每当我阅读到一个写作整体生涯呈现出张力、冲突甚至是根本观念存在割裂的作者时，总会发出一个疑问：文学史在生成过程中是否会将这一作者"裂解"与"压平"，仅仅以其漫长写作中的某一"切片"代言他的整体写作，最终使作者成为"标准制程化"文学史的驯服对象？远帆即是这样一个值得我们提出疑问的诗人。

### 感性的构建：不复制别人，也不重复自己

远帆20世纪80年代的写作理念多有对时代流行写作范式的变形，文本内的丝缕编织也以华丽的"失神"敞开了被长期无视的写作空间，而对句法大起大落的作业、对想象的转移与跃迁则已然接近浪漫主义。需要指出的是，"浪漫主义"在当下话语体系中因被不加节制地使用，已然污名化，被污名化的浪漫主义更多意味着文本语言的散逸和现实的绝缘，继而成为写作群体的避讳。在此，不妨借由远帆的作品来唤醒这个词的原义，即对感性、直觉以及切实的生命经验的强调。由感性构建的思维模式并非是思维的低阶

形式，而正是面向事物本身隐蔽的知识，甚至与所谓"积极浪漫主义"和"消极浪漫主义"此等流俗的划分也不相干，从而能够使人从单向度的现代社会思潮中挣脱："假若我失去鹰群，失去猎物惊惧的眼睛/在温柔的囚笼中我只有无声地死去"（《我是……》）。在"旋舞的情思"中，诗人顺着自己的内心惊异地发现："我"不断变幻成"一只四月的风筝""一只年轻 野性的鹰""雨后天上的虹霓"或是"感伤的快乐王子"。在自由的冥想漫游中，诗人逐步恢复了对世界的敏锐直觉，也从一颗莹洁的露珠中"概括世界"，探求到了生活的本相。同时，远帆作品中充斥的"泛灵论"色彩则将人从"神义论"的形而上残余中打捞出来，在重新打量这个世界的同时也接受被他人与世界的打量，以自我作为事物沟通的媒介，从而抵消了主体性过度延伸而对他人造成伤害的隐忧："世界不但是理解的，而且是充满活力的，甚至正是它的活力才使它变得可以理解。"[1]远帆1982年创作的《我是一条古老的河流》是其个人在不同朗诵会场上最热衷朗诵的诗作，诗中表达出对充满活力和韧性精神的不倦行者的肯定与深沉的理解：

> 我不重复别人也不重复自己
> 每片波涛每朵浪花每条行进的路线
> 失败帮助我识别着道路
> 像密林中艰难的行蟒
> 我自有铁的约束
> ——向前
> 
> （《我是一条古老的河流》）

"不重复别人也不重复自己"中存在着隐隐的对抗结构，或如瓦雷里的名句："大海永远在更新自己。""别人"与"自己"尽管不可否认地堆叠为

---

[1] [美]M.费舍尔：《作为哲学家的浪漫主义者》，晓蓉译，《国外社会科学》，1989年第4期。

当下的"我",但在此处倒更多接近于主体的铰链,其后浮现的线性时间意识以及外界以主体为中心收拢的视野,极容易导向对主体体验的癫狂崇拜,以个人的"感性世界"代替神的自然世界,到最后反倒是对外在世界与他人的全面失却。但远帆用"泛灵论"的策略化解了这一现代性的滥觞。尽管主体的思想纤维被现代性的线性时间压迫得如此敏感,但诗歌"行进"借助的道具不独是以内心作为过滤器而审视万物,更多是与主体联合后的自然风物。文学史所谓"浪漫主义"的主体更近似于"神",试图接管自然主义衰落后神的辖域,物被透支地使用而成为一种抽空的符号;远帆所使用的与"泛灵论"结合的浪漫主义,事物并不作为主体探寻自我、更新自我的流水线传动轴,而是具备鲜明独立的思想,主体的意识被分摊在每一个器物上,主体在探寻生命体验的道路上互为协助,拥抱宇宙万象:

　　我是旭日前金子般烁动的欢呼呵
　　我是月夜里恬静温馨的感念
　　我拥有满河的星斗
　　在每一个晴明的夜间
　　我容得下整个的宇宙!

此处"我"和宇宙,两者间更多的是一种交换关系,彼此的意识在他者中生存,交换与联合后,"我"的视野扩展至宇宙间的星辰,而不局限于窄小的人事,"星斗"也得以观察到人类"恬静温馨的感念",主体与外物由此在紧贴、彼此注视和低声细语的交谈中各自成倍地增长。远帆在更早时期所写的《黑色的眼睛》亦是如此:

　　直视着我
　　一片温柔的夜空
　　和闪烁不定的
　　谜一样的星星

我趟过山溪

　　穿过棘丛

　　笼罩我的还是那块黑宝石色的苍穹

　　追逐着我

　　那黑色的流萤

　　月夜里　你给我一片红叶

　　留言　诗一样的朦胧

　　是爱情

　　还是那撩人的熏风

　　呵　这神秘的枫树林

　　如诗一样朦胧的夜空，它的神秘、温柔与浩瀚，却唤起了诗人对生活的真实感觉。在匆匆的行走中，在黑宝石色的苍穹笼罩下，诗人突然悟到爱情不是虚幻缥缈的，就是这"闪烁不定的谜一样的星星"，是"黑色的流萤"与"撩人的熏风"，抑或是枫林中"一片红叶""黑色的流萤"。诗人像森林里的精灵一样，在与万物交流中，主、客融为一体，均蕴蓄着神秘的爱意。"我容得下整个的宇宙"和"笼罩我的还是那块黑宝石色的苍穹"两者并不矛盾，也并不显得自我主体的突兀与自傲，因为远帆的写作使得他融入了万物，因而《我是……》这首诗中也会有这样的诗句：

　　风衔来一粒带生命的种子

　　我开始生长　把根须扎向岩石深处

　　翻掠的鹞子泄露了蓝天的故事

　　于是我想飞去　披满太阳那金色的箭镞

　　作为叙述主体的"我"，在此刻试图追溯一个生命的起源。种子如此微小，以至于人类常常忽视其内在蕴含的生命，而"我"则从种子出发，以微物的视角去重新探索向上的路径以及对他物的注目,"太阳那金色的箭镞"也由此化去其锐利的外壳而成为我的防御。事实上,"箭镞"对人的敌对恰恰源自人类一开始对铁的敌对,即把铁锻打为致命的箭镞,而当主体对他者的敌意化解,对称的危机也随之消隐,正像《我是一棵年轻的白杨》中所呈现的:

> 我以绿色的爱奉还世界
> 因为夜有啼鹎,昼落阳光
> 并不计较氤氲的毒雾
> 默默吐出清纯的新氧

植物是一种安静的生命,也会给所有接近它的运动以答复,如暴雨降临、威风经过,"绿色的爱"则是对"夜有啼叫,昼落阳光"的回应,它们使得白杨所在的世界成为一个富有活力的主体。在此意义上,"氤氲的毒雾"甚至也作为整体的一部分,它的存在才使得"清纯的新氧"变得有可能,现代主义以来被孤立的、始终处在一个个不相容的语境中的事物由此重新加入一个庞大的世界。正是在这种写作模式中,万物每一次不定的、难以捉摸的闪烁都为主体增加了色域,主体在重新发现物的思想的同时也使得主体性得到确切的夯实。现代性以来物我的关系被远帆在写作中重新组织并清洗,自然主义时代人类曾拥有但却被遗忘的空间则重新充盈起整首诗,正如《我是一条古老的河流》的结尾所试图呈现的:

> 我的形状像一条远去的道路
> 坚定地流动着
> 履行我—自—己—
> 穿过无尽无休的
> 白昼和夜晚……

雅克·朗西埃提出言说架构了一种可能性,"它让隐藏在灵魂中的东西表象出来,陈述和描绘眼睛看不到的东西",只是这样做"限制了可见物本身,即可见物是在它的律令下显象"①。妄谈远帆的诗已经破除了这一对称结构并不具备可信度,但将自己代入物的视域显然有助于"穿过无休无止的/白昼和夜晚";现代性所营造的拟像,面对主体与可见物的联合时也多少措手不及。这一传统浪漫主义内部脉络的清洗与细致的变奏,正是远帆早期诗歌创作提供给我们的写作范例。

## 文本的成功源于自我突围

在奥登著名的大诗人的五个标准内,"在诗歌题材和处理手法上,须有广泛的涉猎"位列其中②。尽管我们不一定需要循着奥登的标准将本应多歧的主体写作僵化为一种景观,但身处种种娱乐幻景如激流般出现与消逝的当下社会,主体如何捕获从自我抽身的勇气,如何在一小片独占领地中抵御世界的催眠,仍是维护写作有效性的关键,文本内部想象力的拓展和语言的更新则成为长效的评判标准。在此基础上,文本完成之后,无论缘于主体为自身美学范式的震慑,抑或社会接受视野的期待成为铰链,文本的成功反之也是文本濒临失败的险境。

因此远帆的成功"突围"在整体"内陷"的社会语境内就显得极度可贵。纵观远帆的写作,始终有着不断演变、更新,或者说在自我内部"突围"的写作意识:其20世纪80年代展示了主体性的延展与客体个性化的可能性,新世纪以来的少量作品中也仍留存过去写作的残片;但在近几年,其写作陡然转向对现实情境的高度关注,或是以高度的白描刻画为主体,或是辞藻与现实相互映照而形成文本丰富的层次。如远帆2016年所作《无悔》一

---

①[法]雅克·朗西埃:《审美无意识》,蓝江译,南京大学出版社2020年版,第11—12页。
②[美]奥登:《19世纪英国次要诗人选集》序言,蔡海燕译,引自 https://www.zgshige.com/c/2017-12-11/4919850.shtml.

诗,与其说这首诗是诗人对既往沧桑岁月的无悔宣誓,毋宁说是其多年在词语与现实中穿梭漫游的主体性反思。"水妖柔风般的歌声/燃起我的欲望和爱意 我的吻/想象她为天使/重帆滑落的桅上 自我绑缚/我的船 带我远离深渊/我是 无法走近的霓虹/是 无悔的彼岸……"纵使在行色匆匆的麻木生活中摸爬滚打了多年,诗人对自然柔美的万物仍葆有敏锐的感知力,自然物象之美与变形的词语像船一样,"带我远离深渊",抵达灵魂的诗意栖息之地。在灵魂的高地上,大写的诗人如王一样临风而立,对尘世不屈不挠,对尊贵的生命坚守不移:"我是黄昏将逝/涸在透彻里的晨露/我是崖边 打造新喙/不甘老去的鹰/是 宁可脆断/不懂弯折的树/是王殿上/剑一样高悬的匾"(《无悔》)。

从圣者的高地走下,诗人步入尘俗的人流,热诚而冷凝地审视杂乱跌宕、污浊变形的现实。在远帆2015年创作的《给巴黎一个丈夫》一诗中,他的凝视由内视转向外部,通过冷静的陈述与分析,使得被日常生活所抽象化处理的个体从群像中被打捞,呈现出一个宏阔语境下的个体悲剧,极度冷静的刻画下实质是厚重如冰的悲哀,借用布莱希特的说法:"挽歌以其声音,或更为平静的词语成为一种解放,因为它意味着,受难者已经开始生产某种东西……他已经从彻底的毁灭中产生某种东西。观察已经介入。"[①]

  在爱妻遗体前
  一个高尚的法国人
  告诉恐怖屠杀者
  "你得不到我的仇恨"

  可惜他错了!
  这些狂徒不是仇恨制造者

---

① 转引自[英]特里·伊格尔顿:《如何读诗》,陈太胜译,北京大学出版社2016年版,第117页。

而是仇恨的结果
　　一个原教旨主义对另一个
　　长期征伐的结果
　　一个强势的文明对另一个
　　不对称挤压的结果
　　这些战火催生的异形
　　已经不懂人话
　　除了灭活　别无选择……

　　你的话早说一百年
　　可能会融化另一方教友　或许
　　此刻　巴黎　一个异常美丽的中东少女
　　正冲着你的爱妻、孩子莞尔一笑
　　冬日的世界　阳光温柔和煦……
2015年11月13日　巴黎恐怖袭击之夜

　　发生在巴黎的残忍的恐怖袭击触动了诗人的诗思，诗人在凝视悲愤的眼泪与聆听个体死亡的呐喊之时，将诗思的触角深入并伸展到历史与文明的罪恶之地：历史究竟是以怎样的方式将个体鲜活的生命绞杀在冬日的世界里？温柔和煦的阳光、孩子的莞尔一笑、湮没仇恨的博爱之心，对于"这些战火催生的异形"又有几分微薄的对抗之力？这些沉重的思考都隐微在平常的词语中，铺展为极具张力的情思。同时，远帆的近作也更多地反映了他对历史的个人化思考与想象，在既定的史实中偶然插入他的评论与解读。尽管我们在后来的史学中试图将个人体验汇编入某种更为宏大的历史语境中，但历史现场的发生方式显然倾向于私人化，他者的角度中其历史逻辑的延拓并非如文本中记载得如此精密，它先是作为一种私人的隐秘的历史，而后经过磨损与调整被加入公共记忆中。换而言之，尽管远帆的文本中充满偶然性，处处存在历史史实与个人体验的拉扯、对抗以及随之形成的充满可塑造性的叙事张力，在发生情境上却要更接近真实的历史现场，这种塑形方式可被称为"个人化历史想象力"。在《没述啥子不同》这首诗中，远帆运用两种历史情境进行对比，通过智性的处理指出历史的可能性与相似性。化用亚里士多德的理论来说，就是：历史记述已经发生的事，而诗描述可能发生的事。在稳定乃至使人难以下手的历史面前，远帆找到了被忽视的个人性，并由此探索它枝蔓丛生的可能性，最终与历史建立起或许并不妥帖但有效的联系。试看《俄罗斯印象》一诗的片段：

涅瓦河在上一个城市向东流动
阿芙洛尔号巡洋舰却调转了炮口
赫鲁晓夫墓地的碑石
黑色白色停止了纷争
他修正了斯大林，而我们
重新定义、利用了资本
俄罗斯曾开创过一个纪元
如今人们重新怀念君王
从独眼的库图佐夫到彼得大帝
东正教堂的洋葱式尖顶重新紫金闪耀
而且一座比一座更恢弘……

对事物过于细致的刻画与分析，也多少容易滑向写作的另一极端，即过度相信理性的力量，看似冷峻客观的分析背后实则是主体崇拜；从现实中截取的切片也终究不能取代现实，尽管在写作中它常常试图将自己伪装成一个无可挑剔的整体。远帆在《俄罗斯印象》中则通过主体性的适当调和，即摆脱文本可以完全重现现实的幻象，让主体重新加入历史并佐之以独特的分析与议论。他的技艺试图回到生活，成为主体认知生活与应对实际问题的方法论；仅仅作为语言折射的技艺，也并不能够接近真正的语言，至多是景观的溢出。这正体现在远帆的文本中，复杂的历史性通过技巧组装下的视角被充

分调动,在彰显复杂且精密的结构的同时则指向对历史的重新认知。如同《钟声 走的是直线距离》中的一幕:

> 从火车站到托尔斯泰庄园
> 直线距离2000公尺
> 这里的钟声总可以被听见
> 不管托尔斯泰想或不想听到它
> 尽管他当年的马道弯弯曲曲
> 需要走上四点几公里　因为
> 钟声走的是直线距离

这首诗始终处于一个观察者与体验者之间的微妙距离,读者的视域被控制在一个精确的范围,既是在回到托尔斯泰私密体验的途中,又被远帆的技艺所遮拦而使得这首诗避免成为对历史干瘪的还原。或正如宇文所安所说:"诗歌是一门错综复杂的置换的艺术,诗的每一个层面都会发生置换。在诗歌中,所有东西都受到在这一关系中发生作用的那些强大力量的触动。"[1]钟声的直线距离被置换成私密的历史体验。于是,读者能够通过远帆的这首诗,同时占有历史的丰富性与切实性,而历史的记载往往只能体现出两者的其中之一;也正因为如此,文本得以展现出视觉技艺与听觉技艺都无法呈现而唯有文本技艺得以表现的马车车速与钟声速度的比照,这种比照并非立足于虚构,而是一种切实的感官体验。

尽管从远帆的诗中可以阐释出如此之多细致冷静的个性思维,但正像先前所一直强调的:文本必然由人所赋予,人的取向也会干扰纯技术的文本。换言之,尽管个人情感的溢出会影响文本技术的纯粹性乃至有效性,但唯有这种不纯粹的文本才更接近一个真实可感的主体。在远帆的诗中,我们常可以见到他对现实中种种暧昧性与复杂性交织的具体事件进行阐释,即面对事

---

[1] [美]宇文所安:《迷楼》,程章灿译,生活·读书·新知三联书店2003年版,第151页。

件，或是以反讽的形式从侧面进行指认，或是进行直接性的批驳，也有以共情的态度去重新体悟。如《弗洛伊德死了》这首诗：

> 弗洛伊德的原罪在肤色
> 黑的无法改变
> 而我们的原罪更多
> 血统、国别、信仰、"意识形态"
> 还有我们的醒来、直立和崛起……也无法
> 因为某些人不喜欢而改变

文本立足于一个具体的事件，尽管其中透露出作为人类强烈的共情，但也不只是停留在共情的层面，同样有对民族身份的强调，"血统、国别、信仰"所勾勒的脉络使得写作者能够从语言所折射的幻景中走出，重新面向冷峻又鲜活的社会现实，主体也终于能够从线性时间的追逐中获得片刻喘息，转而面向文化记忆中绵长的事物。再者，在远帆的诗中也常常能读到他个人的偏好，在《普通的和不普通的快乐》中，他说明自己的写作并非把想象当成不言而喻的原则，而是将写作作为日常向想象进军的方式：

> 我翻看过这本《造园师手册》
> 用想象打造我仿佛拥有的花园
> 她是英式的　总有意想不到
> 蔓生的野趣和花朵恣意忘情地开着
> 像那些普通和不普通的快乐！

"用想象打造我仿佛拥有的花园"中逸散着虚构的力量，倘若写作主体的处理稍有偏差，则接下来诗行也将沦入彻底的写虚，然而在上一行中，远帆却为读者指出《造园师手册》的存在。其搭建花园的过程正如他的写作，始终建立在一个充足的物质准备上，并早有建造的方向，同时在个体想象的

过程中也并不排斥公众的、物质的事物,因而想象并没有与现实脱钩,而更多地成为现实的一块飞地。远帆得以在"外界"与"花园"中出入自如,写作者与公众难以同时体验"普通的快乐"和"不普通的快乐"的矛盾在他这里被天然地化解。再如远帆近作《平凡》中,"年少时害怕平凡　害怕/蝼蚁一生/像钟摆/像无声的落叶/像那些脏了的河水","更不用说　发现/房前屋后开出了野花　拥有/辨识美丑的自由和清醒/也不用说　思想/照例可以破土而出　伸向天空/不用说　德行/可以在众生蜉蝣的海上　驶成巨轮……"其实平凡的人生并不足以令人忧惧,真正蕴含在少年眼中的"平凡"是蝼蚁般的一生,是像钟摆一样的摇晃与停滞,是无声摇落生命之重的落叶那样悄无声息。但是,"半生走来"历经岁月沧桑,体味过千疮百苦的诗人,猛然觉悟"平凡"原来是一种了不起的伟大,是真正踏实的伟大,磨砺也是丰富极致的美。诗中反复撞击我们的"在众生蜉蝣的海上　驶成巨轮",这跃动的诗句一语道破了个人与集体、过去与现实未来的巨大矛盾,既富有视觉和感受的冲击力,又延伸着无尽的隐喻。不难看出,在所有感悟背后,诗人对平凡的释然其实也是对自我和微茫个体的拯救。远帆还将他对平凡深入的诠释写入生命的蜕变和大自然的磨砺成长中:

　　每一场真爱都是初夜
　　都有新伤被触碰

　　每一次悟醒都是蜕变
　　都有思想茧破蝶成

　　每一回至暗都是新晨
　　都有早阳霞蔚云蒸

　　每一遭磨难都是涅槃
　　都有凤鸟浴火重生……

云起了　大地萌动　天空澄明
雨未落　只等风……

《等风》这首诗延续了远帆一直以来的抒情风格。从《我是一条古老的河流》《熔岩——一代人的宣言》到《我们将会如此终结》《这一天》，再到《无悔》《平凡》，我们可以看到，远帆善于在排比诗句中完成情感的升华，在生命的规律中萃取撼人心魄的精神品格，借由具象表达博大的个体情怀，诗思有明确的启程，却从不封闭它的磅礴气势和辽阔的走向。在几十年的诗写历程中，远帆的变和不变都极为鲜明，那些激荡心扉、品性硬朗的意象，铿锵回环、澎湃潮涌的诗句是远帆不变的诗风，恰恰是这不变的诗品，让很多读者和听众紧紧跟随着远帆，从地球的一端到另一端，从生命的暗处到光耀的场域，从河流到峰峦，从低声部到恢宏的交响。

对远帆进行评论是一件极其困难的事。仅就新诗史来看，拉拉杂杂一堆流派、人名、写作理念，是不是从一开始就是被作为一件容器去划定个体乃至时代内在丰富的嬗变而忽略其结构性冲突，通过材料删减与拼装的方式将文学史的书写转化为书写者构想的实践呢？那么，远帆的诗则为我们提供了一个重新理解诗歌史的角度，警醒我们要让容器的眼睛转向外部：写作者的身体里实质是一群人，他们以间或和声、间或独白的方式出场，每一个独立面貌与拼装组合都只是写作者整体的一次呈现。评论也不是为评论对象划定某个美学框架，而是为读者理解其复杂性提供微观的切口，甚或以"升腾、创造、破坏"的态度，将读者基于文化传统的前理解中的误区剔除，也未尝不是评论的一种路径。正如这几句诗："我的热情/不是鸽哨不是花坛/它像积雨云中的雷霆/像芬地湾的潮汐/升腾、创造，或者破坏"（《熔岩——一代人的宣言》）。

# 辑三 个体诗学的当代语境及衍生

## 侯马《大地的脚踝》：
## 身份诗学与本质归属

> 近三十年的诗歌创作，使我终于认识到，诗歌从本质上讲，正是人的本质身份的本质证明。诗人身份是具有公共性质的私人身份。①
>
> ——侯马

侯马是一位求变的诗人。20世纪90年代，他被贴上"民间写作"的标签；进入新世纪以来，他孜孜于长诗的耕耘，有《他手记》《进藏手记》《梦手记》《访欧手记》等七部长诗问世；继长诗出版后，他短诗创作的诗情又再度爆发，一反长诗的写作路数，开始凝练诗章、短排诗句，注意语言的别致与纯正，追求内在的深度与容量。对他来说，诗歌形式的长短不再是限制诗歌表达的关键，"短诗一首足以呈现一个世界"②，而将这些"世界"收集在一起，侯马就拥有了一个诗歌的宇宙，2014年4月出版的《大地的脚踝》也由此诞生。

从事诗歌创作近三十年的侯马，在求变的同时，有一点他始终格外深情地坚守，即探寻本质身份：人的本质、存在的本质、生活的本质、写诗的本

---

①《大地的脚踝》，人民文学出版社2014年4月版，第166页。
②侯马："短诗一首足以呈现一个世界，只要你写得足够好，那个艺术力量还是很大的。应该说这几年，特别是近一两年，我对短诗的创作更得心应手了，对它艺术的内在的精髓，思考更深了，追求也更细致了。过去可以说是靠灵感，希望可以冒出一首诗来，足以名震江湖，有点那种愿望，或者说更多的靠自己的那种冲动，有就有，没有就没有。现在也在刻意打造经典，有这种刻意要制造经典诗歌的追求，所以近几年对一首诗主题的诞生，到如何呈现，到怎么推进得更完美，每一步都下了些功夫。"见《在文明的传承中捍卫人性——侯马访谈》，访谈人王士强，《新文学评论》，2014年第3期。

质、人性的本质、社会历史的本质……他以探寻各种本质身份的诗人姿态写诗、工作和生活。

## 身份与存在：私人视域对公共空间的介入

爱德华·萨伊德认为："知识分子特别的问题在于每个社会中的语言社群（language community）被已经存在的表现习惯所宰制，这些习惯的主要作用之一就是保持现状，并确保事情能够平稳、不变、不受挑战地进行。"[1]侯马恰恰是一位自觉警惕既有的思维模式，并反对程式化，逆反"已经存在的表现习惯"的诗人，他善于从普通人的日常生活经验和细节出发，从大众的社会交往活动出发，探究人的身份存在在现代社会的合理性和应有的位置，引发人思考在公共领域交往活动中社会存在的现世性和公共性对个体的主体性和独立性的冲击与吞噬。他的诗歌创作始终在清醒地以私人的视域进入公共视域，最终回归对人的个体境况的反思。

身份的认定和存在的认定，是社会学与哲学的本质话题，消费主义至上的时代将其置身于网媒资讯爆炸的大众化语境中探讨，尤显个体被公共消解的后现代意味。在刚刚出版的诗集《大地的脚踝》中，侯马以敏锐的警觉挑战身份的真实，打破身份的稳固性。在《你是哪村的?》《有一个人他自己还记不记得他是谁》等诗作中，他通过对身份的直戳和对身份真实性、变动性、异化问题的质疑来对抗"保持现状"的思维习性。他以生活的亲密者的姿态进入身份的公共性和存在的惯常性之中，继而秉持诗人的良知，从信仰对个人身份的改变、生存环境对身份表征的影响、身份的自主性焦虑、身份的意义和特性、自由身份的尊严和尊贵等不同维度，探触、关注和反思不同人的身份底色。在诗集《大地的脚踝》中，我们可以看到：转山者两种身份的转换与宗教情怀对灵魂的坚固（《转山》），留学生不同境遇真伪身份印

---

[1] ［美］爱德华·萨义德：《知识分子论》，单德兴译，生活·读书·新知三联书店2002年版，第29—30页。

记与民族性身份的剖析（《留学》），太阳身份的置换及由此带来的意义重构（《是什么竟然奴役太阳》），麻雀的身份隐喻与尊严缺失的时代症候的思考（《麻雀。尊严和自由》），直至自己的社会身份的确证与我是谁的哲学命题的叩问（《上帝的安排》）……

显然，身份是生存的资格和模板，它既现实又残酷："他是一名出门背着被褥的人，这就是名片，这就是身份。"（《他手记》）侯马以诗人的私人视角探入身份的能指和所指，由此介入社会复杂的公共视域，完成对思维的惯性和对现实的反思与批判。当私人性的个体展现作为一种存在被容纳进公共领域之内，这就形成了展现与被展现之间的微妙关系："由于我们的存在感完全依赖于一种展现，因而也就依赖于公共领域的存在，在这一领域中，事物可以从被掩盖的存在的阴影中走出并一展其风貌，因此，甚至是照亮了我们的私人生活的微光，最终也从公共领域中获得了更为耀眼的光芒。"[1]以《存在》一诗为例，我们能够深度感知侯马恰恰是"照亮了我们的私人生活的微光，最终也从公共领域中获得了更为耀眼的光芒"的诗人，他完成了个人身份的价值反思以及公共视域下个体性存在感的虚无的隐忧之叹。

  我穿过
  一段走廊
  忽然发现
  怎么没有听到
  脚步声

  我立刻
  郑重起来
  确保每一步
  都发出声响

---

[1] [美]汉娜·阿伦特：《人的条件》，竺乾威等译，上海人民出版社1999年版，第39页。

踢踏

　　踢踏

　　踢踏

　　扮演着自己的

　　拟音师

　　　　（《存在》）

　　以《存在》终结的诗思为进入文本的原点，我在想：为什么诗人强调扮演自己的拟音师？存在与虚无纠结着怎样的必然与矛盾？为何我们需要通过寻找（什么）来证明自己的"存"在，为何一定要通过（现）"实"去对抗和消解（存）"在"的虚无？为何生活的场景需要重新证实它的当下性？诗人充当拟音师，引出百年来我们始终等待的"戈多"，戈多真正出场时，我们又会将他混淆在公共人群中，无视他的个性之在场，并残忍地消解他的个体意义。诗人需要靠"诗"证实自己的存在或显示存在的意义（价值）吗？如顺此思路解读这首诗，就轻化了更深层的文本喻含：行走世间，谁需要"确保每一步/都发出声响"？为何要凭借外界之在证明身份的在场，而不是消失无谓？莫忘了最后一句中的"拟"——"踢踏"的出场是拟出来的，声音对身份的昭示是拟出来的，主体的确立为何需要行为之拟证？存在为何需要外界给出理由和启示？"走廊"，是生命或宿命的通道或轨迹，众生必经之途，可是有谁审视过这段此在的路迹？有谁敲击过这或长或短的经行？寥寥几笔，多维隐喻，诗思不尽曲深。

　　侯马是一位善于以不经意的轻言叙说隐蔽主体洞见和诗思的诗人，正因此，他的不少作品易于给人造成轻松接受的假象，忽略其作品的实验性质。细心品鉴，当其作品内在的深隐被发掘后，读者会发现与文本表象背离的惊叹。当然，这其间的"度"其实相当难以把握，处理不好则流于做作，或者是主体性被彻底地封闭遮掩起来。以《应臧棣之邀参加一个诗歌节》为例：

快十年没怎么参加过诗会了
　　谢冕老人一见面就告诉我
　　在西安见到伊沙了

　　与诗人田原一握手
　　他就告诉我
　　在天津见到徐江了

　　吃饭时与孙文波坐在一起
　　他讲起上苑刚搞了一个诗歌婚宴
　　"沈浩波也去了"

　　友谊恰如闪电
　　照耀暗夜孤人

　　　　　　　　　　2010年7月

　　这首诗将所有人物的出场放置在几个生活片段场景中，全诗采用了戏剧化的叙事技巧（这与穆旦当年创作《从空虚到充实》《防空洞里的抒情诗》《蛇的诱惑》等诗作，把许多具有生活原生质的故事片段融入诗中的设置有异曲同工之妙），看似追述了（师）诗友见面招呼的细节：学院派——知识分子写作者们见到我，直观地问及"我"的诗友——他们无一例外是"民间写作"的代表，而"我"无须质疑地被列入这个圈子和诗歌阵营之中。作为具有现代质素的诗人，侯马显然不是在呈现诗坛中大家熟谙的"知识分子写作"和"民间写作"这两个诗群之间诗人的友谊或两个队列的排站方式，他从一个最日常的细节入手，引发我们或其自身思考诗人身份的确认问题。诚然，在当代汉语诗坛，私人与他人实现一种存在联系的关系日益被符号化，诗人主体的身份其实早已被符号类群化，不管你接受与否，这是既定的存在现实，每一个人不可避免地被卷入身份既定的窘境之中。

"诗人身份是具有公共性质的私人身份"（侯马），侯马的不少作品都在审视和反思现代生活、体制社会、观念设定对个体性存在的私人空间的消解。《应臧棣之邀参加一个诗歌节》中，诗人间身份的互映和关联，成为不必说明的存在，诗作看似是勾连同盟身份的友谊，诗人看似模糊化了私人场域与公共场域的隔障，但是不要忽略，这种公共视域的同盟正消解着诗人主体性和私人身份的独立存在的意义。诗人身份具有公共性质的同时，还有另一个鲜活的维度却被无形中淡漠了。侯马的诗具有戏剧家丁西林的"瞒"与"骗"，反对审美的刻板模式，其深度的思考恰恰就隐藏在表象的隐瞒之间，这正是诗人先锋性诗学特质之所在。

## 真实的力量足以穿透现实

当代汉语诗坛，不乏深刻地思考现实的"思想家"，不乏沉潜于精湛诗艺的手艺人，不乏跨语际交流的诗歌活动，不乏官方、民间的大小诗歌奖项……然而，我们缺少超越想象、直击生存真相的诗人，我们缺少富有气魄与力度的足以戳穿现实和灵魂的虚假面纱的优秀诗作。如何创作出这样的作品，侯马在《酷评》一诗中掷地有声地抛出自己的诗学观念：

二十五年前
某晚
舍友徐江
不知在哪儿看了一张碟
回来告诉我
一个顶级的杀手
设法经过严格的安检
来到目标面前
他摘下眼镜

把镜片往桌子上一磕
用锋利的玻璃
一下切开了对手的颈部
大功告成

二十五年后
我写诗
修炼出像那位杀手
一样的功夫
就是
用日常的材料
攻致命的部位
其实最大的秘密
始终是你
怎样才能站到生活的面前

**2013 年 11 月 30 日**

"怎样才能站到生活的面前"？探究这个贯穿古今中外的诗学命题，我始终认为：作为诗人，修炼"怎样才能站到生活的面前"比精雕写作的技巧重要得多。侯马正是不伪作虚假，不彰显夸张，以世俗性的主题，以生活的目击者的姿态大大方方、无遮无拦、义无反顾、冷静且斩钉截铁地"站到生活的面前"的诗人，他的诗具有浓厚的生活质感和现实穿透力，他的诗牢固地"植根于当代生活的土壤，而不是过去的幻想之中"，他的诗视角平坦却不低浅，叙事沉静却饱含情感。作为一个拥有社会责任感和忧患意识的诗人，侯马以现实的目击者的身份从现实生活中索取养料和创作塑材，并隐藏了他对过往人世、生命存在的忧患和悲凉感悟，这类作品具有丰富的叙事张力和内在精神强度。

有一个人
不知道死了还是活着
这个人我连见都没见过
我听我哥讲有这么一个人
东杨村里有这么一个人
贾老四
实际上他不姓贾
也不叫老四
老四死了
老四的遗孀又嫁了一个男人
村里人说他是假老四
就这么叫了他一辈子
贾老四

2012 年 9 月 7 日

(《有一个人他自己还记不记得他是谁》)

葬礼上难觅真悲伤
丧户不可阻挡乡亲猜拳行酒令
围观者也不担心声嘶力竭的哭声
诱发了女眷的数番昏厥
孩子们披麻戴孝
在难得见到的照相机前
表哥竟然露出了笑脸
他一辆一辆把自行车数清
这就是他的亲戚们
近在同村　远及邻县
不出五服　血亲姻亲
虽无一权贵　无一富户

但是他们要震慑的
也是穷人　无非乡亲　足矣
他就在二八自行车阵前
趁着哀乐狂奏
把一个往日叫板的鼻涕虫打翻

2009 年 3 月
(《震慑活人的殡葬》)

这两首诗都用朴拙的口语朴拙地讲出人死后发生的事情，引申出身份问题：外人对死者的死的麻木，死者被作为符号埋进尘土墓葬。死亡在诗中是如此之轻啊！轻得消解了死者生前所有的存在价值，消解了亲情，消解了感情，甚至消解了死者生前存在的真实性，这就是血淋淋的现实啊！两首诗在平静中讲述，叙述者（诗人）异乎寻常的冷静无情，恰恰是这无情的冷静和清淡震慑着还存活的人思考死亡与身份、生命的轻与重、生活的况味和人性的情境，以及死亡带给生命的虚无。

这两首诗还给人带来了反思死亡的陌生化效果。"陌生化"使我们能够重新体验和感受所有对于我们来说再熟悉不过的事物和现象。什克洛夫斯基在他的著名论文《作为手法的艺术》中提出："那种被称为艺术的东西的存在，正是为了唤回人对生活的感受，使人感受到事物，使石头更成其为石头。艺术的目的是使你对事物的感受如同你所见的视像那样，而不是如同你所认知的那样；艺术的手法是事物的'反常化'手法，是复杂化形式的手法，它增加了感受的难度和时延，既然艺术中的领悟过程是以自身为目的的，它就理应延长；艺术是一种体验事物之创造的方式，而被创造物在艺术中已无足轻重。"[1]死亡与葬礼必定要与悲伤关联，然而侯马在这两首诗中呈现的是对死亡的熟视无睹，他更为关注活着的人而非死者本身。这种旁观者

---

[1] [苏]什克洛夫斯基：《作为手法的艺术》，转引自方珊《俄国形式主义文论选》，生活·读书·新知三联书店 1989 年版，第 6 页。

情感零度化的客观叙写,带给我们的不是情感的审美体验,而是真实的震撼力——一种陌生而超越现实的力量。

优秀的诗人不一定要对峙生活,以对峙问题的姿态写作,未必会产生强大的张力、撞击力,然而优秀的诗人必定具有善于将平静的瞬间和现实焕发出永恒的精彩的能力。当然,每个人的创作路向与驾驭题材、调控语言物象的能力都有所不同,其进入真实的入口和出口甚至是对真实的理解也大相径庭。侯马说:"我写的诗在很大程度上是非常现实的,我就考虑,你写现实怎么才能抗衡住超现实这种艺术魅力?那就必须在真实上下功夫,就是你无限真实,比别人走得更远,这样一来这种真实的力量可能才会产生超越现实的艺术力量。"①

那么,如何在真实上下功夫?从侯马刚刚出版的诗集《大地的脚踝》我们可以看到,近几年来,侯马越来越善于从个人职业经验中选取素材,汲取养分,在感性与理智的融合中展现人性的真实、生存的真实、灵魂的真实,沿着这一思路,他的诗路也越走越远,越拓越深。亦如他自己的剖析:"而我为什么相对来说,能走得这么远、这么真实,我觉得跟我的职业有很深的关系,就是你的思考更理性,观察更客观,下笔更冷、更酷。所以我觉得在这种意义上,反过来讲,这个职业的矛盾性反而给我带来了增长性。"②

诚然,无论当下诗歌批评界怎样强调欧美新批评派的文本细读意义,我们都无法绝对淡化诗人的职业或社会身份对其创作的影响。亦如分析特朗斯特罗姆的诗,无法忽略他的心理医生的身份;解读布罗茨基,我们不能无视他的流放生涯;欣赏继里尔克之后最有影响的德语诗人保罗·策兰的诗作,我们不能跨越其父母死于纳粹集中营、诗人本人历尽磨难的命运礁石。诗集《大地的脚踝》中充分显示出职业与写作间正增长的促进。诗人将其职业生涯中很多可以写入小说的案件以短诗的方式讲述出来,一方面显示出诗艺的精炼纯熟和诗人的自信,但最为重要的是为当代汉语的诗写带来新经验,丰

---

①②《在文明的传承中捍卫人性——侯马访谈》,访谈人王世强,《新文学评论》,2014年第3期。

富了当代汉语诗歌的写作。

> 男人从乡下赶来
> 要把在城里打工的妻子
> 劝回家
> 妻子已另有相好
> 俩人吵翻了
> 大打出手
> 男的用菜刀
> 使劲剁
> 女的终于服软了
> 跪着说：
> "我跟你回去。"
> 男人，望了一眼
> 快砍断的脖子说：
> "来……不及了。"
> 2012年4月3日清明假日
> （《清明悼念一桩杀人案的受害者》）

太阳底下已经没有新鲜的事情了。这首诗中，侯马从职业的视角出发，凭借几十年的警察经验，发现、再发现了生活的真实——角落的真实、震撼的真实、匪夷所思的真实、离奇玄妙的真实，他的笔下充盈着更深广的诗写领域。在侯马的新诗集《大地的脚踝》中，将刑事案件入诗，将一部洋洋万字的小说浓缩成一首短诗，揭示生活的残酷和血色、人性的虚假和怯懦、现实的荒唐和事与愿违……经验的独特，考量生活视角的新鲜，触及问题的深度，这些恰恰是职业赋予侯马的创作财富。在当代诗坛上，相关题材的写作无疑树立了侯马诗歌的个性色彩，开掘了诗写的新领域。

## 以口语捍卫当代汉语诗歌的尊严

在现代诗人中,用口语写作或是用接近口语的语言写作,可以说也是一种传统。口语与书面语在表意功能上大致相同。对于二者,朱光潜是这样看的:"总之,诗应该用'活的语言',但是'活的语言'不一定就是'说的语言','写的语言'也还是活的。就大体来说,诗所用的应该是'写的语言'而不是'说的语言',因为写诗时情思比较精练。"[①]口语写作的特性,决定了语言要真切、平易、冲淡,要杜绝辞藻的堆砌与粉饰,要用语言本身去说明问题,这就需要诗人具备真实的情感。

作为一个先锋诗人,侯马始终坚持用口语写作,他从不夸大语言的能量,淡化辞藻的华丽、炫美,始终用一种最贴近生活本身且最能为普通人所理解的方式"捍卫真正和深刻的抒情"[②]。多年来,他不断更新和突破口语诗写的可能性和承载力,他的创作为当代汉语诗歌带来新鲜、持续的口语魅力。然而,他的诗并未滞留于口语的清浅俗白,诗人绝不进行简单的日常用语的复制,他坚持从自我的深处反叛自我,他的诗歌在表面的口语化背后所呈现的是深不可测的思想深洞和洋溢活力的生动,他以情感节制的精细语言与顾及内在生活逻辑和人性逻辑的真实质地,戳穿被掩盖的虚假,以期挽救人类的道德危机;在那些朴素的口语背后暗藏批判的锋芒,诗句常常一针见血,如同"用锋利的玻璃/一下切开了对手的颈部"(《酷评》),直指人性的异化问题与权力对底层的侵略及遮蔽。他以鲜活的汉语、朴素日常的口语,书写着一个知识分子对社会、时代乃至人类的忧思和承担,他的诗作经得起时间的磨炼与岁月的考验,无愧于个体的责任与使命。正如他自己在诗中所写:"在梦中/我也自觉接受诗神的审判"(《春节在江南梦到诗友》)。

---

[①] 朱光潜:《诗论》,《朱光潜全集》第三卷,安徽教育出版社1987年版,第104页。
[②] 《麻雀访谈录——张后访谈诗人侯马》,《大地的脚踝》,人民文学出版社2014年版,第183页。

1996年，诺贝尔文学奖得主维斯拉瓦·辛波斯卡在斯德哥尔摩诺贝尔文学奖颁奖典礼的演讲词中说道："在不必停下思索每个字词的日常言谈中，我们都使用'俗世'、'日常生活'、'事物的常轨'之类的语汇……但在字字斟酌的诗的语言里，没有任何事物是寻常或正常的——任何一块石头及其上方的任何一朵云；任何一个白日以及接续而来的任何一个夜晚；尤其是任何一种存在，这世界上任何一个人的存在。"[①]诚然，对于诗人来说，没有任何一种诗歌可以脱离日常生活与日常经验而存在，艺术本身即是对世界的模仿，所谓纯诗或当今盛行的口语写作，其区别只在于该以何种形式将纯粹的思想从日常中抽离，并以更为高级的方式对其进行演述与塑形。

从这一点来看，侯马的口语诗魔力正在于，他无须为他的思想裹上繁重的外衣，而是可以摒弃主流话语权力下的公共话语模式，选择以极为平实的语言对处于历史发展中的人与社会进行感性观照，发掘其内在的污点与空虚。但这并不意味着侯马疏于诗艺的修炼，他看重"真实"这一艺术魅力的重要性，敏感于语言去华丽化和去程式化后的精确表达，以最接近生活用语和日常事件的文字，深入揭发人性与权力的污垢。亲历的事件被诗人艺术化地转化为创作的素材。如在《但是只有嫌犯目睹全程》中，诗人写一场火灾的发生与接踵而至的救火行动："喊救命不会引来援助/喊着火也一样"，"而邻居甘愿做一名看客/一边欣赏一边感叹/把有浓烟的图片发到微博"。这样隔岸观火的行为方式似乎早已成为现代社会中人们司空见惯的场景模式以及危难发生时的第一选择，民众的担当被"独善其身"的思想围困，人类的良知被"全身远害"的怪圈吞没，对他人的担负"像一个危险的思想/陷入了行动的烈焰"。在这里，我无意于剖析文本的思想深度，而是想表达一直困扰我的一个问题：口语写作能否或如何表达沉重的思想或社会历史的深度？从侯马的口语书写经验中我找到了部分答案。

---

① [波]维斯拉瓦·辛波斯卡：《诗人与世界》，《万物静默如谜——辛波斯卡诗选》，陈黎、张芬龄译，湖南文艺出版社2012年版，序9页。

## 身体书写与意识观念的构建

侯马说："我写的诗是'人之诗'"，"一种捍卫人的价值观"，这样的价值观"总是跟一定的经济基础、社会形态密切相连"。①以此为基点，将侯马的自我省视纳入其诗歌的意识观念中诠释，就可以发现隐含在他的诗作中相悖反的两极：权力与民间主体的对抗与交锋。这乃是源于诗人警察与先锋诗人——一个社会的觉醒者这双重身份的相克相生。并非一种无意识的偶然，侯马的新诗集命名为《大地的脚踝》，无论是大地还是脚踝，都有特别的含义，我更为关注其诗集中关于权力和身体的书写——权力和底层的隐喻。

诗集中，身体的概念有明确而广泛的指涉，诗人以身体，或者更准确地说以一系列身体形象来重塑底层民众的主体性。这些形象通常以碎片化断续的方式呈现，即是说它们是作为整体的身体的一部分，是作为身体有机构成的器官，如"脚踝""手"等等，它们或因为从整体脱离而"丧失了有机性而诉苦"②，或因为活力的消亡而成为被异化的权力与暴力的身体形象。而当身体被看作是一个活生生的人时，则未被赋予主体的自觉意识。伊格尔顿

---

① 侯马："一种捍卫人的价值观。这是一个最低标准，实际上也是一个最高标准，因为反人类的东西太多了。极而言之是从肉体上消灭，那么在日常当中，戕害人性的事比比皆是。艺术存在就是要在最自由、最底线的角度去捍卫人性，否则要它干吗？吃饭、睡觉、生殖就可以了。我觉得美其实就是一种善的超越，善就是一种价值观。当然它在不同的历史时期会有更复杂的表现形式，更需要一些辨识。而且特别残酷的是，它总是跟一定的经济基础、社会形态密切相连，所以通常我们也不容易辨识出真正的价值观、核心的价值观在哪儿。所以我觉得，如果把它塑造成捍卫人性的话，可能会回到那种非常简单的身体表达，甚至是非常简单的欲望表达，这肯定不是超越，我觉得文明反而是一种高级的欲望形式，这种文明的进程就是以复杂对复杂、以深奥对深奥，捍卫最简单的东西也需要最复杂的心态。一切没那么简单，简单反而实现不了。"见《在文明的传承中捍卫人性——侯马访谈》，访谈人王士强，《新文学评论》，2014年第4期。

② [英]特里·伊格尔顿：《审美意识形态》，广西师范大学出版社2001年版，第340页，第3期。

认为:"活的身体把自己表现为一种表达性的整体,只有在它被残酷地毁坏,分裂为众多的碎片和具体的片段,戏剧才能够在这些碎片中提取意义。意义并不存在于和谐的形象上,而是在身体的废墟以及被剥离的肉体中成熟的。"[1]侯马在身体的基础或者说身体的废墟上重建人的价值观,为底层民众争取应有的权利,因而,重新修复被现实社会所吞噬的人的本质力量就成了无可非议的选择。

在侯马笔下,权力与底层的身体形象是截然相反的两极。权力的身体形象是异化的、畸形的,是失去健康与活力,甚至趋近死亡的生命形象。如《反目成仇》中被仇恨的铁链勒弯的肋骨,显示着人性的缺失终将置自身于万劫不复的境地;如鸟"蜷缩起来的脚趾/拥有了抓牢万世枝条的权力"(《为什么电不死》),在"电不死"的奇迹中暗含着诗人对权力的嘲讽。在这样的形象中,意义与物质达到了分裂的边界,完成了生存意义的流失:

　　无论秋风多么浩荡
　　也难以尽遣
　　顽强的树叶
　　直到

　　冬天塞给它一把寒刀
　　割断所有的脐带
　　腿筋、发辫和茎蒂
　　树

　　终于光秃秃了
　　一架架通往

---

[1] [英]特里·伊格尔顿:《审美意识形态》,广西师范大学出版社2001年版,第340页,第3期。

  虚无的梯子
  冬天
  就踩着这些梯子

  来到地面
  化身为
  冷飕飕的稻草人

  守着空无一物的大地
  身体下面
  只有那么一根
  蒙霜的脚踝
  2013年12月21日
   （《冬天的脚踝》）

  "冬天"踩着"一架架通往/虚无的梯子"，"来到地面/化身为/冷飕飕的稻草人"，"身体下面/只有那么一根/蒙霜的脚踝"。从"冬天"到"冷飕飕的稻草人"再到"蒙霜的脚踝"，在权力从其隐喻到其身体形象的置换中，无情地割断了所有供给其营养的通道——"脐带/腿筋、发辫和茎蒂"，抛弃道德基点，随意压榨底层人民的鲜血，无视他们的生命，从而割裂了自身与生命的联系，作茧自缚般将意义与内容分离。这显示了诗人内心深处对权力的不屑与鄙夷，他正是要以权力身体形象的空虚与软弱无力来凸显底层身体形象的鲜活能量，以坚实的基底恢复身体被掠夺的力量。在《蚯蚓的歌声》中，诗人写道："暗夜，蚯蚓用粪便建造了金字塔//这人类难以企及的精良的盾构机/它只有一个意念就是吞咽/它只保留一个器官就是肛肠"。看似最卑贱的器官其实却是人类高度文明的推动力，底层民众正如蚯蚓一样，以"吞咽"一般默默无闻的劳作方式"为星球打工，替蛇还债"，而它们表面的沉默绝不代表灵魂的钝感与安逸，"那把发声器官和裹尸布合为一体的正是蚯蚓"。底层的身体形象要求生命的尊严与自由,在生命所能触及的最大空间内表达自我对权力的反抗,正如伊格尔顿所说:"对身体力量的控制与僭用的斗争并不会轻易平息,这种斗争将在任何一种试图压抑它的社会制度内刻下自己的痕迹。"①

在权力与底层身体形象的两相对比下,侯马以身体为基础重建了一切,他以冷峻与温情两相协调的笔调勾勒着理想与现实的双重图景,重塑人的价值观,重建伦理、道德、人性的历史,在日常生活与政治的离合中,唤醒人类的良知,抵抗权力的吞噬。

---

① [英]特里·伊格尔顿:《审美意识形态》,广西师范大学出版社2001年版,第193页。

# 梅尔《十二背后》：
# 相遇诗学与自我充盈

新世纪以来，女性诗歌写作差异纷呈，富有辨识度的个性化诗写充盈蓬生：一方面逐渐淡化了早前急切的性别姿态——性别的对抗或单一化，从性别分界的二元对立体系中华丽转身；另一方面，走出自20世纪80年代以降相对固化的女性诗歌创作主题，亦逐步从90年代趋同的日常写作范式或普泛的修辞元素中跳脱出来，呈现出多元化写作趋势、广阔的视域和繁盛的创作态势。置身异彩丛生的女性诗歌创作之列，梅尔是风格鲜明、诗质开放、视野纵横、不断持续的创新者之一。

梅尔1986年开始发表诗作，已著诗集《海绵的重量》《我与你》《十二背后》等，诗作被译成英语、俄语、日语、德语、蒙古语、波斯语、乌克兰语等十几种语言出版。梅尔的诗歌写作在诗学品格、美学特质和题材摄取等方面均有独创性。她善于激发客观世界隐微的势能，挖掘洞察生命神秘的深度，揭示现代人的精神痼疾，自觉地在诗歌中寻找自我与外部世界的契合点。每一个诗人都有想象的读者，梅尔想象的读者不拘泥于种族、国家、地域甚至人类，她的想象的读者可以是不同生命场域中不同维度的生命体，其中跃动着微小或伟大的生命、浩荡的历史记忆和切实的日常生活碎片、不朽的文学经典与犀利的文化讽喻。她从亲历者的角度出发，在行走观审之旅中与变化的历史场域、不同的生命形态完成相遇，发现另一个我，攀升超越性的精神向度，涤洗生命的庸常和刻板，这让我想起荣格的一个公式：I We= Fully I，即我 我们=完整的我。

## 相遇诗学：一场又一场生命的际遇

诗人西川认为："梅尔的生存半径大于我们许多人。她心存远方，同时她也是她自己的远方。这使得她笔下的故乡和都市、国内和国外相互勾连；这使得昆虫鸟兽、芸芸众生获准参与她对个人情感和经验的表达。在这个乱糟糟的世界上，梅尔相信好人和上帝，相信一阵微风掠过，必有其内涵。她的诗让人放心，但也有时，它们会突然把你揪住。"[①]当越来越多的诗人沉醉于从生活的细微旋涡或碎片中形构和寻觅日常生活的诗意时，梅尔的新诗集《十二背后》却尝试悖逆于此，她冷静而清醒地游弋于个体隐微的生存境遇和历史、宗教阔达的运思向度中，建构出独具精神体系和个性气质的相遇诗学——诗人在与万物的"相遇"中引发溢出主体身份和客观对象秉具的既有精神的碰撞，这种碰撞动态、游移、灵动，不停滞于所遇对象或对境既有的内涵之中，以期完成自我与对象的双重发现。梅尔并非秉持旁观者的静态之姿审视历史或名胜古迹，她渴望并努力在相遇中追索与语言对应的那部分"精神本质"[②]，在所遇对境中熔铸了诗人跳动而燃烧的灵魂，诗人自己也无法准确地勾画出这灵魂的出口，无法掌控其行迹，她的主体精神屡次穿梭并从相遇的瞬间汲取创作灵感，反思存在的意味和生命的价值，实现不同生命形态的高度融合。

"我们要在认识爱和奉献中与万物真正结合在一起。"[③]梅尔笔端的相遇，鲜有以局外人的身份冷眼旁观世界，亦放下"普适性的生命伦理关注"[④]。她参与到历史、名人和文化的想象重铸中，不是以看客的方式去追溯，而是立足自身与现实，以平等的对话姿态与万物展开灵魂的交流交融，"亲历"

---

① 梅尔：《海绵的重量》封底，中国文联出版社2013年版。
② 刁克利：《翻译学研究方法导论》，南开大学出版社2012年版，第31页。
③ [印度]泰戈尔：《人生的亲证》，商务印书馆1992年版，第12页。
④ 董迎春：《身份认同与走出"身份"——当代"女性诗歌"话语特征新论》，《甘肃社会科学》，2012年第4期。

朝代的更迭、历史的更迭，穿越浓厚的岁月烟云，体味无奈的沧桑。在《苍凉的相遇》《双河溶洞》《回到你的殿中》《哈姆莱特城堡》《布拉格》《耶稣山》等诗作中，诗人自觉地将历史的记忆拉回当下，以现代的目光审视古老的灵魂，高拔大自然的尊严。相遇源于灵魂自由不羁的邂逅。在行走的途中，诗人首先想象亲历历史场域，时而俯身倾听，时而让历史中的人物作为话语的主导者，时而跳脱出来尖锐地反思，或对生命的过失予以冷静的观照。现代诗是"个体生命的瞬间展开"①，当诗人与其敬重的历史人物（曼德拉、安徒生、梵·高、伍尔夫、拉斐尔、卡夫卡等）在想象境遇中邂逅，她不着痕迹地进行了角色置换，从而完成双重生命的塑造和丰盈："我可以轻易地混迹于人群/像你给全世界的轻/以及被背叛的遗嘱"（《米兰·昆德拉》），"无数小蛇游动在你的血液里/在树干、根须、天空、月牙和绿树的阴影里/无数小蛇/绿色的褐色的黄色的粉色的/游动在你的手指间"（《又见梵·高》），"你孑身一人，举着灯塔/火柴里的温暖，闪耀忧伤的光芒/海，你就在耳边//海的女儿，珍珠般的疼痛/如今她端坐海边，守护着/一个神话，我们的理想/薄如蝉翼，倒是天鹅/依然优雅从容，在城堡边/把你和你的锡兵、丑小鸭以及/没穿衣服的皇帝/照料得与你一样孤独"（《安徒生》）。诗人探触到他们心灵深处苍茫的月光，那弥散着的不拘囿于时空的精神力量和诗性智慧引导诗人进入伟大艺术家的思想境遇，完成自我的建构和炼造。诗人没有受制于原型精神的围困，在《生与生——致蒙克》《鸡叫以前》《大卫和拔示巴》等宗教题材的诗作中，她与宗教人物相遇，意味着原型的复活以及对历史的重新塑造与人性的反省。从另一个角度审视，梅尔与外境或他者的相遇也是与另一个自我的相遇，对此，帕斯从不同层面做过诗学阐述："只有在我们跳出关键的一步，即确确实实走出自我，置身并融合在'另外一个'之中时方能产生诗歌。在大大地跳出一步时，人被悬在深渊之中，他置身于'这个'与'那个'之间，在短短的瞬间他变成了'这个'或'那个'，他是过去的'什么'又是将来的'什么'，是死亡又是生命，人在思考他是否要

---

① 陈超：《生命诗学论稿》，河北教育出版社1994年版，第23页。

成为一个全面的人，一个全面发展的现在。人已做到了他想要做的那一切，他当过石头、女人、飞禽、另外一些人，另外一些生灵，他是形象，是矛盾的统一，是向自己倾诉的诗歌，总之，人的形象在人的身上体现出来。"①

梅尔笔下即便是物的存在也被赋予了生命——"血液在椅子里流淌"（《十一月，春天》），所有的相遇都可能发生灵魂的碰撞，即便是不同生命形态之间，这就富有了奇妙的艺术张力。在《木头与马尾》组诗中，"木头"和"野马"代表着两种不同的生命形态。"野马"象征着强悍与奔放的原始生命的强力，诗人与野马的相遇正是与自由的契同，她的潜意识中渴望像一匹野马在旷野奔放地驰骋："我像一匹野马/追逐着树权间漏下的光芒/当太阳西下，我缠进落日里/像一首缠绵而悲怆的歌/回荡在夜色里。"同时，诗人亦敏锐地感受到奋不顾身的追逐必然遭遇的挫败与感伤："这一生，我要用多少强悍的歌/才能掩饰内心的柔弱？"随后，诗人形象隐退，以野马的视角叙写奔跑途中的所见所感。"老虎""鹰""鲸鱼"分别暗示着不同的情感体验——恐惧、仰望以及对于远方的憧憬，但这一切情感都在"我"遇见"你"之后发生了意义的转变："直到遇见了你/我对世界第一次有了担心"，"斧子砍在木上砍在青苔上/砍着蜂巢//我听见了你流泪的声音"。野马注目被斧子砍伐的木头、青苔与蜂巢，在这注目之中完成了两种生命形态之间心灵的交界与融合，他们经历着寻找、等待与回归，并在彼此的"原谅"中获得精神的共鸣。"野马"与"木头"相遇的过程正是诗人自身寻找心灵依托的过程，灵魂的磨合、挣扎与疼痛被营构出一帧唯美的镜头："在木头与马尾的相互依赖与折磨中/这如泣如诉的爱情/听得见彼此灵魂的痛/我端坐在一只瓶子里/期待看到你洁净的笑容"。诗人通过"一切有生命的木头"和"一匹并不存在的马"的对话完成了个体精神的追逐、跋涉以及灵魂的救赎："我把心中的老虎放下/开始拥抱那只鲸/我镶嵌在一首歌里/敲开了你远在山野的门"。两种不同生命形态的相遇，彼此召唤出生命与爱的热力，最终实现了诗人主体精神的复归，实现了人与自然万物的和谐共生。

---

①[墨西哥]奥克塔维奥·帕斯：《弓与琴》，北京燕山出版社2014年版，第153页。

相遇是回到最初生命的繁衍地,在相遇中照见自己,在对视里完成"生命的高度融合"[①]。《十二背后》可以看作是梅尔与所有生命之间的精神沟通:"我与你之间隔着彩虹/隔着蜜蜂和翅膀/隔着四十年的旷野和四百年的蛮荒/红海隔开/你在晨雾中降下/我迷失在背悖的沙漠里/像一只蚱蜢/用瘫了的信心/在漆黑的夜里哀哭"(《我与你》)。"你"在梅尔的诗歌中频繁出现,指代叙述对象,无形中拉近了不同时空的跨度和间距、不同生命形态的隔阂,增强了诗歌的在场感和叙事色彩。"你"既可以是具体的某个人、某个事物,也可以是古老的文明、历史过往或宗教精义:"我与你/在十字架血中联合//从那一刻/我与你 融化在光里/你隔着天庭与沟壑/让那些默示/从我的头顶长出来"(《我与你》),这里的"你"是上帝,是基督精神,是真理;"我握着你的手/像握着那个世纪的忧伤"(《春之末》),这里的"你"是虚指,诗人在历史的长河与信仰的光耀中一路追寻,那些被历史尘封的记忆碎片和伟大灵魂背后的辛酸、孤独、冷寂,在诗人笔下逐一鲜活起来,被赋予了新的意涵和悲悯的观照。

诚然,梅尔的相遇诗学既是一场又一场生命的际遇,也是主体情怀与大地精魂的恰接。《苍凉的相遇——马丘比丘》情感充沛,格局宏大,气象雄浑,是梅尔相遇诗学中最具代表性的一首,诗中梅尔"把游记变成心灵史的记录"[②],诗思随着历史遗迹的铺展全面敞开。马丘比丘山是秘鲁的一座古老山脉,它承载着印加帝国的文化印迹和历史记忆,梅尔曾谈及这首诗的创作经历:"因为有聂鲁达《马丘比丘之巅》里程碑式的存在,所以对于后来者,那都是一个难以攀越的高度。但是在南美的所见所闻,从特鲁希略到昌昌古城,从太阳神庙到古老神秘的岩画,尤其是到了印加帝国的首都库斯

---

[①] 梅尔在《十二背后》的后记中写道:"这几年一大半的时间给了十二背后这个旅游项目。恰恰也是对这片隐藏了五到七亿年喀斯特地貌区域的深入探寻,带来了我生命的另一个迷醉状态:山水、溶洞、原始森林、天坑、地缝、暗河、黑叶猴、红腹锦鸡、布谷鸟、珙桐、红豆杉、金丝楠木,自然、诗歌、生命的高度融合。"见梅尔:《十二背后》,人民文学出版社2018年版,第266页。

[②] 2018年12月在北大采薇阁召开的梅尔诗歌研讨会上北大教授臧棣的发言。

科，再到人类寻找了整整四百年的马丘比丘，所有的积攒都在飞机降落秘鲁首都利马的那一刻，在高原反应消失的一瞬间爆发出来……当写到最后一句'你沧桑的脸颊上，留下我今生颤抖的指纹'，我内心确实是颤栗着写下了我最后的敬意。"[①]在诗人笔下，马丘比丘山不仅仅是历史遗迹或自然景观，还是一个饱经沧桑的老者，他在诗人的注目下苏醒复活，和诗人一同回述了一代帝国的兴亡——那被安第斯山、乌鲁班巴河等山川河流记录下来的战争和杀戮及耻辱的亡国故事。衰亡之痛如利剑刺痛了他僵化的记忆，也刺在诗人心头："不知谁踩痛了我的胸口/我坐在你的宝座上/读着一个亡国的故事"。诗人如同灵魂附体，被巨大阵痛席卷，苦难与伤感喷涌流泻："库斯科的排箫里流淌着忧伤/你读不懂侵略和野蛮里的文明/太阳神不堪一击/原来，苦难才刚刚开始"。全诗萦绕着悲壮的情绪，民族的苦难、帝国的兴衰都在忧伤的排箫声中泪泪流淌，遭遇文明的侵略，黄金成为罪过，它使古老的荣耀不堪一击。废墟之上，诗人发出期冀生命重生的慨叹："我策马在练兵场上/这东方的女子，如何能用豪迈/去假想挽救你的沦丧？"昔日的狂欢与目下的苍凉形成巨大的冲击与落差。在被风沙日夜侵蚀的岩石下，掩埋了一个民族永远无法愈合的伤疤："石头里流出苍凉的血来/库斯科教堂的钟声停了/在太阳的上方/月亮被羊蹄踩痛了心房//我摸着你的痛，像失节的巫婆/流出泪来"。与马丘比丘山的相遇不再是人与象的相逢，而是生命的震荡，如遇神启一般，诗人倾注了全部的情感和热力去观照这遥远的伤痛，同时历史带给诗人的痛感又与诗人内心的疼痛与悲悯之情紧密相连。梅尔在诗中一面揭开历史的伤口——被摧毁的帝国、带着血泪记忆的山脉河流和昔日的辉煌，一面审度野蛮的桎梏、历史和文明的进化。从对马丘比丘的再发现里，梅尔找到了她对历史与文明的理解："马丘比丘/你眼看着库斯科日益繁华/落入世界大同的俗套/你只能用高山之巅的缄默/用孤独，荒凉，废墟/为那些虔诚的祈祷/编一些谎话"。那些排山倒海的诗句带给我们的震撼，是超越时空的灵魂的伤痛。诗人叠合了不同空间和语境中原本无法发生对话的生命形态，时而将马

---

① 梅尔：《十二背后》，人民文学出版社2018年版，第268页。

丘比丘拟视为一位勇猛杀敌的武士,而自己则化身为其中的臣民。伫立在马丘比丘山前,诗人仿若置身于古老帝国所经历的侵害杀戮,她把历史苍老的伤疤连同被洗刷殆尽的血淋淋的伤口呈现出来,其动因不止于揭示殖民、专制的罪过,不止于抒发个人对于历史、生命、疼痛的当下感怀,还有对那些被遗忘漠视的生命给予创生般的普照。因为这灵魂的相遇,其伤痛才炽烈;因为角色的多重置换,相遇才不显唐突,不留罅隙。

在处理时空跨度比较大的题材中,梅尔是清醒的,她不耽沉"受雇于记忆",在相遇途中,她以当下的视角审视不同民族、文化、人类或自然的历史,恢复和重建历史文化长河中的碎片和现场,钩沉神话和时间的联系,这些都是为了汲取深厚的生命经验。

## 母性的"创生"与悲悯情怀

1911年9月,日本著名女性解放运动的先驱平冢雷鸟,在自己参与创办的日本第一个完全由女性执笔的女性文艺杂志《青鞜》创刊号上,代表日本女性首次发声时写下:"创世之初,女性原本就是太阳。是真正的独立个体。然而,现在的女性却是月亮,是要依附他人而生,要借助其他的光芒辉映才能闪现出宛如病人般苍白脸色的月亮。……发光,是如同病人般具有苍白面孔的月亮。"[①]通常,在男权话语体系中,女性多化身为月亮,这当然不是女性在人类社会最初的身份形象。梅尔从不纠缠于女性命运的压抑状态,她更为关注的是人类进化史上女性自我意识的起点——"原始"的"太阳"。基于此,她的诗作跳出了传统社会两性关系中女性的弱势处境,秉持母性的诗学立场,关注女性悠远、神秘而又充满伟力的"创生"力量:复活生命的力量和"悲悯"的精神。

梅尔的诗不"温婉"也不"凄凉",她突破了女性的思维惯性与倾诉或聆听的模式,从地球演化的视角彰显母性的再创力和孕育力:"女人,喂养

---

[①] [日]平冢雷鸟:《原始,女性是太阳》,日本《青鞜》创刊号,1911年9月。

了这些山河"(《苍凉的相遇——马丘比丘》),"河流立在疼痛的汗珠上/那一刻 我用尽所有的力气/生了一个温暖的春/之后的失重 像空旷的风//寂静的原野传来/细细的啼哭声"(《立春》)。诗人对母性"创生"力的高扬旨在回到人类精神的出发点,弥合在现代文明逐渐消失的人类初始社会中女性的伟大创造力量和大爱情怀:"你所有的音讯遥不可及/七亿年的时光里我是纳米级的尘埃/尽管我怀孕生子乳房肿痛/我咬着牙漠视石头般的伤痕/用空气为自己砌一座堡垒"(《余下的时光》)。以"创生"的精神反思"废墟"或是"死亡",寻找超越疼痛的路径,在对生命本体的反思和自我审视中完成我与你、此在与过往、主体与文本、诗歌与自然……的沟通,这格外确立了诗人辽阔高远的精神立场。

疼痛与伤口是梅尔诗中频繁出现的两个母题。在梅尔的诗中,无论是处理宗教故事、历史人物还是面对草木山川,诗人均以悲悯与包容的母性之姿烛照岁月和生命的伤口。她书写的疼痛既是历史文化断裂之痛,也是人类生存困境中的精神创伤。梅尔尤其善于发现事物表象背后隐藏的被遮蔽掉的伤口和疼痛,以母性的仁爱对那些被杀戮、被毁灭、被遗忘的事物给予爱抚和关怀:"疼痛的原野/把泥土交给针/把核交给冰凉的逻辑/将朽的冬天晕倒在地/曾经肥沃的原野由于采摘过度/血流不止/那隐的痛钝的痛深深的痛/液体的痛/弥漫在原野/我的腹/千军万马走过"(《梦境》),"现在,我双臂夯下/后背疼痛,当然/疼痛的还有藏在肋骨里的心脏/我感觉不到她的呼吸/风从北方来/从蒙古、新疆、俄罗斯/甚至从北极的冰缝中来/我像一口瘫软的钟趴在那里/像达利的时间/瘫在浴缸的扶手上/一杯红酒,握在手中"(《缤纷的寒冷》)。又如《感恩节》,诗人以母亲的视角关怀一只即将成为祭品的母鸡:"总之,锁链在你自己手中/不要捆住自己/你心爱的孩子和丈夫在你的巢中/保护他们就是保护自己的盔甲/感恩节/一个全新的开始"。诗中的观省角度比较特别,诗人以一个在场母亲的视角审视另一个母亲的命运,她不去诉说,也非倾听,对温暖与救赎的呼吁成为诗人母性话语的另一种表现方式。

T.S.艾略特曾提出:"因为我们的语言不断发生着变化,我们的生活方式因受到我们周围各种各样物质变化的压迫也发生着变化;除非我们有少数几个能将不同一般的感受性和不同一般的支配力结合起来的人,否则我们自己的能力——不仅是表达能力,甚至是对最粗陋的情况的感受力——将会衰退。"[1]梅尔有代表性的诗作,无一例外充溢着雄浑悲壮的原生之美,她以硬朗、奔放、粗粝的词语和巨大的修辞丰富了女性诗歌的表现力——"从诗对生命的体验已进入到全息生命的范围,它已经从整体上超越了道德批判和市民意识,对生命中澎湃着的原动力充满了确认与赞美。"[2]她的诗,摆脱众多女诗人细腻的情绪,不耽于日常生活中那些柔美、精致、细琐的意象,其独特的诗学体验、情感经验的宽度和广度均超越了小女人的心灵特质,这也使得梅尔在女诗人中成为阳性书写气质最分明者之一。她写得震慑人心的是"虎""鹰""石头""野马""旷野""洪水",她钟情于生命的雄强、坚硬、自由和辽阔:"坚硬的时光""汹涌的时光""凌厉的风""洞壁上美丽的弹坑"以及"时间是坚硬的铁"(《月亮神庙》),"睡眠像一头多变的豹子"(《错觉》);"雪,似柔软的剑纷纷落下/落进泥土、树根与我干涸的心田/树干变成褐色的戟/我是你的肋骨,从石头里分离出来"(《余下的时光》);"当我举杯/泼向轩辕的,全是豪言壮语"(《酒醉》);"没有人关注植物的坚强/就像,没有人会辨别雨中的泪/你长袖翩翩,甩过云端/为圆圆的月亮,遮住锋利的边缘"(《酒醉》);"鹰一直在飞翔/它翱翔过我没见过的世界/甚至看到过一只美丽的鲸腾跃/水,从海平面以下听到了斧子的声音/斧子砍在木上砍在青苔上/砍着蜂巢"(《木头与马尾》);"鹰尝试过飞进我的内心/它俯冲的速度过于猛烈/我在有限的阳光里存满了水/茂密的树木是昆虫的天涯"(《双河溶洞》);"洪水是你的命运,我惊诧你的/力量,你的排山倒海吓到了我"(《余下的时光》)……除了意象和语言外,在题材的择取方面,她青睐于"宏大的虚无"和邈远亘古的时空:"让我回到你身边,虚妄之吻/从你的密度里体验质感/你是我宏大的虚无/从我香软的躯体上/生长出晶莹之

---

[1][美]T.S.艾略特:《艾略特诗学文集》,王恩衷编译,国际文化出版公司1989年版,第244页。

[2]徐敬亚:《圭臬之死》,《鸭绿江》,1988年第7期。

花//我是你存在的唯一理由/七亿年,我是你/真实美丽的废墟"(《废墟之花》)。废墟与盐成为共生的生命个体,废墟的宏大壮美与盐的微小精美刚柔相济,处于复杂与险恶的生存环境,"盐"以顽强坚韧的力量在废墟中凝结绽放,呈现出不朽的原生之美。

梅尔的大气不仅体现在上述具体物象的刻绘和设置,在营构内视的精神场域抑或是外化的历史现实场景方面,她尤为注重"大我"的"文化身份"。《约伯》《苍凉的相遇——马丘比丘》《耶稣山》等诗作都在构建一种史诗品格,这些史诗特质的作品无一例外撰写着诗人对生命、创造、消亡、复苏的思考。

综上,母性的创生力量是诗人精神气场的核心元素,同时也是其对当下女性诗歌写作中存在的小女人的确幸、精致的内敛所做出的自觉反叛,虽然早有女诗人警惕过这类问题——"题材的狭窄和个人的因素使得'女性诗歌'大量雷同和自我复制,而绝对个人化的因素又因其题材的单调一致而转化成女性共同的寓言,使得大多数女诗人的作品成为大同小异的诗体日记,而诗歌成为传达说教目的和发泄牢骚和不满情绪的传声筒。"[1]因为自身的精神格局和工作经验,梅尔格外注重"大我"的"文化身份",她赞叹母性在人类社会和自然界中的创生力量,这无形中打破了既有性别区隔的写作范式。伍尔夫曾转述柯勒律治的观点:"一个伟大的脑子是半雌半雄的。"[2]从美学风格和语言修辞习惯等方面考察,梅尔的诗歌创作无法用女性诗歌的框架去衡定和统摄,已然凸显出跨越性别的话语体系,丰富了生命和时间的意涵。

## 多维景观的精神探源

梅尔是有精神和信仰源头的诗人,其诗质纵横开阖、诗思敏锐。诗集

---

[1] 翟永明:《完成之后又怎样》,北京大学出版社2014年版,第8页。
[2] 原句出自柯勒律治,后经伍尔夫转述:"柯勒律治说一个伟大的脑子是半雌半雄的,他的意思大概就是如此。"[英]弗吉尼亚·伍尔夫:《一间自己的屋子》,上海人民出版社2008年版,第137页。

《十二背后》从自然、宗教、日常等不同场域入手，完成了现代人的精神返源。

"十二背后"是这本诗集主要表现的自然景观，它原本是贵州省绥阳县的油桐溪峡谷，曾经是徒步者都害怕的地区，充满了神秘未知和震撼壮观的景致：地下岩溶地貌的双河溶洞是亚洲最长溶洞，是"世界最长的白云岩洞穴和最大的天青石洞穴"，还有"国内唯一地下河谷""中国天坑第一瀑""地下梯田奇观"等绝世风景，洞壁上沉积着形态各异的石膏晶花，地下河谷碧绿深幽，有盲鱼、野生娃娃鱼等罕见的洞穴生物。作为一名诗人企业家，她不仅对十二背后这片土地充满热爱和惊奇，还与丈夫投资开发了十二背后周边的诸多旅游项目，从诗歌和旅游开发两个维度为更多的人观瞻这神奇的景观提供了审美向度和寻访的便利。因为难以割舍的爱她为自己的新诗集取名《十二背后》，诗集中专门有一辑是"十二背后"，收录同题诗作《十二背后》，辑中诗作悉数从自然和精神的维度展开，诗人尽情感悟大自然对人的灵魂的建设和影响，书写被大自然的伟力和德行塑造的信仰，敲击百余公里外的现代文明。与其说是梅尔成就了十二背后，不如说十二背后的自然奇观成就了梅尔的新诗品质，其诗中的十二背后散发着人格的魅力和生命的活力。

梅尔的诗饱蘸着对自然的敬畏之情，致使其在自然景观的描绘中总是将深邃的笔触探入景观内部所包含的巨大精神内核中。诗人以双河溶洞自述的口吻来追溯自然传奇的演化以及蓬勃不息的生命："我的内部也开始秘密勾连/传递七亿年前的烽火/我一直活着/像一则传奇"。疼痛、灾难等七亿年前的记忆在双河溶洞的自述中慢慢展开，满怀生命的敬畏，赞叹七亿年后成为化石的"英雄"。诗人不断转换叙述视角，客体与主体的精神世界时而合一重叠，时而独立分离，我们感受到不同生命体的交融和生命的强力——"鹰沿着垂直的峭壁飞向天空/留给我一颗困境中可以翱翔的心"（《双河溶洞》）。双河溶洞有七亿年的历史，诗人反复地强调这撼人的数字，拉伸我们的思考时段，反思岁月的沧桑和文明的局促："我来了，赴这场亿年之约"（《三米之外》）；"王，你隐藏了七亿年/当我蹒跚着跪在你面前/那曾经卷进你心脏的风沙/都变成了晶莹的珍珠/澄碧的水潭"(《十二背后》);"我的内部也开始秘密勾连/传递七亿年前的烽火/我一直活着/像一则传奇"(《双河溶洞》);"几亿年后,我成为一只精灵/在你路过的洞口"(《古特提斯海》);"我只能用短暂的时光与你纠结/不知这七亿年你爱过多少女人/你石头一般的面颊/粗粝地划过我的心"(《余下的时光》)……人类生命的脆弱和短暂在七亿年的岁月中显得渺小卑微,其精神视域中的时空维度被十二背后始于洪荒的悠远历史打开,呈现出磅礴的境界和绵延的时间维度。这就规避了诗歌创作中一个常见的问题,即当思考停留在比较短的时段时,更长意义上的人类文明与不同种族的历史、文学时空的维度就会被遮蔽,无形中阻碍了思想的外延力与文本的感染力。

除自然景观外,《圣经》题材为梅尔的创作铺展了精神场域。百年中国新诗史中,信奉基督教并将其作为诗歌主要素材的女诗人不多,现代有冰心,当代有鲁西西和梅尔等。宗教关怀作为一种思维方式,与诗人所建构的诗歌世界相辅相成。对于梅尔,宗教不仅成为显明的创作题材,更为重要的是构筑起精神的城墙,早已注入诗人情愫闪念的瞬间。《生与生》《鸡叫以前》《约伯》等诗作都是以基督教中的人物为叙述主体。但单纯地讲述宗教故事并非诗人的主旨,梅尔更善于从《圣经》中获取生存的智慧,在种种矛盾和人生困境面前,试图用这些智慧解决现实生活中关于道德、人性等方面的问题。在"中年的补丁"和"缤纷的寒冷"这两辑中,诗人将基督精神巧妙地融化在乡愁之中,凝结并提升了诗人对亲人和故乡深沉而富有意味的爱:"让我再次远走高飞吧/飞到看不见你的地方/你会变成一颗宝石,一粒珍珠/在耶稣的十字架中起航/在流血的钉痕中永生//我也会成功地变成一段空白/像老旧的磁带,无法恢复"。诗人与故乡之间矛盾复杂的情感也在宗教虔诚的信仰中获得自我救赎:"赎回我吧,最后的晚餐/故乡,过了这一刻,客西玛尼园/所有的橄榄都将落下/两千年后,我的名字/将镌刻在你的门楣。"(《故乡》)亦如学者张清华为《十二背后》所作序言中所感:"我找不到一个合适的比喻,无法断言她的角色相当于《圣经》中的哪一个人物,只是觉得她如同一个信徒,一个精神史的考古学家,一个来自遥远东方的使者,又或是一个但丁式的游历者，有时她甚至还不知不觉地扮演着圣母或任何一个可能的角色。"[1]梅尔将其对基督教的感悟和继承深入生活的每一个细节，她持以包容、仁爱、感恩之心，省思当下，回望历史，走入自然。在她的诗歌中，基督教赋予她完整的精神世界，不断收获生活的诗性，采撷精神的辉光。

"失落的手术刀从不反思/虎视眈眈的过去"（《生病的树》）。回眸过去是为了警示当下。相较上述两个诗写场域，在《兵马俑》《刮毒》《微信》《过年》等诗篇中。梅尔对日常生活的书写风格陡然转变，视角犀利，呈现某种寓言和讽喻的意味。《刮毒》一诗以一个正在进行的诗歌现场作为写作背景。"毒素"是现代生存境遇和现代人精神的痼疾，是城市和物欲生活给人造成的精神压抑，诗人对于自由、宁静的生活向往而不得，使诗人从毒素或冰冷的世界中逃离出来的是梵·高的太阳、海子的麦浪、伍尔夫迷人的微笑。"夜晚躺在床上/把悬在半空的心轻轻握住/再轻轻地装回胸腔/爱人的鼾声像海浪的节拍/我活了过来"，诗人"被那遥远的阳光捂热"，清除"骨缝里流淌"的毒素。最终带领诗人从卧夫离世的悲痛中走出来的是人与人之间的真情。在《兵马俑》一诗中，梅尔以一种新异的写法尝试对庄严而沉重的历史想象力予以诙谐的调侃。诗人赋予兵马俑以生命，让他开口与游客对话或自言自语，兵马俑用玩世不恭的嬉皮士的语调讽喻了现代人的诸种行为："现在　你们/把我们变成一堆无所事事/供络绎不绝的白痴们瞻仰的小丑"；"在一场与我们无关的战争中/项羽盗走了所有的武器/这孙子不懂得好借好还的道理/只有拔剑乌江自刎了/可是你们造了原子弹核武器爬到月球上了/却不知道还我们一把长矛和马鞭/你们还用一堆所谓的专家/复原我兄弟的骨头"；"好了　孙子　天又快亮了/又要进行面无表情的一天/这讨厌的蚂蚁　镁光灯和雾霾/你们带进坟墓的一切/是秦王宫殿的大敌"。寥寥数笔，油滑的语气将人性的弱点，现代人的焦灼、盲从、无知，被破坏的生态环境等暴露无遗。在其余诗篇中，就现代文明对自然之心的侵蚀，梅尔也屡次发出警告："晚

---

[1]张清华：《苍凉的相遇——序梅尔诗集》，《十二背后》，人民文学出版社2018年版，第8页。

餐我一再喝汤/以掩饰内心的慌张/让人骄傲的文明　已掠夺了/我们亲近自然的心"(《圣保罗》)……作为在途中的现代人,我们每天都赶赴着不同的使命,却很难静下来与自然亲近,聆听它带给人类的启示;也很难放弃烦躁的世俗心,感受宗教赋予我们的神谕之音。现实中,人类不断地制造违逆大自然、违逆历史规训的行为,这些是梅尔在诗作中反复思考和提出的问题。

　　谈及如何实践真正能够产生意义和影响的写作,欧阳江河认为:"一定同时会和心灵、和现实发生联系,它一定是平行于心灵的发生和现实的发生的;它平行于这两者的发生的过程,成为第三种跟世界有关的见证,也是一个发生,它不仅仅是对现实的发生、心灵的发生的一个记录和见证,它自己就是这个发生本身。"①诚然,梅尔的《十二背后》在自我与外部世界的"相遇"中不断完善充盈完整的"我"的世界,她游历于世界名胜和历史之间,在文本和诗歌内外,穿行于不同的时空与生命维度,参与、见证和反思人类与自然、人类与历史以及人类社会曾经和现在的处境。梅尔在诗歌中建构了多元的话语场域,置身不同的历史和时空维度,书写心灵、自然与日常的多维景观。《苍凉的相遇——马丘比丘》《双河溶洞》等诗作,为女性诗歌写作注入新的元素,也延展了当代女性诗歌的写作维度。

---

①欧阳江河:《诗歌写作,如何接近心灵和现实》,《当代作家评论》,2010年第4期。

## 雁西《致大海》：
# 情人诗学与景观叠合

在回答巴恩斯通的问题时，博尔赫斯如是界定诗人的职责："如果我是一个真正的诗人，我就会觉得我生命的每一时刻都具有诗意。我生命的每一时刻就像一种黏土，要由我来塑造，要由我来赋之以形态，把它炼成诗歌。"[1]博尔赫斯从自我生命形态和诗意的发生与存在几个方面挖掘了诗人身份的终极归属，即真正的诗人要把世间一切事物都看作是诗的幻形，能把一切经历化为诗意蕴藉的语言。这就要求诗歌的创作者要有一颗纯粹的诗心、高洁的灵魂和对世界充满疏离感的热爱。没有纯粹的诗心，诗歌创作就只能沦为以创作者为主体本位的对生活片段的捕捉和记录；没有高洁的灵魂，不仅会丢失诗人对理想构筑和维护的意旨，尤其危险的是，当面对浮躁的群体社会、日常琐事或个体精神的空落时，诗人难以对现实困境进行剖析、反思，弥散自我救赎的力量，遗落诗歌最重要的情感沟通功能，即相似灵魂间的悲欢相通；没有对世界充满疏离感的热爱，则无法拥有脱俗拔势的生命体验和热烈的生命激情，无法在爱的烛照下将日常琐碎的片段用澄澈优美的语言舒然自在地表达出来。雁西[2]就

---

[1] [美]威利斯·巴恩斯通编：《博尔赫斯谈话录》，西川译，广西师范大学出版社2014年版，第15页。

[2] 雁西是"中国诗坛四公子之一"，出生于江西，身兼诗人、评论家以及策展人等职。曾获中国首届诗国奖、《芒种》年度诗人奖、《人民文学》优秀作品奖、世界诗人大会创意书画奖、中国首届长诗奖、加拿大婵娟诗歌奖、第四届中国当代诗歌奖、2016两岸诗会桂冠诗人奖、2018首届博鳌国际诗歌奖年度诗集奖等数个奖项，迄今已出版个人诗集《时间的河流》《致爱神》《致大海》《神秘园》等九部。

是这样一位拥有纯粹的诗心、高洁的灵魂和对世界充满爱的诗人。

"雁西是一位心思缜密，性情温和而善良的人，而且又崇尚美好。那么，爱情成为他诗歌的基本主题之一就毫不奇怪了。"[1]游弋于主流诗坛之外，雁西以使徒的朝圣之姿坚执一个古老的话题——探寻爱的终极意义。他的诗集《致大海》是丰盈的生命独白，诗人以"爱神"之名对后现代语境中拟像化、碎片化生存空间进行了个性化整合，温和流动的诗情如大海的波澜，起伏荡漾，回荡并召唤着纯净神秘的人间情愫。《致大海》延续了诗人细腻婉转的创作风格和饱满的人文魅力，亦彰显出诗人努力拓展诗写空间的艺术探索精神——诗人有意无意间构建了极度私密化和缠绕着神秘情感的"情人诗学"及地理景观。

## 爱从大海的镜面升起

《致大海》曾是俄国浪漫主义诗人普希金反抗暴政独裁、讴歌自由和光明的政治抒情诗，以同题为诗集命名，可见雁西对普希金的喜爱。不过与普希金将大海作为自由精神的象征和知音，借大海自由奔放的壮美形象表达渴求自由的愿望不同，雁西在其诗集《致大海》中构建了一个以情人为轴心的抒情主体，主体"我"与世界万事万物是热烈平等而相互爱恋的情人关系，诗人毫无作意和遮掩地向这个世界诉说着自己的爱情经验乃至爱情想象。诗中的"爱人"，代表情人的不同面向和想象，可以是美丽柔婉、体贴知性的女子，也可以是生活中所有触及其情思的景物人事，那些没有生命和身份归属的客观对应物，也被诗人赋予了情人的性格与美好的形象，纷呈出迥异的个性色调。笔者将这种诗歌观和创作经验称之为"情人诗学"，它虽然不绝然独属于雁西，不过确实是雁西将这一诗学特质发挥到得心应手的境界。在多年的诗歌创作中，雁西有意忽略事物本身所存在的自然属性或物理属性，

---

[1] 夏汉:《在心灵与真情间飞翔——谈雁西和他的诗》,《致大海》,海南出版社2018年版,第243页。

以丰沛的想象给予其一定的社会属性和人类情感能事,大海、雪花、树木、花、草、山、石……不一而足,它们以情人的身份介入诗人的情感世界,诗人自如出入其中,尽情表达他对女性的尊重,对日常事物和自然景观抱持的"爱"的感受力,不断升华他对这个尘世平等浓烈、细腻缠绵的爱。"情人诗学"的确立看似和郭沫若的"泛神论"有同工之妙,但事实上两者在诗性思维方式上存有一定差异。在郭沫若看来:"泛神便是无神。一切的自然只是神的表现,自我也只是神的表现。我即是神,一切自然都是自我的表现。人到无我的时候,与神合体,超绝时空,而等齐生死。人到一有我见的时候,只看见宇宙万汇和自我之外相,变灭无常而生生死存亡的悲感。"[1]两者创作思维的同一性在于都追求"泛化"。郭沫若基于"泛神论"思想的诗歌创作,是以一种"万物皆神"的姿态面对世界,在这种思想的驱使下,郭沫若打破旧式思想与审美束缚,创作出《女神》等灵逸飞动,洋溢着破坏力的"开一代诗风"[2]之作。雁西绝非模仿郭沫若,要将世界"泛神化",而是将一切"泛情人化",构建一种"万物皆情人"的诗学空间。

从诗歌内容来看,《致大海》以表现爱、亲情、爱情观、人的尊严和价值、个体神秘的生命直觉和体验为主题,呈现出美丽又浪漫、崇高又忧伤的审美风范。费瑟斯通在《消费主义和后现代文化》一书中曾提及,西方国家审美化的表现有三个方面,一是艺术亚文化的兴起[3],二是追求将生活转化为艺术作品[4],三是日常生活符号和影像的弥漫[5]。在第一点中,费瑟斯通强调:艺术亚文化的兴起认为"艺术可以出现在任何地方、任何事物"。"他们

---

[1] 郭沫若:《少年维特之烦恼·序引》,《郭沫若全集》第十五卷,人民文学出版社1990年版,第311页。

[2] 钱理群、温儒敏、吴福辉:《中国现代文学三十年》(修订本),北京大学出版社1998年版,第125页。

[3][4][5] [英]迈克·费瑟斯通:《消费文化与后现代主义》,刘精明译,译林出版社2000年版,第95页,第96页,第98页。

追求的就是消解艺术与日常生活之间的界限。"①以此审视雁西的"情人诗学",他打破"日常生活符号",正是遵从心灵的呼唤去"追求将生活转化为艺术作品"的行为。他将对"爱"的多样想象嵌入诗歌创作体系,绝非一种抒情传统的简单延续,而是富有突破意味的心灵构建。在《日月潭,什么时候我们再见呢》《孔雀从红酒中飞来》《是你?》《小雪》《立冬的柿子树》《牡丹花都开了呀》《等着你》《珠穆朗玛峰上的一对鹦鹉螺化石》《致一块女神石》《桂花香》《致大海》等系列诗篇中,他突破通常意味的爱情所指,"情人"无所不含,诗人与这个世界建立起亲密如一的"爱情"关联,被诗性化了的"情人"不再具体指某一人或物,诗人把"她们"纳入自己的审美范畴和情感想象世界之中,如《致大海·之二》:

今夜我和你在一起/睡在离你/最近的地方/你的呼吸和语言/通过青蓝的图式传递/我长长地凝视你/你和天地/连在一起/千年的等待和流动/像是为了时间的永恒/我看清了你的模样/你是最美的/女神/海面像一面镜子/阳光撒在上面/金光灿灿分不清彼此/光明/虚幻变得真实/藏在夜色深处/隐去了你美丽的面容/涨潮的时候冲动/激情/奔腾/你像是舞蹈的女王/在爱的呼唤中/奔泻/一次次地席卷/一首首抒情诗的/吟唱/你会忘记自己的名字/也会忘记天在你的头顶/有时想/温情的你一定是泪水的会合/忧伤/的咸咸的/沉浸之后的宽容/所有的苦难和不幸/在你的眼里/算不了什么/世间的万物/都在你的心中起起伏伏

诗中,诗人以情人之间的絮语方式倾吐出"我"对"你"永恒的眷恋、信任和理解,"你"时而是最美的女神,周身闪耀着金光,又神秘变幻;时而如女王,激情奔涌,舞蹈于海上;时而如多思的少女,温情忧伤;时而是胸怀世间万物的大爱者,眷顾着每一寸山河、每一个生灵。诗人以情人的口

---

① [英]迈克·费瑟斯通:《消费文化与后现代主义》,刘精明译,译林出版社2000年版,第96页。

吻创设了一种浓烈的爱的语境，这里的"你"指涉大海，大海兼具了诗人所爱慕的情人的多重化身，大海既呈现出其本身的自然属性，又烙印着诗人赋予它的女性情感、性格，被抒情主人公人像化为不同女性的形象。

对待女性，雁西始终秉具理解尊重和温暖关爱的情怀，这一点迥异于凯特·米利特在《性政治》一书中将两性关系概括为支配和从属的关系。凯特·米利特强调，性别不仅是一种身份特征，更是一种政治权力关系，他认为"内部殖民"比任何种族、阶级统治都更为严峻，"是我们文化中最普遍的思想意识、最根本的权力概念。"[①]雁西的诗写体系中不存在两性权力的分野对峙或从属被动与主动的关系，他以平等欣赏之情主动理解和赞美女性，有时其笔下的女性形象不乏其性格的侧影。诗人善于自我营构两性的对话场景："可是/我要问/为什么叫小雪/这么美的名字/看着你成片地飞落/我端着酒杯/打开门/让你落入杯中/与我同醉/不冷了吧/可是你化了/我害了你"（《小雪》）。新诗中较早把雪花拟化为女性、恋人的，是徐志摩写于1924年的《雪花的快乐》，诗中的雪花闪现着陆小曼的身影，同时，徐志摩以雪花影射其灵魂的选择，体现出对自由、理想和爱情的追求，并将个人的快乐、痛苦、忧郁、愤懑都倾注其中。两位诗人均形象描摹了雪花的本色，但不同于徐志摩笔下热烈清新的雪花，雁西细腻轻柔地刻绘出化身为单纯静美女子的雪花降临到这个世界后短暂的遭遇。这也是诗人生活中一个细琐的片景。小雪与诗人在雪天邂逅，彼此温暖慰藉，点燃寂寞的心灵，却也带来了生存形式的毁灭。将客观物拟化为女子——诗人的情人，既尊重其本来的属性特征，又赋予恋人的美好形象，同时抒发"我"对"她"的爱恋或情感交流，三者兼顾是雁西"情人诗学"的核心框架。再如"我吻过之后你也吻/或是脸贴着/咔嚓照一张相/开心的/嘴唇有些粉/像蜜蜂叮过的蜜/挺好的/继续等着/你这只科尔沁草原的蝴蝶/你也在等吗"（《等着你》），"但你坐在这里/等谁/就是为了你我的这一刻相遇/我想说：别悄悄地流泪/我已经为你准备了一片海/哭吧/为你我的再次重逢/这片海/足以盛下你全部的泪"（《致一块女神石》）

---

[①] [美]凯特·米利特：《性政治》，宋文伟译，江苏人民出版社2000年版，第33页。

……不论是小雪、蝴蝶还是女神石,诗人都着力赋予小雪、蝴蝶、女神石以女性身份、女性情思与形象。完成了身份的置换后,诗人一起笔就以情人的口吻对"她们"倾吐内心的爱慕、相思或怜爱,对万事万物葆有情人的诗意和温度,仿若恋人间在诉说缠绵的情怀,实则诗人在传达他对世界的热爱。仅就这一点来看,雁西的情人诗学非单纯情爱的抒情,是充盈情感与心灵的表达策略,明显有别于聂鲁达的爱情诗。聂鲁达的情诗中几乎都对应着他在现实生活里实际爱恋的原型,泰瑞莎、阿尔贝蒂娜、卡里尔、玛蒂尔德……情诗是聂鲁达心路历程及性的探索的映照——即便在情诗中大量使用大自然的意象,也是为了追忆爱情,以自然象征生命的活力,对抗现实生活中所遇的诸种生存困境。而雁西笔下的"你"非指代具体人物,从创作心路来看,与其说雁西尊重、依恋美好的女性,不如说他热爱和倾心感怀于不同形态的美好生命。

诗歌是人世间最真实的情愫与最朴素的真理的表达。别林斯基说:"诗歌通过外部事物来表现概念的意义,把内心世界组织在完全明确的、柔韧优美的形象中。"[1]雁西以大海为核心意象进行主体情感的观照,大海如恋人般感受到诗人内心深处最幽微的情感和无有边界的爱。雁西与大海相互倾吐,他们之间单纯净澈又奥妙深邃,两个维度的爱天衣无缝地连缀在一起。大海和抒情主人公是如影随形、同频互涉的恋人,大海一方面给予诗人灵感、慰藉和胸怀,另一方面被诗人赋予了恋人身份和不同的生命属性,还时而闪现出诗人的感悟情思,作为读者,我们也常常分不清它或她或他,但这有什么影响吗?

雁西在《致大海》的序言中写道:"海是一首无穷无尽的长诗"[2],"从别人眼中的海,体会自己心中的海,海是充满人性的,与人类和生命息息相

---

[1] [俄]别林斯基:《别林斯基选集》第三卷,满涛译,上海译文出版社1980年版,第2页。
[2] 雁西:《像无数的玫瑰开在波涛之中》,《致大海》,海南出版社2018年版,第1页。

关,在'海的故事',我对于海的浪漫、海的情感有了更为深刻的领悟"[1],"海像我的老师,也像是我的知己。海引领我们走向广阔、博大和自由,使我们更爱这个世界,诗人不仅有小我,更应该像海一样有大我,努力构造一个诗意的大境"[2],"大海,人海,心海,只有爱海、懂海的人才会真正像海一样辽阔和无限"[3]。诗人绝非停留在以我观物的界面,他通过大海反思和观照人的生命意义、人生的格局和境界,通过模拟或亲近大海的情绪感受外部世界,海岸的绵延也是诗人崇高的爱情追求和真挚情感的衍生——"我又听到了舒婷的《致大海》,感受到人与环境的不同,心情的不同,海也不同,诗也不同。"[4]大海浪漫,令人心驰神往;大海深邃,变化莫测,它是理想与现实、怀疑与信任的综合体,它用自身的包容和仁慈接纳了作者无数的爱恨、离合、悲欢之绪。正是大海的特质,让诗人成为其坚定的追随者:"星光隐没/月亮呢躲在海里/我们彼此在期待什么/挂念/分别/什么时候可以重逢/向大海/向大海的广阔与包容/以最低处/迎接万川回来/我们的血缘在海潮中回旋/你我的爱将获得重生/重生/有了爱情的生活"(《月亮呢躲在海里》)。诗人对"月亮情人"的追逐和"爱",以"大海"这一极具包容性的物象为介质,钩织出"恋人絮语"。

日本当代文论家浜田正秀如是定义现代抒情诗,即"现在(包括过去和未来的现在化)的自己(个人独特的主观)的内在体验(感情、感觉、情绪、热情、愿望、冥想)的直接的(或象征的)语言表现"[5]。大海是雁西内心体验的外在映照:"海"本体意象的博大浩瀚承载了诗人个体复杂丰富的主观情绪,契合了诗人感性的心理特质,跳跃着诗人的情感律动。诗人把自己对爱情的感受,通过大海这一意象,化为诗情流淌出来:"我知道你说对不起不是想伤害我/但却比任何剑伤我伤得重呵/如果可能我也愿把心事放

---

[1][2][3][4]雁西:《像无数的玫瑰开在波涛之中》,《致大海》,海南出版社2018年版,第2页,第3页,第4页,第1页。

[5][日]浜田正秀:《文艺学概论》,陈秋峰、杨国华译,中国戏剧出版社1985年版,第47页。

在海里","那海面浮动的鱼群/是我写给/你的诗句吗/但她们为何如此/陌生"(《致大海·之一》)。诗人把内心的痛苦思念之情毫无保留地倾诉给大海,大海成为诗人情感的出口,又如同亲密的知己。偶尔,波涛汹涌的大海扰乱了诗人的思绪,诗人在骚动的大海面前如此渺小又苍凉,悲观怀疑情绪潜滋暗长,诗人思索着自己在爱情中的位置,往事的迷茫、现实的失落痛苦交织在大海的面前,深深的"被弃感"油然而生,于是诗人把自己的爱情、理想、痛苦诉诸大海,把爱人毅然离去的无奈,爱情转瞬即逝的痛苦,自己人生的追求、遭遇和忧患毫无保留地告知大海(《致大海·之三》《致大海·之四》);大海成为诗人精神空间的独立部分,成为作者放逐自我情绪和表现爱情困顿的重要组成部分(《漂》《岸》)……雁西诗中的大海,不仅是真实的大海,还是心灵的大海,情感的汪洋与独立的诗学品格互为熔铸。从某种程度上说,"大海"这一意象成就了雁西梦幻般的真实、洒脱灵动的诗歌品质,两者摩擦相生出灵魂的声音。亦如20世纪30年代陈梦家所言:"抒情诗好比灵魂的底奥里一颗古怪的火星,和一宗不会遗失的声音,一和我们交感以后,像云和云相擦而生的闪电,变成我们自己的灵魂的声音,这真是自然的奇迹!"[1]

## 丰沛浪漫、深情绵密的美学风格

诗人华兹华斯坦言:"一切好诗都是强烈情感的自然流露。"[2]无论是在画作还是诗作中,雁西都饱蘸深情,任浪漫绵密的情思自然流泻,他的诗不乏小小的感伤与忧叹,不过整部诗集被热烈光明的情愫以及宇宙生命间神秘低语的对话或倾诉所萦绕。雁西的好友袁贤民曾在文章中提道:"雁西说,不错,诗言志,但更应该言情、言爱,一个真正的诗人,首先是人民的诗

---

[1] 陈梦家:《新月诗选》序言,《新月诗选》,新月书店1931年版,第22页。
[2] [英]W. 华兹华斯:《〈抒情歌谣集〉序言》,曹葆华译,《英国作家论文学》,汪培基等译,生活·读书·新知三联书店1985年版,第16页。

人,只有对这个世界充满暖暖的爱意,你的灵魂才能得到升华,赢得诗神的青睐,你的诗篇才能浪漫、纯净、唯美、刻骨。"[1]雁西也曾在访谈中提道:"我一直认为诗言志,更言情和爱,一个真正的诗人应该对这个世界充满深情的爱,有爱才有诗,有爱便有一切。我认为世界上最美的诗歌一定是情诗,尤其是爱情诗。"[2]雁西是立志对这个世界写情诗的人,《致大海》中,他为我们塑造了一个至纯至善的"诗神之子",一个与"爱海"共享秘密的纯情诗人,一个以"爱"之姿态进入生活的独语者,一个对爱人、父母,对海南,对老街道,甚至对自然界的生物都充满悲悯之心的生命歌者,一个边走边留下鲜花与柔情蜜意的爱之匠人,他独抚竖琴,行吟海上,为我们留下大海一般透明、璀璨、热烈的诗句。

整本诗集共有九辑,均展示出缠绵细腻的诗美品格。第一辑到第六辑的代表诗作《我是谁》《我的灵魂呢》《我往哪里去》《我活在你的影子中》《早恋》《印象森林》《月亮,时间的钟盘》《到此为止》《宇宙树》《在世界的每一天都爱你》中,雁西以审视者和叙事者的身份,与所见所想交换情思:"我往春天/往芬芳去/我和情人/换花去/我往湛蓝去/往深处/和鱼儿们聊天去/往三角梅的/盛宴/赏灯/闻香/你追我赶/靠上去/就能爱/刹那之爱/也永恒之爱"(《我往哪里去》);"等长大/叶子落了又落/枣子熟了又熟/我一个人回来/你一定还在/还那样/而你一个人回来/我一定还在/还那样"(《早恋》);"夜声寂静/我分明听见了海潮/从你的照片涌了过来/亲爱的/我已困极了/却又无法入眠/潮声如歌/从中秋的月光流泻而来"(《月亮,时间的钟盘》)。浪漫的情感和婉转的语言绝妙地跳脱在读者面前,浪漫的"爱情"成为诗人写作的美感基调与创作源泉。

第七辑中雁西进一步延展了写作空间,亲情和乡思在凝神静听处迸发,

---

[1] 袁贤民:《与诗神和爱神同行——雁西其人其诗印象》,雁西《致大海》,海南出版社2018年版,第6页。

[2] 雁西:《雁西:诗歌应该给世界传递温暖》,引自 http://www.zgshige.com/c/2017-02-09/2560596.shtml。

《母亲》《父亲》《一滴水》《乡愁》《江南》《池孜坑》《故乡，在任何时候都最亲》等诗，诗人在时间的长河中体会父母以及故乡因时间流逝而带来的诸多变化，饱含诗人对亲情的依恋、对故乡的眷念："可是/母亲你已不认识我/八十五的你/最后一点记忆/你给了父亲/坐在你身边/只想静静/坐在你身边"（《母亲》）；"每分每秒都在逝去/生命也在/每分每秒都可能逝去/可是/你没有/你从每分每秒回来/逃亡的灵魂/躲过了一次次/在最艰难时间/你没有放弃/一种力量征服了一切"（《父亲》）；"我的凤凰牌自行车/我/的田野/母亲及亲人/在星河交汇之中/在这迷人的五月/我在海边/就像在赣水系/与你们对望/握手/拥抱/时空已没有了"（《一滴水》）。在对父母和家乡的深厚感情中，流溢着广博的爱和炙热的亲情。诗人以平静的心态超越现实的苦难，在理想的境界中寻求精神的寄托："如果真有来生/还希望是今生的样子/一切重来/一切重复/你还是母亲/只希望母亲/从此不再操劳"（《献词》）；"上面燃烧的烛泪/寂空/如来往的尘世/母亲呵/今夜儿子为你守夜/只为你的灵/可以到家/再看一眼你的儿子"（《灵堂中的灯，昭示母亲回家的路》）。

在第八辑和第九辑中，诗人从个体生活经验和情感诉求中跳脱出来，在《致李清照》《致黄公望》《致王羲之》《苏东坡：我的海南日记》《像雪霜一样，这冷白的头发呀》等诗中，历代伟大的诗人或书法家成为文化符号，承载着诗人的阅读经验、人生感悟、精神寄寓，以及对命运、历史的反思。雁西对文化葆有情人般的拥抱姿态和热情，他以情人热恋般的眼神穿越于历代诗人所留下的诗歌精神，并重新构建起深邃的阐释空间："或什么也不留下/我看见了虞山的/高度/不高也不矮/不和高山比/也不和土地平/一种恰当的高度/不偏不倚/君子和雅士的气度和风度/淡然/墨迹上的温度/传递手心的纹路/你身体在土层之中腐烂/灵魂却在纸上/静静流动/看到了/也知道为什么/你的江山可以这么长"（《致黄公望》）；"家愁未消/又添国恨/姐姐你像个七尺男儿/生当作人杰/死亦为鬼雄/轰轰烈烈的悲壮/你心甘情愿地为难自己/月下的情丝又算得了什么/三杯两盏淡酒/怎敌他晚来风急"（《致李清照》）；"生死之间/十年/孤坟/茫茫的草丘之中/千里/相隔于千山万水/凄凉的风在吹/想说些什么/又有谁会静听/一切都在时间中/转动/即使我们彼此/相逢/再也不可能认出彼此"(《像雪霜一样，这冷白的头发呀》)……诗人以对话的姿态重新挖掘黄公望、李清照、苏轼等伟大诗人和艺术家的精神世界，从当下的视角反思他们在历史中的文化意义和人格高度。这一部分的诗歌语言保持了诗人一贯的浪漫深情，又不失庄重的历史感，两者和谐统一，形成阅读的张力，给人以心灵触动。

雁西善用繁复的独白体，深情絮语中蕴含了生命智慧，浸透着思想的深度，有些诗歌还展示了从自身生活和危机中所发掘的困惑、迷茫："朝天看了很久/手在轻轻揩泪/为什么会将名利抱得那么紧/那么久/那么重要/亲爱的/谢谢你/你让我醒了过来/从今夜我要放弃/在这一刻才明白：名利比羽毛轻/是世上轻得最轻的东西/而你/才是最重要"(《这一秒，我心疼全世界也心疼你》)；"树上挂着一些泪水/一些露珠/和一些道不出的酸楚/我们有时也不懂命运/不懂突临的厄运或幸福"(《这样吧，挺好》)。浪漫细腻的抒情中却不失对生活的反思。他也触及爱情的虚无问题："那些桃花落了/这些/桃花开了/开在十月/在另一个/世界/那里桃花开过之后就永远/开着/不会落/以一种笑容/表达不死的爱情/表达/再生的梦和粉色欲望/还是桃花/也许只有桃花/才可以那么/准确地把你的心和她的心/以及/别人的心/开在一起"(《桃花》)。深情绵密的诗思中交错着冷静理性的反省，带我们穿透表象，叩寻人生的真切处境。

"在诗的历史中，我们目前正面临一种不寻常的、唯一的现象，这就是不论哪一位诗人，都在自己所处的一隅，用自己的笛子，吹奏自己所喜爱的乐曲。"[1]从乐音的独特属性上看，《致大海》这部诗集是由钢琴和小提琴合奏出来的交响乐和小夜曲——"这本诗集，我的一百多首诗歌作品，是在海南创作或写给海南的诗，是大海的抒情诗，唯美、浪漫、纯净，既像小提琴般的小夜曲，又像交响乐般大气浑雄，表达了我对海南深深的爱和故乡般的

---

[1] [法]斯特凡·马拉美：《马拉美谈诗》，王道乾译，伍蠡甫主编《西方文论选》下卷，上海译文出版社1979年版，第259页。

情怀。"①同时，诗人用画笔调染出童话的色调，立足现实又超越现实的幻想、拒绝丑恶与黑暗的正义散发出金色的光芒，人以童话世界的爱来理解和进入日常生活的碎片。在《你呢？你在哪？》一诗中，诗人用具体的"时间点"寓意生命和爱犹如清早一般美好和升腾，随后植入"手机"这一"现代"媒介，隐喻物欲时代诗人对爱的执着和坚定不移。雁西对世界的爱是如此浪漫多情，他甘心停留在纯粹的童话世界中，以纯透的诗心经营爱的世界（《牡丹花都开了呀》《桂花香》）。作为爱的理想主义者，他的纯真信念无异于精神的守城，虽然《致大海》这部诗集不乏作者对已逝爱情的祭奠、对亲人去世的伤悲和对生命存在意义的哲学探察，但整部诗集则统摄在深情浪漫的爱的氛围之中。

## 以海南为轴心的地域景观

追溯中国诗歌发展史，从先秦的《诗经》《楚辞》到唐宋"山水诗""羁旅思乡诗""边塞诗"，再到明清"边塞词""记游诗"等，诗歌与地理结合，成就了不少经典篇目。百年新诗发展史上，许多诗人的写作也是从自己最熟悉的地域起笔，几乎每一位诗人都有关乎故乡或熟悉的地景之作，不论是"生于斯长于斯"的"家乡"还是工作了数年的"居住地"，自然环境和人文环境在诗人的精神世界中都留下了不可磨灭的烙印，由此成为诗人创作的灵感源泉，也成就了不少诗人标识性的作品。

在雁西的生平中，海南占据着举足轻重的地位，成为其诗作重要的"地域景观"。雁西两次入海南的经历使他对这座城市滋生出别样的情感："我很感激命运之神对我的厚爱，这种城市的转变，使得我比别人有着更多不同寻常的经历，其中包括爱情。"②海南是一个海岛，受地理环境的影响，人文环境也具有大海般宽容的品质。正是远离内地和临海的地理环境及其历史中寂

---

①②雁西：《像无数的玫瑰开在波涛之中》，《致大海》，海南出版社2018年版，第3页，第2—3页。

寞失落的人文环境,使雁西爱上了这里的自然之海和人文之海——"诗人在时间中向大海致敬。"[1]接下来,笔者将从"地域景观"的维度考量其笔下海南的诗学蕴涵。

"地域景观"是近年来诗歌研究的一个前沿话题。现实中的"地域景观"被诗人接受之后,经过个人情感的溶解,内视化为诗人的心理景观,承载着诗人主观色彩的标志性物象,化为诗人创作的"风景"[2],反映了诗人心理和情感的波动,形成带有诗人个性印记和其独特风格的"认识性的装置"[3]。同时,这一手段和策略的运用,既表现了特定区域的自然景观和人文景观,又为诗人的写作提供了鲜活的题材。雁西的《致大海》是建构现代意义诗歌地理的一次实践,在《我在骑楼老街等你》《我经过海棠湾的时候》《海南的灰尘都是干净的》《海口,我就这样把你当故乡》《时间的玫瑰》《海的故事》《东坡海南》(组诗)等诗中,海南的"地域景观"密集出现,诗人不断将"地域经验"纳入"情人诗学"的体系之中,构造出"情人诗学"视域下独特的"海南地景":"头顶上的阳光/是父亲的目光/头顶上的月光/是母亲的目光/我有时也会用酒来浇愁/但从未破灭的希望总会随帆出航/我看见满街的椰树在向我/招手/就像对游子归来/亲切/问候","和你在一起的时光越多/就知道你的自由有多广阔/骑楼老街开着时间的玫瑰/红树林中的鸟唱着自由的歌/亲吻沙滩的赤脚不分本地和外地/海口我记住的不只是海/还有那道夕阳般的/口红","每天开车经过世纪大桥/我发现海开心地在笑/你也开心地在笑/而我也忍不住想笑/海口/我就这样爱上你/我就这样把你当故乡"(《海口,我就这样把你当故乡》)。客居在海南的诗人沉湎于引发其心理归属感的景观之中,他并没有因为自己的客居身份而对海南的大小城市以及自然文化景观产生疏离感,恰恰相反,"椰树""骑楼老街""红树林中的鸟""沙滩""世纪大桥"等地理景观让诗人产生了无限的亲近感和身份认同,这些意象随之被镶嵌进

---

[1] 雁西:《像无数的玫瑰开在波涛之中》,《致大海》,海南出版社2018年版,第3—4页。
[2][3] [日]柄谷行人:《日本现代文学的起源》,赵京华译,生活·读书·新知三联书店2003年版,第9页,第12页。

诗行，如同精灵一般跳脱纸背，就连"海南的日光和月光"都被诗人想象成了"父亲和母亲的目光"。由是，诗人对海南交汇生发出诗意和崇高的爱与理解，他已然把海南当成了精神故园、灵魂归属的土地。

美国华裔人文地理学家段义孚提出过"恋地情结"，即："恋地情结并非人类最强烈的一种情感。当这种情感变得很强烈的时候，我们便能明确，地方与环境其实已经成了情感事件的载体，成了符号。"①以此观照雁西对海南的审美书写，有利于进一步挖掘诗人情感的生发原点。雁西曾说："海南的美无处不在，用任何语言赞美都不为过，海南是一块净地，是充满诗意的海岛，可以称之为'诗歌岛'，能在海南岛生活的人是最幸福的人，诗人们应该到海南来。"雁西把海南作为一个文化意象符号融入诗歌之中，借助海南这一文化意象彰显其自身的美学判断、情感寄寓和个性心理，同时他也为这一文化意象注入了新的生机与活力。诗人用特有的语调倾诉着这座城市带给他的回忆，不见浮夸的抒情，只是深情款款的述说。作为"第二故乡"的"海南"始终叠合着诗人丰沛而深情的生命感怀："说实话/是我已经移情别恋/爱上这片海/蔚蓝、湛蓝/蓝得海天不分/不想回北方/北方雾霾/冷得风中抖缩/冷得心也巴凉巴凉的/来吧/就在海南/海南的温度/会温暖你/在这里一起看海/一起听海的故事"（《海的故事》）。海南每一寸土地和景观已经诗意地潜入诗人内心，他对海南强烈的"文化认同"和"精神认同"深深嵌入其精神世界，化为诗人的"吾乡"。

每座城市都有自己独特的文化特征，大到城市建筑，小至街道，从都市文化气质到市民人文素养……要而言之，一座城市的"面目"，是这座城市的个性。雁西善于选取富有海南个性特征的"地理景观"入诗，清晰准确地呈现出这座城市的独特性，也表现出诗人对这座城市真挚的依恋："惦记一些事/一些人/美好/每个人都不会轻易删除/此间雕像/油画/古董/黄花梨/沉香/每个来海口旅游的人/到了骑楼老街/在自在咖啡自在/在国新书苑看书/尝美食/街上逛逛/走过很多地方/便知道这个地方的/与众不同/看见你的脸/仿佛阅读自

---

① [美]段义孚：《恋地情结》，志丞、刘苏译，商务印书馆2018年版，第136页。

己的人生日记……忽视自己的存在/我在骑楼老街等你"(《我在骑楼老街等你》)。诗人刻绘"雕像""油画""古董""黄花梨""沉香""骑楼老街""自在咖啡""国新书苑"等物象,来标记属于海南的独特的"诗歌地理"。"一起记住/一起欢庆吧/这旧时光曾有过/的美好/这割不断的思念/我的时间玫瑰/我的骑楼老街呀/我千丝万缕的爱/我的骑楼上空高高悬挂的明月呀"(《时间的玫瑰——写给海口骑楼老街》)。诗人频繁书写"骑楼老街"等城市景观,表达他对这里的熟谙。此外,有些关乎海南的诗歌叙述折射出诗人对事物的深切体悟与审视,诗人将人生的复杂经验运用到对日常事物的观照之中,人、情、景、物交融为一体:"我经过海棠湾的时候/我想到了/你/想到了爱情/想象一棵海棠树/满树的海棠/花开了/你就站在/树边/向我微笑/当然这只是/想象/海的一个梦语/往三亚回的路上/凤凰花开/山岭中的红色/透着金黄/她张开双臂/拥抱/午后的阳光/我望了她一眼/想到了你/仔细/一看/发现真的是你/你怎么也在这里/你怎么/到处都有你/当我惊讶的时候/你悄然无影/你一定藏在树叶之中/藏在森林之中/在云霞之中/一见钟情之后/你的口红/像海棠花/也像凤凰花/多么希望海棠湾的日子/东边开着海棠花/西边也开着/凤凰花/你来/我来/就在这里相爱"(《我经过海棠湾的时候》)。

生命的活力蕴藏在海南的每一处景观中,在这方"情感原乡"中,"海棠湾"和"凤凰花"等极具"海南特征"和浪漫气息的地标和物标被诗人不厌其烦地书写。当诗人赞美"海棠花"和"凤凰花"的美魅以及"花"所代表的爱情时,作者故意在想象中将"海棠花"和"凤凰花"造成混乱,以便形成诗歌的黏稠感和模糊感,诗人旨在表达他对这方土地上每一处景观的迷醉之情。

海南是地处中国最南边的省份,因其地理位置的特殊性,使其在历史发展中积淀下独特的精神内涵和人文景观,加之特殊的地理气候,这里形成了清朗温暖的文化景观与热带风貌。苏轼因贬谪到海南岛而与其建立了深厚的渊源,诗人借对苏轼的追思挖掘海南的文化寄寓,创作出洋溢着唯美古典特质的系列组诗《东坡海南》:"一位诗人自我放逐/细品酸甜苦辣/也因此/找到了诗人的路/这条荆棘之路/已开满了鲜花/而时间/在陈酿的酒中发酵"(《苏东坡：我的海南日记》）；"在海的南边/儋州/看见了鱼/鸟/亲人/在你的手上/那只鸟蹲了很久/有心事想告诉你/或想安慰你这个老人"（《月光，读懂了你背上的诗行》）；"但你最爱杭州和儋州/杭州的妩媚风情/看清了情/儋州的/鱼鸟亲海/看清了天"（《说实话，我不想走你走过的路》）。海南纯净的风光重新整合了城市的破碎，远离陆地、清净偏远也是诗人钟情于此海岛的原因，亦如法国后期象征主义诗人、小说家亨利·德·雷涅埃和法国浪漫主义诗人维尼择选辽远之地安家一样，他们其实是在选择一方心灵的净土。

雁西的"情人诗学"以爱情抒写为主旋律，将大海作为审视自我和世界的镜像，与诗人确立了平等亲密的情人关系，架构起抒情主体与外部世界的关联，表达了诗人对爱情以及亲情乃至社会的思考。在消费主义至上、众生万象碎片化的AI时代，雁西拒绝冷漠与主体性的消解，他以丰沛深沉的浪漫情感谱写了一首首动人心弦且细腻延宕的诗歌，为我们描绘出童话城堡似的"故乡"。诚然，海南作为诗人的"第二故乡"，不仅在诗人的人生历程中产生了重要影响，同时对诗人的诗歌创作也有深刻的意义，其地理环境、人文环境以及城市风貌都在雁西笔下以诗的方式得以展现。作为画家的诗人雁西，他的每一首诗又构成了一幅幅画作，他的诗与画互为文本，彼此标识，印证着那颗情人的诗心、爱的星海。海南的空间景观是承载着雁西情感和诗性的会所，这是"情人"的精神栖居地、爱的天堂。

### 慕白《行者》：
# 行走诗学中的彼岸与还乡

荷尔德林的"还乡"，似乎成了诗人写作的偈语，不论是诗意的栖居地，还是莫测高深的归宿，都充满了一种对于"根"的追寻和探索意识。在这种追寻和探索中，诗人往往求助于生养自己的故乡，想从它们那里获得心灵的慰藉。于是，我们看到了路也的"江心洲"、李小洛的安康小城、徐俊国的"鹅塘村"、杨方的伊犁，以及慕白的"包山底"。

像许多从乡村、小城走出来的诗人一样，慕白的精神之乡与故乡紧紧交织在一起。然而，对故乡的书写与追寻却在他的诗作中呈现出某些异质来。这跟慕白的诗人气质有关，商震在《包山底的孩子》一文中提到见到慕白时的印象："初见慕白，无论如何也难以把他和诗歌联系在一起，他粗犷得有些愣头愣脑，言谈举止充盈着匪气。尤其是喝酒，他有一种勇往直前、不怕牺牲的精神让人生畏。""匪气"二字着实用得贴切，所以读慕白诗作时，一直挥之不去的印象是他在他的诗田上肆无忌惮地"撒野"，而这恰恰是慕白之诗的特质。"撒野"就是不拘束，就是自由，就是不断突围，就是不停留，一直行走。也许就是这样，才有了这部诗集——《行者》。正如作者在《行者·序》中写到的："名之'行者'。只是一种状态。或者说，我还在走。没有抵达。"

在诗人们的笔下，对于故乡的叙述，总能透着股温暖，即使这温暖带着些哀婉，即使它触痛人心最纤细的血管。然而在初读《行者》的时候，我却一直在经受着一种被分裂的痛苦。无数现实的、历史的、魔幻的事物向我袭来，它们凌乱而又自成体系，它们纯净如一而又光怪陆离，它们宁静而又聒噪，温和而又愤怒……它们扰乱了正常的秩序。渐渐地读下去，读下去，跟着诗人一起去突围，去背叛，去游荡，终于有那么一瞬你心镜一亮，一扇门打开了，之后你会发现一个你置身而又弃身的世界——透过慕白"畸形"的视角看到的彼岸。

## 在夹缝中，"回不去"

慕白写了许多献给"包山底"的诗：《我出生在一个叫"包山底"的地方》《我是爱你的一个傻子，包山底》《包山底的小溪不见了》《一个烟头的乡愁》《一生都走不出你的河流》《包山底》……在包山底生活，然后，从包山底走出。在最初的行走中，诗人提醒自己："包山底不敢走得太远/不敢远离乡村"（《包山底》）。然而，在不断行走中，在经历了一个又一个他乡后，诗人却渐渐地发现："我离家时曾背走了家乡的一口井/还带走了包山底纯朴的乡音/一不小心却又都弄丢了/现在，我成了一个无家可归的人"（《我把故乡弄丢了》）；"山上/没有明月，我不是东山客/一路上，我抬头我低头/都看不见故乡"（《车过夜郎》）；"我骑着一缕月光星夜兼程/回到在飞云江水底飞翔的哪一朵云里？/我该怎样在一个人的内心里，焚烧自己的手臂/照亮回家的路？回到母亲最初的一滴/乳汁里，埋下我全部的辛酸和经年的顽疾？"（《我该从哪儿回家》）乡村无法回转，便只有奔赴城市，然而，城市也不能容纳自己，或者更准确地说，"我"无法真正接纳城市。"我"在城市里感受到一种荒诞和无意义：

> 我只打了一会儿盹，纺织厂里就没剩几个姑娘
> 她们离开桑麻，不愿继续和我探讨纯棉的爱情
> 对面工业园区机器轰鸣，老板出来介绍经验
> 他们从来不生产宣纸，但造纸厂的利润很好
> 然后照例合影留念。橘子花的香味在车窗外闪烁
> 我们驱车前进，零星的油菜地和蚕豆花节节后退

守护着一隅农田的乌鸦踩着拖拉机的舞步
　　乡村与高速公路的距离越来越短，不到十五分钟
　　来到花园似的现代农业园区，一种新的时尚
　　令我大开眼界，我的眼睛超过我的想象能力
　　鱼虾在网箱里欢蹦乱跳，公猪住上了别墅

（《大江东去》）

　　总之，就像诗人意识到的"说你不是过客/你又无故乡"（《你能说些什么》），诗人无所归依。于是最好的位置，或者说，最后的位置只能是城市与乡村的夹缝间，并且只能在这夹缝间不停地行走，因为，一旦停下，就意味着有所归属。而行走即不属于任何一地，任何一域。所以，"我"所见之物，皆在彼岸——"我担心我的渔火/会在大海上走失/更担心，我到达彼岸的时候/郁金香的花期已经开过"（《2012，再不相爱就晚了》）；所以，"我"成了一个看客——"你可以选择做一个旁观者，在沉默中/观察水的清澈，看它如何自我沉淀，过滤"（《龙游石窟行》）；所以，在"我"的审视下，城市与乡村皆拉开了距离——"我在钱塘江畔行走，第一次被工业的链条/剥夺了睡眠，记忆从此与里秧田/马金溪，茶坪，乌溪江，溪东村/胖子，艳艳，曹家，下山蛇/这些带着泥土气味的村庄，河流，农家民宿/拉开距离，变得模糊"（《宿衢江上》）。乡村在彼岸，而相对于乡村而言，"我"也在彼岸——"亲友评论说，你蒙着脸/周围全都是灰蒙蒙的/到北京城里才一个月，你不会学人家/做了什么见不得人的事吧？"（《我给自己蒙羞》）城市在彼岸，相对于城市而言，"我"也在彼岸，无法靠近，就像"我再怎么努力，再怎么使劲/也无法打开北京的房门"（《酒后》）。"我"与城市、乡村的关系，与其说是"审视"，毋宁说是一种"错位"。正如《酒后》中，"我"怎么也不能打开北京的房门，最后才发现"我"拿错了卡——"我手中的是一张外省的，包山底的身份证"。

　　"审视"是一种主动的、有意识的疏离，而"错位"却带着更多被动的意味。就像诗人在《墓志铭：没有别的》一诗中写他的父亲："他像一个败

走麦城的士兵/被飞云江洗劫去全部的积蓄，被迫再次走出包山底"，"他""在城乡接合部/为自己选了一穴廉价的，面积刚好容得下骨灰的墓地/他的墓志铭，却没有别的"。诗人在诗中也多次提到"城乡接合部"："我行走了不过六天，住了五个夜晚/四十年来，在故乡包山底养成的良好睡眠/只一个夜晚，会在衢江边的城郊接合部——/模还乡曹村，分歧为南北两流"（《宿衢江上》）；"没有计划/毫无目标，只想看看城区的防洪排涝/以及城乡接合部的河道治理，达标与否"（《跨湖桥考古录》）。"接合部"，剖开这个词语来看，其实就是城市与乡村之间的夹缝，只不过"夹缝"一词的表述，令人更觉辛酸一些，而诗人不想也不屑于煽情。诗人有意在《墓志铭：没有别的》的题目旁边标注，他不同于他的父亲，他向往却又回不去："脚下的流水/不会再次让我们回到里秧田/回到我们失去的彼岸，钱塘江的源头"（《兰溪送马叙至乐清》）。

"回不去"恰恰是诗人对在夹缝行走过程中自己内心深处情感的直观表达。身在夹缝之中，置于城市与乡村的彼岸，诗人是充满了自责、惶惑、不安与无奈的。连一只蚊子咬"我"额头上的肿包，都让"我"想起童年时在包山底的记忆，让"我"不忍心拍死与自己方言相似的蚊子，"这个肉小的虫子""把我再次一个人留在今晚，成为自己的过客"。而此时"乡村日渐消瘦，夜色深邃，高楼林立，我居住的地方/被城市包围的城中村，天空已经让人分不清南北西东"。于是，"我"以过来人身份遥祝蚊子"千万别忘记了来时的方向和返乡的道路"（《陆陆续续地走向自己的家》）。诗人不无无奈地写道："当时出走多么简单，比一个人偷渡出境更容易/似乎不费吹灰之力，只是，漂泊了十年，三十年，五十年之后/随身带有手机，开着汽车，却找不到去哪里才能办理返乡的证明"（《包山底方言：他们》）。

"回不去"的寓言，就像诗人意识到的"方言是一个人返乡的通行证。/其实，它们不是死在故乡就是在路上"。"方言"从不曾到达过城市，它要么在出走的那一刻就死亡，要么夭折在到达彼岸的路上。所以，城市与乡村永远无法结为一体，永远无法亲密无间。这也就寓意着永远会有那样一个缝隙，一个与城市和乡村都保持距离的"接合部"存在，而"我"正身在其中，无法停留。似乎到这里，已经可以解释最初读《行者》时，为何会感受到一种分裂的痛苦。然而，我想还不够。这种分裂的痛楚，不仅仅是源自现实中"我"在城市与乡村中的无所依归，还源自诗人在梦与现实边缘的精神漫游。

## 在边缘，精神漫游

如果用一个词来概括《行者》，我想我会选择"复合"。所谓"复合"，即融合了诸多元素（甚至是异质的）在诗中，譬如乡村的古朴浪漫与城市的繁华冷漠，譬如现代的焦虑粗野与古代的闲淡雅致。慕白似乎有这样的伟力，可以把这些看似冲突的元素融合进同一首诗中。在这一首首诗中，你能看到一个在现代口语与古典文言辞赋间运用自如的慕白；你能看到一个在现代浪荡子与古代文人雅士间转换自在的慕白；你能看到一个既出世而又入世，既隐逸而又热闹的慕白。我想，之所以呈现出这样"诡异"的现象和特点来，正是源自慕白的边缘身份，源于他所进行的这场旷日持久的精神漫游。

在诗集《行者》中，你分不清慕白是形影相吊的文人雅士还是放浪形骸的草莽英雄。在这里，他可以"喝多了，膀胱膨胀，忍不住/在夜色下，掏出来/对着冬天，撒了一泡尿"，也可以在后面不留痕迹地接进改编的"客心洗流水，如听万壑松"[①]，真是大胆。如果不是对慕白有更深入全面的了解，你也许会以为他是一个背经叛道者，一个传统诗词的颠覆者，一个传统文人的现代逆子。不，慕白恰恰是一个对传统、对历史充满了怀旧与迷恋的诗人，甚至可以说是一个从古代顺江而下的穿越者。正如他在一首诗中的表白：

黄河在走动，蒲津渡在看我漫游
一只蚂蚁由近而远，静静地

---

[①] 出自[唐]李白《听蜀僧濬弹琴》，原句为：为我一挥手，如听万壑松。客心洗流水，余响入霜钟。

群山用目光追踪它的脚步
　　几片落叶在沉沉浮浮

　　我在一首诗的压迫下活着,从大唐
　　走到今天,黄河远去
　　鹳雀隐居在王官谷,瞪着司空图的眼睛
　　一千年来,楼不知塌了多少回
　　我却一直不敢说出自己姓名
　　怕当年写诗的那个人在楼上笑我
　　自己的脚步都无法逾越

(《鹳雀楼下》)

　　这也许是慕白最为显著的特征,杂糅着两种完全不同的气质与两套异质的语言。在《行者》中,你可以读到"坐景区环保车上山到中天门约20分钟/坐观光缆车上行约25分钟/到南天门拍照,上天街/拍照,继续上行到唐摩崖"(《泰山即景》)式的现代出行,也可以读到"你低头坐进车子的身影/让我想起了古代友人江边送别/无言探向水面的沉默"(《兰溪送马叙至乐清》)式的远古相送;你可以读到"我不知道/在一十四岁半少年的眼中/我是哪棵葱,还是哪株蒜"(《回乡偶书》)式的现代自嘲与调侃,也可以读到"我只做自己一个人的孤君/余下看不见的,今晚统统送给别人/末代的帝王,与我何关"(《罪己书》)式的古典气节与执拗;你可以读到"猪肉价每市斤涨了八元/我的工资每月涨了三百/小镇的房价每平方米涨了三千/工厂的烟囱越来越高"(《在场的忧伤》)式的庸常生活,也可以读到"结一庐茅房　围半壁篱笆/不植高枝　不求闻达/闲来时　种种竹/养养花　泡一杯清茶/斟二两米酒　读三本诗书/只羡鸳鸯不羡仙"(《隐者》)式的超然追求和奢望……慕白就像行走在水岸相接的地带,一脚踏着尘世磨脚的埃粒,一脚感受着水波细腻温柔的涟漪。他像一个顽童,又像一个平衡术士,在精神世界里沉吟,并以此为乐,乃至以此为生。他沉浸在这场游戏或者本色出演中,将他自身的两面皆找到归宿。

然而,他终归是一个整体,所以他会时常感到一种自我争执不下的痛苦,而这同样是在精神漫游中实现的:"总有什么东西让我不安,并以此度日/有时候我梦见自己,与山穷水尽保持距离/一个更大的我,在体内争执不休"(《时光虚无》)。这种"争执不休"的不安在现实交往中成为一种现代的焦虑,而在梦境或想象中,则变身为传统文人的静默与深思。对诗人而言,将现代的焦虑化解,设置梦境与想象,或者说进行一场精神的漫游,是一种行之有效的方式。大多时候,诗人的精神漫游是与文人或者历史相关的。白居易、李白、陶渊明、范蠡、顾况、王之涣、谢安、张骞……鹳雀楼、海宁、东山、《涅槃经》……"露花倒影柳三变,桂子飘香张九成""米价方贵,居亦弗易""道得个语,居即易矣""少欲者不取,知足者得少不悔恨"等等,这些传统文化符号在诗人的笔下或隐或现。而与众不同的是,在慕白笔下,他诗中的古代文士和文化传统少了一分高高在上、清者自清的傲慢,而多了一分尘世的烟火气息。譬如,他在《遥想张骞》一诗中所写的张骞:

　　被人称为"博望",其实是一种误会
　　中亚、西亚、南欧这些地方
　　他都没有去过,驿使西域,"凿空"之说
　　只是探险途中,逃亡路上的一次艳遇
　　也许和我今天来嘉峪关一样,最初的理想
　　是随意走走,碰碰运气
　　幸运的话,买回一匹汗血宝马,骑着它
　　到菜市场遛一圈,摸摸地球到底是圆还是方
　　顺便关心一下猪肉和青菜的价格上涨多少

在诗中,张骞脱去"博望侯"的冠冕,褪去英雄的光环,还原为一介平民、一个关心猪肉和青菜价格的村野乡夫。然而,这并没有动摇张骞在我们心目中的伟岸和高大，反而，让我们认识了一个血肉丰满的张骞，让我们更加亲近、敬爱他。也许，这正是诗人通过诗作所传达出的理想的生活状态和方式，恰如古代士大夫的大隐隐于市。关于"大隐隐于市"，诗人在《慕白，慕不白，白慕》中有这样一段论述："知白守黑，是意在教人处世之道，自己一定要明白是非对错，而外表要装成愚钝，对世俗之流既不赞美也不批判，沉默笑看尘世，与'大智若愚'有同工之妙，实乃大隐于市之道。"[①]而"既不赞美也不批判，沉默笑看尘世"，其实就是一种在彼岸观望的姿态。注意是"观望"，而非冷眼旁观，这正是慕白诗歌中较为特异的视角。他有融进现实交往或传统文人生活状态的渴望，然而在追求时，却受着来自另一方的影响和干扰，他总在一面中看到另一面。所以最终他处于一种在边缘漂泊的状态："我至今没有找到出走多年/跟随了我半辈子的灵魂"（《羽毛》）。这种漂泊也可以称之为"漫游"：

> 我走在通向外界的路上
> 你在我的体内逗留
>
> 放弃抵抗，放下记忆
> 你一定要长着眼睛
> 世界不应该全是黑暗的
>
> （《漫游》）

于是最好的位置和姿态便成了在边缘观望。

所以，不论慕白在诗中怎样忤逆，怎么无礼，他都对文人，尤其是古代文人充满了崇敬之意。在《我是文成的土著》中，他难得"正经"地诉说："源于父母的身教言传，我虽然读书不多，但我从小打心底里敬畏文字，尊重文化，敬重正直的人。心存敬畏，这好比一个农夫，从翻地、选种、施

---

[①] 慕白：《行者》，长江文艺出版社2015年版，第158页。

肥,一直到收成,对待每一棵庄稼,都会充满虔诚。"①他喜欢五柳先生,向往魏晋文士,至于唐宋,他喜欢王维、李白、白居易、苏轼。所以在慕白的诗中,你看到的不仅是一个现代的浪子,还是一个"身在水兮心在岸"的士子。在那里,记忆与梦境混淆、模糊,历史与现实缩短距离,融合在一起,"我"与古人相遇:

　　离家千里,记忆与梦境很容易混在一起
　　顾名思义的那种孤独,相忘于江湖
　　一个人在小路上漫步,月亮是旧的
　　风中时常遇见古人,他们落英果腹,沧桑为饮

（《千岛湖水祭》）

## 在自己的诗田撒野

边缘的心态和身份,使慕白的诗拥有了无限伸展的自由和可能。自由对于一首诗,对于一位诗人而言是何等珍贵啊,而在慕白这里,自由简直到达了极致,让人羡慕,让人嫉妒。他自己说"相比于格律诗,我更喜欢古风的自由"②,然而,我要说,其诗的自由更像是一种超越了"自由"的"撒野"。这在他的诗中集中表现在两点,其一便是语言。

慕白的语言可以大雅,也可以大俗,这便是一种自由。他可以写出《兰溪送马叙至乐清》《千岛湖水祭》《鹳雀楼下》《再不相爱就晚了》《为梦的额头书写明日的山脉》《湘湖图》等这样充满了文人雅气与才情的诗作,可以大胆而又自如地将古典诗句、文辞组合、引用等接到自己的诗句中。比如"风虽无痕,鸟过有迹;菩提非树,明镜是台!"（《富春山与柯平书》）,"露花倒影柳三变,桂子飘香张九成"（《罪己书》）,"少欲者不取,知足者

---

①②慕白:《行者》,长江文艺出版社2015年版,第155页。

得少不悔恨"(《我们需要怎样的身份认同》),等等。同时,也可以写出"我喝多了,膀胱膨胀,忍不住/在夜色下,掏出来/对着冬天,撒了一泡尿"(《如听万壑松》),"在镇雄,我远望乌蒙山/作古人状,沉思,吐气/夕阳火红,俨然光焰四万八千丈/'世间破事,去他个鸟'"(《乌蒙山的夕阳》),"这个死去多年的老家伙大概也喝醉了/突然动了起来,用眼睛跟我划拳/老家伙明明输了,却耍赖/抚摸着我的头,教训我:你个小王八犊子……"(《月下独酌》),"世间破事,去他个娘"(《慕白,慕不白,白慕》)这样直白的乡野口语。

慕白仿佛不受语言习惯的限制,或者说他本来就没有语言上的惯性和定式,在语言表达上随意挥洒,情之所至,相应的语言便呼之即来。这实在招人"嫉妒"。一般而言,诗人很难做到在文与野之间转换自如,但慕白却做到了,我想这不仅得益于他的身世经历,还源于他坚持的诗人应有"坐"的姿势的写作理念。他说:"坐,在尘世中反观诸己。坐在门口就是诗人的位置,诗人只要在这里很认真地剔除了尘世的味道,就可以选择了'坐'这样的姿态,正是'坐'使得我有了自己的视域,我守住了乡村,而审视了城市。"[①]"坐在门口"其实就是行走在边缘。这不仅影响了诗人观望乡村和城市的视角,同时也给了诗人一份不受语言习惯约束的自由,他可以有乡野凡夫粗俗的口语,也可以有知识分子的文辞章句。而像慕白这样将文人雅词与乡野口语用得如此酣畅淋漓,引发读者语言接受系统混乱的诗人,实属难得。

所以说他"撒野",实在不为过矣。

慕白在诗中的无拘无束,从形式渗入内容。这一点在前文已有所涉及。他对于传统文化、传统诗句、传统文人内容的重组和改编,无不显示着一股强大的反叛力量,这力量中有一股玩乐、揶揄的洒脱气质,同时,又带有一种难得的严肃和正经。比如,他对范仲淹名句"先天下之忧而忧,后天下之乐而乐"的改编——"不再想着与什么和解/先天下之乐,无天下之忧"

---

[①] 慕白:《行者》,长江文艺出版社2015年版,第156页。

（《岳阳楼记》），将原来的文句意义颠覆、改编，既有一种对传统生命价值观念置气似的反叛，同时，又可以联系前面的诗句看出这样的改编带着释道思想的自由洒脱，是对现实生活和生命价值的深沉思索。恐怕也只有慕白敢这样大胆地将千年来文人士子奉为座右铭的"先天下之忧而忧，后天下之乐而乐"进行颠覆吧。但，这里是慕白的诗田，他可以任性，可以撒野。

再比如，他笔下的古人也带着不一样的面孔出现在我们面前。他否定张骞出使西域的经历，认为那是杜撰，连博望侯的名号都是误会，诗人更愿意相信张骞只是一介平民，他去嘉峪关转转，买了一匹汗血宝马，然后去菜市场遛一圈，顺便问一问猪肉和青菜的价格。这样的颠覆与改编充分体现了诗人"我的地盘我做主"的任性和自由，但诗人的改编和颠覆并没有引起任何不自在，相反，一个关心猪肉和青菜价格的张骞更容易与我们亲近。可以说，借着诗人之手，张骞从历史的祭坛上走了下来，走进了寻常百姓家。若要再举一例，便是诗人自己："一语惊醒梦中人。我牙齿不白，何不叫慕白？于是大悟大彻，既于他人无碍，又用以自娱。更另有深意。慕白，慕白，慕白。一举三得，比那个一箭双雕的人牛多了。小名慕白，开张营业。"[①]连自己笔名的由来都可以写得那么任性随意，实在是让旁人看来自由得"可气"，一言以蔽之，恐怕还是得给他冠以"撒野"的美誉。

在慕白的诗田里，他大俗、大雅；他创作，引用，改编，颠覆；他一直行走，不肯停下来，随性而往，随意而归；他遵从于现实，又充满揶揄捉弄；他崇敬历史和古人，又带着异样的眼光去审视和打量……正是这样，才有了《行者》的"野"，而"野"也即不拘一格。

读到这里，似乎为一开始阅读的困惑感受做了很好的解释：处在夹缝和边缘地带的诗人，创作了跨越边界，也即无边界的诗。所以，初读慕白，你会茫然，会手足无措，甚至会莫名惊恐，你疯狂地寻找隐喻，寻找象征，到最后发现，一切都无用。诗，本本真真就在那里，你所需要的只是静下心来，慢慢地一遍又一遍地读。渐渐地你会发现在《行者》中浮现出一幅幅画

---

[①] 慕白：《行者》，长江文艺出版社2015年版，第158页。

面：一个峨冠博带的士子在江边背手昂首，渺渺兮以望；一个袒胸露肚的大汉在松下醉卧打鼾；一个素衣薄履的清瘦男子在半壁篱笆院内饮茶读书；一个背着行囊、带着乡音埋头走路的异乡人……

然而，还不够。

你得把这些画面融成一幅画，你要把这许多人融为一个人。那时，你才能看到一个真正的慕白。

徐俊国《燕子歇脚的地方》：
# 童话世界的隐喻诗学

徐俊国的诗集《燕子歇脚的地方》首先吸引我的是作者手绘的几幅图文相配的插画。天真无痕的童心视角、穿越现实与童话两重世界的自我灵魂对话，深深打动了我。"孩子，不用数了/你的忧伤比我的眼泪少一滴"，那只由细密的小线条勾勒出的大兔子和伤心的泪珠顷刻烙印在视觉触屏上。"在乡下，每个孩子的内心/都活着一盏清澈的灯"，被孩子环拥的大树敞开一扇小天窗，里面挂着燃亮的灯，火烛与孩子天真的双眼打开了我的诗心与迟钝的视觉，我不自禁添上两句诗："灯亮了，心开着"。"曙光最适合用来祈祷/无数只小蝌蚪将变成青蛙"，地平线上冉冉升起的半颗太阳是一个世界的小蝌蚪的神，那个郑重闭目祈祷着、扎两条粗辫子的女孩和小兔子期待见证生命神奇的蜕变。几幅画均为徐俊国亲手刻绘，风格一致——线条疏密相间，所有生命也亲密无间，画面和诗一样简单大方，想象无拘无束……而且，每一幅画都是一个童话王国，诗的深度就在简单里，诗的隐喻在诗行和画外延展。

## 童心：人性最原始的栖居地

维柯认为"崇高的诗"是由缺少推理能力的原始人类依靠感官的直觉和想象创作的，现代人的心智由于不再受到感官的限制，抽象的思维方式使现代人没有能力体会原始人类的巨大想象，"后来的哲学家们尽管写了些诗论和文学批评的著作，却没有创造出比得上神学诗人们更好的作品来，甚至妨碍了崇高的诗出现"[①]。和维柯看法相似的是我国清代学人郑旭旦,他认为:"夫天地之妙文不从字起。自有天地以来,人物生于其间,灵机鼓动而发为音声,必有自然之节奏。是妙文固起于天地而特借万籁以传之。"出现文字后,"妙文遂少","又其甚者,则为不古不今之文,是文行而天地之妙文皆熄。然终有必不容熄者,天机活泼,时时发见于童谣……"[②]维柯和郑旭旦,两位跨越时空的学者,不约而同地将"崇高的诗"和"妙文"发生的时段上溯至人类的童年阶段。孩童的精神、童心就是人性的归属,对此,恩格斯从另一个方面给予阐释:"正如母腹内的人的胚胎发展史,仅仅是我们的动物祖先从虫豸开始的几百万年的肉体发展史的一个缩影一样,孩童的精神发展是我们的动物祖先、至少是比较近的动物祖先的智力发展的一个缩影,只是这个缩影更加简略一些罢了。"[③]徐俊国与当代诗坛很多诗人不同的地方就在于,他善于抓住人性最原始的特点,以童心看世界,以儿童的姿态进入诗歌写作的堂奥。

在中学教绘画多年的徐俊国深谙:"孩子具有诗人的气质与情感,他们的感觉与诗相通,他们的世界就是诗意盎然的世界,从这一层面而言,儿童是一个诗意者,或者说,儿童的天性是诗人。"[④]在儿童的眼中,世界的一切都是有生命、有灵性的,儿童把一切动物植物、日月星辰、江河湖海等自然世界想象成有生命的个体,儿童眼中人格化的世界和他们对世界的感情自然地融合在一起。在儿童的眼里,太阳会说话,大风伯伯来了会刮风,火车鸣笛是"喘气",蒲公英飞是为了"找妈妈",树叶落了是大树伯伯在掉头发。他们赋予世界万物感觉和生命,世界万物都具有人的情感,儿童的世界充满了强烈的感性色彩和浓郁的诗意。英国人类学学者泰勒认为日常经验的事实变为神话的最初和主要的原因,是对万物有灵的信仰,而这种信仰达到了把

---

[①] [意]维柯:《新科学》,朱光潜译,安徽教育出版社2006年版,第226页。
[②] 方卫平:《中国儿童文学理论发展史》,少年儿童出版社2007年版,第55页。
[③]《马克思恩格斯选集》第3卷,人民出版社1972年版,第517页。
[④] 沈琪芳、应玲素:《儿童诗性逻辑与中国儿童文化建设》,浙江大学出版社2009年版,第15页。

自然拟人化的最高点①。原始人类以敬畏之情面对天地日月、山川河流、星辰水火、风雨云雾、鸟兽虫鱼的种种变化，将自然万物都想象成是有意识、有生命的个体，并赋予这些个体无与伦比的力量，这就是他们心中的"神"。徐俊国在他的诗歌世界里巧妙地变身，诗集《燕子歇脚的地方》中的很多诗都是以孩子的视角和身份感受世界，在这个工业化的现代社会中，诗人建立了自己的童话王国、诗性词语、诗意的画面。

维柯认为，只有在推理能力最薄弱的人们那里才能找到真正的诗性词句，也就是说诗性语句是由于语言的贫乏和表达的需要。"在我们的谈话里是东方破晓，朝阳升起，而古代的诗人却只能这样想和这样说：太阳爱着黎明，拥抱着黎明。在我们看来是日落，而在古人看来却是太阳老了、衰竭或死了。在我们眼前太阳升起是一种现象，但在他们眼里这却是黑夜生了一个光辉明亮的孩子。"②原始人类凭借身体的感知和想象解释世界，以充满诗意的语言，自然生动地表达自己的认识，这恰恰是诗性的核心。徐俊国并不急匆匆地追赶现代性、后现代性的脚步，他自信坚定地朝相反的道路走过去，这是一条简捷直接地通往诗性的路——回归生命本初。他找到了路上智者播撒的原始种子，并敏锐巧妙地牢牢抓住这个核，栽种在诗歌内，让诗歌发出灵性的芽。以《早啊　春天》一诗为例：

　　我脱口而出的时候
　　忍受过霜雪的松针颤了一下　花粉荡漾
　　时光给小鸟解开活扣
　　长翅膀的事物飞得比原先更高
　　我在院子里拔草锄地
　　双胞胎女儿紧紧跟随
　　曙光用粉红色的乳汁开始了一天的灌溉

---

①［英］爱德华·泰勒：《原始文化》，连树声译，上海文艺出版社1992年版，第285页。
②［德］麦克斯·缪勒：《比较神话学》，金泽译，上海文艺出版社1989年版，第68页。

早啊　春天
嫩芽从骨头堆中擎出小旗
生病的松鼠试探着走出洞口
闲逛的人忽然发现自己老了
暖风吹送　胸口多了一朵含雨的云
谁在墙根寻找乳牙
谁把揉成团的遗言放进有蛋的鸟窝

春天喽　我不得不重新打量这个世界
祝愿勤劳者不再收获瘪谷
失败者不再被生活劫持　停止豢养眼泪

"嫩芽从骨头堆中擎出小旗","暖风吹送　胸口多了一朵含雨的云","谁把揉成团的遗言放进有蛋的鸟窝",这些诗句显然跃动着活力,极富生命原始固有的情态,以及天真新奇的想象。这得益于诗人童心的感受力和回溯的姿态。他以儿童的姿态感受世界,进入自然,所以,他的童话王国中充满了慈悯、平等与爱,他诗歌中的儿童视角敏锐而真纯。选择儿童的姿态,恰恰是因为儿童与自然有种本能的亲和,年龄越小,离大自然越近,如同原始人类与大自然保持更纯朴更天然的联系一样,一朵花、一只蝴蝶都会引起儿童真诚的关注,活泼可爱的小动物更是如此。这种源自本能的亲近与成人作品中的回归自然不同,生活在现代社会的成年人,心灵已渐趋麻木,没有儿童的好奇,回归多源于对现实的不满和失望,是心力交瘁的现代人试图寻求心灵安慰的举动,事实上,"回归自然"的呼喊声已表明成人与自然处于分离状态。儿童与自然的亲和则是发自本能的,让我极为惊奇的是,徐俊国的回归是地道的儿童视角和姿态,如"去年见过的蜻蜓不见了/田鼠饿着肚皮走了/鸟雀飞过我头顶的时候羽毛散尽/只剩下一副零乱的瘦骨架"(《我喜欢坐在田埂上度过一个个秋天》);如"一小截干瘪的蚯蚓","倾斜在土里的蜗牛壳","半片羽毛"(《鸢尾花》);如"要像不懂事的孩子那样 把头尽量压低/对脚下的一切 比如一具甲虫的尸体/要备够足够的泪水 轻声咳嗽"(《倾心相告》);如"整个上午/一群蜜蜂围着我嗡嗡不停/我在菜园里割韭菜/它们落在我的肩上和鞋面上/我回屋读史奈德 王维和雷克斯罗斯/它们落满书页/密密麻麻遮住了我喜爱的诗句"(《蜜蜂》);如"一场大雪好像就在天上等着"(《春节》);如"大地的脉搏醒了/大地的秃头长出了草芽/燕子逆着风赶回来了/它给仰望天空的花骨朵往眼里添加崭新的露珠"(《春天来了》)……

秉持童心的徐俊国,同时又以画家的笔在他的诗歌童话中为我们塑造了一个又一个形象饱满的生命。在《鼹鼠》一诗中,诗人首先以现代绘画的手法刻绘了一幅生动的画面:"大地内部 时光深处",书写的对象小鼹鼠情态必现:"缩着脖子","很像一个绷紧的弹簧","举着闪亮的小铲子",情节和动作都富有生动的现场感,"有时快 有时慢 有时深 有时浅/遇到过潮湿的果核 变质的花叶 松树的根须/也遇到过腐朽的头盔 倾斜在黑暗中的断剑","在洞穴的前面/当两具紧紧拥抱在一起的动物骨架突然出现/鼹鼠咯噔一下怔在那里/它举着闪亮的小铲子 不知是继续往前挖/还是悄悄后退回到明亮的地面上来"。小鼹鼠心理变化的细节被口语"咯噔"一词拟人化地描摹。挖地洞的小鼹鼠,是当代童话故事、漫画插图、动漫影片中经典的形象,它憨态可掬,活灵活现。从徐俊国的这首诗中我们突然敞亮了视野:原来诗与童话那么隐秘地相通无碍,其生动的艺术效果没有因为诗的文体遭到减损。但是,这首诗却巧妙地突破了绘画动漫艺术中童话形象的简单明晰,从最后几句中,我们可以看到诗人对一类人的生存状态的深邃的隐喻:在生活中不乏小鼹鼠一类执着奋斗、勤苦地按部就班劳作的人,他们惯性的劳作和本分、普通的人生期待,在死的预示面前突然局促和游移不定起来。

## 现实与童话世界交错的矛盾和张力

在诗集《燕子歇脚的地方》中,一方面是孩子式的想象的离奇、原生命的本真呈现,简单自然,轻松地捕捉,没有刻意地去塑造。然而,就在诗人塑造的一个个童话世界中,却隐喻了沉重的现实关怀、深沉的当下思考和生命意识的探寻。童话世界依托于现实世界,反而又超越现实世界。读徐俊国的诗,千万不要被他平白的起句所迷惑,就在他以孩子的眼光捕捉大自然的变化更替之后,他会在不经意间延伸其表象底层的深度和超验的洞析力,探触生命隐蔽的角落,显示出诗人对底层人民的关怀和创作的平民姿态。他的诗普遍存在一种由浅及深的转换:以孩童般的童话视角进入一个个具象,以隐喻的诗性回归现实广袤的深度,两重复合空间既充满形象化的感性特征,又充满布鲁克斯所说的"重新发现隐喻并且充分运用隐喻"[1],耐人咀嚼。

诗人的创造在于发现。"如果一个隐喻在其发挥'前景'的功能时使我们惊讶,那么这常常是因为它指出了一种我们的生活方式已经注定而又尚未得以'揭示'的关系。"[2]现当代诗歌的多义性、开放性决定了诗歌隐喻功能的必要。就修辞学来说,隐喻属于一种特殊的比喻,它一方面加强诗的暗示作用,一方面可以拓展诗意,扩展诗性的深度和空间——"人类头脑中存在着隐喻式的思维和神话式的思维这样的活动,这种思维是借助隐喻的手段,借助诗歌叙述与描写的手段来进行的。"[3]隐喻的特点在于它超过词语的字面意义层次,借助想象性的联结,通过间接的指涉方式去暗示不同事物间的关系,比如"这些布满疤痕的南瓜/这些坚硬的胃 消化了太多的风雨雷电/这些默不作声的椭圆形光阴/我爱它们向阳的一面/那种沉甸甸的黄色就像土里

---

[1] [美]克利安斯·布鲁克斯:《嘲弄——一种结构原则》,中国科学院文学研究所西方文学组编《现代美英资产阶级文艺理论文选》,作家出版社1962年版,第215页。

[2] [英]霍克斯:《隐喻》,穆南译,北岳文艺出版社1990年版,第160页。

[3] [美]勒内·韦勒克、[美]奥斯汀·沃伦:《文学理论》(新修订版),浙江人民出版社2017年版,第183页。

挖出的金子"(《南瓜》)。更典型复杂的隐喻在《孤独的鸭子》一诗中得以完成:

> 我还没有资格说我是孤独的
> 但今夜　唯有我一个人目睹了水湾的辽阔与神秘
> 十二点之后　一只鸭子出现了
> 由远及近　径直向这边游过来
> 它不时地把头扎进冰冷的水中
> 捞起烂绿藻和鱼骨
> 古代的耳环　半把长命锁　还有淤泥和黑暗
> 它一次次把身体的前半部分弯成钩子
> 湿漉漉地演给我看
> 像是某种仪式或示范
> 水被搅响　水中的月光被搅响
> 村庄睡得很深的血液也被搅响
> ——这只无人认领的鸭子　真正的孤独者
> 为了让人听清一部沉潜水底的乡村史
> 它选择了我
> 它是不是非要陪我失眠　思索到天亮
> 而我承担不起一只鸭子给予的暗示和期望
> 夜太深　我困极了

　　诗中,"我"、鸭子和夜,水湾、村庄与世界,水、月光与血液,水中的沉潜物和村庄史,等等,多重指涉、隐喻的明确和不确定性都给我们带来阅读的张力和挑战。

　　在徐俊国的诗歌中,隐喻既有修辞学的实践,更为独特的是他建构了两重世界的隐喻谱系——童话与现实之间。在《鹅塘村禁忌》《打水》《仪式》等诗中,它们既谐生、交错、关联、暗示,又彼此矛盾、反差、对撞,充满张力的紧张，这种张力的对撞亦如他的表达："在鹅塘村　蔚蓝的天空饱含雷雨　麦芒　泪斑　沙粒/无论从哪个角度看/梅蹄湾都像一个埋在时光里的破瓮"。再看《鹅塘村禁忌》：

  在我们鹅塘村　茅草多　曲曲菜多
  牛羊眼里的星星也多
  传说很多　俗语很多　禁忌也很多
  见到刺猬需噤声　它是圣虫
  听到乌鸦叫需吐一口痰　以破凶兆
  人的乳牙要扔到屋顶
  牲畜的睾丸要挂进粮仓
  婴儿的胎毛要制成毛笔
  少女的第一次经血要埋在玉兰树下
  五年的公鸡能成精　不能杀
  十年的紫藤通人性　不能伐

  在我们鹅塘村
  万物有灵　石头有心
  有些话不能说　有些事不能做
  鹅塘村太小　所处的地理位置不好描述
  皇帝　贵妃　将军　钦差大臣从没来过
  他们不知道
  这里的禁忌和皇宫里的财宝一样多

  我离开鹅塘村许多年了
  这些禁忌
  有时候是蜂针扎在嘴上
  有时候是灼热的狗皮膏药烙在心里

对于鹅塘村，不同的研究者有不同的视角，有的认为它是诗人故乡的再现，有的认为它是诗人的心理地标，有的认为它是诗人的精神生态场域，在此，暂不做深入探讨。我更为关注的是这个"牛羊眼里的星星也多"，"万物有灵　石头有心"的童话世界的现实隐喻的意义。从民俗到庸俗，从历史到禁忌，诗人要表达的是什么？是陈列什么或告诉一种新奇吗？显然不是。诗中有理想的童话表达，它们深深烙印在诗人内心深处，但与之对峙的是迷信、落后和无可改变的成规，两个世界的矛盾反差隐喻其中。在《打水》一诗中，诗人以童话的甚或说是超现实的手法再续了三十年前的故事，贫穷对人生命的可怕左右，在一个童话故事的离奇讲述中得以隐喻："第三次　奶奶按捺住内心的恐惧与哀伤/这回　她捞上一个还在哭泣的孩子/三十年前这个孩子不小心弄丢了一只布鞋/奶奶用胸脯和泪水安慰他/他还是不敢回家重又跳进井里"。

在两重世界的交错中，生命缓缓地流淌，朝着光和时间的方向，沉重和苍白触痛我们每个人感知到的生命意识深处的痛："大地上的小公民都去了该去的地方/只有我还活着/还坐在岁月的田埂上/继续见证那个看不清面容的人/用坏了九张犁耙/种完了五十六茬庄稼/再过几十年　我也将离开/这条田埂将空下来/远道而来的风将毫无阻隔地吹过来/好像这里从来没人坐过一样"（《我喜欢坐在田埂上度过一个个秋天》）；"我一动不动地坐在潮湿的树桩上/不是读书　写诗　思考关于腐朽的问题/我想知道一个被砍掉了梦想的人/会不会重新发芽/春暖花开的日子　鸟叫也是绿的/需要多少忏悔才能磨亮生锈的誓言/需要多少祭品才能赎回洁净的时光"（《一个人的三月》）。诗人面对尘土、腐烂的羽毛、等待发芽的草籽，遥望地平线，写下闪耀灵魂光芒的诗句："我依然深爱故乡的每一片梧桐叶/它们有的飘向大地/有的升往天堂/我相信　世界上最低和最高的地方/都居住着灵魂的奶娘/安静下来的一匣子星光"（《尘土里》）。在与自然的对话中，诗人从未忘记爱，持续关注生命与时间的互生共息，其中浸透了诗人对人生无常、时间流逝的感慨。

"时光凋谢了很多年，/竹林中随处可见生命的遗骸。"(《鸢尾花》)生命的苍茫、对生存的终极意义的思考、时光消逝的无奈……这些在徐俊国的诗歌中随时都可以看到。他是一个怀抱着童心，在他的童话世界中期望和小草一起迎接下一个春天的诗人。他是一个用爱书写灵魂，表达对诗歌敬意、对生命敬重的诗人：

没有理由不写下爱
我的灵魂是蓄满墨水的瓶子
　　　　　　（《南瓜》）

辑四 散文诗的体势、风格与个体诗学向度

## 21世纪,散文诗的新纪元:
## 《新世纪十年散文诗选》序

　　散文诗作为独立的文体,其创立的标志是1842年在法国出版的阿洛依修斯·贝尔特朗的《夜之卡斯帕尔》。虽然贝尔特朗对于散文诗有开创之功,但是,如果没有波德莱尔于1869年出版的散文诗的代表性杰作《巴黎的忧郁》,散文诗这个体裁不会在其后兴盛一时,并形成一个传统,随之独立、流传、影响、演变于世界文坛。上述两部奠基之作,与1886年出版的兰波的《灵光集》,被公认为19世纪散文诗建立时期的三部经典,它们代表着现代、前卫、先锋和反叛颠覆的精神。在三部作品的影响下,散文诗开始在世界范围内传播,印度的泰戈尔、黎巴嫩的纪伯伦、俄国的屠格涅夫、英国的王尔德等,都成了享誉世界的散文诗作家。而法国本土也涌现出了洛特莱阿芒、魏尔仑、马拉美、洛厄尔、阿拉贡、法朗士、阿波利奈尔、艾吕雅、布勒东、纪德、克洛岱尔、圣琼·佩斯、勒内·夏尔等优秀的散文诗作者。

　　比照法国散文诗文体地位确立的清晰脉络,对中国散文诗起源的各种指认却始终存在分歧。最大的干扰来自学术界一直存在的一种观点,即认为类散文诗的文体古已有之,相关学者纷纷从中国文学的传统内部追根溯源:王国维在《屈子文学之精神》中曾提到"庄、列书中之某部分,即谓之散文诗,无不可也"[①]。郭沫若在《论诗三札》中指出:在古代,"我国虽无'散文诗'之成文,然如屈原《卜居》《渔父》诸文,以及庄子《南化经》中多

---

[①] 王国维:《屈子文学之精神》,上海《教育世界》140号,1907年1月,后收入《静安文集续编》。

少文字,是可以称为'散文诗'的"[1]。1922年滕固在《论散文诗》中则进一步指出:我国古代散文中,"有许多小品文可称散文诗的","子书中的短喻外,魏郦道元的《水经注》中,写山水处,真可谓一唱三叹"。又说,"陆龟蒙《笠泽丛书》乙编中,有一篇《紫溪翁》,也是很好的散文诗","还有《东坡志林》中,也有许多散文诗"[2]。1971年朱英诞在《孤立主义》一文的开篇即提出:"我年轻时写过一些'散文诗',这是我最喜爱的一种形式,可惜后来不知道为什么没有得到发展。欧洲的,美国的,旧俄的,以及中国自己古代(明末小品)都有这种文体。"[3]

事实上,从中国古代文学中爬梳各种类散文诗文体存在的佐证,不仅无益于散文诗文体建设,尤为严重的是忽视了散文诗文体的独立性以及中国散文诗的诞生深受外国散文诗影响的事实。中国最早的散文诗译介作品出现在1915年7月的《中华小说界》第2卷第7期上,刘半农采用文言文翻译了屠格涅夫的四章散文诗,题为《杜瑾讷夫之名著》。在白话文运动还没充分展开的背景下,刘半农用文言文翻译这些散文诗,并将其列入小说栏,也没有明确说明这四章为散文诗,相反,他在译文前的附言中指出四章散文诗的特点是:"措辞立言。均惨痛哀切。使人情不自胜。余所读小说。殆以此为观止。是恶可不译以饷我国之小说家。"[4]可见,这四章散文诗还不足以称之为严格意义上的汉译散文诗。1918年5月《新青年》第4卷第5号,刘半农翻译了印度歌者拉坦·德维的《我行雪中》,同时翻译了美国 VANITY FAIR 月刊记者的导言,文中称《我行雪中》是"结撰精密之散文诗一章",至此,散文诗这一文体概念和作品第一次合体出现在中国。随后,在1918年的《新青年》第5卷第2号上,刘半农发表了散文诗《晓(七日十日泸宁桥中)》,虽然略晚于沈尹默的《月夜》(《新青年》1918年第1期),但从文本自身角度看,

---

[1]《郭沫若全集》第十五卷,人民文学出版社1990年版,第338页。
[2]滕固:《论散文诗》,《文学旬刊》,1922年2月1日第27期。
[3]朱英诞:《孤立主义——我对于诗的态度》,朱纹、武翼平编选《朱英诞诗文选》,学苑出版社2013年版,第86页。
[4]半侬(刘半农):《杜瑾讷夫之名著》,《中华小说界》第2卷第7期,1915年7月。

《晓》更堪称"中国第一篇成熟的现代散文诗"。

自从1917年刘半农在《我之文学改良观》中使用"散文诗"这个概念以来，与波德莱尔早期在自觉与非自觉之间徘徊的散文诗创作现象雷同，中国许多作者在创作之初往往未明确要写散文诗，只是写作过程中不知道这是一种什么体裁而权且采用了"散文诗"这个名称。新文学发轫之初，"散文诗"和"自由诗"这两个概念常常纠缠不清，绝大多数作者只是后来渐渐地走上散文诗创作的自觉道路。比如，1919年鲁迅就创作了散文诗《自言自语》（最初连载于1919年8月至9月间的《国民公报》"新文艺"栏，作者署名"神飞"）。这组散文诗共七章，初步显现了鲁迅散文诗写作的艺术特质，不过直到1932年他写《自选集·自序》时才明确了散文诗的文体概念："有了小感触，就写些短文，夸大点说，就是散文诗，以后印成一本，谓之《野草》。"[①]《野草》（创作于1924—1926年）受益于波德莱尔和屠格涅夫等人的影响，它以新鲜的语言形式、独特的想象方式、深邃的精神世界和强烈的现代意识，为汉语散文诗写作确立了文本典范，在中国散文诗创作历程中树立起一块丰碑，成为世界散文诗界不可多得的杰作。尽管散文诗长期处于中国现代文坛边缘的位置，但人们对散文诗这一文类的艺术探索从未停止。鲁迅之后，郭沫若、徐志摩、徐玉诺、何其芳、丽尼、陈敬容、郭风、柯蓝、昌耀、彭燕郊、耿林莽、李耕、许淇、邹岳汉、王尔碑、王幅明等不同时代的作者创作了脍炙人口的散文诗，他们为散文诗的发展做出了各自的贡献。

如果说新时期以来，散文诗开始步入较为快速发展的轨道，那么近十余年，散文诗则迎来了中国历史上迄今为止最为繁荣的创作时期：这十余年，我们不乏散文诗园地里清除杂草的理论研究者、探索者、维新者；我们不乏在争议纷执的散文诗讨论中坚守散文诗写作路向、热爱并投注大量写作精力的作者；我们不乏倾注心血创立、搭建散文诗发展平台的编辑和社会各界人士的大力支持……散文诗的创作队伍和读者群日益壮大，创作数量剧增，质

---

[①] 鲁迅：《南腔北调集·〈自选集〉自序》，《鲁迅全集》第四卷，人民文学出版社1981年版，第456页。

量明显提升;散文诗集和丛书相继推陈出新;一些报刊纷纷开设散文诗专刊、专栏,比如《文学报》《伊犁晚报》《湖州晚报》《中国诗人》《中国诗歌》《诗歌风赏》《上海诗人》《山东文学》《青年文学》《星星》《诗潮》《诗林》《绿风》《诗歌月刊》《大河诗刊》等都曾经或将一如既往地为散文诗提供版面与阵地。

诸多散文诗的发展优势与富有活力的创作态势、酝酿良久的温厚诗性土壤和散文诗体式的自觉变革有直接关系,与散文诗文体的特质和新世纪文化精神生态的契合也有关。散文诗是天然秉具并契合21世纪膨胀的时代语境、现代的生活步履、情感的隐微表达的写作形式。在对现实和存在的反思及探察方面,它有其他文体不具备的自由、灵活、舒展;在表达生命韵致、书写自然生态、捕捉人文情怀、曲隐哲思等方面,它更为贴近现代汉语之美和当下复杂开阔的精神领域与繁涌叠荡的个人情愫。恰如2011年诺贝尔文学奖得主托马斯·特朗斯特罗姆在《散文诗能带给我们什么》一文中的阐述:"散文诗的一个妙处,是它能汲取细节。"谢冕教授也曾明确指出:"在诗歌的较为严谨的格式面前,散文诗以无拘束的自由感而呈现为优越;在散文的'散'前面,它又以特有的精炼和充分诗意的表达而呈现为优越。"[①]

尽管如此,我还是要特别恳切地针对散文诗的创作和存在的问题说几句:我们不能用散文诗断片的灵光之美淡化其结构的缜密、思想的含量,以及散文诗与其他艺术门类多元共生的新格局;我们不能一味用美文的律求凸显散文诗的泛化抒情而忽略其叙事性、象征色彩、反讽、隐喻等变化各殊的技法;我们不能为张扬个体的小情趣和小视野而完全漠视散文诗的现实关怀、时代担当和当下特质;我们不能用浮现散文诗的大主题、大境界、大关怀的手法错过主体意识的诗性闪耀和个体经验的蕴蓄;我们不能因呼吁古典诗词骈赋的韵文传统而抛弃散文诗的现代性介质、腠理以及对生命的深度挖掘;我们又不能过分强调散文诗在国外取得的历时性成就,而忽略对中国传统文学中类散文诗经验的借鉴融合意义和当下本土关怀;我们不能用简单的

---

[①] 谢冕:《散文诗的世界》,《散文世界》,1985年第10期。

归队法去剥离或鉴别散文诗是近诗的或近散文的,由此模糊其独立的面相……同时,我们不能缠绕于散文诗文体的合法身份而忽略其拓展的前景、完善路径,甚至突破典范的可能性;当然,我们也不能偏执一方地说散文诗是向内的挖掘或向外的展现,而遗忘散文诗最为期待的是文体文本自觉的个性化、创造性、批判性和现实感。

作为本书的编者,我认同散文诗是一种独立的文学形式。从散文诗的审美内容和表现功能来看,散文诗要负载的是"现代生活"或"更抽象的现代生活",以外在世界为起点向着更深层的内心世界开进,从而"适应心灵的抒情的冲动、幻想的波动和意识的跳跃"。散文诗成功于对现代性的探索和表现,其骨子里有着深刻的现代性本质和连绵的现代性传统。本书秉持这一编辑思路,着力筛选推出近五十位散文诗作者在新世纪以来创作的一百六十多篇散文诗作品。与已经出版的散文诗选本相比,我们的选本特色在于:努力推介那些热情投入散文诗创作、勇于创新的中青年作者。他们是散文诗创作的中坚力量,他们秉持敏锐慎独的判断力、思考力、批判力,葆有独立的人文个性和广阔的精神视域,脚踏坚实的生活土壤和个体经验,胸怀历史、理想和时代的省思,大胆创新,乐于开拓写作的新路径,敢于突破散文诗文体记忆的格局和局限,发表和出版了数量可观、影响广泛的散文诗作品。这些作品,既可介入社会经验,应和新世纪文化生态环境,又可彰显个体的人文关怀,散发高雅委曲的艺术品位;既可敲击时代的步伐和节奏,又可彰显个体存在的心灵境遇和诗性情怀。

秉持严肃而审慎的编选宗旨,我们从浩如烟海的作品中选出那些审美突破性强、艺术个性鲜明的散文诗佳作,并非为了打造经典,而是努力去呈现精品,希望它们能与时间同行。当然,我们也敢于直面争议和分歧,秉具包容情怀,一切以品质为先。西川和王家新的随笔式散文诗一直处于散文诗、诗文录或跨文体的写作争议中,遗憾的是,在争议中,他们的精品力作,鲜有引起散文诗研究者的重视。编选过程中,我们从散文诗文本自身的文体特质出发,肯定了两位诗人被选入的作品就是优秀的散文诗,他们为散文诗的写作呈现了一种维度或曰更丰富的可能性。

西川的散文诗敢于直视虚伪渺小的自我,从被多重伪装的"自我"的深层意绪里探寻出社会和人生的真意、个体身份与存在的意义和无数错综复杂的关系。其思维丰盈、敏锐,秉具犀利的现代意识和娴熟的现代技巧,融入了作者独异的智慧、深刻的自我解剖和批判精神,将人存在的复杂境况写得撄人心动。其散文诗语言沉稳冷凝,形式独树一帜,文风酷肖鲁迅,让我看到了当代散文诗从"审美"走向"审智"的可能。

王家新的散文诗基于现实思考人生,深度冷峻地将生存性问题转化为精神性的考量,思考和关注人类的生存状态与生命价值。在格言式的迸溅的碎片中书写孤行者片段式的对话,真实深挚,让我直观地想到马丁·布伯在其1913年出版的哲学论文《达尼尔》的前言中描述他由一棵树的对话所引发的精神思考:"似乎只有当我找到这棵树时,我才找到了我自己。那时对话出现了。"[①]《野草》何尝不是鲁迅的自我精神对话呢?

周庆荣的散文诗以理性的历史眼光,对人生、历史、社会进行深刻体察,深入发掘文化的诗性品格与艺术潜质,较为生动地反映了其作为当代知识分子丰富而繁复的心路历程和价值观念。他的散文诗作品与作品之间有整体感,有坚硬的骨骼;有灵魂,有无处不在的终极关怀;有历史坐标和精神向度,完成了文化与现实的焊接;有远方和理想,洋溢着正能量和博大的胸怀,烙印着鲜明的时代脉象。他的语言有强度和鲜明的内在节奏,美学风格沉雄辽阔。无疑,周庆荣是一位自觉、主动探求"寻根的感动"或"彼岸的真与美",呼唤灵魂光芒的散文诗写作者。

灵焚是一位肩负着强烈的文体意识的散文诗作者,他始终以求新的姿态打破传统散文诗外在形态与内在深度的规范,将一种孜孜不倦的探索意识融入散文诗的建设和创作之中。在理论方面,他堪称当代散文诗理论建设的领军人;在创作上,他是一位不断形成和突破以往风格的散文诗作者。他的散文诗在喷薄激情中衍生形象、营造语境,富含哲理思辨的精神;洋溢着"彼岸的真与美"、生命的"寻根的感动"和原始古朴的生命热力;浸透着现代

---

[①] 颜炼军编:《化欧化古的当代汉语诗艺》,华文出版社2020年版,第253页。

的、哲学的气质，具有强烈的生命意识、突出的象征意义、鲜明的反叛精神三个鲜明的现代性传统。读他的散文诗，我时常想起波德莱尔所说的"灵魂的抒情性的动荡、梦幻的波动和意识的惊跳"。

骆英的散文诗对现代都市文明有彻骨的熟识和近在咫尺却千里相隔的陌生感。他批判城市庸俗的物质生活和后工业时代对人性的异化、人自身的异化，人与人关系的物化和形态化、商品化，在碎片式和多棱镜式解构现代文明、质疑并反思其价值的同时，寓时代个性于个体个性，揭示生命体验的深度和驳杂感，写尽了现代都市人感情的复杂性，对当代生活的荒诞镜像有犀利的体察和独到的揭示。

树才的散文诗善于打破抒情的惯性，自如地控制节奏韵律，宁静中透露着深沉。他的散文诗具有撄动人心、震撼灵魂的思想力和感染力以及回互体用的禅味观照。

车前子的散文诗独运巧思，充满灵视。初读颇似明清文人小品文的雅致和经行随笔的风格，但是他的写作脉象直指现代性精神。

蓝蓝的散文诗彰显了日常审美经验的诗性体验，将意象生命化、情感化。她的散文诗，生命感受饱满而张弛有度，节奏自足而情调恬然，既贴近生活，又贴合心灵，于平静的书写中妙手拨动心中的锦瑟，从容间将自己的生活体验融入蕴含优美质感的语言中，那些细腻而令人感动的情感体验，如春天清透的溪水穿越杂草丛生的平原和山川，舒缓，温暖，诗性丛生。

爱斐儿的散文诗散发着婉约的典雅，意境悠远，蕴涵着文化的厚重。她笔下的中草药演绎出诗性和人性的光辉，传达出抵达人心深处的感染力和穿透力，具有深沉的文化意境与精神内涵。

安琪的散文诗席卷着潜意识的暗流，文思纵深灵敏，随性流动，蕴含着耐人品酌的内质，艺术技巧和思想深度浑融默契。

语伞的散文诗灵动飘逸，以厚重的文化意蕴为背景，思想的笔锋穿越时空、历史，于灵魂的逍遥遨游与精神的自在洒脱中静心体悟。

郑小琼的散文诗虚实相济，有几分柔和，几分坚硬，几分神秘灵幻与现世情怀，有梦幻和良心，有历史的苍渺和现实人生的朴实真切，大气而细腻。

诚然，除了上述提及的入选作者和多年来主要从事散文诗创作的萧风、亚楠、黄恩鹏、李松樟等活跃的散文诗作者之外，沈苇、小海、徐俊国、李金佳、王西平、潇潇、娜仁琪琪格、宋晓杰、金铃子、李见心等作者还都另有一个身份——诗人。他们自觉于散文诗的文体建构，践行散文诗的诗性写作路向，游走于散文和诗歌的边界，吸纳并收散文和诗歌的优长，创作出不少能彰显散文诗文体独立特性的佳作。早在1956年，林以亮在台北《文学杂志》第1卷第1期上发表的《论散文诗》一文中就提道："散文诗是一种极难应用到恰到好处的形式，要写好散文诗，非要自己先是一个一流的诗人或散文家，或二者都是不可。"但是在我编选本书的过程中，还发现一些特别的个案，他们并非一流的散文家或诗人，不过，他们的散文诗可堪赞誉。怎么解释这种创作现象呢？以白红雪为例，我曾在《生命的断裂与重塑——论白红雪散文诗中感性、理性与神性的交融》一文中写道："白红雪的散文诗成就远高于他的诗歌创作，与其说他更适合或熟谙散文诗这种文体，莫若说散文诗更适于表达他对芜杂与纷乱的现实世界的思考与探察，散文诗更能恰切地展示其独特的想象方式、情感关怀与对现实境况的笃思。"在散文诗的世界里，诗人寻求着爱的幻彩和起伏，期待着生命与灵魂的重塑。生命的价值和本源意义在白红雪的散文诗中以超验的方式得到还原和确证，恢复了与生俱来的诗性意味……白红雪的散文诗创作深受圣琼·佩斯等前辈的影响，他以爱为笔，以骨为灯，在清澄纯透的心灵稿纸上，展示灵魂的反省、善恶的撕扯、命运的抗争和天地大爱，直探人性秘境。

在阅读本书优秀的入选作品之时，我们不能用任何艺术、文学的主义或已有的流派约束和框定散文诗的创作。散文诗不独是现实主义、浪漫主义、现代主义、后现代主义、未来主义、超现实主义的，散文诗不独是西方的或中国的，散文诗不独是个体的或大众的，散文诗不是"杂交的苹果梨"或"混血的美人"，散文诗有其独立之精神、美学范式和现代审美意识：它立足于个体的精神诉求，面向纵横古今的人文情怀和现实语境；它穿透日常生活的真实平面，也穿透星空银河的辽远；它滋生于现实的丰硕土壤，得益于大众的喜爱和接受，不是因为它的浅表，而是因为它可以很恰切地表现不同层面的热爱和观照。它的感染力绝非简单地源于个人的独语或对话式的叙事。不要忘记，散文诗是可以发出战栗并呐喊于孤绝的心灵话语。它不能被简单地划归为诗的一个支脉，它可以精深厚重、韵味浓滟，亦可以清透灵巧、曲径别致，它更为开放、包容、多元、趋变。日本《现代诗手帖》（1993年第10期）散文诗专辑中曾刊发日本现代诗奠基人萩原朔太郎的《超越散文诗时代的思想》一文，文章中写道："现代是'散文诗的时代'"，"我当然承认散文诗的艺术意义，并相信它在将来的发展。"萩原朔太郎生前结集出版的最后一本书是散文诗集《宿命》。著名诗人彭燕郊在接受《南方都市报》记者采访时讲道：严格来说，"五四"以来新诗的最高成就是鲁迅的散文诗集《野草》，"我觉得从世界范围来讲，散文诗慢慢地要取代自由诗，这是个大趋势"。确然，从形式、节奏、语言、表现力等方面考量，散文诗虽沐浴诗性的甘露，但少了诗歌深奥的隐晦和矛盾对峙的陌生张力，相对于诗歌更易于读懂，受众更为广泛，接受面更为敞开；散文诗虽与散文形式雷同，但它的行文更为精炼，富有韵味和灵性的美悦及自如蕴含的灵动，更为入心入境入怀。散文诗的诸多已经形成和正在发展的特点，使得它颇为契合新世纪繁复的语境和快速突变的节奏，它极具纵纳百川、多元交融的历史与文化含量。

立足于当下散文诗求新图变的创作征候，我们凝萃精品，历练华章，回望、总结新世纪十余年来优秀的散文诗创作，从这些丰富多样的散文诗作品中捕捉新世纪动感的诗性姿态和文学创作的一驿，促进和推动散文诗的创作、建设和发展。经过近一年的反复筛选和择录，如今呈现给读者的这本散文诗选，融入了我们清醒的坚守、开放的视角、审慎的判断和热烈的期待——21世纪，是散文诗的世纪，散文诗在21世纪，会有新的纪元的开创！

## 话语转换与风格融聚：
# 周庆荣的《有理想的人》与《我们》

  文学与时代总是保持着一种互应与互衬的暧昧关系，这是一衣带水而无法割舍的。在中国的当代文坛上，周庆荣以诗人独具慧眼的洞察力和直面现实人生的魄力，直击当代文艺创作中"正能量"话语阐释缺失的弊病，并从精神生态学的高度出发，阐释与传递文学创作中积极的心灵正能量对于高压生存境遇下人们精神生态的和谐和心灵世界的净化所产生的积极向上的善性力量。他在散文诗集《有理想的人》和《我们》的主体建构过程中，一开始就表现出有意区别于低迷的小资情调、流行的大众化感伤、纯唯美化的个人抒怀和哗众取宠的小做作式的诗歌书写，而是标新立异，以他特有的阳刚之气，直面现代社会里人们的生存困境，着力于"意义化写作"，观照生态危机下人的生存现状——"散文诗的意义化写作能更多地关乎我们当下生活，从而凸显我们自身的态度并能将理想的精神赋予清晰的现实指向。"[①]诗人这种创作的指向性和远见的可贵性也正在于他以散文诗写作的方式填补当代文坛"正能量"话语介入文学创作对现代社会中人们生活所面临的生态困境阐释上的空白，他甚至将从诗歌话语力量的建构到内在"正能量"的传递与激发作为主线式叙述，并将其上升为一种凸显高尚、厚德、善美的积极人格力量，同时，人的价值获得崇尚与尊重，人的精神世界在"正能量"的影响下呈现健康与和谐，这种高屋建瓴式的眼光无疑值得赞叹。

  反观21世纪的今天，人们会深切感受到物质社会的极大发展和人类精神

---

[①] 灵焚：《"意义化写作"——论周庆荣的创作》，《诗刊》上半月刊，2010年第9期。

文明的进步在给人们的生活带来安适与享受的同时，也表现出不同程度的错位，人们在物质资源不断丰富的生存空间里，精神的需求却不断地被种种危机所纠缠：伦理意识的淡薄，道德感的滑落，孤独感的加剧，人与人之间的隔膜化、陌生化，猜疑与不信任的泛滥，人文关怀的不充分与缺失，人的精神追求和价值体认的逐渐沦丧，人性的异化，思想的匮乏与虚无，个体价值与社会价值之间矛盾的渐趋激烈，人对自我认识态度的模糊、无所谓与冷漠，等等，这些现象的存在不仅困扰着人们对现存世界的合理性认识，也困扰着人们精神世界的健康需要与良性循环。这些现象的背后也恰恰是一种生态危机和人的生存困境局限延伸与扩张的本质反映，这无疑也在给人类命运的伸展与可持续性延进敲响警钟，反思和重新审视人类自身也成为一个不可回避与亟待重视的生存诉求。这些现象的出现，也促使着人们对人与自然之间、人与社会之间以及人的自我精神存在关系层面进行和谐、平衡的理性回归式反省，就自然生态、社会生态和精神生态三位一体化的平衡协调发展而言，既是诉求的反映，又是一种积极的期待。

对于自然与人文、物质与理性、科技与精神、社会存在与人的生存状态之间关系的思考，尤其对于人的精神需要与危机感的存在之间关系的思考，引发了很多学者的关注。就现代社会人的精神生态状况而言，德国的现代存在主义哲学家卡尔·雅斯贝斯将人的精神恶化的现象称之为"技术机器世界"中的"精神萎缩"[1]，并将人的精神状态和自然生态系统的恶化联系起来探究生态危机问题存在的根源。比利时的一位著名生态学家P·迪维诺（Paul Duvigneaud）早在1974年就指出："在现代社会中，精神污染成了越来越严重的问题……人们成了文明病的受害者。"[2]这种生态学意义上的精神解剖，对现代社会生存境遇里人的心灵净化与健康心态的形成有着重要的启发

---

[1] [德]卡尔·雅斯贝斯：《时代的精神状况》，王德峰译，上海译文出版社1997年版，第130页。

[2] [比利时]P.迪维诺：《生态学概论》，李耶波译，上海译文出版社1987年版，第333页。

意义。英国历史学家阿诺德·约瑟夫·汤因比也深入人类内在的精神深处，他提出："要根治现代社会的弊病，只能依靠来自人的内心世界的精神革命。社会的弊病不是靠组织机构的变革就能治愈的……唯一有效的治愈方法最终还是精神上的。"[①]在与池田大作的对话中，他还提道："人必须有一种新的精神基础。如果找到某种新的基础，并能依靠这一基础根治现代社会的弊病，那么，人们就能在这种新的、更理想的精神基础之上建立一个崭新的、更完善的社会。"[②]美国的欧文·拉兹洛就人类对未来的认识和期待、人类如何超越自我以及人类如何走出生态困境提出了"内部革命"的主张，他认为："人类面临着一个严峻却得不到广泛认识的问题，即决定人类存亡的不是外部极限，而是内在限度；不是地球的有限性或脆弱导致的物质极限，而是人和社会内在的心理、文化尤其是政治的局限。"[③]我国生态文艺学家鲁枢元教授从生态学出发，进一步在自然生态、社会生态和精神生态三个层面阐释他对生态困境背后危机生发的深度思考。

解围个体存在的精神生态困境，在正能量的诗歌话语阐述中建构向上的超经验的精神维度，是周庆荣散文诗的独特面向和富有意义的当下性所在。周庆荣的散文诗创作自觉而紧密地围绕时代、社会与人的精神生态建构主题，关注人的精神性和社会性的存在，并时而发出深邃的紧迫性的写作预示。他在散文诗集《我们》里，以"我们"这种满蕴力量的大众语势和昂扬的姿态所付出的积极努力给中国当代的散文诗坛提供了一个很有价值的范例。"他的代表作《我们》，不是那种即食即饮式的快餐和软饮料，而是作用于人的精神使人的理想境界得到提升的'大诗歌'，乃是一部既肩负历史的重载又承受时代的使命、具有普世价值和永恒意义的扛鼎之作，是对'我们'这一代人所置身的生存境界与生存价值进行审视与思考之后赋写的命运

---

[①②] [英]阿·汤因比、[日]池田大作：《展望二十一世纪——汤因比与池田大作对话录》，荀春生、朱继征、陈国梁译，国际文化出版公司1985年版，第149页。

[③] [美]欧文·拉兹洛：《人类的内在限度：对当今价值文化和政治的异端的反思》，黄觉、闵家胤译，社会科学文献出版社2004年版，第5页。

之书,是融入诗人心血和独特的感受且被凝炼升华而具有普遍性与表现力的艺术佳构。"①

以诗歌创作介入工业化、信息化时代下人们的精神生态境况并进行反省式思考的诗人,在中国的当代诗坛上还有很多。而值得强调与重申的是,在中国当代的散文诗创作中,诗人周庆荣第一个将中国的散文诗写作融以一种正能量的诗歌话语,介入散文诗建构,其作品中对人的存在的阐释,对生态系统困境下人们精神生态境状的反映,无疑具有创作的洞见性、思想的敏锐性、眼光的前瞻性和诗歌话语含蕴的深邃性。散文诗集《有理想的人》和《我们》中充溢着时代影响力和感染力,其作品内在蕴藉的正能量话语冲破了散文诗作为诗歌艺术小众化的局限,同时深刻地表达着他对现时代人们精神生态状况的担当意识与人文关怀,在呈现与引渡之间彰显了周庆荣作为散文诗发展推动者的光辉智慧与灯塔者的积极姿态。

## 选择与建构——《有理想的人》与《我们》背后

时代的迅速发展、物欲的迅猛膨胀,造成现代社会中的人们无法冷静地认知自我,协调处理大众文化语境下个体存在的诸多问题,以求思想独立、情感谐和、精神驰骋、行为主动性……人们似乎失去了上述诸种能力,而表现出身份焦虑、理想迷失、正能量殆尽的危机感。"人类精神的暗淡与情感的冷漠、个性的泯灭同时降临,人类在陷入精神危机的同时也陷入了情感的危机,现代人作为单独的个体显得越来越没有意义。"②这种精神现象学的尴尬在散文诗人周庆荣的诗集《有理想的人》和《我们》之中得到了积极的反思式回应:"真正的'时代感'和对'现实生活'的把握,应该是一种超越了前人眼光的感知和审美判断,一种从人的基本问题出发切入了生活深沉脉

---

①崔国发:《"我们"的精神向度与一代人的命运之书——评周庆荣的散文诗集〈我们〉》,《铜陵学院学报》,2011年第3期。

②鲁枢元:《精神守望》,东方出版中心1998年版,第59—60页。

动的发现和感悟，一种穿透生活实在的过去、今天和未来三位一体的观照"①。《有理想的人》和《我们》以思想的深邃性和眼光的敏锐性呈现在世人面前，以正能量的精神态势阐释现代社会中人的精神生态，人对时代、生活、自然介入的方式以及这种方式的有效性，这种开创性的诗歌书写在带给人们无尽的审美享受、心灵舒畅和精神愉悦的同时，也传递着一种勃发向上的、积极的生命力量和颇具时代感的反思与洞见。可以说，选择与建构对于诗人周庆荣而言，已经不再仅仅是一种观照式行为，而是让隐蔽于散文诗背后的诗歌正能量在散文诗的字里行间得以显现，并借助散文诗的话语传递诗歌的正能量，调动人们的情感，净化人们的心灵世界，激发起人们对自我与世界的信任和希望，使人们的精神生态获得平衡与和谐、愉悦与顺畅。

　　诗歌正能量作为一种诗学话语建构，它与不同学科领域对"能量"的认识有很大关系。"正能量"一词源于物理学界宇宙大爆炸理论对能量的阐释。在艺术领域，尼采和苏珊·朗格将能量和艺术家的创作联系起来思考，认为艺术创造过程中的能量是一种"生命力"的存在，亦即性的冲动和能力。心理学家荣格则把能量学的知识引入对人的精神生态的分析上，他认为"人的行为产生于一种精神能量，即心理能，这种'能'具有某种数量，某种强度"②。这种"心理能"在荣格这里就是"心理能量"或"心灵能量"。文学创作活动恰恰与这种"心灵能量"的存在、传递和发生作用有很大关系。钱谷融先生在《艺术·人·真诚》一书中强调艺术创作的"动力学原则"，阐述作家情感对艺术创作的动力意义，这里的"动力"便是一种情感能量的反映和融聚。

　　对于"正能量"（positive energy）这一物理学概念，在它被提出之后，便获得了该学科领域之外的合理性运用与阐释，它还可以被译为"正面能量"。最为普遍的是在社会文化心理层面上阐释"正能量"的文化内涵和心理学价

---

①周庆荣：《有理想的人》，中国青年出版社2011年版，第11页。
②鲁枢元、童庆炳、程克夷、张皓主编：《文艺心理学大辞典》，湖北人民出版社2001年版，第8页。

值。英国一位著名的世界级心理学大师理查德·怀斯曼（Richard Wiseman）则以"正能量"为题，编写《正能量》一书来阐述他对正能量的见解。在他看来，"正能量"就是"一切予人向上和希望、促使人不断追求，让生活变得圆满幸福的动力与感情"[1]。智慧化地运用正能量，将会有效地祛除人们心理的恐惧并化心理废弃物为一种精神活力，同时，当积极的正能量持久性地汇聚到人们的心灵深处时，一切负能量所带来的消极暗淡、虚无与黑暗都将被驱散而化为虚无，从而使我们的人生更加充满阳光、活力、自信与精彩，使我们的文化对心灵的影响更为善美、净朗和积极。

　　诗歌正能量作为诗歌评论中一个新锐的核心概念，它的存在无疑有着科学性与学术合理性的支撑。本论文认为，诗歌正能量是存在于诗歌内部，流露于诗歌文本的字里行间，附着于诗人话语表达体系之中，实现作家情感、心绪的传递，对人们的阅读感知产生积极影响，激发并释放心理接受中的活力感、愉悦感、舒畅感，从而不断地实现人们精神生活的健康、愉悦、顺畅、和谐的一种心理能量。诗歌正能量作为一种心理能量（或称精神能量），它的存在形式往往是隐性的，它本身也会受很多主、客观影响因素的制约，它的实现形式也有很多，这不仅对诗歌这一文学艺术形式的接受有很大的作用，对于现代社会中人们精神生态的和谐与持续也有深远的影响。

　　实际上，周庆荣散文诗的独特性也恰恰就在这里：他将诗歌正能量融聚于散文诗集《有理想的人》和《我们》的书写背后，选择并建构了一种揭示与回应现代社会里人们精神生态症候的散文诗阐释范式，以他所怀抱着的厚重的时代主题和情感，对当下人们的生存现象进行冷峻的批判和深度的反思，在浸透着浓郁的诗意情怀的同时，使文本的诗意得以激发和呈现，即正能量的释放得到加强。因此，可以说他的散文诗创作在当代文坛是一种有意义的需要，亦是一种有意味的出现，更是对当下文艺创作中最为匮缺的对文本背后孕育的人格力量的一种激发与弘扬。不可否认的是，周庆荣的散文诗

---

[1]［英］理查德·怀斯曼（Richard Wiseman）：《正能量》，李磊译，湖南文艺出版社2013年版，第1页。

在情感的抒发与流露的同时，也给人以生命的震撼、生存的希望和活着的信念与力量。《沉默的砖头》《我是普拉斯?》《三人剧》《圆明园》《向日葵》《寂寞》《我是山谷》《让山谷的阳光烤我》《钢炉》《一截钢管与一只蚂蚁》《雾》《乡村铁匠》《远离尘嚣》，等等，这些作品融入反思与叩问的语气，营造节奏铿锵的语势，语气回环、语调独特、语用缜密灵动、语感舒缓，但却表现出一种散文诗话语建构的有力度的美。尤为可贵的是，诗歌语言巧妙的活泛运用、语句长短的交错变换、语词音节之间有力度的转化、语势的舒缓与铿锵之间交替式织构等技巧，同正能量的孕育与传递恰切地结合起来，给人以诗意的美和积极的、持续的影响力。

## 介入与呈现——"理想"与"我们"之间

作为散文诗虔诚的钟爱者和庄重的书写者，周庆荣积极介入对人们精神生态困境的反思、对正义良知的捍卫、对人生价值的探讨、对伦理道德假象的棒喝、对真情健康有力量的人格的呼唤……他根本无意于凸显其独到的写作智慧。通过"我们"的"理想"，我们真切地感受到诗人的内心世界并不是孤独的，他的精神世界也丝毫没有紊乱与失调的征兆，相反，他的思考是冷静的、理性的、沉稳的、健康的、纯净的、暖性的，不含糊也不杂乱，不冲动也不激进，不冒昧也不暧昧，不过分更不矫揉造作。他对世界的理解和对人性的观察始终在一种责任意识与积极态度的中轴线上，在面对现代社会里人们精神困境中的紊乱与焦躁、游移与不安、信仰缺失与理想淡化等精神处境时，他毅然而坚定地选择了以散文诗创作的方式介入与呈现精神疾症背后人们精神生态失衡的情状，让一种积极的人生观念在诗歌正能量的话语传递中实现它应有的价值与力量。在周庆荣看来，人们心灵世界与精神空间的失落感是可以实现良性转变的，我们亦可明晰地感受到：在"理想"背后，周庆荣以诗歌正能量的话语阐释积极参与社会的努力与实践；在"我们"背后，诗人以复数人称的语法逻辑祛除个体存在的心灵世界里孤寂、冷漠、暗淡、麻木、无所谓等精神痼疾，表现出强大的积极力量。因此，诗人面对

"理想"的思考并不是在空谈,选择"我们"的称谓非随意而为,他试图将"理想"与"我们"之间所蕴含的正能量以散文诗的诗歌话语传递给每一个精神困境中纠结的人,让他们感受到自信的存在、希望的存在、光明的存在、美好与幸福的可触可及。他要让人们不再彷徨与孤独,不再失魂落魄与尊严沦落,不再对生命的存在失去信念,同时缓解人们紧张的神经,净化苦闷的心灵,协调精神的紊乱,感受温暖的存在。

　　"开窗,让东风吹。/今夜,我要做一个有理想的人。"(《有理想的人》)这是周庆荣对此在世界冷静的思考。灵焚则道出《有理想的人》这首散文诗的真谛:它是"对当下社会处在理想价值失衡现实中的人们树立理想的提醒与呼唤"[1]。在这样一个物化的时代里,人们似乎早已忘却了理想的应该存在和理想的应该拥有与弘扬。一个没有理想的人的生命世界,很难想象他的生活会是怎样的困窘,他的精神会是怎样的冷寂。而《有理想的人》在冷静的叙写中,不断发出时代最真诚的诗歌声音:

　　　　天空飘浮的不再是硝烟。
　　　　没有硝烟的日子,已经很久了。阻碍我们视线最多的只是未被温润的尘土,或者是生活中不再纯净的寻常事物。
　　　　虽然,依旧有人在行走中劳顿;虽然,工作和学习仍是我们使用最多的词汇。
　　　　早上升起的太阳,温暖着幸福的人们;也温暖着更多正在等待幸福的那些人。

　　仰望天空,诗人想到硝烟弥漫的日子早已逝去,人们在平和的环境中忙碌、生存与活着。然而,人们的生存状态并没有让诗人感受到欣喜而发出微笑。尘土依然未被润湿,生活中的寻常事物也变得不再纯净,这些驳杂的生存视镜阻碍着人们的视线,人们的心灵变得越发脆弱而不再坚强,精神世界

---

[1] 灵焚:《"意义化写作"——论周庆荣的创作》,《诗刊》上半月刊,2010年第9期。

也开始动摇与不安。此时的诗人并没有封闭自我的智慧和漠视眼帘下的沉重，而是将太阳的光芒引向人世间每一个生命体，让他们感受到温暖的存在，感受到生存的希望，感受到自信重生、奋进向上的积极力量。

周庆荣的散文诗世界是明朗的，如他运笔之处所昭示着的情感力量一样涤荡着读者的心扉。在诗的第二节里，诗人将思绪定格在生态场的焦点上，镜头式的描绘给人以灵动的和谐之感，用细微的笔触捕捉着草场上最真挚的情境：

> 我在旅行的路上，看到一个快乐的羊群，它们吃着春天里青嫩青嫩的草，它们给土地留下了开放的花朵，它们咩咩地叫着，它们然后悠然地走上前方的山坡。
>
> 它们的高度，是发现了另一片草场。
>
> 我走远的时候，听到牧羊人的鞭声，还有他信天游般的歌声。
>
> 一圈木栅栏，是它们安静的家园？

在诗人眼里，旅行的愉悦是和一路上尽收眼底的生态场的画面相融在一起的。当诗人看到快乐的羊群吃着春天里鲜嫩、青绿的草料，悠然地走上山坡并发出最纯净的"咩咩"叫声时，诗人的内心世界开始不由自主地涌起了波澜，他不愿再用沉思的方式宣告一种和谐的生态文化景观的存在与延续，而是将诗人眼里最真纯的触动与感受在诗歌的字句之中传递出来。诗人说："它们的高度，是发现了另一片草场。"在这里，周庆荣的巧妙与智慧就在于他已经潜移默化地让他视域中的动物也具有了实现生命新高度的理想。能量的汇聚与传递总是给人以难以捉摸的无奈感，而当我们倾心于诗人的诗歌话语叙述的时候，不经意间这种看似并不波澜起伏的话语所蕴含的诗歌的正能量早已留驻在每一个读者的心中，这种诗歌的正能量不仅是诗人对生活、对人生积极的情感及情绪的凝聚，更是一种感染、净涤、舒怀、安适人们心灵空间与精神世界的博大力量。

在这个世界里，会有太多的人空谈理想，自命不凡，让清高埋葬自我的灵魂，让物质欲望的失度打破精神生态的和谐。社会的纷乱与驳杂，让很多人迷失了自我的清醒与方向，然而这并没有撼动周庆荣坚定的信念和在理想面前的虔诚。他的冷静与沉稳就在这里：

不想做英雄已经好久了。
历史中大悲大喜的事迹成为我记忆的守望。
从意气风发到平静，占去我三十年的光阴。
史书在我的书架上整齐地排列，我知道，历史不会真正地沉睡。
开窗，让东风吹。
今夜，我要做一个有理想的人。

"不想做英雄已经好久了"，诗人在用自己的真心向人们流露人性的真纯。历史中的大喜大悲让诗人明白了人存在与活着的真谛，也让诗人领悟到一种平静的心态与生存需求的弥足可贵。光阴的流逝让诗人的内心世界感到一丝丝酸楚，他所想到的一个最真诚的行为就是"开窗"，沐浴东风的吹拂，他要唤起理想的价值与生命一体谐和建构的人性觉醒。诗人相信：

吹去浮尘，世界就纯净了；
吹去阴霾，人间就光明了；
吹去噪音，我们的声音就能传得更远了；
当然，还要吹去麻木，我的亲人们充满智慧，他们本来就应该是清醒着的明白人。
东风再吹，如歌如曲，响在耳畔的旋律便是久违了的理想之歌。

诗人并不吝啬自己对理想的认读，他要将内心里最淳朴的心声传递给每一个清醒着的人，让"浮尘""阴霾""噪音"和"麻木"的毒瘤在本就清醒而智慧的人们面前化成泡影，被东风吹散于无际，让"理想之歌"在久违许久的时代里响起，让人们的精神世界更加明朗健康，让人们的心灵空间更加温暖而活力永驻。于是，在诗的结尾，诗人写道：

开窗，让东风吹。

今夜，我是一个有理想的人了……

诗人对"理想"的唤起、向往与传递，在这里变成了一种十足的自信与豁达，他在向世人宣告一个有理想的人的诞生，他也在向世人传递着这种积极奋发而又振奋人心的情感与力量。

一个胸怀远大和态度谦和的人，他的目光总不会被历史与时代的局限所限制。诗人的自信和积极的人生态度让他的内心世界变得更加从容："等到阳光十分灿烂的午后，在春天美好的景象里，我平静地说：那些个流氓，他们会在地狱里，他们不会影响我热爱这个世界的心情。"（《波德莱尔的理想》）视邪恶与污浊为流氓，视混沌与罪恶为唾弃之物，一种强大的力量在诗人的内心里催生，他在用自我的坚定、对恶俗的鄙夷、对生命伟大的坚守和道德情怀的高尚，融化虚无和野蛮，传递心灵深处积蓄的积极的情感正能量，让爱在世界的每一个角落绽放。

面对大自然，周庆荣要把冬去春来的感受一一真切地奉献给人们，也让人们领略和感受自然与人的心境和谐下的那份惬意。面对"英雄"，他写道："耳语，也仿佛裂帛，英雄，我们需要掷地有声"（《英雄》）；面对速度统领现代人思维的前进与方向，他果敢地向世人解读着"仁"的效应力量：

仁，在冲动和欲望的对面。

它的有效期应该和人类的寿命一样漫长。

（《仁》）

"仁"对高速化发展中人性欲望和冲动的牵制与缓和，让人们的内心感到一丝舒适。而对于"思想"，周庆荣写道："让星星点灯，这一次，照亮的是我的思想。……让星星点灯，这一次我想照亮人间的快乐与幸福！让遗憾和惆怅走远，我思想的光芒拒绝一切黑暗。"（《我能否点燃这天鹅绒般的思想》）他的心中总是充满着一种无瑕的触动人心的正性能量，感染着我们的内心世界，净化污浊带给人们心灵的恐惧与悲伤。对于"梦想"，周庆荣的态度真诚而坚执："我的梦想在植物之外，他只能关于人类。"（《梦想》）这种博大的情怀和震撼力量，给人以鼓舞和振奋。

周庆荣的散文诗富有积极调和的阐释的魅力，激情飞扬，长篇散文组诗《我们》充分显示出这一风格特色。在《我们》里，诗人将人的自然性与社会性放置在更为冷静的立场中思考，在对人个体价值存在的尊重与肯定的同时，弘扬个人对整个社会、民族、国家的人文责任与崇高意识，让个体性在公共空间的自由中获得释放，实现个人能量的有效参与并转化上升为集体能量的聚合与融会。他写道：

> 我们追求平淡真切，不愿人为地铺张夸大，不愿吞吞吐吐，不愿伪装自己的心灵和行为，我们希望别人的辉煌或荣耀不能牵引我们走上急功近利的道路，不愿把自己的欢乐与幸福的实现建立在他人的沉郁之上。

（《我们》）

这种强烈的正义性与时代感的呈现，泛现出精神史诗的印记，如同诗人自己所言："我们是宽容的一代，我们点燃灯火，只想互相照亮对方。"（《我们》）

从"理想"到"我们"，每一次诗歌话语的转换与斟酌都是一次诗人智慧灵光的显现。面对现代社会里人们精神现象的纷乱与驳杂几近成为一种生存死穴的时候，周庆荣没有忘记一个人文关怀者应有的道德责任与社会担当，他用散文诗的书写传递凝聚在字里行间的积极情感情绪和人生感悟，在对人们精神生态困境的解围与救赎中，诗人也不断地呈现他所积聚的情感正能量，他要让每一个个体生命的心灵获得一种自信、活力、愉悦和积极向上的感受，为实现人们精神生活的健康、舒畅、放松与和谐，奉献出他作为一个时代积极参与者的精神爱护的力量。

## 跨越时光碎片的现代性"返源"：
## 灵焚的《剧场》

灵焚是一位肩负着强烈的现代性文体意识的散文诗作者，他始终以求新的姿态打破传统散文诗外在形态与内在深度的规范，将一种孜孜不倦的探索意识融入散文诗的建设和创作之中。在二十余年的创作探索中，他一方面坚定不移地从"诗性"的内核突围散文诗文体自身的摇摆姿态，努力提升散文诗境界；另一方面，其不同时期的作品体现出的深邃的精神世界和强烈的现代意识，为当代散文诗写作确立了鲜明的现代性写作路向和文本典范。他是一位不断形成和突破已有风格的散文诗作者，他的散文诗蕴藏着深奥神秘的意义、"彼岸的真与美"、生命的"寻根的感动"和原始古朴的生命热力，浸透着现代的、哲学的气质，具有强烈的生命意识、突出的象征意义、鲜明的反叛精神三个鲜明的现代性传统。他善于在喷薄激情中创造生命，衍生形象，营造语境，赋予散文诗以哲学和思想的深度，在深层领域探索情感与理智、原欲与道德、命运与归宿的终极问题，在"独异"追索中，丝毫不掩盖坦荡与自由心灵的宇宙，富含哲理思辨的诗性气质。读他的散文诗，我时常想起波德莱尔所说的"灵魂的抒情性的动荡、梦幻的波动和意识的惊跳"。

灵焚第一本散文诗集《情人》（1990）出版后，又有《灵焚的散文诗》《女神》两本散文诗集相继面世。灵焚在《剧场》[①]中对自己跨世纪的创作生命做了一次超拔而有意义的回溯与反顾。他说："在作品中重返自己的历史，

---

① 《剧场》：燕山出版社2014年9月版，该散文诗集中的第一辑为灵焚近年创作且从未发表的作品，其余为20世纪80年代至今发表过的作品精选。

让我与一种事实相遇,那就是碎片。碎片既是自己的生命经验,也是自己的审美经验。""这些碎片或片段,提醒着自己在每一个阶段的某种角色与身份。"(《在碎片里回溯》)易感而易被遗忘的生活最幽微又最困惑处、难以用言辞述尽的生命细节以及关乎哲学命题的刹那启悟与长久思索,都在灵焚笔下被还原为一种由现实、想象、诗意、审美和哲思交织而成的碎片,这些碎片又切实接续起一段关乎自我、人类乃至生命终极的岁月长河,使灵焚得以与逝去时代的自己逐一相遇,逐一相知,又逐一告别。他回溯、审视自己的创作历史,同时也回溯、审视自己的生命历程。在这本散文诗集《剧场》中,灵焚以穷原竟委、抉发精华的精神,探察和思考现实的动荡与变幻,个人情感体验的痛苦、困顿、愉悦与安宁,生命的丰沛与虚无,灵魂的漂泊与停放,形而上的追寻与求索,这些都在其审美中得以紧密清晰地凝注。他以不拘格套、别是一家的文理形态,以姿态横生的内真实挖掘生命碎片的意义;他以赤子情怀的坦荡和精诚渲染诗性的光晕,从而完成了始终在路上却直指终极的现代性"返源"。

## 弥合与分裂:"剧场"背后

纵观灵焚的散文诗作,从"情人"时期的灵魂漂泊到"女神"时期的生命寻根,再到探讨人之生存境遇、身份与生命的归属等问题的"剧场",其创作显现出从完全的形而上境界过渡到现实关怀与形而上相伴相生的广阔精神视域的转变。这不仅体现在其于艺术题材上有更为多元的选择,也体现在其于具体意象及叙事方法上向写实的趋近。但这并不意味着灵焚放弃了他的哲学追求,实际上,在他的作品中,在个体生命的灵魂诉求背后,在对世间黑暗、荒谬之事实肆意地揭示、嘲讽与批判背后,在对现代人类群体之行为模式的反思背后,在关于生命、生存本相的终极探问背后,潜藏着统一的内在旨归,即人类对基于审美乌托邦幻象的弥合体验的持续追求,以及人之为主体在不断变动之时空中所必须面对的分裂结局。在这本诗集的后记中,诗人这样解释《剧场》的命名:"自身作为某种'物'的存在,虽然拥有时间的连续性，但是'物'的主体性需要通过'事件'才能获得存在的意义，而当'物之存在'转化为'事件存在'时，其连续性必然被'事件'分解，成为非连续性的各种角色，并被其所替代。《剧场》的命名，首先源于这种人的生存性质的指认。人活着就是这样，在时光这个'剧场'中被构成，同时也在这个'剧场'中被分解、被解构。我的这些作品，既是自己在每一个'事件'中的不同角色，也是至今为止，在过往岁月中作为'物之存在'所拥有的一种宿命角色的破碎整体，呈现在各种审美经验之上。"（《在碎片里回溯》）在较为显在的层面上，诗人意图通过对过往真实生命的记录来勾勒一段完整的自我时光，然而，当这些文字进入"事件"从而取得存在的意义之时，生命的连续性却被裂解。时光的"剧场"是完整的，个体生命的"剧场"却无法完整，诗人所获得的只是拼凑想象中之永恒的文字碎片，但也唯以这些碎片才能对时光与自我做最真实的记录。这其中所隐含的宿命性体认，即不可克服的生存困境——人类摆脱分裂性的欲望与分裂的必然存在间所产生的矛盾是灵焚意欲反复揭示的哲学命题。

纠结而不可调服的矛盾首先表现在后工业时代的精神匮缺与人类潜意识中所追求的生命丰富性的对立之中。机械轮转的现代化进程使现代人类屈服于物质及金钱的迷乱与狂欢，随着工业文明的极速发展，情感与精神的震慑性似已消散，现实社会的腐朽与荒诞——现形，物质力量在与心灵的角逐中逐渐占据上风，自然而柔软的诗意荡然无存，保留一种亲密而原始的生活方式几近成为奢望。诗人以极为讽刺的笔调揭示这一难以抹去的存在事实：

  一群毛线鸡在门口晒太阳，低廉的口红格外抢眼。
  我们还不能下岗！
  残存的春色不是用来下蛋的！
  嘎嘎，嘎嘎，咯咯咯……
  她们就这样有说有笑，毛线团在手上慢慢滚动，慢慢编织体内的荒凉。

（《新闻短讯》）

被"毛线鸡"浪掷的青春时光已一去不返,但它们仍在价值的错乱中妄想生命的欢愉,在它们"有说有笑"的外表下深藏着的是"体内的荒凉",生命也因此开始分裂。"除了学会适应,习惯这白天隔着玻璃,夜晚隔着街灯的日子,城市的植物只能在水泥的裂缝里,窗风的皱褶里寻找记忆中的泥土。"(《女神》)"植物"作为人类精神的一种喻象,被困于现代化都市的铜墙铁壁中,它渴望返归作为精神源泉的"泥土",返归生命的灵动与丰满,却受限于自由的遥不可及。事实上,现代化进程正是造成生命连续性断裂的基本原因之一,物欲满足所形成的精神充盈只是一种暂时性假象,会随时间的流动而逐渐瓦解,人类终将意识到个体与精神原乡的分离,意识到自身已失去安放灵魂与生命的伊甸园。

其二,在灵焚的散文诗中这种矛盾的另一形态表现为个体生命的分离。灵焚早期的散文诗作如《情人》《飘移》等作品显示出人类灵魂的流亡与漂泊状态,其时的主体意象"情人"是作为一种"不可靠近的终极之美,一种灵魂,一种归宿的精神性指向"(《我与我的"情人"》)而存在。而后,灵魂的困顿处境与对审美的不懈追求又促使灵焚找到"女神"这一新的主体意象,用以返归生命的原始状态与原初之美。无论是寻找"情人"还是寻找"女神",都是作者自身以及作为个体的人类渴望逃离生命的孤寂与分裂,寻找灵魂的绝对自由以及彼此生命的充分弥合状态的显现。人类渴求生命情感、心灵精神与欲望肉体的紧密联结:"时间穿过那个被镂空的暗道,在19个小时里拥抱,5个小时里使劲地蓝。"(《再一次写到清晨》)然而,诗人清醒地意识到个体生命的紧密结合只是一种理想主义的虚构,其背后暗含着更深层次的分离性,如在《碎片·反转》中,他隐隐地透露了这一观点:

爱情从对面而来。其实,我们并不相爱。
真的。而我们只能穿着衣裳拥抱。

"对面"一词已暗示了个体既定的分离性,在个体生命的结合中企图取得灵魂的共生或许是一种谬误,即使最密不可分的灵魂,也"只能穿着衣裳拥抱"。个体为摆脱分离境遇而做出的种种努力都将成为幻影,灵魂仍在漂泊,分裂是不可逃脱的生命结局。

其三,在更为深刻的意义上,灵焚一直以来所关注的生命"存在"问题,即存在的虚无,也同样意味着等待在人类寻求弥合之路的尽头唯有分裂。在《空谷》中,诗人为我们展现了存在的虚无:

这里的时间是古老的,也是崭新的。

没有人指望少女们虔诚的许愿,数千年来高悬的星座一夜之间会在掌心纷纷圆寂。任何一种境况都不能企求自己与他者共同承担后果,必然是对于结局的最好阐释!

当蒙克的笔触让每一个行人都成为影子,每一座桥梁都在痉挛中扭曲,呐喊者成为一声不绝如缕的呐喊,与影子一起消失在呐喊之中……曾经饱满的风从此空荡荡,在大地上形只影单千年万年地漂泊。

曾经丰腴的大地,由于空谷多了一种沧桑的记忆。

诗人借蒙克之笔表现其对物质存在的真实性的质询,一切"存在"图景乃至"存在"本身的价值与意义都将面对一种共同的结局:归入空无一物的虚无之境。对这一生存结局的揭示包含着诗人对于主体归宿的终极理解,也映射出诗人的内在焦虑:"任何一种境况都不能企求自己与他者共同承担后果,必然是对于结局的最好阐释!"实际上,与存在之虚无并蒂而生的正是作为独立个体之生命为摆脱焦虑及孤寂的危机体验,即寻求与外界各种形式的结合以恢复生命的完整性却始终孑然一身的命运。诚如诗人所言:

有人说,孤独往往不是发生在一个人的时候。但孤独恰恰是由于感到自己是一个人。而在一个人的时候,每一个蓦然回首都是对生命的深入啊!

那时你会明白的。你要明白：所有的在者都会背身而去的。

(《某日：与自己的潜对话》)

在当下的生存空间，人类摆脱分裂性的欲望与分裂的必然存在间的矛盾日益凸显，由此造成的结果是，生命彼此靠近、寻求弥合的行动被众多外在力量阻隔，灵魂始终处于漂泊状态，无法回到生命内部的自足原野得以安放，文明异化，机械与荒凉统治着我们的时代。"如何在这种生存背景下让生命能够保持鲜活的本真，让灵魂获得安宁与平静，应该是这个时代的宏大叙事背景与思维所面对的审视对象，是生命抵达审美境遇的必经之路。"(《从灵魂的漂泊到生命的寻根（代跋）》)这是灵焚的生命追求，也是灵焚的审美追求。只有通过审美提炼与转换人类在追求弥合过程中遭遇的生命的分裂性，才能达到对这一生存困境的超越。或许，正是人类渴望超越自身生存境遇的本能，促使灵焚持续地追求着生命的本真与灵魂的安宁，也持续地在他的散文诗创作中为这样的追求找寻安放灵魂的新的彼岸。

## "返源"：回归生命终极

灵焚的散文诗创作始终在探讨灵魂的漂泊与救赎问题，时而站在精神的高地俯瞰，时而返源生命之初，时而巡弋当下，匍匐在凹凸不平的大地上。无论是灵魂向宇宙深处、人类生命初始的原点返源，还是关注现实的生存，他的创作无一例外都指向生命终极的拷问与探究。在《风景如海》中，灵焚以"海"为心灵喻象，将其真实刻骨的生命体验审美化，转换为动态的心灵图景，其中弥漫着有关"拒绝""波涛""风暴"的漂泊感受与诗性言说，这也是其时作品的关键词，而结尾多以一种迷惘、失落、黯淡的情绪作结，影射过往许多生命关系的破裂（如身在异乡的孤寂、情感无归属，人类在现代化进程中失去精神的伊甸园）。此时，作者已表现出对复归生命的原始状态、重建精神的伊甸园的向往与渴望："给我一个梦吧！那栅栏应该是我们失去的森林，我们可以爬上一棵树，连遮羞的叶子都摘去，旁若无人地。"(《飘移》)随着对生存、梦想和生命韵致思考的逐步深入，灵焚又在我们所居住的，充斥着各种各样满足人之生存欲望的技术与工具，却丧失了生命最基本的自然性的时代中，愕然发现了现实中"远方"的失去和远逝：

  城市化的表情。信息化的脾气。全球化的性格。
  天涯就在身边。即使有亲朋好友远游，也在手机那一边、QQ那一边、skype那一边……随时挤眉弄眼，两情何止朝朝暮暮？
  那么，我们拿出什么用来回忆？应该思念谁？有谁还是异客，至今独在异乡？
  登高？居住的楼房并不低，或者office坐落大厦的高层，远方就在伸手够得着的地方。临窗万家灯火，开门车水马龙。
  现实，已经没有了远方。

(《重阳·远方》)

  法国启蒙学者伏尔泰说："人类最宝贵的财富是希望。希望减轻了我们的苦恼，为我们在享受当前的乐趣中描绘出来日的乐趣的远景。如果人类不幸到目光只限于考虑当前，那么人就不会再去播种，不再去建筑，不再去种植，人对什么也不准备了；从而在这尘世的享乐中，人就会缺少一切。"显然，在灵焚的笔下，都市已被现代资讯和科技悄然无情地陌生化为情感的荒漠，人们沉潜于此在的享乐与物化之中，听不到生命的律动，远方的渴求早已黯然，唯剩下方寸间的局促和狭隘、咫尺与天涯的颠倒、距离与空间的缩短和封闭，现代都市人陷入灵魂流离无依的危机之中。然而，灵焚并不是一个绝对的悲观主义者，他仍旧渴望并相信一处"远方"、一处心灵栖息地的确切存在，在《重阳·远方》中他写道："当自己成了自己的异乡。我们，除了相信有一个故土在远方。"在灵焚的概念里，"故土"是精神滋长的原点，是生命发源的始初；"远方"则意味着超脱现实的理想空间的存在，是"诗意的栖居"，是生命前行的方向。由此，一种思路愈加清晰可循：以审美观照推翻、超越既有的生存困境，追求生命的弥合，摆脱生命的分裂性。"情人"与"女神"这两个主体意象都被统摄于这样的思路下得以诞生。在新的作品中，灵焚跳出了单纯的意象抒情，他找到一种新的途径与方式来展现其思考，并为这种动态性意志行动命名——返源。

毋庸置疑，"返源"是灵焚内心系统的隐秘力量，它的提出一方面源于前文所述灵焚一直以来的生命追求与审美追求，另一方面则源于灵焚的世界观与哲学素养。于文字中梳理灵焚的所思所感，会发现在其作品中时常显现出关于"万物同源"的观念阐述："这里，一朵蒲公英在风的指缝寻找家园。一颗松果保留松涛的记忆从山顶滚落。生命的起源与归宿，一种存在由可能到现实，再由现实回归可能……"（《空谷》）灵焚以万物衍生消亡的规律道明生命起源与归宿的对等，起源朝向归宿，归宿又返回起源。所谓"万物同源"，万物始于同一本质，原点即是终极，而朝向生命终极的旅途就是"返源"。

> 橙色携带火种，霉绿色绵延肥沃的大地，而那些隐隐约约游走的乳白水滴，让一切种子气息氤氲，在季节里媾和阴阳的呼吸。
>
> 正如从地中海、爱琴海边上岸的欧罗巴，沿着逻各斯路径回到始基，宣布万物同源。
>
> 抵达源头，失散千年的两朵雪花在一条江里戏水，在你的色彩里相认相知。
>
> （《返源》）

诗人信守唯有"返源"，恒久的生命之孤独才会在自身中消融，分裂才会退居幕后。立身于强大的生命本源和对这个世界的爱，诗人不想说出他的纠结，以及"纠结的真相"——"让真相留在真相里"。基于此，诗人随性虚构出乌托邦的未来，以填补他对宿命和辽远的想象：

> 这是一场未来的赴约，也许属于宿命里的某种真相。你领走了他为

你备好的奢华,仅仅一次完美的绽放,让他此后所有的春天不再丰满。

应该是美好的开始,应该是的。他们都这样相信着。

这些,当然属于愿望,即使它是一种信仰。

(《虚构一场春天》)

基于灵焚所固有的母性崇拜意识[①],女性在"返源"中仍是不可或缺的角色。灵焚赋予女性以造物主的神性,通过意识重建,使女子形象这一并未确定其具体指称的虚体成为"返源"的第一推动力,成为生命的本原意义与终极理想的对象化本质:"可你,却如此轻描淡写,告诉我,你只是盗来了阿尔卑斯峰顶的一朵新雪,在沿途种植一些星光蓄水,营造一次晶莹剔透的旅程。""在源头,一个东方女子捧着一朵初冬的雪在颜色里受胎,用蓝,描摹繁星们的初夜。""这是源头的火焰,让我只增不减,只长不消,只生不死;让我们反复确认的相遇消弭时间,直到为我敞开的空间归零。""让我们在天地之间站立,峰峦般抱紧,尚未挂起树叶的裸体沐浴干干净净的阳光,以花朵的姿势,重新开始芳香四溢的吻。"(《返源》)在男女的爱欲结合中,"返源"的意义得以实现,即自然、人体、生命本质的交融,灵魂、时间、空间的绝对弥合。

此刻,阴阳在反复相遇。时间凝固了,不再孵化下一刻;空间弥合了,不再为此处与远方预留那些风声路过的缝隙。

时间不再挪动一步,空间不再分离。

(《虚构一场春天》)

---

[①] 从"情人"到"女神",可从灵焚的散文诗创作中提炼出一种极为明显的母性崇拜意识。女性是其主要的抒情对象,在逻辑与思维的递进中,在情感与审美的升华中,女性逐渐脱离一般意义而具备了神性,上升为母性之神。这种"母性",是作为生命之源的审美化精神而存在的。

在灵焚的笔下，阴与阳不仅是代表男人与女人的符号化意象，同时向哲学领域延伸，具有更广泛的哲学意义。阴阳多用于阐述互相对立消长、矛盾而又统一的运动中的动态平衡势力，它们性质虽相反，但又和谐地处于一体之中。阴阳的结合，恰恰意味着生命的分裂性能够得到消融，这也从另一个侧面确证了女性形象在灵焚散文诗中出现的必要性。女性地位的跃然恰恰是现代理性进程的杰作，灵焚从生命现象和人类学的层面跨越了它的局限，在他的审美体系中，男女系抱朴合一关系，男性在建设、破坏，女性始终是圣洁的救赎者，肩负着永恒的美和修复的意义。于"时间凝固""空间弥合"的生态中，人类从阴阳携手的时空内获得灵魂、精神与肉体的三重自由，在阴阳结合中返归纯净的远古天地，返归最初的精神家园。

生命的真正归宿并不是关乎功名利禄和物质享受的自我满足，而是要揭开生命内核，在审美顿悟中完成对生命本体的超越，还原生命的本源意义，抵达生命真谛。"返源"，即是要恢复人类的诗性情怀，恢复生命的灵动与丰富性，恢复情绪的真诚、饱满和激情。"用色彩蔑视一切文字的表白"（《返源》），逃离现代社会的铜墙铁壁、纸醉金迷，返回自然自在的原野，返回安放灵魂的家园。在源头，生命抵达了终极的意义，人类将在永远的弥合中获得持久的满足："那些在源头被孕育的人类，每一个都应该是你合格的情人。他们从此懂得爱，懂得万物不是尤物，不是为了承受毁灭而降生。"（《返源》）"阳光成为阳光，晴朗就是晴朗。雪山不再成长树木炫耀高度；云朵领着绿草自由往高处行走；浪花短暂的一生，只在时间里悸动；每一阵风过，只有经幡数着念珠，万物不需要发出存在的声响……"（《青海湖，穿越湛蓝的相遇》）生命不再惧怕分离与死亡，因那朝向终极的旅途也朝向光明的始初："只要白发长到三千丈，就不需等待了，剩余的时光都是雪飘飘。那时，过往的岁月都会在每一道皱纹里回暖，朝着春天的方向，缓缓地流，薄薄地流……"（《雪飘飘》）灵焚俨然寻找到对现实与精神困境的突围路径——反叛的主体意识。在时间与历史中，物我置换，人我置换，自体置换，世态万象中屹立出一个互为阴阳、互为情人的"我"，他生生不息，无所困滞，无所隔离，于芸芸之中纵横变迁之所。

## 在生活的剧场中探寻生命的主体性和审美性

灵焚将其散文诗集命名为《剧场》，既有现场感，又凸显了生活与艺术的质感。"剧场"首先是艺术表演的场所，它上演着假象、想象，以及比真相还真实还让人确信的真相；其次，剧场一定是时间和空间两个维度交叉的场域，这里，历史可以被拉近，现实可以被推远或被丰富化立体化，冷淡可以变得亲近，熟悉转身为陌生……置身其中，每一位观众可以观看和寻找自己不同的面相；再次，剧场是多维融汇的场域——真实与虚构，当下与历史，此在与未来，自我与他者，他者与他者……纵横捭阖，无所不包。此外，灵焚的组诗《剧场》还具有多重隐喻和象征色彩：首先，剧场本身就是一个丰富的隐喻，它隐喻人在有形的局限中被约束了生存的自在和生命的敞开的宿命；其次，剧场里上演着生命个体自我问答、自我与他者、他者跟他者的对话及行为生发的表演，走进其中，每一个人都既是倾听者又是发声者，既是演员又是观众，构成了生命场域中看与被看以及角色、身份的复杂置换关系。在图像化时代，现代大众电子传媒的迅速扩张所导致的直接且重要的后果就是其对以语言为载体的文学产生了严重的冲抵，由此德里达在《明信片》中提出了"在特定的电信技术王国中，整个的所谓文学的时代将不复存在"的咒语式论断，西利斯·米勒更是提出了"文学终结论"。当现代电子媒介使"文学性"越出传统的文学领域而向经济领域、大众日常生活领域扩展时，传统意义上的文学已然面临致命的挑战。剧场的艺术形态，恰恰是对图像电子资讯的有力冲击和解构。不管"剧场"这一命名多么富有张力和涵括性，在上述提及的层面之上，灵焚最为焦灼和关注的还是生命主体性的确立问题。与上述众多已经意识到的问题比照，诗人最为忧思的是，在生命现场中人被事件和行为消解了主体的完整性之后所致的主体性缺失——由时代所致，由个体迷失所致。《伤口》对主体性的失所发出了温情的呼唤："向童年借来一缕炊烟，你要让这座城市回到温情的角度。"可是，中国人曾经饥饿怕了，穷怕了，出于对饥饿和贫穷的恐惧，人们不再关注精神世界；

出于物质生活极大丰富的转变，人们忘却了美好的愿景和灵魂的诉求。这导致商业的诱惑最终得以淹覆现代人灵魂的疼痛和愿想，如同失去重心的齿轮在滑坡下奔跑，飞速旋转的欲望使主体生命无法停下步履，直至陷入空洞麻木中，流失生命追索的方向与本初的情怀：

  这是一种绝症，只能在借来的炊烟中延命。
  自从搬到郊外的别墅区，你企图繁殖炊烟的数量，却发现炊烟中潜在更大的商机。
  从此，忘了伤口，为自己的天赋得意，直到忘形还没有忘记继续得意。

(《伤口》)

灵焚准确地捕捉到"飘移"一词，用它来形容远离生命之光普照的现代人在商品化时代中主体性的摇摆飘忽与混沌、自我消沉的状态，颇具深度与明晰度：

  这是什么地方？山不像山，海不像海，鸟声已经绝迹。还记得那一次我随你晕眩的目光升起？
  这是高原吗？垂下的四肢如绝壁苍苍茫茫。
  铁门的响声在遥远的地方滚动，我是被这声音惊醒了吗？在眼睛睁开之前总要回忆点什么思考些什么吧！可是大脑混混沌沌，尽是千年无人打扫的风尘。
  以手加额，霜雪从心底漫卷而至。额上佝偻着无数男人和女人圣洁的肉体在呻吟。
  那个富足的股票经纪人饿死在神秘的塔希提岛上，呼唤世界。始终没有回声，昼夜成为一幅空前绝后的谜。
  就这样闭着眼睛飘移吧！管他从哪里来，到哪里去。

(《飘移（一）》)

除却商业诱惑对主体性的绑架，灵焚还犀利地讽刺了现代社会娱乐界的明星们被舆论牵制、为声誉和利益而活的可笑与悲哀：

> 一整天，我们用散发油墨味的报纸裹起赤裸的肉体，走过一条一条霓虹灯布满的街道。我们携扶着，最后走进豪华的剧场。
> 
> 吉他沿着打击乐器的叮咚铮蹒跚走来，云朵自您臀部一团一团升腾，腰扭成弯弯曲曲一条河。玻璃球旋转起来了，繁星如流萤飞满我披长茅草的肩边。
> 
> 舞台是迷人的，吸引演员也吸引群众。
> 
> 该轮到你表演了。我们很得意，以追光灯压迫你，赞美的掌声仅仅为了掠夺你的丰采，并任意把你撕得粉碎。
> 
> 你是无法挣脱的。我们在你的深处，骚动你的情绪，激昂，激昂，激昂……

（《飘移（二）》）

艺术的最高境界就是主体性的独立和在场。然而媒娱时代，娱乐文化泛滥，艺术被流行亵渎，主体意识让位给大众，文化充其量停在表述层面，多少人在哗众取宠，多少人在千金买笑，多少人席卷于纸醉金迷的骚动消遣之中？诗人的忧患那么苍凉、无奈、深重，亦如当年德布雷对很多知识分子沦为追逐名声的动物的忧虑一样。根植于对现实的反思和主动的使命感，2013年，灵焚一改以往的风格，创作了一组别具寓意的作品《新闻短讯》。这组作品戏谑而又现实，充满反讽的意味却不失旷远的忧患，拓展了散文诗关注现实时弊、介入当下生活的新手法。他以新闻聚焦的视点和快讯方式，片景式集合了当下社会最引人关注的新闻焦点和时弊问题，颇具时代感。他写火葬场、留守儿童、底层生活、买车摇号、不安全食品、雾霾、下岗问题，写《中国好声音》《星光大道》《爸爸去哪了》等时尚流行节目，写知识文化被边缘化、明星商机、双规、潜规则、蜗居，写热点八卦新闻，写为房产假离婚、空巢老人等等：

  今天天气，PM2.5 正在不断刷新峰值：北城300，西城400，东城500，东南城、南城已经无法检测……
  哈哈，亲爱的雾霾，托你的福，又一家医院把太平间搬到地下停车场。
  ……
  好声音，好歌曲，草根们的星光大道……
  真本事的大舞台，今夜，多少人陪你一起泪飞？
  音乐真好，梦境有价，大舞台的夜色正在升值。至今为止的孤独，待价而沽的日子，可以按重量明码标价了。
  即使我不是明星，但爸爸或者妈妈是明星。爸爸哪里去了？因为爸爸是明星。明星明星，拓展商机的媒体盯上了明星的遗传基因。

（《新闻短讯》）

  所谓现代性的危机，就是文明之后为何出现荒昧，进步之后缘何出现倒退的问题。几百年前西方的卢梭这样问，几百年后中国的诗人们依然这样问。用传统审美改变现实已然很困难了，而与现代大众传播媒介不可剥离的"娱乐化"，正深刻地改变现代人的基本生活方式。在流行趋势中，大众媒介文化吞噬了一代人的自主选择性——人们心态扭曲，尊严荡然飘远，肤浅成为标签，一个时代空疏的悲哀被诗人赤裸裸地呈现无余。面对都市人的处境以及与之相应的文化心理现象，诗人发出"悲哉！此情何堪？/悲哉！此生何堪？"这一痛彻慨叹，不由得让我联想到尼尔·波兹曼的名著《娱乐至死》。

从灵焚的不少散文诗作中都可以寻访到《巴黎的忧郁》的影子[①]，我们可以权且称之为当代中国的忧郁。在这些作品中，人生如剧场，城市如舞台，人与物都在被经济繁荣的时代和繁华的都市异化，面目全非。诗人对现代都市有自己的纠结和痛楚，更有睿智的批判和反省，这在其2013年创作的一组散文诗《没有炊烟的城市（选章）》中可见一斑：城市的运输如同疲于奔命的蚂蚁——"一车一车的夜晚呀！也不管这里是不是装得下，反正继续运，不停地运，运到时间也成了一堆废铁，断电了，熄火了，终于不再喘气了……/脑血管堵塞了。心肌梗死了。/送走蚂蚁之后再搬运夜晚的这只蚂蚁也死了，终于不再是蚂蚁了。"（《都是蚂蚁》）秀色可餐的都市却陷入饥饿——"一种单一的饥饿顺着下水管道，向整个城市的每一家、每一户私奔。/饥饿在传染。"（《遇到章鱼》）沉迷享乐与肉欲的都市人一夜过后筋疲力尽，心灵空虚无依——"此时，一群身体肥硕、四肢却骨瘦如柴的蜘蛛，正陆陆续续爬出夜总会、酒吧、丰乳肥臀的按摩房。/月色正好，霓虹灯在身后逐渐昏暗。/河床正在龟裂。等不到杨柳岸，蜘蛛们已经精疲力竭，就地伸出毛茸茸的四肢收集露水，补给一夜之间彻底干枯的河流。//晓风习习，却听不到水声回响。"（《蜘蛛》）在摄像头、电子产品等冷漠的看与被看中，病态的心理危机四伏（《病态》）。网络的虚拟空间更换着人们的脸，每个人的出场都带着诡异的面具，谁也不知道面具下真实的脸，直至在面具的伪装下丢失了真实的自己（《他人的脸》）……青春、热情和勇气都被支付殆尽，那么窗外还有什么？（《患者》）置身没有隐私的都市，每个人在现代生活中都身患病疾，人们自动与被动地选择遗忘，"忘了伤口"（《伤口》）。不去抵抗，"不承认孤单"，"漂也是一种选择"（《你不承认孤单》）。所有的问题

---

[①] 学界普遍认为，波德莱尔是将美学现代性同传统对立起来的始作俑者。波德莱尔认为："现代性就是过渡、短暂、偶然，就是艺术的一半，另一半是永恒和不变。"见波德莱尔：《波德莱尔美学论文选》，郭宏安译，人民文学出版社1987年版，第485页。这句"自相矛盾"的名言发表于1863年11月26日的《罗加罗报》。不可忽视的是，很多现代性研究专家(例如齐格蒙特·鲍曼)，在他们的著作中随时都潜藏着波德莱尔的影子，虽然诗人那些"恶之花"式的狂放言辞，根本就无法被看作是对现代性的理论判定。

和症状正悄然被传染,"植物也患流行病"(《流行病》),生命在荒芜和黯然中不断地消失。忧心于意义的缺失、主体性的消解,诗人唯有反复地自我敲击和警醒。他承认宿命的偶然,却无奈于没有反抗与觉醒的被动;他在"看"与"被看"中保持清醒,却无法改变事件发生过程中的碎片化;他试图在生命剧场中重构现实的审美性,却时而迷离于"返源"的归途路向。如此地纠结、挣扎、分裂、自嘲和重构,诗人以理性对话存在、经验,穿越了重重场域的围困,秉持烛照心灵的蜡炬,诗人最终以反现代的抉择对抗物质现代性的种种问题。可见,灵焚对现时代的境遇、都市的生活、生命剧场的描写和隐喻富有浓郁的理性批判精神,其清醒之处在于他以对话的姿态书写,淡化对抗带来的激进和单一。这一现代性的反思颇近似于埃德加·莫兰的观点:"欧洲文化在把理性作为自己的主要产品之一和最大的生产者的同时,保持对理性以外的其他思想的开放,并且超越理性,批判和否定理性。欧洲文化的深刻特性并不仅仅是使理性被解放得到了自主地位,更是造就了'对话'的体系,在这个体系中理性成为一个不断演变复杂的角色,它和经验、存在、信仰进行着对话和对抗。"[1]

## 结语

长期以来,灵焚"本于性情之真"[2],将哲学、美学与诗学深度融汇,他善以情感丰沛的语言、内涵多指的意象、逻辑紧密的结构,编织关乎生命与梦的哲学命题,寻求灵魂的救赎与安放,重现灵魂的乌托邦,其间洋溢着蓬勃而流动的生命热力。值得注意的是,诗人并没有放弃对生命现时意义的肯定与追求,他欣赏灵魂需具有坚实的硬度,"应该学会省略路途的磨难"(《果实的时光》),"沿着高远的志向驰骋,到达心灵所能到达的地方"

---

[1] 埃德加·莫兰:《反思欧洲》,生活·读书·新知三联书店,2005年版,第56页。
[2] 这一点与明代中期重要的诗人、诗论家、哲学家陈献章颇为相似,陈献章身兼多重身份,创作"不唯篇什繁复",且具有独标一格的艺术成就。

（《回声四起·长城，或者与家园有关》）。同时，他深切地怀念着逝去之美，古典与现代的结合使其作品流露并释放出唯美、沉默、高贵的气质，以及文明、坚持、漂泊的气魄。①

在当代散文诗界，灵焚确是一位旗帜性人物。除了创作方面的求新求变外，他还倾尽心力推动中国当代散文诗的发展与理论建设，致力于改变当代散文诗的现有境况与存在姿态，以期登上新的高台，其文采斐然、洞见迭出的著述文章中包含着对散文诗朝圣般的热爱。诚如诗人自己所说："越是靠近她，就越感到她的高光炫目，她是那么神圣与高贵，只能膜拜，不可站立仰视。她，显然已经成为我的个人宗教，是我匮乏年代、枯燥岁月、寂寞日子的精神避难所。为此，即使需要我在生活中租赁时光，也要向她朝圣。犹如那些藏传佛教信徒，罄尽毕生，都用在朝圣的路上。"（《在碎片里回溯》）②

综上，我想说：个体生命的逆流返源与现代性的当下感悟和未来展望③；生活被放置在生命剧场的整体规约中与历史的碎片④、时光的碎片、日常的碎片以及生命的偶然和短暂，这两对充满张力和悖论的对象，都被灵焚巧夺

---

①灵焚的散文诗中交融着本雅明所说的传统艺术的"韵味"与现代艺术的"震惊"。在本雅明的论述体系中，所谓韵味是指传统艺术中特有的时间地点所造成的独一无二性，它具有某种"膜拜功能"，呈现为安详的有一定距离的审美静观。相反，震惊完全是现代经验的体现，呈现为突然性，诗人颤抖，孤独，灵魂分离。详见本雅明《机械复制时代的艺术作品》，浙江摄影出版社1993年版。

②诚然，一直以来，有些读者说灵焚的散文诗很难读懂，太深奥，这让我想到德国的诗人保罗·策兰，他喜欢将事情复杂化，他曾经用植物做一些特定事物的隐喻，比如会找一些生长在集中营附近的植物，然后通过对它们描写来揭示一段历史。对于不了解这段历史的读者，根本就不知道他想表达什么。曾有一位德国的文学评论家对保罗·策兰说："你到底想说什么？"策兰很聪明地回答了这个问题，他说："你就一直读吧，读到你读懂的时候就自然明白了。"某种程度上说，阅读灵焚的作品也需要调用这种精神。

③这一点让我想到现代性的动力的一个主要来源——时间和空间的分离。

④"碎片"与"裂痕""消散""幻象""危机""困境""悖论""批判""隐忧""终结"等组成了一个"具有某种磁力线的符号场或概念场"（韦尔默），与这些词语相伴相生的是人们对现代性的惶惑、无奈、焦虑、恐惧、痴迷，但这些情绪在灵焚的散文诗中比较鲜见。

融汇。他以坚执的主体性，以穿越的灵动，立足当下，往返于人类的元初与未来①；他时刻秉持着散文诗文体写作的审美现代性指向②，在对现实多向度的思考、思辨中，完成了生命探究旅途征程上终极的关怀、凝注、坚守，直至去完成突破。

---

① 参见安东尼·吉登斯：《现代性的后果》，田禾译，黄平校，译林出版社2000年版，第155页。

② 笔者认同周宪对审美现代性的四个层面的概括：审美救赎、拒绝平庸、宽容歧义、审美反思。

## 守望心灵的风景：
# 亚楠散文诗中的精神姿态

在缪斯的世界里，每个诗人都有自己独特的精神姿态。《离骚》中的屈原，是"路漫漫其修远兮，吾将上下而求索"的探索者姿态；《野草》中的鲁迅，是"抗拒那空虚中的暗夜的袭来"的反抗者姿态；《画梦录》中的何其芳，是"喜欢想象着一些辽远的东西"的寻梦者的姿态……而散文诗人王亚楠，在其《南方北方》等散文诗集里，则秉持着守望心灵风景的姿态，亦如诗人自己所说："静静地守望，一生一世。"（《从前的声音如此鲜活》）诗人通过对风景的守望曲吐他的求索、感悟、反思和寻梦，自然界的山河草木、万象更迭与诗人的情思互为映射，比真实的风景更富有穿透力，经久品味，震慑心灵。同时，亚楠也为我们展开浓重多喻的风景场，对风景的书写成为诗人坚守不移的精神视域。

是默默守望吗？那一脉河山曾托付你，不要让岁月在风中老去。
（《回望长城》）
就这么静静地守望吧。在大漠深处，每一个生命都闪闪发光……
（《大漠深处的无名湖》）
啊，不管岁月怎样沉浮，你守望自己的草原，听天地间万籁之音，缓缓上升已经成为我们敬仰的图腾。
（《一棵树正在想念它的故乡》）

默视苍莽河山的长城，在大漠深处瞭望生命波纹的无名湖以及孤独伫立在草原上的怀乡的树，它们以精神守望者的姿态对抗岁月、历史和宿命，安然地坚守，深重地超越。天地之广袤，历史之苍茫，无事不摄人心魄，无情不撼人心智，究竟是什么值得诗人倾心守望，"直到地老天荒"（《恍若隔世》）？在亚楠长达近三十年的散文诗创作历程中，他始终以风景抒写为主。这种抒写，不是单纯的景物刻绘或白描式的点染，诗人对风景抒写始终不渝的迷恋和坚持，不是任何一种写生的态度或歌颂的态度所能支撑得起来的，这种守望是灵魂自内而外的秉烛相照，诗人从外化风景中走出，他坚守的是心灵的内风景、博大的心智场，彰显出睿智者的风范，呈现出稳重坚执、特立独行的精神守望者的姿态。

置身于物质生产和大众传媒膨胀快速发展的后工业时代，诗人一方面了悟到"时光用它的幻觉击打，尘埃之上，尽是落叶缤纷"（《岁月之殇·戈壁石》）；另一方面，他清醒地沉浸于心灵的精神场域，温暖地凝望和倾听："花开的声音如此温暖，田野里莺飞燕舞，麦苗青青。我看见，春光把最美的一瞬留给了我们。"（《孟浩然》）经过历史与文化沙砾的淘洗，心灵的风景纯化了当下的生活。当诗人宣称孟浩然"一直都活在我的心里"之时，都市的喧嚣已经悄然远离，诗人与孟浩然一同在鹿门山的晨钟暮鼓中诠释自然，追求一种山水风流的诗酒人生，诗人守望风景，就是在守望一种诗意化的人生和"诗意地栖居"。但问题的关键在于，怎样才能把这句话落到实处，真实而独立地实现诗意的栖居？自近代工业革命以来，人类的物质生活得到了极大丰富与提高，但随之而来的却是马克思所揭示的人的异化。进入现代社会后，技术对人的压迫以及人的异化和物化现象日益突出，海德格尔、卢卡奇和法兰克福学派等对此都有过不少深刻论述。人类旧有的精神信仰被破坏殆尽，而新出现的信仰不仅不能安顿人们的灵魂，反而在不断挤压和损毁着人们的精神生存空间，诗意地栖居正成为一个越来越遥远的梦。目前，中国也正经历着西方国家所经历过的迅猛异常的现代化和城市化进程，在历史大潮的无情冲击下，我们的精神生活已变得日趋贫瘠、机械和乏味。诗人亚楠从生命存在与情景意义的层面突围而出，为我们提供了一条自救之路：亲近风景，守望风景。只有守望住内心的风景，才能达至诗意的人生——"循着月光跋涉"，"回到生命的源头"，真正诗意地栖居在辽阔的大地上："这时，坚硬与柔软并举，火的圣歌愈加明亮。因此我回到了春天，回到寂静处，并朝向岩壁——那些远古的生灵，那些图腾隐藏的秘密，都在另一个场景里指点迷津，演绎神话。"（《岁月之殇·戈壁石》）

正如谢冕教授所言："他把中国西部那一大片疆域美丽而神奇的风景，以他独有的语言和风格展示在我们面前。我知道，他不是单纯地写风景，他是在借此抒写他的情怀。打开他的诗集，满纸烟云，到处都是新疆和西部，也到处都是他的情、他的心、他的魂。他笔下的山川湖泊，有的我们听说或到过，更多的则是我们未曾知晓的。但毫无疑问，不论他在写什么，他总在写他自己，那些外在的风景折射出他内心的风景，而这些来自他生命深处的情思，甚至比我们看到的那些让我们震撼的动人气象更为博大，更为丰富，也更为深邃。"[①]不去谈都市的灯红酒绿，诗人迷恋的是披盖着皑皑白雪的阿尔泰山（《狂雪》）、喷涌着朵朵浪花的澜沧江（《澜沧江》）、在霞光中泰然醒来的大草原（《风从草尖划过》）；他瞩目的是在秋天的画屏里悠闲地散步的山鸡（《山鸡》）、可以澄清人的灵魂的山泉（《水的童话》）、月光下像人一样娴静忧伤的凤尾竹（《傣家村寨》）。当他走进云南，他爱的是洒满云南滇池湖面的一抹夕阳（《走进云南》）；当他登上昆仑，他感动的是那在烈日和风暴中傲然开放的雪山金菊（《昆仑雪菊》）；当他来到桂林，他惊讶的是如神话般隆起于波光中的象鼻山……他的行走只为风景而驻留，他的思考围绕着风景而展开，他的行走是一种风景的行走。正如灵焚先生所指出的，诗人"只在'风景中行走'来展现问题的思索"（《行走于风景中的思索》）。

"独立于荒原，你簇拥的梦比大地更空阔"（《岁月之殇·致一棵老树》）空阔是远方，荒原却是人类摆脱不掉的真实心境，诗人清醒地意识到守望是寂寞的，选择守望一种诗意人生，就是选择守望一种寂寞甚至冷落。正如梭罗选择守望瓦尔登湖而最终未能免于寂寞，诗人选择守望风景，也需

---

① 谢冕：《他用一颗心守望边地——读亚楠》，《星星》，2014年第10期。

要付出被热闹的世俗世界所抛离的代价。在当今时代,这可以说是为获得诗意人生而必然要付出的牺牲。"明月皎皎,有鸟自林中朝我窥视。我讶异于空阔里的琴声,为何低沉哀怨,如泣如诉?为何红狐遁入暮霭,夜莺不再轻轻歌唱?"(《岁月之殇·歌谣》)如同荆棘鸟寻找荆棘栖居以完成生命的升腾,诗人自知"独守寂寞只是为了完成最后的信仰"(《箭毒木》),他所获得的足以弥补他所失去的。在《雪岭云杉》中诗人这样告诉自己:"生命在寂静中抵达永恒,就这样默默地生活吧。"守望风景的生活虽然寂寞,但它终将把我们的生命推至一个永恒的精神高度;世俗的生活虽然是热闹的,能博得别人的喝彩和赞赏,却难免有表演和虚伪的成分,不仅不能提升我们的境界,还会很快归于消亡。

作为一个具有使命感的知识分子,一个大地的游子和行吟诗人,亚楠不仅守望着一种诗意化的人生,而且安然地守望着自己的精神家园。他说:"多少风疏雨骤的秋夜,多少残阳如血的黄昏,你都在茫茫的海波里四处寻找。寻找自然的心音,寻找人类的真情,寻找灵魂的家园。"(《梦之舟》)在亚楠看来,远行的目的不在于消遣娱乐,增长见识,而在于从出走中找到精神的家园,因此,旅程的终点不意味着心灵的归宿,心灵的归宿恰恰存在于行走的风景中,存在于变化可感的大自然中,正如诗人为其散文诗集命名所揭示的,这是一种"行走的风景"。[①]

纵览亚楠的几本散文诗集,行走显然不是诗人的精神旨归,它只是守望风景的一种方式,失去了风景的单纯的行走,会丧失精神苦旅的意味。虽然诗人曾慨叹说"我不知道,一滴水怎样才能回到自己的源头,抑或永远只能行走在回家的路上?"(《归途》)诗人岂是真正不知?诗人非常清楚,人不会永远行走在回家的路上。一滴水终归会回到自己的源头,那就是大海;一个人也终归会回到自己的精神家园,那便是心灵和自然的风景。故而,诗人才会在一个悲怆的发问之后,忽然跃出一句:"啊,山无言,心亦无言。"当心与作为风景和自然象征的"山"骤然相遇,冥冥之中升华到一个海德格尔

---

[①] 亚楠:《行走的风景》,新疆人民出版社2013年版。

式的澄明境界，两者便实现了心物一体的高度契合。这种境界，也即儒家所谓的"天人合一"，道家的"天地与我并生，而万物与我为一"；它使人想起王维的禅诗，想起李白的"相看两不厌，只有敬亭山"。此时无声胜有声，它是玄学家的"得意忘言"，是禅宗的"不可说，不可说"，是维特根斯坦的"凡不可说的应当沉默"。在亚楠这里，正因为难以言说、不可言说也不必言说，诗人不仅在"远行"中找到了自己的心灵故乡，在"我所居住的城市"①，诗人亦找到了自己的心灵故乡。

亚楠祖籍浙江，风景秀丽的江南自然成了诗人的第一故乡；诗人在伊犁出生和成长，生长于斯的西北热土成为诗人的第二故乡。超越上述两个现实存在的故乡，亚楠在散文诗中建构了具有符号意味的第三故乡——灵魂的家园。这一心灵的故乡与其说是相对于现实的故乡而存在，不如说是相对于现代人漂泊其中的世俗世界而存在。世俗的无根状态，不论在现实的哪一个故乡都不可避免，而唯有心灵的故乡才能完全免疫。面对暧昧而喧嚣的世界对土地的放逐，物欲的暗潮对灵魂的腐蚀，诗人不禁发出深深的感叹："还有多少清洁的精神，能够守住人类最后的家园？"（《午夜的寂静》）在这个以欲望代替了土地（海子：《诗学：一份提纲》）的时代，我们一次次出现精神危机，更可悲的是，我们甚至不知道精神危机，这才是真正的精神危机；我们的内心早已分崩离析，然而我们甚至对此毫无感知，这才是具有颠覆意义和警示意味的分崩离析。

诗人亚楠在对风景和自然的守望中，打破了现代人分崩离析的魔咒，找到了一个属于自己的安身立命之所。他不无骄傲地断言："啊，红尘滚滚，喧嚣的世界已经膨胀！我知道，只有在青山绿水间，灵魂才能获得安宁。"（《九寨之恋》）当他投身于群山溪涧之中，他发现的是"群山用色彩令你妩媚，用澄澈让纯洁的灵魂安息"（《水的童话》）；当他来到大草原，他感到的是"草原正用自己朴素的手，收留那些漂泊者的魂灵"（《牧歌》）；当他进入高大的明屋塔格山腹地，他欣慰的是"我们并不感到孤单"（《明屋

---

① 亚楠:《我所居住的城市》，四川人民出版社2002年版。

塔格山》）；当他徒步行走于溪边，徐徐的清风便会"荡涤我内心的幽暗"（《旅程》）；当他抵达西天山深处的波马，波马的风景便会使他的心"渐渐清亮起来"（《在波马那个地方》）；当他看到无边的大雪纷纷扬扬，温暖地覆盖着辽阔的大地，他甚至听到了天空对大地的讲话："好好珍视这些雪吧！当世界一片混沌，她们是唯一能够拯救人类的天使"（《迟来的雪》）……在诗人的体验和思考里，风景已不再是一种单纯的风景，而具有了一种内在的精神向度；风景不仅是精神的表征、精神的载体，甚至就是精神自身。正是在这一意义上，守望风景就成了守望精神的故乡。

因此，当象征着精神故乡的风景无可挽留地在大地上消失时，诗人才会表现出那样一种极度的无奈、惆怅和痛彻心扉之感：

> 大地如此苍茫。那些我们曾经迷恋的风景，都在记忆的长河里消亡了，许多鸟，已经落在更远的山林。……我不知道一只孤独的鸟，能否回到生命的故乡。
>
> （《乡愁是一只孤独的鸟》）

亚楠笔下的"家"和"生命的故乡"就是人类的精神家园。在全球环境问题日益严峻的今天，我们记忆中大片美好的风景确实令人痛惜地永远消亡了。对于环保主义者而言，这是一个生态问题；对于诗人而言，这却是一个精神问题。自然生态的隐忧堪比人类精神生态的失衡，自然、人类和个体在历史变迁的交织中，彼此渗透为无法分割的生命场域，诗人对于一只孤独的鸟如何返回生命故乡的忧虑，正是对于风景消亡后人类如何安顿自己灵魂的忧虑。也正是出于对风景消亡的忧虑，诗人才选择了在行走中去亲近更多尚存的风景，正如他自己所说："不论我们奔走的目光驻足何处，都会朝向生命的源头。"（《走进香港》）因此，诗人对于"天地之美"的用心描绘，就不仅是一种自我拯救，在沉痛的省思、淡定的栖居、深远的忧思中，诗人还自觉地承担起对人类破坏大自然罪行的批判：

贪婪之手为何总在一味地攫取？我想，大地所承受的悲悯，比我的想象更沉重，也比我的爱更宽阔。

可我只能面对土地，空怀一腔幽怨。我知道，人类从大自然中掠夺的，必将在时间的注视下加倍偿还。

（《岁月之殇·无法返回》）

山水风景第一次成为文学艺术中的显著因素，始自南朝。自此而后，中国文化、艺术领域便无法离开山水风景的元素。在亚楠的散文诗创作中，他突破了传统风景的既有价值。他守望的是一种诗意化的人生，守望的是人类心灵的精神家园。这两种守望是彼此联系和贯通的：守望诗意人生必须以守望精神家园为基础，而守望精神家园，又必然表现为对一种诗意人生的守望，两者终被统一归结到守望风景的同一种姿态中。在《一只小船》中，诗人曾感佩于一只小船"沿着故乡的方向独自守望，在茫茫天地间，把自己凝固成一道苍凉的风景"，而诗人自己又何尝不是呢？诗人守望风景本身也成了一道风景，一道在散文诗史上如一株云中杉树般亮丽的风景。正如诗人在《雪岭云杉》中所说："我们已经站立成风景"！

### 生命的断裂与重塑：
# 白红雪散文诗中感性、理性与神性的交融

> 诗人享受着无与伦比的优惠，他可以随心所欲地使自己成为他本身或其他人。犹如那些寻找躯壳的游魂，当他愿意的时候，他可以进入任何人的躯体中。对他自己来说，一切都是敞开的；如果说有什么地方好像对他关闭着，那是因为在他眼里看来，这些地方并不值得一看。
>
> ——波德莱尔：《人群》

当现代化资讯以不可抑制的速度增生繁殖着21世纪人类文化和精神的生态，简单纯朴的生活场域已经无法餍足个体私欲的膨胀，愈来愈多的人试图在不断变异的外部世界中追求缺失意义和生趣的冗杂与繁复，并日渐沉迷或无以摆脱物质享受。与此同时，生命却在另一向度上背离了精神的伊甸园，精神内核的匮缺或偏移为现代化的历史进程注入了黏浊着焦虑、迷失、分裂和空洞的瘴气，这恰如米兰·昆德拉在《加速前进的历史里的爱情》中所说："历史奔跑，逃离人类，导致生命的连续性、一致性四分五裂。"[1]阅读白红雪的《以骨为灯》等八篇散文诗，我们欣喜地看到，诗人有意与这个纷繁庞大、迷乱混沌的物质世界保持清醒的距离，他敏锐地将个人经验放置于过去与未来、现实与幻境等多重时空的交叠错综之中并加以铺展、延续，从而实现由瞬时的切身体味向内在心灵空间与哲理思辨的深层次转换。从表象上看，这一组散文诗多以对爱情的讴歌和呼唤为主线，但是，诗人无意于引领我们见证他对爱情的坚贞与爱神的甜蜜，而是在更为隐秘和深刻的意义上发觉并升华精神信仰的绝对纯净，一种对生死悲欢命运安排的豁免，一种由

---

[1] [捷]米兰·昆德拉：《相遇》，尉迟秀译，上海译文出版社2013年版，第33页。

宗教存在洞悟而出的大爱情怀，一种与灵魂神秘沟通的存在之思。这一组散文诗并非只关乎个体情感的感性体验，诗人善于以时空并置的叙事和抒情手法，使其笔下的每一个意象、每一行诗句、每一片图景都显示出感性、理性与神性等多元介质的交融，深情而自由地展现心灵与生命深度对话的饱满情志和深邃思考。

综观八篇散文诗，爱情无疑是一条豁亮的富有感染力的主线。诗人将自己对恋人炽热诚恳的爱和激荡的欲望约束在朦胧的诗性话语之中，并以大胆率性的语言反复描摹勾勒着记忆中与恋人有关的每一段细节或纤巧的情愫，情感的恣肆喷涌在散文诗中几乎随处可见："目光无法抵达的地方正是梦的住所。/当我在今夜的梦中呼唤你，你不能逃避！/埋葬于你如梦的青山，是我此生亲切的归宿。/——这一切你还不懂呀？！"（《永远的青果》）"你的眼睛因此能重放异彩吗？/唯有你的眼睛，使我动荡一生……"（《远离喧哗》）从相思的痛楚到挚爱的远去，从热恋的奋不顾身到婚姻的锈迹斑斑，高密度的感情迸发和舒展带给读者极大的审美震撼。同时，诗人不断以传统和新鲜的喻象转换着关于恋人的具象化表达："云""新月""青果""青草""雪""身穿丝绸的沙漠""篝火""石榴"……"我迷失的那一瞬，你的篝火，两点篝火，都照亮别人！/但我的手指与脚毫无怨言"（《永远的青果》），"今夜，玫瑰在冰里燃烧；我也被你的河流奏响，发出卵石般忧郁的音符。"（《温柔石榴或漂亮之痛》）诗人勇敢抛却那些最古典而严谨的要求——对爱情的遮掩与难言——以极为热烈的语言倾诉着内心深处那份永恒而深沉的爱恋，在表面的物象流转中隐含着他对恋人永不褪色的爱与浪漫。

然而，诗人所着意表达的远不止于此。"诗原本就是主客契合的情感哲学，诗的起点恰是哲学的终点，最深沉的哲学和最扣人心弦的诗都挤在哲学与诗的交界点上。"[①]实际上，在那些动人的诗句中嵌刻着的正是诗人对宇宙、生命的理性思考与持之以恒的热情。爱情作为贯穿其散文诗作的内置线索，在有关爱情的种种言说之中，诗人也悄悄度量着这个世界，度量着生与

---

① 罗振亚：《新诗鉴赏方法探略》，《名作欣赏》，2007年第1期。

死、光明与黑暗的界限，实现了由感性层面到理性层面的跳跃："爱情原来如此易碎：像蝴蝶的翅膀。/美丽与神圣的内核都深藏着不幸吗？"（《远离喧哗》）诗人一面感伤爱情的脆弱，一面又跳出了爱情的狭小框限，诗人清醒地意识到世间一切事物都有着不与之相仿的另一半，都在完美与丑恶间维持着均势与平衡。

对于白红雪来说，两相悖反的意象是他观察与记录世界的方式："南方已然苍老。这是饱含热烈与梦幻的南方。那片谷地中的阳光悄然腐败，春草般鲜嫩的鸟鸣开始疯狂。"（《以骨为灯》）又如："最后的驿站：被爱与恨打湿的小草同样在等待你轻盈的脚步。还有乌鸦，据说他是引领你进入天堂的唯一的火把。"（《秋天最后的云朵》）我们不难发现两类悖反的意象，一类如"阳光""春草般鲜嫩的鸟鸣""火把"等，象征着诗人对光明和希望的渴求；而另一类如"被爱与恨打湿的小草""乌鸦"等，则在诗句中散发出黑暗、绝望的死亡意味。但此二者的对立并非散文诗始祖波特莱尔向我们展示的那种二元斗争——在他诗作中呈现为"理想"与"忧郁"的较量——这些在白红雪的笔下已得到了更为个性化的延伸。他的散文诗所专注槌打的是关于生与死的哲学命题，是对作为主体之人类生存状态的忧虑与思考。他的作品中弥漫着如鲁迅"绝望之于希望正与虚妄相同"般在绝望中生出希望的生命力量。在《翻译黑夜》中，诗人将一瓶碳素墨水拆解为黑夜与死亡："如果直译，黑夜即上帝泼洒在魔鬼脸上的半瓶碳素墨水。""上帝手握的另一半瓶墨水就是死亡。死亡是黑夜的同胞兄弟。"在此，死亡与黑夜或说黑暗仿佛取得一种同构性，这种同构性往往伴随人类的痛苦、恐惧乃至神志的混乱。人类在潜意识中逃避对死亡之不可逃脱的切实体认，因为死亡意味着欲望的子虚乌有和行动力的永恒消退。人类面对死亡就如同面对一个全然未知的世界，除少数人以外，我们在情感上总是抗拒自身或他者死亡的来临，而选择热爱真实肉体的存在。而诗人白红雪却以其独特的方式超越了死亡笼罩在人们身上的阴影，获得对死亡的理性自觉，再现生命的丰富状态："那么光明与生命呢？上帝泼洒另一半瓶墨水之前的停顿状态即光明。生命就出现在这一瞬间！"生与死、光明与黑暗在一瞬间完成了彼此转化、过渡的重要使命，四者因此具有完全相同的价值归依。

希腊哲学家尼科斯·卡赞察斯说："我们来自漆黑的深渊，我们归于漆黑的深渊，中间光明的间隔，被我们唤作一生。"生是生存的必然，死亦是。与其说死亡是对生命的否定，不如说是生命状态的后续，是对生命怀抱热情的以身相许，生命也因死亡的存在而具有了更加长久的意义。"让月光的灰烬再熄灭一次，这世界便暗如黑马的蹄声。从此，我将以骨为灯，继续深入你——赶在雷雨之前——摘取你生命中最初的樱桃与黄金。"（《以骨为灯》）纵使在无边的绝望边缘，诗人也绝不自弃于生命的无助与黑暗，他热忱地在灵魂沉寂的低谷呼唤希望的炫彩和生命的热力。

沉醉于这种探索的魅力，诗人秉持生命的火把，探照人生与茫茫世间最具蛊惑力的"重生/重返"主题。在《以骨为灯》的结尾，诗人这样写道："或许，这是一次涅槃的序幕。涅槃之后，你将以轻盈的双瞳点燃另一片星空？"在《永远的青果》中，幸福的意志使诗人无畏爱情的艰难："这开放的季节，椰子，那些风流的椰子，一定漂洋过海了。/但我决定重返你身边：坚守你脚下的土地，忍受海风的折磨。"诗人甚至甘愿以自我的毁灭来换取他心中恋慕的女子的快乐，而这样的殉难在冥冥中指向的是生命的重生、涅槃与复活："——为了你的结局，你粉碎我吧！//我们涉足的青山流出了甜甜的月光。/是你的乳汁吗？此刻与婴儿的哭声不期而遇。/清远的童话就这样诞生。""重返远方？/一声鸽哨终于划破即将凝固的夜。绿色的橄榄枝在黑暗之上飞舞。"（《远离喧哗》）在《秋天最后的云朵》中，他极力转化生命的痛楚：

> 悲愤与流浪是你的遗产？而遗嘱却写得如同雨后的彩虹。哦，绝地通天，彩虹的死是多么容易，但秋天最后的云朵毕竟拥抱过童话般湛蓝的湖泊……
>
> 如今，湖的心跳也仅仅握住了死亡。而死亡的种子却在你身上悄悄发芽，像初恋的音符跳上了心弦！

此处，诗人自身对生与死的领悟与索德格朗的诗句"我是秋天最后的花朵/我是死去的春天最年轻的种子/最后死去是多么容易/我已看到那童话似的蓝色的湖/我已听见那正在死去的夏日的心跳/我的花萼只握住死亡的种子"（《秋天最后的花朵》）显现出富有主动性的精神共鸣与应和。站在精神的高地俯瞰死神，眺望无穷的远方，绝望终究无法得逞。与死亡的不期而遇，未能使索德格朗感到生命的陷落，她仍看到童话般蓝色的湖泊，仍是春天里"最年轻的种子"，尽管生命将毫无悬念地走向死亡，但她反而在这样的命运里得到一种平静与沉郁，得到一种灵魂的超脱与再生。显然，白红雪对索德格朗诗句的钟情源于对她的人格和精神品质的尊敬，那是跨越时空和国界的感染。无论生活交付于诗人的是何种混杂着恐惧、泪水与欢笑的痛苦，但生之绝望仅仅是诗人创作的出发点，他始终积极地在生命的回廊中响应着心灵愿景的召唤，他在那幸福与欲望的死亡中捕捉到的是生之愉悦以及生命该行的方向。

除了将日常生活经验放置于理性层面进行审视与思考，白红雪还巡弋于神性的幻境，寻求精神的平衡。在他的作品中，神性结构并非一种不真实的幻象，它确切地存在于文字所编织的时空里："实际上，我一直在烟雾缭绕的天堂种植麦子。你的出现，犹如红狐闪进麦地。那么耀眼，却又不可捉摸。/我的晦暗不明的恋情全部被你踩痛！一只巨大海鸟所产下的青卵也不过如此：石破天惊或者销声匿迹，都令众神顷刻间疯狂。"（《温柔石榴或漂亮之痛》）"在黎明的宫殿中，我瞧见你紫色内衣的花边上有红蜻蜓。哦，靠心脏的右边，还悠然开着一朵荷。"（《身穿丝绸的沙漠》）"亲爱的！千年前被你抱走的陶罐内，是否还幸存有几颗粟子？你少女时代的花裙，曾是我亲手所织。让我们重新刀耕火种吧。"（《温柔石榴或漂亮之痛》）"那时，白天鹅与童话一起栖息在这片林子里。每天清晨，比黑发更温柔的小路为我们送来远方的光明。"（《遭遇天鹅》）上帝的天堂、神话中的秘境、原始自然以及童话般的神秘森林频繁在其散文诗作中闪现，诸多维度的空间跨越涵盖着过去、现在、未来，乃至超越时间概念的时空交织、闪现。诗人意图摆脱现实生活的喧哗与浮躁，返归最原始而纯净的神性领域，在这样的神性领域中，诗人肆意播撒着他对自然的原始崇拜、对远古众神的憧憬与祈祷以及对神性的绝对信仰。他的目的是以神性的崇高与纯净去置换平凡、庸常的现实生活，示人以更高的生命启悟。缘于这种追求，诗人放弃了以逻辑、有序的经验记忆为基础的现实形象，转而呈现心灵深层的形象世界，即开始以神性意识对世界、宇宙进行重构，从而流露出浓郁的包括基督教、佛教、古代传说以及中古罗曼传奇在内的宗教信仰与神话信仰：

哦，千年前后羿发射的箭矢，击中了你腹部的灯光；我正跨过王后的披肩，抚摸你昨夜丢失的万种风情，宛如神甫弯腰拾起一枚胸针。

你知道吗？多年以前，海鸟的叫声就不使人放心。如今，几个阿拉伯数字（手机号码）则更令人烦心。她们竟同时引爆了幸福和灾难……

（《温柔石榴或漂亮之痛》）

再如：

如果直译，黑夜即上帝泼洒在魔鬼脸上的半瓶碳素墨水。我只告诉你一人。月亮是魔鬼睁开的独眼，闪发着凶光，非常古典。

多么黑夜的快乐！它常常使我们获得永远看不见也永远值得品味的事物，往往神秘得烟雾缭绕，让你披肝沥胆。

实际上，当魔鬼沐浴到这半瓶墨水之时，一个新的天地诞生了。他是那样情不自禁，且动荡不安。因此，梦的音乐才从那么多人身上汩汩流出。

（《翻译黑夜》）

在爱伦·坡般哥特式的梦魇语调中，诗人揭示了黑夜这一唯有魔鬼才会现身的奇诡时刻，绝非上帝的惩戒，恰似上帝对人类的恩惠。唯有黑夜，"梦的音乐才从那么多人身上汩汩流出"，他以诡谲多变的神性想象赋予黑夜神圣意味和生命不同维度的内涵。诗人将现实的苦闷、爱情的焦灼以及无法规避的精神之苦痛一并纳入其神性的言说体系之中,以宗教、神话经验置换此岸的忧愁、罪恶与混乱,并辅以浪漫想象,获得彼岸的幸福、解脱与从生命深处得来的快乐。

值得一提的是,在白红雪散文诗神性结构的内部还掩藏着一种戏谑成分,对注定世事的演绎、对命运的安排、对因惯性而得到认同的真理,诗人的态度似乎是犹疑不决的:"我真想用你的手掌击倒所有的树。然后重新嫁接。/那么,不同命运的根叶可以结合起来!/上帝的一句梦话也是真理之船吗?/——你与我分居在错误的岛上!"(《永远的青果》)正如他在理性层面做出的思考:"被狗咬伤的人就是贼吗?清香袭人者是鲜花吗?!"(《永远的青果》)与那些失去真实之精神的自我和善于堂皇地雄辩的个体相比,诗人选择趋向生命的本质,他不愿做一个应声附和者,以丰盈的想象扭转着生命的悲剧。

对于优秀的散文诗作者而言,一首好的散文诗不应在纯粹个体的抒情花园中作永久的停留,而应该有意愿和能力实现向更高级理性层面的跨越,以理性的敏锐与精确校正感性经验的随意与泛滥,以理性的简明代替感性的简单,以诗性的张力取缔艰涩的陌生化。毋庸置疑,白红雪在他的散文诗创作中努力于这些尝试,他有意识地以更为超越的姿态屹立在他的散文诗中,以感性为基点,以理性为阶梯,构筑了一个荡漾着激情,充满象征和哲思的神性幻境,实现了感性、理性与神性三者的交融。

白红雪的散文诗成就高于他的诗歌创作,与其说他更适合或熟谙散文诗这种文体,莫若说散文诗更适于表达他对芜杂与纷乱的现实世界的思考与探察,散文诗更能恰切地展示其独特的想象方式、情感关怀与对现实境况的笃思。在散文诗的世界里,诗人游走在现实与幻境、真实与魔幻、历史与未来、生与死、光明与黑暗对立交错的二元领域之间,寻求着生命的诗性起伏,期待着生命与灵魂的重塑。生命的价值和本原意义终在白红雪的散文诗中以超验的方式得到还原和确证,并从此恢复其与生俱来的诗意与意味。

## 后记一：
# 构建当代汉语诗歌精神

不同时代具有进入历史的不同方式，相较其他文体，诗歌是最为前沿、最深度地反映时代与文化的文学样式。近来，在各种契机促合下，写诗、读诗再度产生广泛的社会影响，诗歌创作的繁荣发展也好，诗歌变成文化领域的装饰品或媒体炒作的焦点也好，都需要我们自觉审视诗歌在发展中被大众热潮遮蔽或潜隐的盲区和问题。自古以来，诗歌即承担着多种文化功能，积淀着中华民族深沉的精神追求，泱泱诗歌大国以几千年的诗道精神为荣。今天，置身全球化、当代汉语语境之中，诗歌传播媒介极大扩散，诗人以何烛照诗心？读者以何点燃诗歌的能量？传播者以何促进诗歌积极的推广？批评者该秉具怎样的社会责任感、历史感？针对这些问题，提出建构当代汉语诗歌精神尤显必要。

诗歌精神首先是诗人的精神世界，它与创作主体的品性、修养、志向密切相关。"情深而文明，气盛而化神"（《礼记·乐记》），古人尊重诗歌，并强调诗艺的极致，以创作主体正确的人生价值观、崇高的道德追求、美好的人格德性为基石。一部中国古代诗歌史不仅是诗歌艺术的发轫、发展史，还是诗人的精神铸造成长史，中国诗歌批评史从未离开对诗人思想境界与人格修养的评价。诗品即人品，诗如其人，这样的例子俯拾皆是：屈原崇高的社会理想、政治情怀与高洁的人格，陶渊明崇尚自由与隐遁静谧的个人涵养，李白豪迈放达的人生追求与卓然独立的个性，杜甫的忧国忧民与圣者胸怀，王维蕴藉醇美、圆融山水与心源澄静的思想境界，苏东坡融合儒释道的乐观通达与雅健高迈的艺术修养……优秀的诗人是时代文化的先行者，他们的理想情怀与精神感召力在诗歌中得到了充分的释放和展现；其高尚的人生价值观与诗歌境界激荡出动人的诗情，提升了诗歌乃至人类的文化品格。在互动影响中，骨气端翔、卓烁异彩的优秀作品层出不穷，真所谓"志于道，据于德，依于仁，游于艺"（《论语·述而》）是也。

古代中国诗人主体精神的建设与诗歌的对应关系给当代诗歌创作提供了借鉴。步入传媒资讯急速发展的21世纪，消费主义理念至上，商业文化日渐膨胀，诗人或渐离诗心轨道，或耽沉于锤炼技艺，忽略了诗歌的志向，隐匿了涵养情志的诉求。当下，完善诗人主体精神的建设是提升当代文化建设的有效方式之一。我们以诗歌介入公共事件和日常生活，以诗歌创作励志求索，自觉于人类精神的深度挖掘、个体情怀的提升，自觉于自由、民主、正义、平等……是为关怀和参与，是为彰显当代精神文明的建设情怀，是为拓展汉语语境中诗意的维度。

其次，诗歌精神是民族精神。几千年来，杰出的诗人们立志于民族精神与文化理想、生活情趣、道德伦理的书写，从问道自由到深入现实两个维度唤醒读者的内在生命感悟，召唤独立不阿的自由意志、批判讽喻的现实精神、为国为民的赤诚忠心，这些均已成为中华民族的精神纽带。伴随近现代中华民族的苦难历程，诗歌屡被推上历史舞台。在新诗史上，诗歌精神少有人关注，较早强调诗歌精神的是鲁迅，他的《摩罗诗力说》寄寓了其心中诗人的形象——民族精神的代言者。诗人是民族的发声者，具有呼唤民族内在主体性的文化使命，鲁迅对民族诗歌的期待寄寓了文化启蒙者对诗歌精神的理解。他认为民主和科学均是诗，是发扬主体性的行为，我们从他的杂文、散文诗中亦可看出诗歌的力量。鲁迅因其敏锐而富有问题意识的洞悉力，深化并丰富了诗歌的民族精神含义。"五四"伊始，诗人们肩负启蒙与救亡的使命，诗意地凸显民族魂魄："动的"和"力的"反叛精神（郭沫若）；民族道德感与赤诚的爱国情怀（闻一多）；为寻找生命自救、民族自救的坚韧的探求意志（戴望舒）；在苦苦跋涉中承担土地和民族苦难的责任感（艾青）……或如现代派诗人通过审美获得历史困境的化解，获得主体精神的超脱；或如九叶派诗人通过在历史内部的挣扎获得精神的敞开；或如七月派诗人拥抱生活的主观战斗精神……岁月如河，基于现代经验之上的民族精神，映射出个体担当历史的主体性行为。

随着社会的变迁，群体的社会意识日渐转向个体的生命意识，诗歌角色发生变化，民族精神在历史化过程中流变丰富。20世纪80年代初，从牛汉、邵燕祥、雷抒雁等诗人对历史的书写到朦胧诗人对意识形态的反思，对自我价值的重新确定，对人道主义和人性复归的呼唤，直至海子、骆一禾试图改写新诗的历史传统，恢复诗歌整体性的文化功能……他们的诗歌抱负丰富了当代诗歌的民族精神。20世纪90年代到新世纪初，个人化写作融合了日常事物、历史想象、民间构想，诗人秉烛诗歌与时代进行对话：知识分子写作的批判立场、介入向度负载了坚守的民族精神；口语写作、打工诗歌等关涉了在场的民生关怀。新世纪以来，网络诗歌喧嚣沉浮，"祛魅"平庸的气息弥散，在短视的利益机制和大众文化中，究竟如何培育厚朴博大的诗歌信仰，写有气象、骨力的诗，书灵性、真诚的情思，寄寓富有时代感、主体意志的民族精神，远离虚浮、空洞的诗风，成为主要的问题。为此，我们必须构筑起烙印着时代特色的民族精神——自由独立地追逐梦想与自强不息地关怀现实。我们笃信：国家文化建设的振兴与诗歌形态的丰富、诗歌创作的繁荣发展互为促进，同表峥嵘。

再次，诗歌精神是探索融合、自我超越的世界精神和大爱无私的人类情怀。"民胞物与"是中华民族追求天人和谐、讲究天人融通的思想核心。中华民族把人类的文化创造都归结为对天地法象的观照，其以精神形态和物质形态传载下来即为文化，诗意地抒发出来即为诗。在现代化进程中，中华民族的天人和谐已经演化为世界的天人和谐，列入世界一体化的发展行列中，汉语诗歌越来越处于东西方诗歌资源交流、融汇的"对话"与碰撞境地。作为跨语际、跨文化交流最便捷直通的桥梁，诗歌类似于上古先民崇拜的一种圣树"建木"——沟通天地人神的桥梁，它贴近世界存在的本相，接近人类心性的原初状态。诗性没有国界，这是诗歌独具的质素和气魄，也是它在全球化语境中发挥文化先驱者作用的由来。

站在世界诗歌发展的前端，以诗性的视野审视和吸取世界伟大诗歌精神的精华，提升和阐扬当代汉语诗歌经验，这是自觉推进诗歌精神建设的历史趋向。以前，我们常说中国古代文学传统丧失了活力，就诗歌而言，其实真正丧失的是我们的创造力与探索精神。中国古代与西方优秀的思想文化资源远远超越以往任一时期的储备，西川、欧阳江河、王家新、吉狄马加、树才等一批当代优秀的诗人汲取了古今、中外、民族诗学的养料，步入世界诗歌的轨道。可是，在当代，我们仍匮缺世界级的伟大诗人，缺少富有震撼力、扣人心弦的经典诗作。

放眼看，那些具有国际影响力的伟大诗歌作品植根于博大的精神境界、人类普遍的审美情怀、纯净穿越的灵魂、辽远神秘的视阈、充盈的生命力、丰沛的诗绪、深邃的批判，尤其不缺闪耀着光芒的人性。世界级杰出的诗人要有"为星球提供能源"（萨拉蒙）的气魄，有"走在地狱的屋顶上，凝望着花朵"（米沃什）的超越和展望精神。"灵魂如果没有确定的目标，它就会丧失自己"（蒙田），对每一位当代诗人而言，最大的挑战即自我突破——面对影响的多元与焦虑，当代诗人如何发出独异的声音，处理好现代性、当下性和个体生命记事的关系，强烈而自觉地借由诗歌完成精神、文本、影响等诸多方面的突破，气韵卓然地回应世界诗潮的波涌，在世界情怀的熏染中完成对艺术本体的提升，这个问题尤显迫切。

诗歌精神在中华民族日新月异的发展中已经播下传承不息的生命火种，在国家精神文明建设中它将起到积极的影响和实际的建设意义。《周易》曾提到"变易"与"不易"的哲学思想，今天，诗歌正处于"变易"的时代，我们需要审慎地思考在渐变中如何寻出文化基因，发挥增进传统诗歌中"不易"的优长，吸纳发扬世界诗歌中的智慧元素，构建心智和诗艺双重成熟的作品。自《诗经》始，诗歌容纳了所有的瞬间，投射了不同个体深邃的灵魂，诗歌的活力即一个时代的活力，诗歌的处境彰显的是人的处境。今天再提诗歌精神，旨在反思、建设，旨在激活当代汉语诗歌的气魄，为诗歌乃至当代文化精神建设打开无限开阔的空间。

## 后记二：
## "在场诗学"的历史维度及当代性
### ——批评家孙晓娅访谈

**张福超**：孙老师您好，很高兴您接受此次访谈。您兼具批评家、文学史研究者、诗人、教育工作者等多重身份，不同面向和路径的创作及研究在您这里是否发生过冲突？可否谈谈您的批评观和文学史观？

**孙晓娅**：好的，感谢《星星·诗歌理论》，也感谢你为此次访谈所做的准备。你提的这个问题始终伴随我的学术生涯。在我看来，文学史研究和文学批评并非具有排他性，它们可以呈现出互补互促的有机状态。如何处理好理论、批评与史料、文本的关系，是充满乐趣且具有无限可能的学术挑战。我始终坚守一个观念：诗歌批评是知识分子诗学理想的实践方式，是学术机理的诗意存在形态，是个性化的精神实践行为，优秀的诗歌批评来源于真诚无伪的写作姿态，从现象和文本批评中彰显思想和艺术的多元融合。如果用一个词概括我的批评观，那就是"在场诗学"。不同于海德格尔所说的此在性与文学界泛而谈的"在场"，在场诗学侧重于落地的批评阐释，指涉见证性、当下性、阐释性、建设性、引领性甚至是哲学性，是历史和现实的在场，审美和批判的在场，质疑和创造的在场，介入和延异的在场，警惕和反思的在场，生命和人性的在场，认知和感受的在场，主体精神和社会生活的在场，共存性和独特性的在场、回头看与朝前看的在场……"在场诗学"的核心不停留于"此在"，在具体批评中我们可以从过去的作品中重新评估其当下的意义，从当下的作品中洞见到其历史和时代的文学价值，也可以通过批评弥补作品的在场性。提出在场诗学旨在强化批评者的主观能动性和介入性，提升批评效力，对诗歌现象和诗歌创作做出深入灵动且富有前瞻性的判断，赋予诗歌内在的隐语无限的阐释机会。

回到你提出的第二层次的问题。在我的学术生涯中，文学史研究和文学批评始终互为影响和碰撞。文学史研究要具备历史眼光和经典化能力，文学批评重在对文学创作和理论的参与性，我在批评中更为侧重打通文学性研究的路径，毕竟批评是基于文学性的批评，而非根源或依赖于理论的批评。文学史研究更侧重借由翔实的材料黏合历史书写的细节性，从浩繁的史料和作家作品中甄别具有经典化元素的文本进行研究，以自然时间为主线呈现文学发展的现象、历史的偶然性及作家的个性或共性；对作家作品、文学社团、文学思潮进行经典化的筛选，不仅需要扎实的学术储备，还要具备从历史定评、权威定论中突围出来并对时代做出总结和回应的能力。文学批评的动力机制则强调对研究对象内面的介入——凸显研究主体的问题意识、审美取向、知识活力以及阅读趣味，对作家作品具有及物的阐释能力，从创作现象中提出理论或概念的能力，等等。二者之间的动态关联体现为批评的目的不简单停留于对文学的评价，还可以成为理解和构型文学的媒介，它们之间涌动着不断变异的张力，彼此促成各自的发展。我将两者的关联性融汇于《中国女性诗歌史》这套丛书的撰写之中，即侧重在历史视野中推进诗歌研究和创作的探索路径，从文学史发展流脉客观而全面地审视历代女诗人在两性复调的文坛中所处的历史定位、独特的创造力和文学贡献，用诗性的语言消解文学史规范性叙述机制带来的枯燥或艰涩，拆除程式化的研究范式给广大读者带来的阅读藩篱，努力做到既发扬诗歌史的完整性、客观性、丰富性、学术性，又兼具普及性与可读性。文学史研究会为新诗批评提供一个历史语境，宏观或微观的历史感也会自动地校准文学批评或新诗批评的意义。《中国女性诗歌史》现代卷和当代卷的撰写，虽然着意于批评的潜能，但这种潜能却来源于长期的文学史研究，得益于对具体历史语境的熟知。

另外，新诗批评与文学史研究在互相促进中丰富了在场诗学的历史维度与学术面向。文学批评可以发掘并牵带出更多值得深入探析的文学史议题。

比如，我撰写《诗的女神：中国女性诗歌史（现代卷）》过程中，在对20世纪20年代北平女作家、诗人的研究中，就从研究许广平中发现了鲁迅与一些青年诗人及散佚诗集的关联，进而对《鲁迅全集》（人民文学出版社2005年版）中的相关注释做出多处补正。同时，文学史研究可以拓宽诗歌批评的视野，是必不可少的学术积淀，诗歌批评可以磨砺和提升文学敏悟力和品鉴才情。

**张福超**：在您看来，优秀的诗歌评论应该具备哪些特质？诗歌评论与其他学术文类论文的关联和异同是什么？

**孙晓娅**：观点独树，贴合文本，思想有前瞻性或引领性，语言精准，诗学储备深厚，形成了个性化的话语谱系和批评风格，这几点，是我欣赏的诗歌评论不可或缺的质素。好的诗歌评论既有穿透文本和现实的力度，亦有深切的人文关怀和有效的写作引导力，它可以体现出一个评论家的综合创造力——审美感受能力、理论驾驭能力、思考力、判断力、话语建构力等等。评论家既可以从好作品中培养出"第一义"的批评勇气和批评思想，生成烙印着个人气息的"第一义"的批评力量，又可以从平凡作品中洞见和呈现出问题、现象及规律，提出思想和创作方面的警示。

**张福超**：在信息爆炸的新媒介年代，无论是纸质刊物还是网络媒介，诗歌生产如火如荼，诗歌信息纷繁芜杂。对您而言，什么样的诗更具吸引力？好诗的标准是什么？当代诗坛亟须什么样的诗人？您在诗歌批评方面的"信条"是什么？

**孙晓娅**：那些具有浓厚的生活质感和现实穿透力的诗作对我更具吸引力。我比较看重诗作的"包容力"，诸如诗作是否能穿透日常生活的表象直抵心灵的内核，或超越自我而与他者建立起沉浸式的关联；诸如虽然是写给有限的少数人的，但却能在更广泛的空间得到容纳与共鸣等。

我们的诗坛不乏深刻思考现实的"思想家"，然而，我们缺少超越想象、直击生存真相的诗人，我们缺少富有气魄与力度的足以戳穿现实和灵魂的虚假面纱的优秀诗作。我始终认为：作为诗人，修炼"怎样才能站到生活的面前"比精雕写作的技巧重要得多。诗歌是诗人的生命,这不是盲目夸大诗歌的意义,而是指诗人能够感觉到自己的诗歌声音、特质,就是他生命的声音、特质,即诗歌找到了它的方向和恰切的语言、表达方式。浸染着创作主体的生命感是好诗的前提,在此基础上,这种生命感还应该秉持马拉美所强调的 "释放出我们称之为灵魂的那种飘逸散漫的东西"。诗歌的写作体现着一种特殊的生命快乐,好诗足以揭示出生命的秘密,创造快乐,疏解忧伤。

回到批评,我的诗歌批评"信条"就是保留知识分子的良知,秉具在场的诗歌精神,不断充盈新诗批评的方法,完善当代诗歌批评的理论建设,形成当代汉诗批评话语体系。此外,诗歌本身超乎逻辑思维,那么,鲜活而充满生命力的诗歌批评就应多一些对话性和自由度,侧重于诗性的唤醒和探询。

**张福超**:您刚刚又提及新近出版的学术专著《诗的女神:中国女性诗歌史(现代卷)》,据我所知您今年年底还将出版《漂往远海:中国女性诗歌史(当代卷)》《月满西楼:中国女性诗歌史(古代卷)》。这套丛书引起诗坛广泛关注,谢冕先生评价其为"自有诗歌历史以来历史跨度最长、涉及诗人最多、对诗人的评价最熨帖也最深入的一部中国女性诗歌史。不仅是填补了历史空缺的创新的著作,也是学术基础深厚扎实的著作";孙昌武教授认为"就第一流的学术题目写出了第一流的著作";吴思敬教授肯定"首次为中国女性诗歌构建了独立的完整的学术谱系"。您可否谈一谈写这部学术专著的初衷及学术心得?

**孙晓娅**:我一直关注女性文学和女性诗歌的研究,在很多年前就想撰写一部中国现当代女性诗歌通史。美国批评家哈泽德·亚当斯曾说过:"在今日的批评活动中,最令人感到兴奋的,莫过于女性书写的重新发现,以及随之而来对经典作品的过滤与精选"。如果我们想直接听见女人的声音,首先必须从女人的文学书写入手,而诗歌是唯一贯通上古至今的文体。"女诗人"在古代西方并不多见,英文中的"女作家"通常指"女性小说家",如简·奥斯汀(Jane Austen)、夏洛蒂·博朗特(Charlotte Brontë)与乔治·艾略特(George Eliot)等人。西方传统一向视写诗为"神职",女人因不具神职人员的资格，一直少有机会展露诗才。而中国不同，五四新文化运动以前的中国女作家几乎千篇一律是女诗人。据《历代妇女著作考》一书载，明清两代女作家有3000多人，明清结集出版的女诗人诗集至少2000多本。明末清初这一百年间可以视作女性诗词创作的一个兴起阶段。到了清中叶，女性文学发展进入了高潮阶段，有数千部的诗歌选集登载了不计其数的女诗人作品。也就是说，从上古至今，中国女诗人及女性诗歌一直占据女性文学的"主流"地位。然而历史上未见一部关于女性诗歌研究的论著，探入这一盲区，可以算作我撰写这套丛书的初衷。

目前这套书分为古代卷、现代卷和当代卷，每一卷又可以独立扩充体量。因未有任何可供参考的范例，过程充满挑战：一方面，研究文本浩繁；另一方面，我力争采用一手资料，为历史做一些材料方面的爬梳和整理。在具体研究中，我将在场式的诗学批评、历史的文学研究与性别研究维度融为一体，由诗入史，写作过程中的收获和启发远超预期：可以近距离地感受这些女诗人幽微隐曲的喜悲思愁，捕捉才女们传奇动荡的人生轨迹，欣赏她们不受制于时代和世俗定义的绝代才华、卓然独立的思想和持续的影响力，这对我而言不仅仅是学术上的精进，更是焕然一新的生命成长。除却在撰写中与这些优秀的女诗人产生情感的碰撞，现实中也常常会发生诗性的际遇。今年8月14日，当代卷第一章专题研究的诗人灰娃获得第七届"中坤国际诗歌奖"，其授奖词恰巧由我来宣读，当银丝飘逸、侧影俊逸的灰娃老师逐字逐句地说出"有些诗我写得不满意，以后还想继续提高"时，我再次感受到学术使命的召唤。98岁的灰娃老师为"在场诗学"做出了一个生动的注解——生命与诗歌的在场，过去、此在和未来的在场，持续创新和不断超越的在场……我是在场的倾听者、参与者，也是备受感动者，这何尝不是在场诗学的魅力所在！

**张福超**：非常敬佩您十年来笃定的初心和扎实的学术储备，您如何评价"性别"在中国百年文学或文化演绎的不同阶段所扮演的角色？

**孙晓娅**：这个问题仅一次访谈难以回答透彻，简单说，我渴望通过性别研究拓展诗歌研究新的对象域和研究主线，把它作为新诗研究维度中情感转向的一次挑战。随着研究的深入，我发现"性别"研究是存在古代性、现代性和当代性的。回溯古代文学，女性在文学史中长期处于失语的状态。"五四"以降，女性文学在小说、散文等文体中均取得杰出的创作实绩，诗歌创作反而略逊。陈衡哲、冰心、石评梅、陆晶清、白薇、林徽因、方令孺、陈敬容、郑敏等诗人以异于男性的书写形式对女性诗歌创作主题做出了拓展与超越，扩大了女性诗歌的视野。然而，现代女性诗歌稀疏的存在并未改写女性诗歌的边缘化处境。到了20世纪80年代，舒婷、翟永明、伊蕾、王小妮等新一代"夏娃"的觉醒带来当代女性诗歌书写的集体裂变。这些各具性格魅力的女诗人既强调女性感知世界的独特性，又注意展现男女共有的经验书写，更为包容并充满对话的写作趋势代表了当代女性诗歌发展的开放向度。从性别视域考察，当代女诗人对女性经验的书写往往采取既不颠覆也不依附男权社会的表达策略，由此形成了与男性经验并行发展的女性审美意识的书写模式，这种类型的女性文本大大弱化了"性别对抗"的色彩，呈现出中性的、温和的诗性言说策略。21世纪女性诗歌创作既是对20世纪女性诗歌书写的承续，亦有坚定的悖逆、拆解和发展，走向更为多元化、个性化。

我是从牛汉研究、七月诗派研究走上学术道路的，因为逐渐发现性别研究的特殊意义及其突破既有文学史又有诗歌史的重要性，所以学术志趣发生转变。近些年我集中思考的学术问题可以借今天的采访略陈一二：其一，两千多年中国文学史隐藏着怎样的女性诗写逻辑；其二，在历次中国社会文化大转型中，女诗人是如何参与到文化、文学等诸多方面的话语构建和文学书写的；其三，女性诗歌的书写与经典化历程的交叠呈现出怎样的发展线索，性别意义上的经典是如何在边缘和中心间摇摆、滑动与漂移的；其四，女性诗歌话语与男性诗歌话语的重叠、冲突是怎样发生，如何书写，又以什么样的姿态被文学史书写的，等等。

**张福超**：我注意到您在几年前就从事诗歌教育方面的课题，比如主持的国家社科基金项目"教育视域下民国诗歌史料的整理与研究"结项时被评为

"优秀",可否谈谈您在相关领域的研究推进。

**孙晓娅**：中国的"诗教"传统是源远流长的，古典的"诗教"观核心在于儒家人格的培养、价值观的塑造和审美能力的结合。近现代时期，教育却成为一项与国家民族命运息息相关的公共事业，中国新诗或文学教育在广义层面上也参与了近代中国整体文化格局的演变。换而言之，新诗作为一种"知识"进入教育场域，以讲义、课堂、报刊、社团为媒介，依托校园文化生态，催生出诗歌的审美新编。新诗是在新旧各种力量的竞合中发生的，以教育视野观照中国现代诗歌发生与演变的历史过程，有助于启发我们打破线性进化论式二元对立的思维模式，重新认识中国新诗的现代性特征。我做这个项目，根本动因是尝试突破中国新诗史的框架，将中国现代新诗放置于民国教育场域中进行再研究，同时，打破"诗歌教育"话题的边界，使其成为透视时代场域的一个共鸣器，旨在发现和提出一些新问题，践行在场的学术研究。

在精耕细作的研究中，我发现新诗批评是最为重要的一个环节，它就像一个十字路口一样，汇通起新诗和教育的各个通道，它是一种桥梁，也是一个熔炉。民国时期的新诗批评与新诗教育在本质上是相通的，都是一种情感教育，是一种审美教育，是美育的一部分。研究中，我把不同高校的课程设置、师资建设、"校园内外"、"课堂上下"的诸种现象和独特性予以整理、汇聚和再现，以期完整地呈现新诗教育与新诗文体建设是如何被建构的，试图还原这一动态而丰富的历史图景。相关书稿《庠序有诗音：中国新诗教育研究》已经交付给商务印书馆，正三校中，计划2025年1月出版。

**张福超**：期待能够早日读到这部研究民国时期新诗教育的著作，由此我也想听听您对当下大学新诗教育的思考，比如，您二十年间始终负责在首都师范大学中国诗歌研究中心的"驻校诗人制度"，近些年，全国高校作家驻校日益风靡，您是否有相关经验分享？

**孙晓娅**：相较小说、散文、戏剧，诗歌最难展开教学。诗歌教学除却诗歌史的讲授，更应侧重唤醒、启发和感悟。在这一过程中，感受力是至关重要的。亦如穆木天在《谭诗》中所说，诗是内在生命的反射，诗的世界是潜在意识的世界。敏锐的感受力，可帮助诗人发现、发掘生活中细微的潜在意识和内在生命，这是诗与散文、小说、戏剧最大的不同之处。引导学生进行诗歌创作，最便捷的路径就是从诗歌欣赏入手。新诗教学起于鉴赏，作为教师，首要任务是讲清鉴赏的层次。早在1931年，梁宗岱就做过透辟阐释："一首好的诗最低限度要让我们感到作者的匠心，令我们惊佩于他底艺术手腕。再上去便要令我们感到这首诗存在底必要，是有需要而作的，无论是外界底压迫或激发，或是内心生活底成熟与充溢，换句话说，就是令我们感到它底生命。再上去便是令我们感到它底生命而忘记了——我们可以说埋没了——作者的匠心。"从初级写作训练开始（寻找恰切的语言、表达方式等）入手，到感悟诗歌是"心灵作品"（诗歌的韵律节奏对应着心灵的律动，诗歌是对心灵的记录，诗歌给了心灵一种最为合身的形式），生命的感受在这种可实现的转换中获得，这一体悟过程需要教师的引导。教师还应该带领学生领悟诗歌的神秘魅力，让学生体会到诗歌创作带给个体的精微的快乐，激励他们自觉于语言的表达，自由发挥新诗内在的"自由"精神。尝试突围个人的创造力是我在诗歌教学中从未间断的实践。

回到你提及的驻校诗人制度。截至目前，首师大培养了江非、路也、李小洛、李轻松、邰筐、阿毛、王夫刚、徐俊国、宋晓杰、杨方、慕白、冯娜、王单单、张二棍、灯灯、祝立根、林珊、谈骁、吕达、侯存丰、龙少共计21位优秀青年诗人，打通了学院内外，将诗人、批评家、学生有机联络调动起来，不仅开创了中国的诗人培养机制，也真正联动起诗歌批评、诗歌教育、诗歌创作的现场，给诗坛提供了很多弥足珍贵的经验。

2024年9月2日

注：张福超，首都师范大学中国诗歌研究中心博士研究生，在《中国诗歌研究》《诗探索》《诗刊》等发表多篇学术文章。